1

»DER FEBRUAR IST immer ein so beschissen feuchter Monat«, bemerkte ich und und ließ die Jalousie runter, damit wir nicht auf die nasse, graue Straße hinausblicken mussten.

»Ist er dir nur zu feucht, oder findest du ihn ganz allgemein beschissen?«, fragte Jill.

»Beides.«

Wir saßen vor meinem neuen granitverkleideten Gasofen, in dem spärliche Flämmchen züngelten. Eigentlich war es mehr Peters Ofen. Er hatte ihn ausgesucht.

»Gefällt dir das Ding?« Jill schlürfte ihren Wein.

»Ich hasse es.«

»Aber warum hast du dann …?« Sie zog die Augenbrauen in die Höhe, sah mich an und schüttelte seufzend den Kopf. »Also ehrlich, Sophie.«

Ich zuckte die Achseln. »Ich hatte keine Lust, mich mit ihm zu streiten.« Ich wickelte ein Schokobonbon aus und warf es ihr zu. »Und rede nicht so mit mir – *also ehrlich, Sophie.* Das erinnert mich an meine Schwester.«

Jill grinste. »Nein, Audrey hätte *Sophia, also wirklich* gesagt.«

Ich musste kichern. Sie hatte sie perfekt nachgeahmt. Wir sahen wieder dem Feuer zu.

Jill seufzte noch einmal. »Glaubst du, dass wir gerade unsere Midlife-Krise durchmachen?«

»Wundern würde es mich nicht.«

»Vielleicht ist es ja so? Dann könnten wir sie gemeinsam überstehen.«

»Meinetwegen. Wir haben bis jetzt alles zusammen gemacht. Abgesehen vom Kinderkriegen.«

»Diese Öfen taugen längst nicht so viel, wie immer behauptet wird.« Jill grinste schon wieder, als sie den Korken aus unserer zweiten Flasche Wein zog. »Wo, sagtest du, ist Peter noch mal hin?«

»Vermutlich zu einer IT-Konferenz in den Staaten, und zwar mit seiner persönlichen Assistentin, die zufällig so aussieht wie die Elfenkönigin in *Herr der Ringe.*«

»Du schlüpfst gerne in die Opferrolle, Sophie«, sagte Jill und füllte unsere Gläser nach.

»Komm mir nicht mit deinen Psychosprüchen. Du bist meine Freundin und nicht meine Therapeutin«, erwiderte ich und brach einen Riegel von der Riesentafel Schokolade ab.

»Ja, und *du* bist *meine* Freundin. Freundinnen sollten offen und ehrlich zueinander sein.« Sie streifte ihre Schuhe ab, löste die Spange aus ihrem langen blonden Haar und fläzte sich mit gespreizten Beinen und baumelnden Brüsten auf das Sofa. Mich beschlich das Gefühl, dass uns ein langer Abend bevorstand, an dem ich meine innersten Gefühle hervorkramen sollte.

»Also«, begann Jill. »Wir haben das ganze Wochenende für uns allein. Wie soll es mit deinem Leben nun weitergehen?«

»Ich weiß es nicht«, seufzte ich und war mir bewusst, wie erbärmlich sich das anhörte. »Ich weiß nicht, ob ich Peter direkt darauf ansprechen sollte, ob er eine Affäre mit Arwen Evenstar hat.«

»Mit wem?«

»Na, mit der Elfenkönigen. Liv Tyler oder so. Die aus *Herr der Ringe.*«

»Ach die. Sonst noch etwas?«

»Und ich bin auch noch zu keinem Entschluss gekommen, ob ich meine Mutter in Vollzeitpflege geben soll. Und ich weiß nicht, ob ich mich geschmeichelt fühlen soll, dass ihr neuer Geriatrist mich dauernd betatscht, oder ob ich ihm eins auf die

Finger geben soll. Und ich weiß auch nicht, ob ich mich auf eine Reihe von Vorträgen über psychische Probleme einlassen soll, die ich …«

»Halt, das genügt.« Jill hielt die Hand in die Höhe. »Vergiss mal einen Moment lang alles andere. Was willst du für *dich?«*

»Ich weiß es nicht.«

»Das scheint mir auch so. Deswegen bist du ja so aufgelöst. Dich kümmert immer nur, was du im Leben anderer Menschen bedeutest.« Sie fuchtelte mit den Händen und kleckerte Rotwein auf ihren Jeansrock. »Du verhedderst dich in den Zweigen, anstatt einen Schritt zurückzutreten und den Baum als Ganzes zu betrachten.«

»Den Baum?« Ich fragte mich, ob ich irgendwas nicht mitbekommen hatte.

»Genau. Du musst dich mit dem Stamm identifizieren – der ist stark und ruht in sich. Du musst deine Lebenskräfte in neue Bahnen lenken, es darauf anlegen, dein eigenes Potenzial auszuschöpfen.«

»Großer Gott, Jill, ich glaube, du hast deinen Beruf verfehlt.« Ich konnte sie richtig vor mir sehen, wie sie von einem Rednerpult aus die Massen aufpeitscht.

»Es ist an der Zeit, den Spieß umzudrehen, Sophie. Gib deinem Peter Pan den Laufpass, bevor er es tut. Machen wir uns doch nichts vor, der wird nie erwachsen. Deswegen hängt er immer seinen Wunschvorstellungen von ätherischen Elfenwesen nach. Und um deine Mutter kann deine Schwester sich kümmern. Du hast alle Möglichkeiten, die ganze Welt steht dir offen. Und du hast auch keine Kinder, die dich ans Haus fesseln.«

»Ja, aber ich *habe* mein Haus und auch meinen Beruf«, wandte ich ein. »Und ich möchte nicht allein sein. Es ist alles viel zu spät, Jill. Ich werde bald fünfundvierzig. Ich hätte Peter schon vor Jahren verlassen und mir einen Mann suchen sollen, der Kinder mit mir haben will.«

»Na, dann sieh doch zu, dass du schwanger wirst.«

»Wie soll das denn gehen?«

»Das alte Rein-und-raus-Spiel. Du bist fit und gesund. Ich wette, dass du mindestens ein Kind auf die Reihe kriegst, bevor deine Eierstöcke aufgeben. Aber nicht mit Peter oder diesem durchgeknallten Altenheilkundler. Schnapp dir einen anständigen Kerl – falls du überhaupt einen brauchst. Es gibt heutzutage so etwas wie künstliche Befruchtung.« Sie leerte ihr Glas und griff nach der Flasche. »Du musst dir einfach mal eine Auszeit gönnen. Wann hast du eigentlich zuletzt richtig Ferien gemacht? Warum kommst du nicht mit auf die Insel und wohnst bei uns? Ash und die Kinder würden sich wahnsinnig freuen, dich zu sehen. Du wirst von *Cormorants* begeistert sein; es ist ein wunderschönes altes Haus.« Während ich mit offenem Mund dasaß und das alles zu verdauen versuchte, musterte sie mich eingehend. »Pass auf«, fuhr sie fort, »ich weiß, dass ich schon eine ganze Menge Wein intus habe und dass ich auch Fehler gemacht habe. Aber ich sorge mich wirklich um dich. Wenn du nicht einfach mal einen Schnitt machst und über dein Leben nachdenkst, brennst du aus.« Ihr breites Gesicht, das oft einen so dramatischen Ausdruck annehmen konnte, wirkte mit einem Male ganz ernst. »Du bist nicht unentbehrlich, Sophie, oder?«, sagte sie leise.

Ich hatte das Gefühl, dass mein sorgfältig ausbalanciertes Leben ins Wanken geriet. Und ich vor aller Welt nackt dastand. Eines schaffte Jill immer: Wenn ich das Gefühl hatte, in einer Sackgasse zu stecken, trieb sie mich zu neuen Herausforderungen an und wies mir Wege aus meiner Misere.

»Ich soll mit Peter Schluss machen? Mum allein lassen?«, stammelte ich. »Aber … das kann ich den beiden doch nicht antun.«

Am 1. April starb meine Mutter und Peter verließ mich. Ich hatte das Gefühl, die ganze Welt hätte sich gegen mich verschworen. Mit der einen Hand hielt ich die neue Zahnprothese meiner Mutter umklammert und mit der anderen Peters eilig hingekritzelte Nachricht und starrte durch die Schlitze der Jalousie vor dem Mansardenfenster. Jeden Augenblick *musste einfach* einer von den beiden voller Reue über den bösen Scherz, den sie mit mir getrieben hatten, im Zimmer erscheinen. Aber um die Mittagszeit war noch niemand aufgetaucht. Zitternd stand ich draußen auf dem feuchten Pflaster und schaute angestrengt die Straße hinauf und hinunter. Aber es war keine einzige Seele unterwegs, weder eine tote noch eine lebende.

Ich ging zurück ins Haus und schaute in den Garderobenspiegel. Das geisterhafte Spiegelbild einer Frau mit zerzausten Haaren und in tiefen Höhlen liegenden Augen starrte mir entgegen. Ich erkannte mich nicht wieder. Ich fasste meine Haare zusammen und bändigte die struppigen Strähnen mit einem Gummiband. Mechanisch schlüpfte ich in meinen Mantel; dann nahm ich meine Handtasche und begab mich zu meiner Arbeitsstelle. Immerhin dachte ich noch daran, die Haustür hinter mir zu verschließen. Ich war schon halb die Straße hinunter, als ich noch einmal innehielt, um mich zu vergewissern, dass ich nicht den mit Winnie-Poo-Bären bedruckten Pyjama und die dazu passenden Hausschuhe trug, die meine Schwester mir zu Weihnachten geschenkt hatte. Ich hatte so viele Nächte im Krankenhaus verbracht und den röchelnden Atemzügen meiner Mutter gelauscht, dass meine innere Uhr ganz durcheinandergeraten war.

In den Bäumen saßen Vögel, immer paarweise; auf der Straße zankten sich ein paar Krähen um eine plattgefahrene Ratte. Zwei Amseln beäugten missbilligend eine Katze, deren einziges Vorhaben es war, sich in jemandes Blumenbeet zu erleichtern, und die vor Nervosität bereits mit dem Schwanz zuckte. Beschnittene Platanen ließen kalte Tropfen auf meinen Kopf fallen, als ich unter ihnen vorbeiging. Ich spürte, wie sie mir ins struppige Haar liefen und seine Wurzeln benetzten. Mein Körper kam mir vor wie ein Elternteil, der es aufgegeben hat, seinem widerborstigen Sprössling Paroli zu bieten. Aber es steckte auch eine gewisse Entschlossenheit darin; die Frage nach dem *Was-ist-wenn?* stellte sich nicht mehr.

In der psychiatrischen Klinik warfen mir meine Kollegen hinter ihren Stapeln von Papieren Blicke zu und murmelten die üblichen Worte zur Begrüßung. Ich fragte mich, wieso sie sich so normal verhielten, aber dann fiel mir ein, dass sie ja nicht wissen konnten, dass mein Leben einer großen Leere gewichen war. Ich trug noch meinen Mantel, als ich an die Tür meiner Vorgesetzten klopfte, um ihr meine Kündigung auszusprechen. Meine Worte machten im Büro schneller die Runde als ein Eintrag im Internet. Alles schien sehr betroffen; man riet mir, mir doch erst einmal eine Zeitlang freizunehmen, bis ich mich wieder gesammelt hatte. Als ich zur Tür hinausging, summte mir ihr besorgtes Gemurmel noch um den Kopf wie ein Schwarm Mücken. Wie würden sie ohne mich zurechtkommen? Wer würde die im Dämmerzustand befindlichen Patienten übernehmen, auf die ich spezialisiert war? War ich auch zu einem von ihnen geworden?

Mein Körper betrat die Geschäftsräume des erstbesten Maklers an der Hauptgeschäftsstraße, um unser Haus zum Verkauf aufzugeben. Als ich zu Hause ankam, trat vor der Tür bereits die erste Interessentin mit ihren Stöckelabsätzen neben dem Terrakottatopf voller verblühter Osterglocken ungeduldig von einem Fuß auf den anderen. Sie war eine Karrierefrau von etwa dreißig Jahren, die weder eine Minute Zeit noch ein Gramm Fett zu viel hatte. Sie unternahm einen raschen Rundgang, tippte hektisch auf ihrem Handy herum, und schon hatte ich ein Angebot für mein Haus.

»Du hättest solche Entscheidungen nicht in einem so angeschlagenen Zustand treffen dürfen, Sophia«, hielt mir meine Schwester – wieder einmal – ihren Vortrag. Nach dem Tod unserer Eltern war Audrey der einzige Mensch, der mich noch

Sophia nannte; für alle anderen war ich Sophie. Wir gingen gerade am Krematorium vorbei zum *Garten des Erinnerns.* Ich hoffte, dass es Audrey nicht auffallen würde, dass ich nicht mehr so ganz genau wusste, wo die Rose für meinen Vater gepflanzt war, also hielt ich mich einen Schritt hinter ihr, damit ich stehen bleiben konnte, wenn sie es tat. Dann standen wir die eine Gedenkminute lang, die der Anstand gebietet, vor der Messingplatte. Audrey schniefte durch die Nase und holte die Plastikurne aus ihrer Einkaufstasche vom Kaufhaus *Liberty.* Sie schraubte den Deckel ab, und wir beide verteilten die zarte Asche unserer Mutter über der unseres Vaters. An der Stelle, an der der Rosenstock aus der Erde entsprang, schien die Asche einen Augenblick lang zu verharren, als wolle sie sich vergewissern, dass *er* es auch wirklich war, um sich dann mit einem Seufzer niederzulassen, als wäre es ihr endlich gelungen, die Glut seiner Leidenschaft zu löschen.

Danach fuhren wir zum Tee in Audreys Wohnung. Sie trommelte mit den Fingern auf ihrer antiseptischen Arbeitsplatte, während sie darauf wartete, dass das Wasser im Kessel kochte. In Audreys Küche habe ich mich schon immer ausgesprochen unwohl gefühlt. Alles war stets so glattpoliert, dass es quietschte. Nirgendwo auch nur die geringste Fettschicht. Ich stellte mir vor, wie sie den Kindern die Fingerspitzen mit Bimsstein abrieb, damit sie keine Abdrücke hinterließen.

»Hast du wirklich gedacht, du könntest vernünftige Entscheidungen treffen, während du seelisch so angeschlagen bist?«, wiederholte sie sich. »Und deprimiert«, fügte sie noch hinzu, damit ich es auch richtig begriff. Ich sah zu, wie sie Darjeelingtee in eine weiße Porzellankanne tat. Nicht die geringste Spur von Tanninflecken. Tauchte sie denn alles in Bleichmittel ein, bevor sie zu Bett ging?

»Ich *war* seelisch angeschlagen«, sagte ich, »aber keineswegs deprimiert.«

»Wie kannst du das behaupten, wo doch unsere Mutter gerade eben gestorben war? Und du dich gerade eben von Peter getrennt hattest?«

»Ich habe mich nicht von Peter getrennt. Er hat mich verlassen – auf seine übliche, sensible Art an eben dem Vormittag nach Mutters Tod, falls du dich erinnerst.«

»Das sage ich ja gerade«, erwiderte sie und sah mich verständnislos an. »Also wirklich, Sophia! Ich habe dich nicht ein einziges Mal weinen sehen.«

»Ich habe jahrelang geweint, solange ich mit ihm zusammen war. Ich habe keine Tränen mehr übrig.«

»Wenn doch du und er nur miteinander reden würdet.« Sie senkte die Stimme. »Ich bin mir sicher, dass er es sich dann noch einmal anders überlegen würde, was Kinder betrifft. Heutzutage bekommen Frauen noch mit weit über vierzig Babys. Wenn du dich beeilst, kannst auch du noch eins haben.«

»Audrey, gerade jetzt würde ich bestimmt kein Kind von ihm wollen. Auch nicht, wenn er das letzte funktionierende Paar Hoden auf der Welt besäße.« An ihrem verkniffenen Mund konnte ich ablesen, dass ich zu weit gegangen war.

»Also wirklich, Sophia!« Sie warf einen Blick in Richtung auf das Wohnzimmer, wo William und Joanna still über ihre Hausaufgaben gebeugt saßen. Ich war fünf Jahre älter als Audrey, aber nachdem sie, ganz ihrem Lebenswunsch gemäß, den Status der Ehefrau und Mutter erreicht hatte, behandelte sie mich manchmal, als wäre ich ihre Tochter. »Ich kann immer noch nicht begreifen, warum du dein schönes Zuhause und deine Stellung aufgeben musst – alles, wofür du so hart gearbeitet hast.« Sie setzte sich an den Küchentisch und schenkte Tee ein. Sie würde es *nie* begreifen.

»Weil ich, zumindest für eine Weile, für nichts verantwortlich sein möchte und mich um niemanden kümmern will.« Meine Worte verhallten und lösten vollkommenes Unverständnis bei Audrey aus. Sie schüttelte ihren Elfenkopf und sah mich aus großen, dunklen Augen ungläubig an. Es gelang ihr tatsächlich, wie Audrey Hepburn auszusehen, was wenigstens ein kleiner Ausgleich für unseren Vater, den Filmfetischisten, gewesen sein muss, nachdem es *mir* freundlicherweise gelungen war, Sophia Loren so unähnlich zu sehen, wie dies nur menschlich möglich war.

»Aber du *hast* doch jetzt gar keinen mehr, um den du dich kümmern müsstest.« Sie biss sich auf die Lippe und sah aus, als würde ihr unser Gespräch nicht recht behagen.

»Audrey, du und ich haben uns immer um jemanden gekümmert. Wir haben nach Mum gesehen, während sie wegen Dads Weibergeschichten todunglücklich war. Ich habe mein ganzes Arbeitsleben darauf verwendet, für die Kranken zu sorgen und gequälten Seelen Ratschläge zu geben. Und ich habe mit einem Ehemann zusammengelebt, der sich gefragt hätte, was er denn nun essen sollte, falls er im Herd meinen Kopf statt seines Abendessens vorgefunden hätte.« Ich sah, wie ihre Augen feucht wurden, und ergriff ihre zarten Hände, die sie unter dicken Gummihandschuhen vor Bleichmitteln schützte. »Und wie steht es mit dir, Audrey? Jetzt versuchst du, dich außer um John und die Kinder auch noch um mich zu kümmern.«

»Das würde ich ja gerne tun. Darum geht es doch im Leben, oder? Dass man für andere da ist.«

»Aber manchmal ist das eine Einbahnstraße«, sagte ich. Ihre Augen wurden ausdruckslos, als versuchte sie, sich auf eine innere Predigt über Geben und Nehmen zu konzentrieren. Ich drückte ihre Hände. »Ich kann einfach nicht so weiterleben.«

»Aber du kannst doch nicht dein ganzes Leben auf den Kopf stellen.«

»Doch. Symbolisch sozusagen. Und das Haus musste ich sowieso verkaufen. Es hat zur Hälfte Peter gehört.«

»Du könntest dir eine kleine Wohnung kaufen. Behalte deine Stellung oder werde wieder eine ganz normale Krankenschwester. Wir sind doch eine Familie. Du wirst den Kindern fehlen, wenn du fortgehst.« Sie war den Tränen nahe. Ich fragte mich, wie lange es dauern würde, bis sie sie nicht mehr zurückhalten könnte.

»Ich weiß noch nicht, was ich jetzt mache. Bevor ich eine Entscheidung treffe, will ich erst einmal ein paar Tage bei Jill ausspannen.«

Audrey entzog mir ihre Hände. »Jill! Die wird dich bloß überreden, noch mehr unüberlegte Dinge zu tun.«

»Du tust, als wären wir kleine Kinder.«

»Wenn sie nicht gewesen wäre, wärest du heute noch Stationsschwester, anstatt diesen ganzen Beratungskram am Hals zu haben.«

»Sie ist eine hochqualifizierte Psychotherapeutin. Und ich wollte den Schwesternberuf sowieso an den Nagel hängen. Ich habe immer mehr Zeit damit verbracht, im Schwesternzimmer Krankenblätter auszufüllen. Ich habe kaum noch einen Patienten zu Gesicht bekommen.«

Audrey tupfte ihre kleine Nase mit einem Papiertaschentuch ab. »Sophia, versprich mir, dass du nichts überstürzt.« Ihre Stimme zitterte vor Pathos. Ich sah sie mit einer silbernen Zigarettenspitze in der Hand vor mir, wie sie Cary Grant um den kleinen Finger wickelte.

Überstürzt, dachte ich. Gab es etwas, das ich überstürzen konnte?

Aber mein früheres Leben war unrettbar dahin. Ich glaubte nicht daran, dass ich im klinischen Sinne ausgebrannt oder dem Zusammenbruch nahe war, obwohl so das offizielle Urteil derjenigen lautete, die mich kannten und meinten, mich in eine Schublade stecken und mit einem Aufkleber versehen zu müssen. Ich wollte einfach die Notbremse ziehen. Also nahm ich tatsächlich zwei Pappkartons, stopfte meine Vergangenheit hinein, lud sie bei Audrey ab und machte mich auf den Weg zur Isle of Wight, um Ferien bei meiner verruchten Freundin Jill und ihrer Familie zu machen.

2

NICK ERWACHTE MIT einem heftigen Lustgefühl. Er hatte von Keri geträumt. Er glaubte, ihre weiche Haut unter seinen Händen zu spüren, wovon seine Handflächen kribbelten. Er sehnte sich danach, zu ihr zurückkehren zu können, sich mit Leib und Seele in das vollkommene Bild versenken zu können, das er in seinem Geiste erschaffen hatte.

Ich muss damit aufhören, dachte er. Meine Fantasie spielt mir einen Streich. Er warf den Schlafsack beiseite und hoffte, dass die kalte Nachtluft seine Lust abkühlen würde. Dann rollte er sich aus dem Bett und trat nackt ans Fenster. Das jungfräuliche Rosa der Morgendämmerung lag über dem Horizont. Er knipste die Lampe an, damit sie ihm als Leuchtfeuer in der Finsternis diente, lief die hölzernen Stufen hinunter, öffnete die Tür und trat auf den schmalen, leicht erhöht angelegten betonierten Weg hinaus, hinter dem der Strand begann. Dann stand er da und lauschte dem Gurgeln und Klatschen der Wellen, während er seine leidenschaftliche Lust schwinden spürte, als den winzigen Hexenmeister, der in seinem Gehirn nistete, seine halluzinativen Kräfte verließen. Er hüpfte hinunter auf den feuchten Sand, der sich an seinen Füßen festsog, während er dem Meer entgegenschritt.

Er japste, als das eiskalte Wasser ihm über die Füße spülte, aber er stapfte weiter. Als die erste Welle gegen seine zusammenschrumpfenden Genitalien klatschte, stockte ihm vor Schreck einen Augenblick lang der Atem, aber dann tauchte er ins Wasser und begann zu schwimmen. Vor Kälte waren ihm die Arme schwer wie Blei; er wusste, dass er sich nicht zu weit hinauswagen durfte. Er hielt inne, blickte zurück und betrachtete den Uferstreifen. Hinter seinem Zimmerfenster konnte er den Lichtschein der Lampe sehen, der sich hell vor dem dunklen Hintergrund des Kliffs abhob. Er war gar nicht so weit hinausgeschwommen, wie er gedacht hatte. Über ihm verklärte sich der Himmel; in seine Perlmuttfarbe mischte sich ein leichter Grünschimmer.

Mit einem Male musste er an den Lake Tekapo in Neuseeland denken – den Ort, von dem Keri gesagt hatte, dass er ihr der liebste auf der ganzen Welt wäre, als er mit ihr bis zu den Hüften in pastellfarbenen Lupinen am Rande des türkisfarbenen Wassers entlanggewandert war. Er wusste noch, dass er gehofft hatte, auch er würde diesen Ort mehr als jeden anderen ins Herz schließen, es würde ihr gemeinsamer Lieblingsplatz auf Erden werden, ein Ort, an den sie immer würden zurückkehren können, wenn es etwas zu feiern gab. Vor seinen Augen erschien eine Vision von Jahrestagen und Geburtstagsfesten – vielleicht die eines Kindes – und er sah Keri und sich, wie sie sich immer noch bei den Händen hielten.

Nick schüttelte den Kopf. Der Hexenmeister machte sich wieder bemerkbar. Er tauchte unter, lauschte dem gedämpften Trommeln, dem sonderbar pulsierenden Druck der Welt unter Wasser. Er fühlte nach dem aus Seide geflochtenen Armband, das Keri für ihn angefertigt und das sie ihm an dem Tag, an dem sie in der winzigen *Kirche zum Guten Hirten* am Ufer des Sees heirateten, ums Handgelenk gebunden hatte. »Hätte nie gedacht, dass ich mich mal mit einem waschechten Briten verbinden würde«, hatte sie gescherzt.

Er fragte sich, ob ihre Asche, einem Schwarm Zugvögel gleich, die nie ihren Weg verfehlen, wohl durch warme und kalte unterseeische Strömungen und der Drift der Ozeane angepasst ihren Weg aus dem hellgrünen Wasser des Lake Tekapo bis in die dunklen Wellen des Ärmelkanals, die ans Ufer der Blue Slipper Bay spülten, zu ihm gefunden haben mochte.

3

ICH STAND AUF dem Balkon von *Cormorants,* Jills und Ashs prachtvoller viktorianischer Villa, und blickte über die Ventnor Bay hinweg. Für Mai war es angenehm warm. Am Strand saßen Menschen in kleinen Grüppchen und waren in Taschenbücher, ihre Digitalkameras oder den Anblick ihrer Körper vertieft. Ein paar Hartgesottene oder Angeber rannten in die schaumigen Wellen, die sich an dem halbmondförmigen Sandstrand brachen.

Ich konnte mich nicht daran erinnern, jemals mehr als einige Stunden am Meer verbracht zu haben; hauptsächlich in Brighton, als Audrey und ich noch Kinder waren. Die Ferien mussten wir meistens in der Stadt überdauern, damit unser Vater sich seinen Leidenschaften, der Bühne und der Leinwand, widmen konnte. Andere Kinder kamen am Ende des Sommers mit einer gesunden Sonnenbräune zurück in die Schule. Audreys und meine olivfarbene Haut wurde zusehends blasser, und vom ständigen Aufenthalt im Dunkeln bekamen wir Augen wie Katzenmakis. Wir wohnten über einem kleinen Theaterrundbau im Süden Londons, den Dad managte, als sei er das Nationaltheater. Merkwürdigerweise hat er nie seine beiden Töchter ermuntert, eine Schauspielerlaufbahn anzustreben. Vermutlich war er sich bewusst, dass es in dem Gewerbe zu viele Beutegeier wie ihn gab.

»Ich hatte geglaubt, es würde unserer Ehe den Todesstoß versetzen, hierher zu ziehen«, sagte Jill, während sie ein Tablett mit Erfrischungen durch die Balkontür manövrierte. »Ash war ebenso versessen darauf, hier zu leben, wie ich unbedingt in London bleiben wollte.« Sie stellte das Tablett auf die mit Mosaiksteinchen verzierte Tischplatte und ließ sich in einen Klappstuhl aus Segeltuch fallen.

»Aber dann hast du nachgegeben«, bemerkte ich, während ich Orangensaft und klappernde Eiswürfel aus dem Glaskrug in Gläser füllte.

»Ja«, seufzte sie. »Ich habe dem Ganzen ein, vielleicht zwei Jahre gegeben. Und ein Jahr ist bereits um.«

»Und?«

Sie kicherte heiser – ein Überbleibsel aus ihrer Zeit als starke Raucherin. »Ich hätte es nie zu hoffen gewagt, aber ich genieße es wirklich, hier zu leben.« Sie beugte sich vor, um einen Blick durch das etwas überladen ornamentierte schmiedeeiserne Geländer der Balustrade zu werfen. »Sieh sie dir doch nur an.« Ash, Tilly und Hal spielten am Strand mit nackten Füßen Kricket und kreischten vor Begeisterung. »Mir ist aufgegangen, dass sowohl Kinder als auch Ehen viel Freiraum brauchen, um sich gut zu entwickeln.«

»Genau das habe ich gerade gedacht, als du kamst – Freiraum. Dieser kleine Strand und die Häuser drum herum, und dann die Weite des Himmels und der See.« Ich streckte mich und sog die nach Seetang riechende Luft ein. »Mir ist noch nie aufgefallen, was es bedeutet, sich nach allen Seiten frei bewegen zu können. In London kommt man sich so eingeengt vor.« Ich setzte mich und nahm einen Schluck aus meinem Glas. »Also wollt ihr hierbleiben?«

»Es gibt nichts, was dagegen spräche, obwohl ich auch nichts dagegen hätte, ihn ein wenig öfter zu sehen – er ist vollkommen besessen von seinem Therapiezentrum. Aber ich schätze, das wird sich nach der Anlaufphase geben, und für ihn ist es ja die Erfüllung seines Traumes.« Sie zog sich ihr T-Shirt über den Kopf, wobei ihre Sonnenbrille verrutschte und ihre Frisur durcheinandergeriet. Dann stellte sie ihren Stuhl so hin, dass ein Flecken Sonne auf ihre nackten Brüste fiel. Jill war ständig damit beschäftigt, sich Kleidungsstücke auszuziehen, Gürtel aufzuschnallen und Knöpfe aufzumachen – so, als wolle sie sich von etwas befreien. Wir scherzten darüber, dass sie sich den Anhängern der Freikörperkultur anschließen sollte. »Jedenfalls haben die Kinder es hier gut«, fuhr sie fort. »Das Therapiezentrum läuft gut an, und wir alle lieben diese baufällige alte Bude.« Sie stampfte mit einem ihrer ziemlich großen Füße fest auf den Balkonboden. »Gutes altes *Cormorants.* Jetzt kann ich verstehen, warum Ash seine Eltern überredet hat, es nicht zu verkaufen – obwohl man eigentlich ein Vermögen investieren müsste.«

Ich lächelte. »Ich weiß noch, wie ihr früher, als deine Schwiegereltern noch lebten, immer in den Ferien hergefahren seid. Du hast dich ständig darüber beklagt, auf die Isle of Wight zu müssen, obwohl du doch lieber nach Frankreich wolltest.«

»Nun, ich habe mich schon darüber geärgert, dass Ash von mir erwartet hat, dass es mir hier ebenso gut gefällt wie ihm. Für ihn ist es sein Zuhause, er ist hier geboren. Du weißt, wie giftig ich werden kann, wenn mir jemand etwas aufzwingen will.«

Ich nickte. »Du bist mir in der Schule zum ersten Mal aufgefallen, als du die junge Kunstlehrerin zur Schnecke gemacht hast, weil sie es gewagt hat, dir zu sagen, dass du besser arbeiten könntest, wenn du deine Haare zu einem Pferdeschwanz zusammenbinden würdest.«

Jill gluckste vor Lachen. »Daran erinnere ich mich gar nicht mehr. Aber ich weiß noch, wie ich dich zum ersten Mal gesehen habe. Du hast unter einem Baum gesessen, ganz verträumt mit deinen dunklen Augen, wie Julia, die sich nach Romeo verzehrt. Ich war so von deiner Lockenpracht und deiner Hautfarbe angetan, dass ich mich spontan neben dich gesetzt habe.«

»Du sprichst von meinem blassen Teint und meinem krausen Haar.«

»Nein, du sahst irgendwie exotisch aus, so, als würdest du in dir ruhen. Das habe ich von mir nie behaupten können.«

»Wahrscheinlich war ich vor Schreck wie gelähmt, als du dich neben mich gesetzt hast«, sagte ich lachend. Aber ich wusste, worauf sie hinauswollte. Als ich noch jung war, konnte ich einfach dasitzen und beobachten – gar nicht einmal entrückt, sondern mit einem Gefühl innerer Freude daran, am Leben zu sein. Wo war dieses Gefühl geblieben? Wann hatte es mich verlassen? Vielleicht war sein Verschwinden ein unvermeidlicher Bestandteil des Erwachsenwerdens und der Notwendigkeit, sich mit den Realitäten des Lebens auseinandersetzen zu müssen. Ich streckte die Hand aus, um ihren Arm zu drücken. »Und nun sind wir hier«, sagte ich, tief bewegt von den Erinnerungen, in denen wir schwelgten.

»Nun sind wir hier«, wiederholte sie.

»Nur dass du einen Ehemann, Kinder, ein Heim und einen Beruf hast. Ich armes Schwein dagegen habe keinen Mann, keine Kinder und auch kein Haus und keinen Job mehr.«

»Sieh es als eine Übergangsphase in deinem Leben an – eine Pause zwischen zwei Abschnitten.«

»Meine Sorge ist nur, dass diese Pause nie endet.« Ich stellte mir vor, wie ich bei meinem CD-Player mitten in einem Stück einen Knopf drücke, damit die Musik abbricht, und dann darauf warte, dass jemand mich anstupst, damit es weitergeht.

»Du bist doch erst seit ein paar Tagen hier. Denk doch jetzt schon nicht darüber nach, wieder zurückzugehen.«

»Ich habe ja auch so gut wie nichts, wohin ich zurückkehren kann. Bloß ein paar Kartons mit Habseligkeiten bei Audrey. Ich habe Peter gesagt, er könne alles aus dem Haus mitnehmen, was er will, und das hat er sich nicht zweimal sagen lassen. Der Ehemann der Elfenkönigin schien sein gemachtes Nest nicht so leicht aufgeben zu wollen.«

»Dann bleib doch hier – so lange, bis dir etwas Besseres einfällt.«

»Ich habe ein schlechtes Gewissen wegen Audrey. Ihr fehlt Mum – und Peter und ich fehlen ihr auch.«

»Sie kommt schon klar. Sie hat doch ihre Familie.«

»Und dann ist da noch das Geld. Ich darf nicht zu viel von meinem Gesparten verbrauchen. Sonst kann ich mir nie wieder eigene vier Wände leisten.«

»Du könntest doch in dem Therapiezentrum arbeiten. Deine Berufserfahrung wäre uns sehr willkommen. Du solltest mal vorbeischauen und dich mit den Mitarbeitern bekannt machen.« Sie grinste. »Es gibt da eine Teilzeitpraktikantin namens Solveig. Vor der habe ich richtig Angst. Ich nenne sie ›die Walküre‹. Sie ist ausgebildete Krankengymnastin, aber seit einem Autounfall ist sie berufsunfähig. Ash lässt sie kostenlos osteopathisch behandeln; im Gegenzug hilft sie uns bei unserer Arbeit.«

»Inwiefern?«

»Sie sitzt am Empfang und kümmert sich um die Medizinstudenten, die bei uns ihr Praktikum ableisten. Ein paar davon hat sie als Untermieter in ihrem Haus aufgenommen.«

»Das ist natürlich praktisch. Und wer ist noch da außer dir und Ash?«

»Ein Akupunkteur, eine Homöopathin, eine Herbalistin und eine Aromatherapeutin, die auch Massagen verabreicht.«

»Klingt nach einer kompletten Besetzung. Mich werdet ihr da kaum brauchen können.«

»Oh, ganz bestimmt. Du weißt, wie hilflos ich der Grauzone hier gegenüberstehe – dem Paranormalen, falls es so etwas gibt. Auf der Insel wimmelt es nur so von Geistergeschichten und Schauermärchen. Ash findet das alles äußerst spannend. Aber ich habe mit Parapsychologie nichts am Hut.« Sie kicherte. »Ich würde die allesamt wegsperren.«

Ich stimmte in ihr Lachen mit ein. »Deine Fähigkeiten liegen auf einem anderen Gebiet.«

»Ja, in allem, was eine Wirkung zeigt. Abgesehen davon haben wir seit jüngstem auch eine Heilerin in unserem Team – Marguerite, eine wirkliche Erscheinung.« Jill zog die Stirn in Falten. »Ash und die anderen halten sie für ein Gottesgeschenk, aber mir ist sie nicht ganz geheuer. Sie scheint nicht taub zu sein – es sei denn, sie kann perfekt von den Lippen ablesen. Aber sie spricht nie ein Wort. Ash sagt, sie hätte einen Röntgenblick, was natürlich Humbug ist. Aber sie scheint eine tiefe innere Verbindung mit den Patienten eingehen, geradewegs in ihr Unterbewusstsein eindringen zu können, und damit ist sie ein bisschen wie du.«

Ich musste an Menschen in verwirrten, dunklen Geisteszuständen denken, mit denen ich gearbeitet hatte, um ihnen zu helfen, imaginäre Grenzen zwischen den verschiedenen Realitätsebenen zu ziehen, damit sie im Alltagsleben bestehen konnten. Auf eine gewisse Weise gelang mir dies intuitiv, und das will ich gar nicht in Abrede stellen. Aber mir stand kein Lehrbuch zur Verfügung, an das ich mich halten konnte. Gewiss, ich hatte Heilerfolge, aber ich hatte mich einfach damit übernommen, immer für alles und jeden da zu sein. Ich kam mir isoliert, ausgezehrt vor. Plötzlich bekam ich eine Gänsehaut. Jill musterte mich eindringlich.

»Ich bin noch nicht wieder so weit«, sagte ich.

Jill legte ihre Hand auf die meine. »Nimm dir so viel Zeit, wie du brauchst. Du darfst mit deinen Kräften nicht gleich wieder Raubbau treiben. Die letzten paar Wochen haben dir enorme Entscheidungen abverlangt.«

»Die meisten Entscheidungen wurden mir abgenommen, Mum ist gestorben, Peter hat mich verlassen.«

»Du hast deine Stellung gekündigt und das Haus verkauft, um dich von allem zu lösen. Deine eigenen Leistungen erkennst du wohl nie an?«

»Nein, wohl nicht, was?« Ich musste lächeln. »Aus mir wird nie eine Sophia Loren.«

Jill hob ihre grandiosen Brüste und ließ sie wieder sinken. »Große Titten sind nicht alles, was zählt. Und Frau Loren hat ihre besten Tage ohnehin schon hinter sich. Du aber fängst gerade erst an.«

4

NICK BETRACHTETE DEN lästigen Steinbrocken auf dem Pfad, der früher einmal zum Hotel geführt hatte. Es half nichts; er musste ihn beiseiteräumen. Seine blanke Oberfläche glitzerte in der Sonne, als wolle er ihn herausfordern. Nick nahm seine ganz Kraft zusammen, stellte sich breitbeinig hin, ging mit gestrecktem Rücken in die Knie und schob die Arme unter das Trumm. Dann holte er tief Luft und wuchtete den Stein zu den übrigen Brocken, die darauf warteten, dass eines Tages wieder eine Mauer aus ihnen entstand. Nick atmete grunzend aus und wischte sich mit der Hand über die Stirn. Er war zufrieden mit sich. Vor ein paar Jahren noch hätte er gar nicht den Versuch unternommen, damals, als er Keri noch nicht kennen gelernt und sie ihn noch nicht in die Freuden des Fitnesstrainings und der stundenlangen Aufenthalte in freier Natur eingeführt hatte.

Er setzte sich ins Gras und schüttete sich eine halbe Flasche Wasser in die Kehle. Der stechende Geruch des Ökosystems, das er gerade gestört hatte, drang ihm in die Nase. Er sah zu, wie sich Asseln und Maden hektisch in alle Richtungen verstreuten, und hoffte, nicht allzu viele der winzigen Kreaturen getötet zu haben. Vielleicht sollte er ein *Dschain* werden, sich eine Maske vors Gesicht binden und mit einem Besen vor sich kehrend einherschreiten, damit er keinem Lebewesen etwas zuleide tat. *Ahimsa* – das war das Wort. Das Prinzip der absoluten Gewaltlosigkeit.

Die Sonne brannte ihm heiß auf den Kopf. Er musste sich ein Sonnenschutzmittel besorgen. Damit hatte ihm schon

Keri immer in den Ohren gelegen. Er hatte ihr gesagt, es wäre nur ihre natürliche Angst der Menschen von *Down Under* vor Hautkrebs und dass sie sich hier, in der nördlichen Hemisphäre, keine Sorgen deswegen zu machen brauchte. Sie aber hatte darauf bestanden, dass sie beide die schmierige Creme dick auftrugen, bevor sie zu ihren Bergwanderungen, Kanufahrten oder Fahrradtouren über ehemalige Eisenbahntrassen aufbrachen. Und er hatte es genossen, die Lotion in ihre kräftigen Schultern einzumassieren, während sie sich ihr blondes Haar hochhielt.

Er rieb sich die Augen, stand auf und streckte sich; seine Muskeln taten ihm weh. Er ging den Hügel hinauf und schaute sich das verbliebene Fundament des alten *Wraith Cove Hotel* an, anhand dessen er sich genau vorstellen konnte, wo früher eine Treppe und eine Terrasse, die Eingangshalle und der Speisesaal gewesen waren – alles schon vor langer Zeit vom Abbruchunternehmen davongeschafft.

Nick war froh, dass Jane Newcombe die Erbin dieses Stück Landes war. Sie hatte ihm gesagt, dass sie gar nichts von seiner Existenz gewusst hatte, bis es im vergangenen Jahr in ihren Besitz übergegangen war. Um ein Haar hätte sie das Grundstück und das Haus verkauft; dann wäre die ganze Historie dieses Ortes verloren gewesen. Doch dann hatte sie festgestellt, dass sie damit auch Marguerite und Neptun, den alten Fischer, mit übernommen hatte, und da war an einen Verkauf ohnehin nicht mehr zu denken gewesen.

Mit Jane und ihrem Mann Chas hatte Nick stundenlang über Archivfotos und alten Karten gesessen, und mit Unterstützung von Marguerite und Neptun hatte die Vergangenheit wieder Gestalt für sie angenommen. Janes Traum war es, den verlorenen Garten wieder zum Leben zu erwecken und das Hotel so weit als möglich dem Original entsprechend wieder aufzubauen. Aus dem Unkraut begann sich der Grundriss zu entwickeln. Nick wandte sich um und warf einen Blick über das Grundstück, das sich bis zu der Stelle erstreckte, an der das Kliff ins silbrig schimmernde Meer abfiel.

Und da war auch Jane in dem langen roten Kaftan, den sie immer trug, wenn sie schrieb. Sie schlenderte an der Klippe entlang durch den Garten von Wraith Cottage, wie sie es stets gerne tat, nachdem sie ihre morgendliche Arbeit erledigt hatte. Neptuns gelbes Fischerboot kam gerade, eine schaumige Heckwelle hinter sich herziehend, aufs Ufer zu und brachte Marguerite zum Mittagessen nach Hause. Jane hielt die Hand schützend über ihre Augen, sah ihnen entgegen und wandte sich dann um, als suche sie nach Nick. Er nahm sein Hemd, winkte damit und begann dann den Abstieg zu dem Cottage, wo ihn ein Platz am Tisch erwartete.

5

ASH FÜHRTE MICH durch das neu eingerichtete Therapiezentrum im Erdgeschoss der Villa. Ich hatte eigentlich keine Lust, mich schon wieder in Räumlichkeiten aufzuhalten, in die Menschen mit der Erwartung kamen, geheilt zu werden. Aber Ash wollte unbedingt, dass ich mir alles ansah, und sein Enthusiasmus wirkte ansteckend.

»Für mich wird damit ein Traum Wirklichkeit, Sophie«, sagte er, stieß Türen auf und zeigte mir elfenbeinfarben getünchte Wände und helle Ledersofas. »Im Haus ist reichlich Platz, und da wir im Obergeschoss wohnen, haben wir den besten Seeblick.«

»Wird sich das Ganze denn auch rechnen?«, fragte ich. »Ich meine, so groß ist Ventnor ja nun auch wieder nicht.«

»Es läuft an.« Er ließ die Jalousie in seinem Beratungsraum hochschnellen und legte ein neues Papierlaken auf die Therapiecouch. »Mein Terminkalender ist prall gefüllt – aber das ist bei Rheumatologen eigentlich die Regel. Aber auch meine Kollegen bekommen von Woche zu Woche mehr zu tun.« Er nahm einen frisch gebügelten weißen Kittel aus einem Regal und schlug seinen Terminkalender auf. »Ich sollte sie dir alle mal vorstellen.«

»Jill hat mir schon von Solveig erzählt – der Walküre. Und von Marguerite, der Heilerin mit den Röntgenaugen.«

Ash warf mir mit ernster Miene einen scharfen Blick zu. Ich fragte mich, ob ich zu flapsig geklungen hatte.

»Sie sind beide außergewöhnliche Menschen. Solveig verfügt über ein enormes Wissen und Marguerite ist eine begabte

Heilerin.« Er wirkte gekränkt. »Ihre Schwester hat sie zur Behandlung hergebracht, und dabei hat Marguerite uns mit ihren Fähigkeiten beeindruckt.«

»Worin bestehen die denn?«

»Das ist schwer zu sagen. Sie schweigt, sie ist stumm. Sie bedient sich einer ganz eigenen Zeichensprache und weist uns auf Brennpunkte hin, an denen wir bei den Patienten arbeiten müssen. Man könnte es als intuitive Diagnose bezeichnen. Sie geht in den Behandlungszimmern ein und aus.«

»Wirkt das nicht störend?« Ich mochte mir nicht vorstellen, dass eine fremde Frau mit fuchtelnden Händen ständig in meine Therapiesitzungen hineinplatzte. Manche meiner gestörten Patienten würden dadurch vollends den Verstand verlieren.

»Warte, bis du sie gesehen hast – ich kann es wirklich nicht erklären.«

»Wird sie heute hier sein?«

»Schon möglich. Sie kommt, wenn sie sich gerufen fühlt. Manchmal bringt ihre Schwester Jane sie her.« Er lächelte. »Manchmal kommt sie auch mit einem Boot. Ein alter Fischer namens Neptun fährt sie dann rüber.«

»Hört sich nach einer schillernden Persönlichkeit an.«

Ash wirkte nachdenklich. Er schien mir gesünder, tatkräftiger, als ich ihn von London in Erinnerung hatte. Sein Gesicht war sonnengebräunt und über der Stirn trug er sein Haar modisch mit Gel hochgestylt.

»Solveig und Marguerite haben mir ganz neue Dimensionen eröffnet. Ich möchte mit dir darüber reden und wünsche mir, dass du deine Erfahrung mit einbringst. Ich habe erste Versuche durchgeführt – es ist wirklich erstaunlich. Manche Menschen schleppen traumatische Erfahrungen aus ihrer Kindheit oder sogar aus einem früheren Leben mit sich herum.«

»Das kommt vor«, sagte ich. Ashs Augen leuchteten vor Enthusiasmus; ich merkte, dass er dabei war, sich in gewisse Ideen zu verrennen. Ich hoffte, dass er regelmäßig an einer Supervision teilnahm. »Du solltest aber vorsichtig sein mit ...«

»Jill hält überhaupt nichts davon«, unterbrach er mich. »Sie begegnet diesen zusätzlichen Therapien mit ebensolchem Misstrauen wie manche Ärzte der Psychotherapie.«

»Ja, so ist Jill. Sie hält sich an das, was sie kennt.«

Ash stellte sich neben mich und legte mir die Hand auf die Schulter. »Ich bin froh, dass du mich verstehst«, sagte er seufzend.

Am liebsten hätte ich ihn gebeten, die Hand wieder fortzunehmen. Ich *wollte* über diese Dinge nicht reden – weder mit Ash noch mit der wundersamen Marguerite, mit keinem.

Die Tür ging auf und eine hoch gewachsene, breitschultrige Frau kam herein. Ich nahm an, dass das Solveig sein musste. Ihr weißes Haar hatte sie zu einem festen Knoten zusammengesteckt. Sie sah mich vorwurfsvoll an, als wäre ich eine Patientin, die zu früh zu ihrem Termin erschienen war. Ash stellte uns vor; blitzschnell begrüßte Solveig mich mit einem steifen Händedruck. Ich konnte verstehen, wieso sie Jill nicht ganz geheuer war.

»Dann gehe ich jetzt wohl besser und überlasse euch eurer Arbeit«, sagte ich. Draußen war ein Trupp Gartenarbeiter damit beschäftigt, die Terrasse anzulegen. Sie karrten Eisenbahnschwellen und ausgewachsene Palmen heran. Jill war unterwegs, um die Kinder von der Schule abzuholen; danach hatte sie Termine mit Patienten. Ich bog in die steile Seitenstraße ein, die zur Promenade führte. Es waren nur wenige Menschen unterwegs; die Hauptsaison hatte noch längst nicht begonnen, und die Läden mit Strandzubehör richteten ihre Öffnungszeiten nach dem Wetter.

Ich ging die sandigen Stufen zum Strand hinunter. Die Flutmauer war von der Sonne gewärmt. Ich zog meine Fleecejacke aus und setzte mich darauf. Die auf den Strand plätschernden Wellen glätteten den Sand. Auf dem Wasser ließen sich Seemöwen treiben. Männer in gelben Latzhosen brachten Körbe mit Krebsen und Hummern in den kleinen Hafen und verbreiteten Fischgeruch. Es tat mir gut, einen Moment lang allein zu sein. Jills und Ashs Alltag war hektisch; trotzdem hatten sie mit mir Ausflüge zum Osborne House, der Sommerresidenz von Königin Victoria, dem Carisbrooke Castle und zu den *Needles* genannten beiden Kreidefelsen im Meer unternommen. Ich hatte die Isle of Wight von den schönsten und höchsten Aussichtspunkten besichtigt und konnte verstehen, warum es ihnen hier so gefiel.

Auch mit Tilly und Hal hatte ich viel Spaß. Die Kinder von Jill und Ash waren ein ganz anderer Schlag als die meiner Schwester. Wenn ich Joanna und William Gutenachtgeschichten vorlas, saßen sie, nach Shampoo und Zahncreme duftend, brav an meiner Seite. Wenn ich sie dann fragte, ob ihnen die Geschichte gefallen hätte, nickten sie artig, obwohl ihnen schon die Augen zufielen. Tilly und Hal hingegen rissen mir bisweilen das Buch aus den Händen, schleuderten es in die Ecke und stritten darüber, was sie als Nächstes hören wollten. Irgendwie begriff ich, was Jill und Ash gut und richtig daran fanden, Kinder zu ermutigen, ihren Gefühlen freien Ausdruck zu geben. Andererseits war aber auch etwas Herzerwärmendes daran, zwei unschuldige Lämmchen ins Bett zu bringen und zu wissen, dass sie nicht vorhatten, einander an die Gurgel zu gehen, wenn ich wieder unten im Erdgeschoss war.

Da saß ich nun, ließ Sand durch meine Finger rieseln und überlegte wieder einmal, wie es nun weitergehen sollte. Sowohl Ash als auch Jill wollten, dass ich in dem Therapiezentrum mitarbeitete und bei ihnen wohnen blieb. Audrey hatte geschrieben, dass ich bei ihr und John unterkommen könnte, bis ich meine Angelegenheiten geregelt hatte – nach meiner Rückkehr nach London.

Ich dachte daran, was Jill gesagt hatte, dass ich stark wie ein Baumstamm sein sollte. Was *wollte* ich? Ich stellte mir vor, wie ich wieder in meinem Therapeutensessel saß, und verspürte gleichzeitig einen heftigen Widerstand. Würde ich bei meiner Schwester leben wollen? Dann müsste ich immer alles blitzsauber hinterlassen. Ich stellte mir die lärmende Kakophonie von London vor, die verschmutzte Luft und das finanziell völlig unzureichend ausgestattete öffentliche Krankenhaus, in dem allenfalls an der Oberfläche der Leiden der Patienten gekratzt wurde. Nein, dahin wollte ich nicht zurück, aber was ich als Nächstes tun wollte, das wusste ich auch noch nicht.

Ich erhob mich, klopfte den Sand von mir ab und schlenderte zurück auf die Promenade. Eine Frau zog vor *Rachel's Café* gerade die Rollläden hoch. Sie lächelte mir zu.

»Kann nicht schaden, aufzumachen«, sagte sie. »Auch wenn ich nur ein paar Tassen Tee verkaufe. Besser, als oben auf meinem Hintern zu hocken.«

»Na, ich nehme jedenfalls eine«, sagte ich.

»Fein. Der Kocher blubbert schon. Setzen Sie sich doch zu mir. Ich bin übrigens Rachel.«

Ich saß am Fenster des leeren Cafés. Die Wände waren ringsum mit blauen und grünen Wellenlinien bemalt, die auch im Inneren des Ladens ein Gefühl von Weite und Meer erzeugen sollten; von der Decke hingen Fischernetze. Alles wirkte sauber und ordentlich, aber eben nicht so steril wie Audreys Küche. Ich sog den Duft von Kaffee und den der Freesien in mich ein, die in kleinen geschliffenen Glasvasen auf jedem der Tische standen. Rachel sang vor sich hin, während sie Tee machte und Kuchen aufschnitt. Sie trug ihr brünettes Haar an den Seiten nach hinten gekämmt und hielt es mit smaragdgrünen Clips in Schmetterlingsform fest an seinem Platz. Sie hatte ein süßes Lächeln, und ihre Augen wurden ganz groß, wenn sie etwas sagte. Ich fragte mich, ob sie auch so zufrieden *war,* wie sie wirkte.

»Ich habe Sie mit Jill und Ash gesehen. Wohnen Sie bei denen?«, fragte sie, während sie den Tee in mit Rosenblüten dekorierte Tassen einschenkte.

»Hmm«, sagte ich und biss in das wohlschmeckende Gebäck. »Ich bin Sophie. Jill und ich sind seit der Schule miteinander befreundet.«

»Wie schön, dass manche Freundschaften so lange halten. Bleiben Sie lange hier?«

»Ich weiß es nicht«, sagte ich und verriet damit meine Unentschlossenheit. Ich redete selten mit Fremden über mein Privatleben, aber von Rachel brauchte ich kaum mehr als ein Stichwort, und schon legte ich los. Sie schien für alles offen zu sein. Ich hatte das Gefühl, als würde ich sie schon seit Ewigkeiten kennen. Sie hörte zu, bis ich mir meinen Kummer von der Seele geredet hatte; dann füllte sie noch einmal unsere Tassen und sah mich nachdenklich an. Schließlich streckte sie den Arm aus und berührte mich behutsam mit ihren Fingerspitzen.

»Mein Ratschlag wäre, dass Sie Ihr ganzes Selbstwertgefühl zusammennehmen und sich an alles erinnern, wobei Ihnen wohl zumute ist. Daran müssen Sie sich festklammern und sich ein neues Leben gestalten, in dem Sie tun, was *Ihnen* gefällt.« Noch einmal tippte sie mir mit den Fingern auf den Arm. »Den Rest vergessen Sie; er ist es nicht wert, sich deswegen einen Kopf zu machen. Und blicken Sie auch nicht zu fern in die Zukunft. Tun Sie, was jetzt für Sie richtig ist.«

»Klingt, als würden Sie aus Erfahrung sprechen«, sagte ich.

»So ist es. Mein Mann hat mich mit zwei unmündigen Knaben sitzen gelassen.«

»Ach, tatsächlich? Das erstaunt mich, Rachel. Sie kommen mir so – wie soll ich es sagen – zuversichtlich und zufrieden vor.«

»Damals sah das ganz anders aus. Es war für mich, als ob die Welt aufgehört hätte zu existieren. Ich fühlte mich weggestoßen und hilflos.«

»Und wie sind Sie da wieder auf die Beine gekommen?«

»Eines Morgens bin ich aufgewacht, und mir war klar, dass

ich entweder einen Schritt nach vorn machen müsste oder untergehen würde. Ich beschloss, mein vepfuschtes Leben in die Hand zu nehmen und meine Möglichkeiten zu überdenken. Ich liebte meine Jungs über alles; wir hatten ein Dach über dem Kopf, aber kein Geld. Aber ich konnte gut kochen. Also habe ich in Restaurants gearbeitet, habe mir das nötige Fachwissen angeeignet und bin schließlich als Managerin dieses Cafés hier gelandet. Direkt am Meer – genau, was ich mir vorgestellt hatte. Und irgendwann habe ich es dann gekauft.«

»Und das haben Sie alles ganz alleine geschafft?«

»Es gab schon Freunde in meinem Leben, die mir unter die Arme gegriffen haben. Na ja, ganz ohne Männer geht es vielleicht doch nicht. Allerdings möchte ich mit keinem zusammenleben. Männer sind ganz in Ordnung, solange sie einem nicht auf der Bude hocken. Dann geht es bald mit der alten Erwartungshaltung wieder los – sie wollen ihr Essen auf dem Tisch, ihre Socken gewaschen haben und Sex.«

Wir mussten beide lachen. Sie tätschelte meine Hand.

»Sie sind stark und wissen sich zu helfen. Sie können alles erreichen, Ihnen steht die Welt offen.«

»Genau das hat Jill auch gesagt.«

»Wo genau wären Sie in diesem Augenblick am liebsten?«

»Eigentlich würde ich gerne hierbleiben. Es gefällt mir hier immer besser. Nur in meinen früheren Beruf möchte ich nicht zurück. Jedenfalls noch nicht.«

»Das ist sehr vernünftig.« Sie füllte wieder unsere Tassen auf. »Wie wär's mit einer Stellung hier?«

»Hier?«

»Ich brauche jemanden, der mir den Sommer über zur Hand geht. Große Gehälter bezahlen kann ich nicht, aber es gibt Trinkgeld und Sie können so viel Cremetorte und Apfelkuchen essen, wie Sie wollen. Ich schätze, durch den ganzen Kummer haben Sie abgenommen.«

Ich sah an mir hinunter. Auf meine Figur hatte ich in letzter

Zeit kaum geachtet. »Ich bin immer schon ein eher dürrer Typ gewesen«, sagte ich.

»Dürr? Wer hat das zu Ihnen gesagt?«

»Nun, mein Vater. Und mein Ehemann.«

»Bockmist. Viele Frauen würden sonst was tun, um wie Sie auszusehen.«

»Ach, Rachel«, sagte ich. »Mir geht es schon gleich so viel besser.«

Sie erhob sich, als die Tür aufging. »Denk über den Job nach«, sagte sie.

Ein Mann betrat das Café und ging geradewegs zum Tisch in der hintersten Ecke. Sein Kopf war kahlgeschoren, und er trug eine runde Brille mit dunklen Gläsern. Bekleidet war er mit einer weiten, grauen Leinenhose, einem gleichfarbigen Hemd und Ledersandalen. Über seiner Schulter hing eine abgewetzte Segeltuchtasche. Ich schätzte ihn auf Ende vierzig. Mir kam der Gedanke, dass ich mich möglicherweise vor ihm gefürchtet hätte, wenn er ganz in Schwarz gekleidet gewesen wäre – wobei mir auffiel, wie rasch ich zu einem Urteil über ihn gekommen war. Rachel brachte ihm einen Becher Kaffee und blieb dann an seinem Tisch stehen, um sich leise mit ihm zu unterhalten. Er nahm seine Sonnenbrille ab, sah sie an und lächelte, wobei sein entschlossenes Gesicht weichere Züge annahm und er sogleich jünger wirkte. Als sie sich von ihm abwandte, zog er ein Notizbuch aus seiner Tasche und schrieb.

Ich saß da und schaute auf die Promenade hinaus. Sie hatte sich ein wenig belebt – Leute schleckten Eis und stocherten in Pommestüten. Eine Familie kam herein und setzte sich an den Tisch neben mir. Die Eltern neckten einander und die Kinder kicherten. Mich durchströmte ein warmes, versöhnliches Gefühl, als würde eine lang anhaltende Anspannung von mir genommen. Hier war ich nun – in einem gemütlichen Café mit ganz gewöhnlichen Menschen, die nichts von mir erwarteten. Ich konnte mich kaum erinnern, wann ich mich zuletzt so entspannt gefühlt hatte. Ich erinnerte mich daran, wie ich in meiner Jugend empfunden hatte, wenn ich die Welt um mich herum beobachtete und überall Lebensenergie spürte.

Ich erhob mich und ging zum Tresen, um zu bezahlen. »Wann kann ich anfangen?«, fragte ich Rachel.

Sie strahlte über das ganze Gesicht und schob mir mein Geld wieder hin. »Gerade jetzt käme es mir gelegen.« Sie zeigte auf den kahlrasierten Mann, der immer noch schreibend am Tisch saß. »Geh und frag Nick, ob er noch einen Kaffee möchte, und dann zeige ich dir, wie alles funktioniert.«

6

NICK SASS GERNE in Rachels Café. Er mochte Rachel und fühlte sich wohl in ihrer Gegenwart. Einmal hatte sie ihn sogar ermuntert, mit ihr zu schlafen. Er hatte es genossen, ihre Wärme zu spüren und sich von ihr verwöhnen zu lassen, aber sich auch sogleich gesagt, dass er dies nicht mit Liebe verwechseln durfte. Er wusste, wie wahre Liebe sich anfühlte, und wollte weder ihr noch sich wehtun. Also war er ganz aufrichtig zu ihr gewesen und hatte ihr seine mönchhafte Lebensweise und sein Bedürnis nach Enthaltsamkeit erklärt. Sie hatte gesagt, dass sie gar nicht auf der Suche nach einem Partner war, sondern nur nach jemandem, an den sie sich kuscheln konnte – falls ihm auch mal danach war.

Er überlegte, ob er sich lieber von ihr fernhalten sollte, aber sie hatte gesagt, dass sie es mochte, wenn er ins Café kam; sie interessierten die Themen, über die er sprach. Wenn keine Gäste da waren, die sie bedienen musste, kam sie zu ihm an den Tisch, um zu schwatzen. War er aber mit seinem Schreibblock beschäftigt, ließ sie ihn gewähren. Er hatte ihr erzählt, dass er sich ein wenig als Dichter versuche, doch in Wirklichkeit brachte er nur ein paar hingekritzelte Gedanken zu Papier, die er hinterher fortwarf. Das war seine Methode, einen klaren Kopf zu bekommen, wenn ihm das Vergangene zu sehr zu schaffen machte. Ein buddhistischer Mönch aus Vietnam, mit dem er in Frankreich zusammen ein Seminar besucht hatte, hatte ihn diese Methode gelehrt. »Und danach«, hatte der Mönch gesagt und dabei ehrfurchtsvoll den Kopf gesenkt, »ist es gut, sich auf die Erde zu setzen, bewusst zu atmen und zu lächeln.« Auch damit hatte Nick es versucht. Er blickte von seinem Notizbuch auf, als etwas Leuchtendes ihn ablenkte. Eine Frau, die an einem der Tische am Fenster saß, trug ein aprikosenfarbenes T-Shirt, das den Sonnenschein zu bündeln schien. Ihr Kopf und ihre Schultern waren mit dichten, dunklen Ringellöckchen bedeckt, die ein wenig abstanden und aussahen, als vollführten sie Freudensprünge. Als sie Rachel ansah, spielte ein etwas unsicheres Lächeln um ihre Mundwinkel. In Nicks Kopf war Leere – er hatte sich alles, was ihn gerade beschäftigte, von der Seele geschrieben –, aber diese Leere wurde sogleich mit der Vorstellung von dem warmen, abendlichen Duft von Olivenhainen und reifen Trauben gefüllt. Die Frau stand auf, ging zum Tresen und sagte etwas zu Rachel, die darauf grinste und sich vorbeugte, um etwas zu erwidern. Dann warf ihm die Frau einen Blick zu, und ihre dunklen Augen wirkten so verunsichert wie ihr Mund. Mit verschränkten Händen trat sie an seinen Tisch.

»Möchten Sie noch einen Kaffee?«, fragte sie.

7

»RACHEL'S CAFÉ? IST das dein Ernst?« Jill sah mich an, als hätte ich gerade verkündet, ich wolle für Al Kaida arbeiten. Sie stellte die prall gefüllten Supermarkttüten auf den Küchentisch.

»Kriege ich dann immer umsonst Eis?«, erkundigte sich Hal und hüpfte vor Aufregung auf einem Bein.

»Ich auch, Sophie!«, rief Tilly und zog an meinen Händen. »Und Kuchen!«

»Ich habe zuerst gefragt«, protestierte Hal und schob sich zwischen uns beide, als wolle er sich seinen Platz in der Schlange sichern. Tilly versetzte ihm einen Stoß in den Rücken. Ich schob die beiden an den Schultern auseinander.

»Ich habe doch noch gar nicht richtig angefangen. Und es wird mir wohl kaum erlaubt sein, Eiswaffeln zu verschenken.«

»Zieht eure Schuluniformen aus und wascht euch die Hände«, befahl Jill in ziemlich scharfem Ton. Tilly und Hal sahen sie verblüfft an. Ich strich den beiden durch ihr Haar, von dem der vertraute Geruch alter Schulgebäude ausging, und schob sie dann behutsam zur Tür. Schon schlichen sie sich gehorsam aus der Küche. Ich nahm die Einkäufe aus den Tüten, und Jill verstaute alles im Kühlschrank.

»Nun, du hast doch selbst erklärt, ich hätte alle Möglichkeiten und mir stünde die ganze Welt offen«, erinnerte ich sie.

»Als ich das gesagt habe, dachte ich an etwas exotischere Klimazonen, verstehst du?« Sie machte wogende Bewegungen mit den Händen und schwang die Hüften wie ein Hulamädchen.

»Polynesien. Oder die Seychellen. Und wenn schon in einem Café, dann wenigstens in einer Strandbar auf Barbados.«

»Ventnor ist mir im Augenblick exotisch genug. Und der Job ist wunderbar für mich – da brauche ich abends nichts mit nach Hause zu schleppen.«

Jill warf ihre Schuhe ab und setzte sich an den Tisch. »Du bist völlig überqualifiziert für so etwas. Wenn du das erst einmal eine Weile gemacht hast, wirst du dich zu Tode langweilen. Willst du hinter verschwitzten Touristenhorden die Tische abwischen und stapelweise fettiges Geschirr abwaschen?«

»Ich fände es interessant, in einer ganz anderen Umgebung Menschen zu begegnen. Und Rachel ist wirklich reizend. Sie hat mir einen Vortrag gehalten, der mich so aufgemöbelt hat, als wäre ich neu geboren.«

»Ja, die Sorgenbriefkastentante hat sie gut drauf. Allerdings nicht sehr tiefschürfend.«

»Ich glaube, ich habe fürs Erste genug von tiefschürfenden Dingen. Sie wirkt erfrischend. Und auch sie ist von ihrem Mann sitzen gelassen worden.«

»Wenn ich gewusst hätte, dass du einen Job als Putzfrau suchst, hätte ich dich gegen Bezahlung als Haushälterin bei mir eingestellt.«

Mir entging nicht, wie pikiert sie sich anhörte – als hätte ich ihre Berufsehre gekränkt. »Ich habe nicht gewusst, was ich gesucht habe. Es hat sich einfach so ergeben. Und es ist doch bloß für den Sommer.«

Jill seufzte. »Na, wenigstens bedeutet das, dass wir dich noch eine Weile hierbehalten.« Sie grinste, sprang von ihrem Stuhl hoch und umarmte mich so fest, dass sie mir fast die Rippen brach. »Du kannst bei uns bleiben und jederzeit die Arbeit hinschmeißen, wenn es dir da nicht mehr gefällt. Es gibt genug Studenten, die einen Job für die Semesterferien suchen.«

»Ich bleibe gerne bei euch wohnen. Aber wir müssen uns auch einmal über meinen Beitrag für Unterkunft und Verpflegung unterhalten. Ich würde mich wohler fühlen, wenn ich euch nicht dauernd auf der Tasche läge.« Jills und Ashs vorbehaltslose Generosität hatte angefangen, wie ein dumpfer Zahnschmerz an meinem Gewissen zu nagen.

Hal und Tilly kamen in Shorts und T-Shirts zur Tür hineingestürzt. Mich überkam unbändige Lust, etwas Schönes mit den beiden zu unternehmen. »Na, wollen wir mal den Strand unsicher machen, während eure Mum für ein Stündchen die Füße hochlegt?«

Rachel richtete ihre Öffnungszeiten nach der Witterung. Gegen Ende Mai hatte sich das sonnige Wetter durchgesetzt, und es kamen regelmäßig Gäste auf eine Erfrischung, einen kleinen Imbiss oder zum Nachmittagstee. Rachel backte Obsttorten, die mich an jene aus dem Märchen erinnerten, die der König anschneidet und aus der dann vierundzwanzig singende Drosseln aufsteigen. Sie hielt nichts davon, Kuchen aus dem Supermarktregal zu servieren. Der Duft aus dem Ofen wehte zur Tür hinaus und umgarnte arglose Spaziergänger, ließ ihnen das Wasser im Munde zusammenlaufen und lockte sie unweigerlich ins Café. Und wenn sie dann erst den ersten Bissen probiert hatten, blieb ihnen gar nichts anderes übrig, als noch eine Portion zu bestellen. Nach der Schule und an den Wochenenden half uns Stevie, Rachels jüngerer Sohn. Er war so extrovertiert und fröhlich wie seine Mutter und hatte das gleiche süße Lächeln. Er trug das Haar mit Gel nach hinten gekämmt und möglichst zerrissene Jeans. Ich beobachtete, wie ihm die Mädchen schöne Augen machten. Rachels älterer Sohn, Mark, ging zur Uni. Sie war unendlich stolz auf ihre beiden Jungs.

»Du hast auch allen Grund dazu«, versicherte ich ihr. »Und du bist eine großartige Mutter.«

Bald lernte ich einige Stammgäste kennen, Besitzer der anderen Strandläden, Ehepaare im Ruhestand, einsame Seelen, die es genossen, sich ein wenig an Rachels Wärme zu laben, geschwätzige Mütter mit kleinen Kindern, die mit ihren Buggys alle Durchgänge zustellten.

»Manchmal kommen sogar Prominente her«, erzählte mir Stevie. »Zum Beispiel, wenn im Sommer das Rockfestival läuft. Und Regattasegler. Ellen MacArthur ist cool.«

Rachel schnitt dicke Scheiben Teabread ab, die Stevie servieren sollte. »Und die Insel hat immer schon Schriftsteller und Maler angezogen«, sagte sie.

»Jemand Berühmtes dabei?«, fragte ich und füllte kremige Vanillesauce in einen Becher, wobei ich der Versuchung widerstehen musste, mit dem Finger einmal um den Rand herum zu streichen.

»Nun, früher hat Alfred Lord Tennyson hier gewohnt – der Hofpoet von Königin Victoria. Und Swinburne, Dickens, Keats sind hergekommen, um hier zu schreiben – so viele, dass ich die Namen alle gar nicht mehr zusammenbekomme.«

»Sind das Namen von Fossilien?«, alberte Stevie.

»Ignorantes Kind. Ich sehe da einen unabgeräumten Tisch.« Sie schlug mit dem Geschirrhandtuch nach seinem niedlichen Hintern, als er loseilte. »Kreative Menschen fühlen sich hergezogen. Aber so ist es wohl immer bei Inseln. Der Regisseur Anthony Minghella hat hier ein Haus. Und hast du mal von Jane Newcombe gehört?«

»Die Romanautorin?«

»Genau. Sie wohnt in Wraith Cove, ein Stück die Küste hinunter. Ich zeige sie dir, wenn sie hereinkommt.« Sie musste kichern. »Du wirst eine Menge Leute sehen, die in Notizbüchern schreiben oder an ihren Stiften saugen. Ich glaube, sie alle wollen die nächste J. K. Rowling werden und Millionen scheffeln.«

»Als ich zum ersten Mal hier war, ist ein kahlköpfiger Mann hier gewesen, auf den deine Beschreibung zutrifft. Ich weiß nicht mehr seinen Namen, aber du schienst ihn zu kennen.«

»Ach, das war Nick. Er schreibt Gedichte. Ein bisschen eigenbrötlerisch, aber nett. Hat sich lange nicht blicken lassen. Er wohnt in einem Haus, das gerne von Künstlern und Dichtern besucht wird.«

»Hier in Ventnor?«

»Nein, in der Blue Slipper Bay, ein Stück hinter dem Botanischen Garten.«

»Blue Slipper Bay – das hört sich romantisch an. Und du hast von Wraith Cove gesprochen.«

»Ja, und dann gibt es noch Puck's Bay, wo Neptun wohnt.«

»Neptun? Ash hat mal jemanden dieses Namens erwähnt.«

Rachel drückte mir ein Geschirrtuch in die Hand. »Könntest du die Tische abwischen? Stevie wird von seinen Fans belagert, und ich muss Kuchen aufschneiden.«

Ich stellte fest, dass mir nach einem Tag Arbeit im Café ganz schön die Beine und Füße wehtaten. Nun war ich körperlich ermüdet anstatt geistig und emotional erschöpft. Es war ein Segen, auf mein Bett in meinem Zimmer unterm Dach zu sinken und meine Glieder zu entspannen. Mein Kopf war frei, ich lauschte dem Rhythmus des Meeres, dem Wind, der am Gebälk rüttelte, und dem Gesang der Vögel am frühen Morgen. Ich hatte das Gefühl, als hätte der Raum um mich herum auch in mir einen neuen Raum geschaffen.

Das Einzige, was mir Sorgen bereitete, war die unterschwellige Spannung, die ich zwischen Jill und Ash verspürte, und noch am gleichen Tag brach sie während des Abendessens auch schon hervor. Tilly und Hal waren müde und quengelig und ärgerten einander ständig. Normalerweise ließen Jill und Ash sie das unter sich ausmachen, solange es keine lebensbedrohlichen Formen annahm.

»Ich hasse dich. Du stinkst«, murmelte Hal.

»Stinkst selber«, versetzte Tilly. Hal stieß sie am Arm, als sie gerade einen Schluck Wasser trinken wollte, und ihr Glas kippte um. Sie kreischte laut und schlug nach ihm.

»So, nun reicht es mir aber!« Jill sprang auf und riss an ihren beiden Stuhllehnen gleichzeitig. »Geht auf eure Zimmer und wagt es nicht, wieder herauszukommen, bis ich es sage!« Sie schubste sie aus der Küche und schlug die Tür hinter ihnen zu. Als sie die Treppe hinaufgingen, hörte man beide Kinder weinen.

»Das war wohl ein bisschen zu streng, nicht?«, sagte Ash, der die Gabel mit Spaghetti während der kurzen Szene unbeweglich über seinen Teller gehalten hatte.

»Wenn du glaubst, du hättest damit besser umgehen können, warum hast du es dann nicht getan?«, fauchte Jill. Sie löste ihr Haar, fasste es straff zusammen und bändigte es wieder fest mit der Spange. Mir fiel auf, dass ihre Hände zitterten.

»Ich wollte mich da nicht einmischen.«

»Und warum nicht?«

»Na ja, weil Eltern doch nicht gegen ihre Kinder an einem Strang ziehen sollen und so.« Er grinste verlegen.

»Das genau ist es, Ash. Wir ziehen eben beide *nicht* an einem Strang. Du hältst dich raus und überlässt alles mir.« Ihre Stimme übersprang einige Oktaven. Sie sah aus, als würde sie gleich in Tränen ausbrechen. So kannte ich Jill gar nicht. Sonst regte sie sich nie wegen ihrer Kinder auf.

Ash legte seine Gabel auf den Teller. »Das ist nicht fair, Jill. Auch ich trage meinen Teil bei.« Er sah mich an. »Ich bin der personifizierte Neue Mann.«

Aber ich merkte sogleich, dass sein Versuch, es ins Scherzhafte zu ziehen, nicht verfing. Jill ließ sich mit solcher Wucht auf ihren Stuhl fallen, dass ich fürchtete, er würde zusammenbrechen. Sie füllte ihr Weinglas bis an den Rand.

»Alles Quatsch«, entfuhr es ihr. »Du nimmst die Kinder nur wahr, wenn es dir in den Kram passt. Du denkst an nichts anderes als an das Therapiezentrum.«

»Das ist doch der reinste Blödinn. Wovon redest du eigentlich?« Seine Stimme hatte einen veränderten Tonfall angenommen. Jetzt wurde es ernst.

Ich stand vom Tisch auf und füllte den Wasserkocher. Ich war mir unschlüssig, ob ich bleiben oder gehen sollte.

»Du weißt, wovon ich rede. Deine Schnapsidee mit dieser *Rückführungstherapie.* Du solltest besser die Finger davon lassen. Du begibst dich auf ein gefährliches Terrain voller Wahnvorstellungen und Borderlinefällen.« Sie zeigte auf mich. »Frag doch Sophie. Sieh dir doch mal an, in was für einen Zustand sie dadurch geraten ist.«

»Immer langsam, Jill.« Ich hatte das Gefühl, nun auch etwas sagen zu müssen. »Das ist nicht wahr. Ich bin nicht *in einen Zustand geraten* – jedenfalls nicht allein dadurch. Es war ein Zusammentreffen …«

»Entschuldige, ich habe es nicht so gemeint, wie es sich angehört hat.« Sie sah mich an und runzelte missbilligend die Stirn. »Es ist nur, dass Ash darin keine Erfahrung und auch keine qualifizierte Ausbildung hat. Es birgt ein Risiko, bei Menschen nach verschütteten Erfahrungen zu wühlen. Wenn die erst einmal zum Vorschein kommen, muss man dann auch damit umzugehen wissen.«

»Vorbehalte – das ist dein Problem«, grummelte Ash. »Du möchtest, dass das Therapiezentrum respektabel ist und keine Irren beherbergt, wie du es so taktvoll ausgedrückt hast. Du hast Angst davor, was die Leute sagen.«

»Und das ist ja wohl auch nur vernünftig, wenn wir das Vertrauen der Öffentlichkeit gewinnen und auf Dauer erfolgreich sein wollen.«

»Aber du schreckst doch schon vor Hypnose und Fußreflexmassage zurück. Die Homöopathin duldest du nur, weil sie Hals Heuschnupfen kuriert hat.«

»Dies ist eine enge Lebensgemeinschaft, eine Insel. Hier kennt fast jeder jeden, und es spricht sich schnell was herum. Ich möchte keine abgedrehten Typen umherrennen sehen, die esoterischen Unsinn von sich geben.«

Ash lehnte sich zurück und verschränkte die Arme vor der

Brust. »Ich merke, worauf du hinauswillst. Du hast Vorbehalte, seit Marguerite aufgetaucht ist, nicht wahr?«

»Na schön. Ja, das stimmt. Ich will nicht, dass sie hier herumschleicht. Sie kommt mir vor, als wäre sie aus einem Gruselfilm entsprungen.«

Ich stellte die Kaffeebecher hin und fragte mich, ob Marguerite wusste, wer Arwen Evenstar war, und ob die Elfenkönigin nicht nur Peter, sondern vielleicht auch Ash verhext hatte.

»Hast du überhaupt eine Vorstellung davon, was für eine Hilfe sie uns ist?« Ash sah Jill wütend an, und sie hätte ihn mit Blicken töten können. Ash stand auf und warf seine Serviette auf die trocken werdenden Spaghetti Bolognaise. »Dann solltest du dir vielleicht mal die Mühe machen, es herauszufinden.«

Ich wusste nicht, wessen Partei ich ergreifen sollte, und schob stattdessen den Wasserkocher und die Kaffeemaschine auf der hölzernen Arbeitsplatte hin und her. Vielleicht wäre es besser, mich zurückzuziehen. Doch bevor ich zu einem Entschluss kam, war es Ash, der hinausstürmte und die Tür hinter sich zuschlug.

8

NICK GING DEN Uferwanderweg entlang zur Arbeit. Während der Wintermonate begegnete er hier selten anderen Menschen, aber diese sonnigen Frühsommermorgende schienen so manchen aus seinem Bett zu locken, um die Schönheit des Steilküstenufers zu genießen, bevor man sich in die Fänge seines Arbeitsalltags begab. Auf den Weiden blühten farbenfroh Butterblumen und Gänseblümchen. Der Duft von Rotklee mischte sich in die Brise und in den Hecken schnatterten und summten Vögel und Insekten. Vor dem Blau des Himmels stießen Möwen ihre durchdringenden Schreie aus, und an der Kliffkante zitterten die Wildblümchen.

Nick war froh, an der frischen Luft zu arbeiten. Jeden Tag stellte er sich eine Aufgabe, die seine gesamte Kraft und Konzentration erforderte. Das gab ihm das Gefühl, etwas erreicht, etwas vollbracht zu haben, denn es blieb keine Arbeit liegen, die dann am nächsten Tag erst wieder erledigt werden musste, was nur Energie und Nerven kostete. Heute stand ein gefällter Baum an; zuerst musste er ihn mit der Axt von den Wurzeln befreien. Aus der dunklen Erde entstieg der Geruch von Moder und Verfall, was ihn an die trostlosen Orte erinnerte, die er hatte aufsuchen müssen, als er noch in London arbeitete. Als er sich damals um den Job im Drogenrehabilitationszentrum bewarb, hatte er noch die idealistische Vorstellung gehabt, eigens für diesen Zweck geschaffene Räumlichkeiten vorzufinden, in denen die Betroffenen von ihrer Sucht loskamen. Aber die meiste Zeit brachte er entweder in ungelüfteten Zimmern zu oder damit, in irgendwelchen Gassen, wo es nach Urin und Erbrochenem stank, nach verschwundenen Jugendlichen zu suchen. Nicht, dass dies von ihm verlangt wurde; er *durfte* es nicht einmal, denn es blieb den Drogenabhängigen überlassen, ob sie sich weiter an der Entzugsmaßnahme beteiligten oder nicht. Aber Nick hatte fest an ihren guten Willen geglaubt und wollte herausfinden, warum sie nicht mehr zu den Treffen kamen und wohin sie verschwunden waren.

So viel Leid. Er dachte an die todunglücklichen Eltern dieser verlorenen Kinder. Wie musste es sein, ein Kind aufzuziehen, nur damit es eines Tages verschwand oder sich in einen ausgemergelten, verzweifelten Fremden verwandelte? Und er musste an sein eigenes Kind denken. Lara war der Name, den er ihr hatte geben wollen. Der Pathologe hatte ihn gefragt, ob er das Geschlecht des Fötus erfahren wolle. Nick zog es vor, von Lara als seiner ungeborenen Tochter zu denken. Lara – das war der Name, den er und Keri sich für ihr Kind ausgesucht hatten, falls es ein Mädchen würde.

Er erschauderte, verbannte den kleinen Hexenmeister aus seinen Gedanken und konzentrierte sich wieder auf den Baumstamm zu seinen Füßen. Er hob die Axt hoch über den Kopf und ließ sie auf die hartnäckigen Wurzeln niedersausen. Er spürte seinen ganzen Körper von der Wucht des Aufschlags vibrieren und schmeckte salzige Erde auf der Zunge. Er erinnerte sich, wie er, nachdem er Keris Leiche identifiziert hatte, mit der Faust gegen die kahle Wand des Leichenschauhauses geschlagen und sich dabei geschworen hatte, nie wieder eine Situation heraufzubeschwören, die ihn in eine solche Seelenqual stürzen konnte.

9

»ICH LIEBE DIESE Küste bei Nebel«, schwärmte Rachel. »Sie hat dann etwas Magisches. Ich könnte schwören, dass sie ihre Gestalt verändert.« Der Tag hatte sommerlich begonnen, doch dann war vom Meer ein Nebel herangekrochen, der die Sonne verdeckte und die Menschen landeinwärts trieb, wo sie sich überdachte Zerstreuungen suchten.

Rachel schaute aus dem Fenster. »Wollen wir einen Spaziergang machen?«

»Hört sich gut an – falls du hier für mich nichts mehr zu tun hast«, sagte ich.

Rachel warf einen Blick durch den Raum. »Es ist alles vorbereitet. Wenn der Nebel sich auflöst, kommen wir schnell zurück und öffnen zu Mittag oder zum Nachmittagstee.«

Wir gingen die Promenade entlang und dann den Küstenwanderweg hinauf. Ich verstand, was sie mit der mystischen Erscheinung der Küste meinte. Die See und der Himmel verschwammen zu einem blassen Schleier. Trügerische Grasbüschel wucherten über den Rand des Steilufers, so dass man sich des festen Bodens unter den Füßen nicht sicher sein durfte. Urplötzlich konnte man vor einem Abgrund stehen.

»Es hat hier allerhand Todesfälle gegeben«, erklärte sie ungerührt. »Durch Unfälle oder auf andere Weise. »Nach all den Kriegen und den Schmugglerschiffen, die vor dieser Küste zerschellt sind, kommen die Leute her, um Geistern nachzuspüren. Glaubst du an das Übernatürliche, Sophie?«

»Ich will es nicht ganz von der Hand weisen«, antwortete ich. »Ich weiß von Menschen, mit denen ich gearbeitet habe und die sonderbare Dinge erlebt hatten, dass sich manches, aber längst nicht alles, wissenschaftlich erklären lässt.«

»Siehst du. Dieser neblige, feuchte Morgen ist perfekt für Spukgeschichten.« Sie schob ihren Arm unter den meinen. Ich merkte, dass sie zitterte. »Hast du den Film *Der Exorzist* gesehen?«

»Besessenheit ist auch so eine neblige Angelegenheit«, sagte ich. »Manche Menschen stoßen einen Teil von sich ab, mit dem sie nicht länger leben können, und sehen diesen Teil dann als etwas, das Besitz von ihnen ergreifen will. Aber das erklärt nicht die Ausnahmefälle, in denen ein, sagen wir mal, körperloses Wesen ausgetrieben werden muss. *Befreiung von negativen Fremdenergien* nennt man das heutzutage.«

Rachel erschauderte noch einmal. »Hast du so was mal gemacht?«

»Ich habe es mal bei einem speziell ausgebildeten Team erlebt.«

»Menschenskind! In meinem Café passiert nie etwas Aufregendes. Mein Leben ist so eintönig. Was hast du sonst noch erlebt?«

Mir fiel auf, wie wenig es mir ausmachte, Rachel so freiheraus von meiner Arbeit zu erzählen. »Nun, Menschen können von früheren Erfahrungen in ihrem Leben besessen sein. Meistens ist das harmlos, aber gestörte Patienten können in Konflikt mit ihrer eigenen Identität geraten und brauchen dann ein bisschen Hilfe.«

»Ein bisschen Hilfe! Bei dir hört es sich so an, als würdest du jemandem bei der Hausarbeit zur Hand gehen.« Wir blieben nach Luft schnappend oben an einer steilen Treppe stehen, lehnten uns an das Geländer und sahen auf die See hinaus. »Glaubst du denn auch an Reinkarnation, Sophie?«

»Nicht im herkömmlichen Sinne.« Ich grinste. »Ich muss dir schrecklisch wischi-waschi vorkommen. Aber ich habe mir so viele Geschichten anhören müssen, dass ich zwar allem offen gegenüberstehe, mir aber gleichzeitig über nichts sicher bin. Ich bin überzeugt davon, dass diese Geschichten wahr sind, aber die meisten entspringen Gehirnen, denen gewisse Grenzen verloren gegangen sind und die dann irgendwelche beliebigen Erfahrungen aufgreifen, so, wie man Radiowellen auffängt.« Ich blickte zu den vom Nebel verschluckten Wellen hinaus. Der Scheinwerfer des Leuchtturms von St. Catherine's Point drehte seine Runde und ließ die Schwaden im Licht tanzen.

»Du hörst dich ein wenig wie Nick an, der mit der Glatze, der ab und zu ins Café kommt. Er sagt, dass alles, was je gewesen ist oder je sein wird, in diesem Augenblick präsent ist. Ich habe keine Ahnung, was er damit meint, aber ich höre ihm gerne zu.« Sie zeigte in die Richtung, in die wir gingen. »Wenn der Nebel sich immer noch nicht verzogen hat, nachdem wir durch den Botanischen Garten spaziert sind, könnten wir runter zur Blue Slipper Bay gehen und ich zeige dir dann, wo er wohnt. Du wirst es nicht glauben.«

»Und wieso nicht?«

»Wart's ab.«

Wir machten uns wieder auf den Weg. Rachel deutete auf diverse Stellen entlang des Küstenweges, an denen unglückliche Seelen mit allem Schluss gemacht hatten.

»Ich bin schon, seit ich ein Kind war, immer hergekommen«, sagte sie, als wir den Botanischen Garten erreichten. »Ich kann mich noch erinnern, wie das hier alles ein Haufen Bauschutt war, nachdem man das alte Tuberkulosespital abgerissen hat. Deswegen wird dieser Ort auch von Geistern heimgesucht – die ganzen armen Lungenkranken, die hier gestorben sind.«

»Ich find's schön hier«, sagte ich, beeindruckt von der Fülle der Pflanzen und Sträucher, die die feuchte Luft mit ihrem Aroma erfüllten.

»Spürst du etwas?«, fragte Rachel. »Die ruhelosen Toten?«

»Nein«, erwiderte ich lachend. »So etwas fange ich nicht auf. Ich bin nicht übersinnlich begabt. Ich kann mich nur in einen geistigen Zustand versetzen, in dem ich Verbindung zum Unterbewussten anderer aufnehme, um ihnen dabei zu helfen, womit sie gerade zu kämpfen haben – mehr nicht.«

»Mehr nicht? Na, da bleibe ich lieber bei meinem Nachmittagstee.«

»Aber sieh doch mal, wie gut du auf Menschen eingehen kannst, Rachel. Sie kommen in Scharen zu dir, um dir von ihren Sorgen und Nöten zu berichten – so wie ich.«

»Ach, ich mag nur gerne ein bisschen Klatsch und Tratsch. Sieh mal, da drüben, das ist die Stelle, an der Janes armer alter Vater von der Klippe gestürzt ist. Jane ist die Schriftstellerin, die in Wraith Cove lebt – du bist ihr noch nicht begegnet. Er hatte einen Schlaganfall und man glaubt, er hätte das Gleichgewicht verloren.« Sie blickte zum Himmel hinauf. »Ich denke, wir machen noch einen kleinen Abstecher nach der Blue Slipper Bay, bevor wir umkehren.«

Wir bahnten uns unseren Weg entlang eines fast zugewachsenen schmalen Pfades nahe bei der Kliffkante. Rachel hörte nicht auf zu erzählen.

»Die meisten Leute wenden sich an diesem Punkt wieder dem Landesinneren zu. Aber wenn man sich hier auskennt, kann nichts passieren. Es gibt hier ein paar reizende Buchten und Winkel, wenn dir ein bisschen Klettern nichts ausmacht.«

Der Pfad wand sich hinunter zu einer felsigen Landspitze. Ich folgte Rachel um eine Ecke herum und erblickte zu meiner Überraschung eine winzige, hufeisenförmige Bucht. Es herrschte ablaufendes Wasser. Vor mir sah ich einen hellgelben Sandstreifen, einen Haufen Steinbrocken und einen kurzen, betonierten Weg, der zu drei kleinen Häusern führte, die unmittelbar an das Kliff gebaut waren und hölzerne Balkone auf Pfählen hatten. Das uns am nächsten stehende der drei Häuser war weiß gestrichen und hatte blaue Fensterläden, deren Farbe längst verblasst war. Das dahinter war von einem verwaschenen Grün mit lavendelfarbenen Läden und das dritte von einer blassen Terrakottafarbe mit türkisen Fensterläden. An der hinteren Biegung der kleinen Bucht ruhte ein blaues Fischerboot auf einer Slipanlage. Daneben lag ein Durcheinander aus Netzen und Bojen. Oben an der Slipanlage stand ein niedriger, hölzerner Schuppen, an dessen halb geöffneter Tür auf einer Schiefertafel frische Hummer und Krebse angepriesen wurden. Aus Blumentöpfen an den Balkonen ließen wettergepeitschte Geranien die Köpfe hängen, und zwischen den Häusern wuchsen verschiedene Palmen, Farne und Kakteen. Dahinter erstreckte sich ein im Verfallen begriffener Wellenbrecher aus Holzstämmen vor der wogenden Steilküste.

»Was für ein malerischer Ort«, sagte ich. »Man kommt sich vor, als wäre man am Mittelmeer.«

»Wenn die Sonne scheint, ist es hier wirklich wie in Spanien«, pflichtete mir Rachel bei. »Wollen mal sehen, ob Nick zu Hause ist. Er kann uns noch einen Tee kochen, bevor wir uns auf den Rückweg machen.« Sie ging zu dem weißen Häuschen und klopfte an die Holztür unter dem überhängenden Balkon.

»Wer ist da?«, rief über uns eine Stimme, und Nicks kahlgeschorener Kopf erschien über dem Geländer.

Rachel trat einen Schritt zurück und sah zu ihm hinauf. »Du hast Besuch«, rief sie. »Stell den Kessel auf.«

»Kommt rauf«, sagte er und verschwand. Wir traten durch die Tür und gingen eine Holztreppe hinauf, die zu einer Falltür führte. Durch sie erreichten wir ein quadratisches Zimmer, das bis auf vier Stühle und einem Tisch neben der Balkontür beinahe leer war. An der hinteren Wand stand ein Bett mit einem roten Kater und einem Schlafsack darauf und in einer der Ecken ein Kamin aus Steinen. Ansonsten gab es nur nackte Bodendielen und ein paar Regale. Durch das Fenster sah man nichts als das neblige Meer. Ich kam mir vor wie auf einem Boot. Nick stand da und sah uns an, als wüsste er nicht recht, was er tun sollte. »Wasser ist aufgesetzt«, verkündete er und zeigte durch einen Tür in die winzige Küche.

»Super«, sagte Rachel. »Es wird auch mal Zeit, dass du zur Abwechslung *mir* einen Tee kochst. Erinnerst du dich an Sophie?«

Nick streckte mir die Hand entgegen.

»Wir haben uns kurz gesehen«, sagte ich. »An meinem ersten Tag im Café.«

»Ich weiß.« Seine Stimme klang heiser. »Ich bin eine Weile nicht mehr da gewesen. Ich hatte mir beim Fischen mit Neptun eine Erkältung eingefangen. Neptun ist sechsundsiebzig und kriegt nie auch nur einen Schnupfen.«

»Du hast letztes Mal auch ein bisschen angeschlagen ausgesehen«, sagte Rachel. »Wir hatten uns gewundert, wo du abgeblieben bist. Also hielten wir es für besser, mal vorbeizuschauen.«

Ich hätte mir gewünscht, sie würde mich nicht mit eingeschlossen haben, denn ich kannte Nick ja so gut wie gar nicht. Nick lächelte und wirkte gleich ein wenig liebenswürdiger, auch, weil sein kahler Kopf mir jetzt nicht mehr ganz so befremdlich erschien. Das erinnerte mich an mein eigenes Haar, das durch die feuchte Luft gekräuselt wie ein Dornenbusch aussehen musste. Aber Haare hatte ich jedenfalls für uns beide mehr als genug.

»Tee?«, fragte er. »Kaffee habe ich nicht. Macht's euch bequem.« Er ging wieder in die Küche. Wir zogen unsere klammen Fleecejacken aus und setzten uns an den Tisch. Nick kam mit Bechern voller Tee zurück.

»Und wie ist es so, für die Erdenmutter von Ventnor zu arbeiten?«, fragte er mich.

Rachel schnaubte durch die Nase und ich musste lachen. »Es gefällt mir ausgesprochen gut.« Ich sah mich in dem Zimmer um. »Ist das eine Ferienwohnung?«

»Nein, ich lebe hier.«

»Wie denn? Die ganze Zeit?« Hoffentlich hatte das nicht unhöflich geklungen. Aber ich war in der Tat überrascht. Alles wirkte so behelfsmäßig.

Er nickte. »Die ganze Zeit.«

»Ist das denn nicht gefährlich?«

Rachel legte mir die Hand auf den Arm. »Es ist sogar sehr gefährlich. Du solltest hier mal einen Sturm erleben. Die Schindeln fliegen gegen die Scheiben. Man kriegt eine Heidenangst.«

Nick lachte. »Die Fenster sind aus Doppelglas und die Konstruktion ist stabil. Unter ihrer abblätternden Fassade haben diese Häuser schwere Steinmauern.«

»Ja, aber die Wellen spülen manchmal fast bis an die Schwelle, Sophie. Kannst du dir vorstellen, wie das bei Nacht ist?«

Ich fragte mich, ob sie das aus eigener Erfahrung kannte. War Nick einer der Männer, die sie nicht bei sich wohnen haben wollte? »Und wohnt hier in der Blue Slipper Bay sonst noch jemand?«, fragte ich.

»Das mittlere Haus mieten manchmal Künstler und Schriftsteller. Im hintersten Haus leben fast das ganze Jahr über Kyp und Evie. Ihnen gehört auch dieses Haus. Sie fangen Fische, betreiben dort eine kleine Bar, in der man abends Meeresfrüchte essen kann, und vermieten auch Zimmer. Aber viel los ist hier nie. Es ist ein ziemliches Stück von der Straße entfernt und man kann nicht mit dem Auto heranfahren. Die einzige andere Möglichkeit ist der Weg über die Steilküste, den ihr gekommen seid.«

Ich trank meinen Tee, während Nick und Rachel sich unterhielten. Er erzählte ihr von seiner Arbeit für Jane Newcombe, die den früheren Garten des alten Wraith Cove Hotel restaurierte. Es hörte sich nach harter Arbeit an. Nick war nicht besonders groß, aber er wirkte muskulös unter seinem grauen Trainingsanzug. Von der Arbeit hatte er Schwielen an den Händen und seine Fingernägel waren stumpf. Während er redete, drehte er ständig ein geflochtenes Band, das er ums Handgelenk trug. Er sprach langsam, und seiner Stimme hörte man die Erkältung an. Ich fragte mich, was er von unserem Überfall hielt, und lauschte der Unterhaltung nur mit halbem

Ohr, versuchte, mir auszumalen, wie es sein musste, den ganzen Winter hier allein zu verbringen, während draußen die See und der Wind tosten. Ich stellte mir Nick vor, wie er mit der Katze zu seinen Füßen vor dem prasselnden Kaminfeuer saß. Nirgendwo waren ein Fernseher oder eine Stereoanlage zu sehen. Der einzige Raumschmuck bestand aus einer angeschlagenen Holzfigur auf dem Kaminsims, die auf mich wirkte, als könne sie aus einem Tempel stammen. Auf Nicks Vorlieben und seine Persönlichkeit ließ der Raum keinerlei Schlüsse zu; dazu war er viel zu spartanisch eingerichtet.

War es dies, was ich gemeint hatte, als ich zu Audrey sagte, ich wolle mich um nichts und niemanden kümmern oder verantwortlich sein müssen? War es ein Versuch gewesen, mich von allem zu befreien, von vorne anzufangen? War ich zu drastisch vorgegangen? Hätte ich vielleicht lieber in London bleiben und versuchen sollen, mein Leben in den Griff zu kriegen, anstatt die Tür hinter mir zuzuschlagen und den Schlüssel wegzuschmeißen?

War Nick auch dabei, seine Vergangenheit auszulöschen? Es kam mir vor, als hätte er einen klaren Schnitt gemacht – was sogar sein Haar mit einschloss. Oder legte er einfach keinen Wert auf Besitztümer und Menschen um sich herum? Mit Rachel allerdings schien er sich gut zu verstehen. Er sah sie mit seinen braunen, leicht entzündeten Augen unverwandt an, während sie auf ihn einredete, ihm dabei ständig die Hand tätschelte und ihre Wärme ausstrahlte.

Mit einem Male verspürte ich ein heftiges Sehnen – wie Heimweh. Nicht nach dem Heim meiner Kindheit oder meinem Heim mit Peter, einfach heim, heim *zu mir* nach Hause. Aber wo war dieses Zuhause?

Ein Sonnenstrahl erhellte den Raum. Rachel stellte ihren Becher ab.

»Der Nebel löst sich auf, Sophie. Wenn wir uns beeilen, schaffen wir es gerade noch, zu Mittag zu öffnen.«

Ich erhob mich. »Danke für den Tee.«

»Kommt gerne wieder«, sagte Nick, während er uns die Treppe hinunter folgte. »Kommt doch beide mal an einem schönen Abend vorbei, dann essen wir nebenan Fisch.« Er hörte sich so an, als meinte er das ernst. Vielleicht war ihm unser überraschender Besuch doch nicht so ungelegen gekommen.

10

NICK WAR SEHR angetan von Rachels unerwartetem Besuch; nur, dass sie Sophie mitgebracht hatte, war ihm unangenehm. Er fühlte sich irgendwie unvorbereitet – nicht, dass er viel vorzubereiten gehabt hätte, wenn er von ihrem Kommen unterrichtet gewesen wäre. Es hatte mehr mit ihm selbst zu tun. Während der letzten Tage war er ganz allein gewesen und hatte seine Erkältung auskuriert. Es fiel ihm nicht leicht, sich mit jemandem zu unterhalten, nachdem er tagelang kein Wort gesprochen hatte.

Aber Rachels ungezwungene Art vertrieb sogleich sämtliche Befangenheit. Sie lästerte über manche ihrer Gäste und deren Marotten und erzählte, wie sich ihre Jungs machten. Er seinerseits beantwortete ihre Fragen nach den Fortschritten im Garten von Wraith Cove. Rachel gefiel es, über alles und jeden Bescheid zu wissen, aber Nick wusste, dass sie keine Plappertante war. Er dachte darüber nach, wie gut sie aussah – mit ihren rosigen Wangen nach dem langen Spaziergang.

Ihm fiel auf, dass Sophie nicht viel sagte, solange man sie nicht direkt ansprach. Sie saß still da, den Becher mit ihren schlanken, ringlosen Händen umschlossen. Sie trug wie Rachel eine schlichte weiße Bluse und schwarze Hosen. Er sagte sich, dass sie sich für die Arbeit im Café wohl auf diese einheitliche Bekleidung geeinigt hatten. Und ihm entging auch nicht, wie ihr Blick immer wieder von ihrem Tee zu ihm und dann im Zimmer umherwanderte. Ihre Augen waren von einem tiefen Braun, dunkler als die seinen, falls er sich nicht täuschte. Und sie hatte dichtes, dunkles, aber nicht richtig schwarzes Haar. Er entdeckte ein paar silbrige Strähnchen darin und fragte sich, wie alt sie wohl sein mochte. Das war heutzutage bei den Frauen oft schwer zu beurteilen. Sie konnte alles zwischen fünfunddreißig und fünfundvierzig sein – und damit etwa so alt wie er. Zwischen ihren Locken hatten sich durch die feuchte Nebelluft kleine Tröpfchen gebildet. Von Zeit zu Zeit unternahm sie den Versuch, ihr Haar glattzustreichen, und dabei fiel ihm der bernsteinfarbene Schimmer ihrer tropfenförmigen Ohrringe auf. Er sann darüber nach, wie viel Zeit sie wohl jeden Tag darauf verwendete, ihre ungebärdige Haarpracht zu bändigen, und was sie von seinem kahlgeschorenen Schädel hielt. Er konnte sich vorstellen, dass seine Lebensweise ihr sehr spartanisch vorkam, sein Verzicht auf jeden Komfort und der Mangel an besonderen Interessen. Er hatte gemerkt, wie sie seine leeren Regale angestarrt hatte, und musste an seine eigenen literarischen Ergüsse denken, die er allesamt vernichtet, und an die Bücher, die er gelesen und dann zur Wohlfahrt gebracht hatte. Er wollte einfach nichts behalten. Sie muss denken, ich sei ein langweiliger, vertrockneter Knabe, dachte er und musste sich eingestehen, dass ihm durchaus daran gelegen war, keinen schlechten Eindruck auf sie zu machen.

Nach und nach hörte er Rachels Erzählungen nur noch mit halbem Ohr zu. In seinem Kopf entstanden Worte, lenkten ihn ab, flatterten darin herum, als suchten sie freigelassen zu werden. Er hätte den beiden Frauen zu gerne versichert, dass auch er das Gefühl kannte, wenn man nachts aufwachte und eine unbändige Freude darüber verspürte, dass jemand, den man liebte, neben einem atmete. Er wollte ihnen sagen, dass auch er den Augenblick erfahren hatte, in dem man erkannte, dass man nur um seiner selbst willen tief und innig geliebt wurde. Und er war sich bewusst, dass er unablässig mit dem geflochtenen Band um sein Handgelenk spielte.

Er sah Sophie an. Ihr schmales Gesicht war unbewegt. Sie beobachtete Rachel, doch es schien, als wäre sie nur oberflächlich präsent, als wäre sie im Grunde genommen auf sich konzentriert. Rachel erwähnte, dass Sophie und ihr Ehemann sich kürzlich erst getrennt hätten. Nun, dann gab es wohl eine Menge, worüber sie jetzt nachdenken musste – vor allem, falls sie, wie Rachel, Kinder hatte. Warum sollte sie sich für seine Lebenserfahrungen interessieren? Er glaubte zu spüren, wie sie einen Schutzwall um sich aufbaute, wie sie sich innerlich gegen etwas zur Wehr setzte. Er verstand ihr Bedürfnis, sich von den Emotionen anderer Leute zurückzuziehen, allem möglichen Schmerz aus dem Wege zu gehen.

Der Nebel löste sich auf und Rachel machte sich zum Gehen bereit. Sie hatten ihn in seiner Einsamkeit aufgestört, und nun wollte er sie nicht gehen lassen. Er folgte ihnen die Treppe hinunter, stolperte über seine eigenen Worte, lud sie ein, doch eines Abends wiederzukommen und bei Kyp und Evie Fisch zu essen. Sogar ihm fiel auf, dass er viel zu eifrig geklungen hatte.

Er ging wieder ins Haus. Die Atmosphäre im Raum hatte sich verändert, als wäre etwas Feminines in ihm zurückgelassen worden. Eine Mischung aus warmer Feuchtigkeit und einem wohligen Duft füllte die vertraute Leere und ließ sie erträglicher erscheinen.

11

»WAS IST LOS, Jill?« Ich saß auf dem Sofa und sah zu, wie sie die Spielsachen der Kinder wegräumte. Ich hatte ihnen gerade eine Gutenachtgeschichte vorgelesen und versucht, sie zum Einschlafen zu bewegen. Irgendwie schien Jills Energie verpufft. Sie wirkte überhaupt nicht mehr dynamisch, eher ganz mit sich selbst beschäftigt. Vorhin schon war mir aufgefallen, dass sie Schwierigkeiten hatte, mich anzusehen, als ich ihr von meinem Besuch in der Blue Slipper Bay erzählte. Aber vielleicht war sie bloß müde nach einem anstrengenden Tag.

»Ach, eigentlich nichts.« Sie stieß die Schranktür mit dem Fuß zu, als könne man nicht von ihr verlangen, dass sie sich dazu auch noch bückte. »Ich bin erschöpft, das ist alles. Und ich habe über diesen Job im Ärztehaus nachgedacht. Man würde dort gerne eine Psychotherapeutin haben. Es wäre ja nur für einen oder zwei Abende die Woche.«

»Würdest du denn gern dort arbeiten?«

»Ja, ich denke, es wäre gut, die Beziehung zu den Ärzten hier am Ort zu pflegen. Schließlich überweisen sie Ash auch den einen oder anderen Patienten.« Sie seufzte und setzte sich in den Sessel mir gegenüber. »Ich wollte dich fragen, ob du dich um Hal und Tilly kümmern könntest, wenn ich mich entschließe, es zu machen.«

»Ja, sicher doch. Aber was ist mit Ash?«

»Auf den allein kann ich mich nicht verlassen. Er könnte zu einem Notfall gerufen werden, und an bestimmten Abenden empfängt er seine Studentengruppe.«

»Ja, dann mache ich es natürlich.« Schon während ich das

aussprach, beschlich mich ein unbehagliches Gefühl, als ob mein Kopf in etwas einwilligte, was mein Herz überhaupt nicht wollte. Und ich wusste auch, dass dies nicht das war, was Jill eigentlich auf der Seele lag. »Ist jetzt wieder alles in Ordnung zwischen dir und Ash?« Seit ihrer Auseinandersetzung hatte ich die beiden nicht mehr miteinander sprechen sehen.

Sie schüttelte den Kopf. »Zwischen uns herrscht Funkstille. Ich merke, dass er mir nach Möglichkeit aus dem Wege geht. Er möchte nicht, dass ich ihn nach seinen Plänen frage.« Sie sah mich traurig an. »Ich habe solche Angst, dass er alles kaputtmacht und das Therapiezentrum in Verruf bringt.«

»Glaubst du, dass ernsthaft die Gefahr besteht?«

Sie nickte und biss sich auf die Unterlippe.

»Warum setzt ihr euch nicht alle zusammen und diskutiert darüber, wie jeder Einzelne die Entwicklung beurteilt?«

»Das tun wir doch schon regelmäßig. Bei der letzten Sitzung ist nichts herausgekommen und ich konnte das Thema nicht aufs Tapet bringen, ohne illoyal gegenüber Ash zu erscheinen. Jedermann scheint froh und glücklich, dass Marguerite dabei ist.«

»Und Supervision? Aber dazu ist wohl niemand ausgebildet?«

Sie zog die Stirn in Falten. »Das ist ja das Problem. Meine Ausbildung ermöglicht es mir, hilfreich unter die Arme zu greifen. Aber wir brauchen selbst Therapeuten – ich jedenfalls. Und den anderen fehlt es an praktischer Erfahrung. Du hast doch in einem staatlichen Krankenhaus gearbeitet, Sophie. Du weißt, welche Risiken das birgt. Sieh dir doch all die Ärzte und Schwestern an, die nervlich zusammenbrechen.«

»Und was gedenkst du nun zu tun?«

»Ich habe mir überlegt, ob du nicht vielleicht mit ihm sprechen könntest. Dir vertraut er.«

»Jill, ich glaube nicht, dass ich gerade jetzt dazu in der Lage bin …«

»Bitte, Sophie. Nur ein kurzes Gespräch.« Sie wandte den Blick ab. »Wir beide sind doch immer füreinander da gewesen, oder nicht?«

»Natürlich.« Ich konnte es einfach nicht glauben, das von ihr zu hören. Sie musste wirklich verzweifelt sein. Ich verspürte überhaupt keine Lust, mit Ash zu reden, aber sie hatte recht, sie war immer für mich da gewesen. »Okay, ich werde es versuchen.«

Ihre Züge hellten sich auf. »Er ist unten mit Papierkram beschäftigt.«

»Jetzt gleich?!«

»Bitte. Nur ein vorfühlendes Gespräch, mehr nicht. Er ist so ein fähiger Arzt. Ich möchte nicht, dass alles den Bach runtergeht.«

Ich sah in ihr flehendes Gesicht. Wir waren zusammen durch alle Höhen und Tiefen gegangen. Ich konnte ihr ihren Wunsch nicht abschlagen.

Ich ging nach unten und betrat das Therapiezentrum. Dann stand ich im Empfangsbereich. Der Lichtdimmer war heruntergedreht; es duftete nach Jasminöl. Zunächst dachte ich, es wäre niemand mehr da und ich hätte Ash verpasst, aber dann hörte ich etwas und sah, dass die Tür zu seinem Beratungszimmer einen Spaltbreit offen stand. Ich trat einen Schritt näher, aber dann vernahm ich seine Stimme. Er musste einen Patienten bei sich haben. Gut, dass ich nicht hineingeplatzt war. Ich war erleichtert über den Vorwand, nicht mit ihm sprechen zu müssen. Aber dann hörte ich die Stimme einer Frau, die weinte oder stöhnte. Sie sagte etwas. Ich konnte die einzelnen Worte nicht ausmachen, aber es hörte sich an, als würde sie um etwas flehen.

»Wir müssen damit aufhören.« Ash sprach mit gesenkter Stimme. Auch er klang, als wisse er nicht mehr ein noch aus. »Verstehst du? Das muss aufhören.«

Ich war wie vor den Kopf geschlagen. Mein Herz pochte. Ich wollte nicht noch mehr hören. Ich wollte mich gerade davonschleichen, als Ash plötzlich aus dem Zimmer gestürzt kam und mich da stehen sah. Er rang mit den Händen in der Luft. Über seiner Jeans trug er einen weißen Kittel, aber er war ebenso wenig zugeknöpft wie das Hemd darunter. Er sah verzweifelt aus. »Sophie«, sagte er heiser, als wäre er betrunken. »Sophie, ich brauche Hilfe. Ich schaffe das nicht mehr.«

»Was ist denn los, Ash?«, flüsterte ich.

Er schloss die Tür zu seinem Zimmer. »Ich habe mich da auf etwas eingelassen ... bitte hilf mir.« Er ergriff meinen Arm und zog mich zu sich heran. Er war in Schweiß gebadet. Ich roch etwas – ein moschusartiges Parfüm und ... O mein Gott, er hatte Sex mit jemandem gehabt. Ich wollte von ihm weg, aber er hielt meinen Arm fest. Ich spürte, dass er am ganzen Leibe zitterte.

»Lass mich los, Ash.«

»Bitte, Sophie, rede mit ihr.« Er wies mit einer Handbewegung auf die Tür. Aus dem Zimmer hörte ich etwas wie ein leises Stöhnen.

»Ich kann es nicht. Nicht ich. Du brauchst professionelle Hilfe – einen Supervisor. Ich bin dafür nicht qualifiziert.«

»Aber du bist die Einzige, die es verstehen kann.«

Ich riss mich los, rannte nach draußen, durch den Garten, die steile Straße hinunter, über die Promenade und die Stufen zum Strand. Auch jetzt, kurz vor Einbruch der Dunkelheit, hielten sich noch ein paar Menschen am Wasser auf. Ich entfernte mich so weit wie möglich von ihnen und kehrte dann doch um; ich musste meine Gedanken sammeln. Ich sah, dass in Rachels Café noch Licht brannte, und war versucht, ihr alles zu erzählen, aber Stevie konnte bei ihr sein und ich wollte Jills und Ashs Vertrauen nicht missbrauchen.

Ich setzte mich auf die Mauer und ließ die Füße baumeln. Ich wusste nicht, was ich tun sollte. Schon wieder wurde ich in die Leben anderer Menschen hineingezogen. Ich hatte mich bereit erklärt, auf Tilly und Hal aufzupassen, während Jill arbeitete, und nun verwickelte Ash mich in ein Ehedrama. Was tat ich hier? Fiel ich wieder in meine alte Rolle zurück? Würde ich mich doch als Kummerkastentante hergeben, als verschwiegene Mitwisserin, als rettendes Netz für anderer Leute Familien? Aber Jill war meine beste Freundin und hatte mich nie im Stich gelassen. Ich sprang von der Mauer herunter. Ich musste mit ihr reden, ganz offen zu ihr sein. Aber ich wusste auch, dass ich ihr nichts von meinem Verdacht bezüglich Ash sagen könnte. Jill war eine starke Frau, aber wie sollte ich ihr sagen, dass ihr Ehemann vermutlich eine Affäre mit einer Patientin hatte? Ich betete zu Gott, dass ich mich getäuscht hatte, doch ich befürchtete, dass das nicht der Fall war.

Langsam ging ich zum Haus zurück. Jill lag mit einem Glas Wein in der Hand auf dem Sofa. Auf ihrem Bauch lag ein Buch; die Lesebrille saß ihr auf der Nasenspitze.

»Wo ist Ash?«, fragte ich.

»Unter der Dusche, glaube ich. Hast du mit ihm gesprochen?«

Ich schüttelte den Kopf. »Er war mit jemandem beschäftigt, also habe ich erst einmal einen Spaziergang gemacht.«

Jill setzte sich auf und nahm ihre Lesebrille ab. »Hast du gesehen, wer es war?«

»Nein.«

»War es Marguerite?«

»Ich weiß es nicht. Aber ich habe Stimmen gehört. Ich denke, du hast gesagt, sie würde kein Wort sprechen?«

Jill ließ sich in die Kissen sinken.

»Jill, ich muss mit dir reden.« Sie wirkte geistesabwesend und trank ihren Wein. Ich schob ihre Beine beiseite und setzte mich auf das andere Ende des Sofas. »Ich möchte nicht als Vermittlerin zwischen dir und Ash fungieren. Das müsst ihr beide untereinander klären.«

»Ja, ich weiß. Es tut mir auch leid. Ich hätte nicht ...«

»Ist schon in Ordnung. Ich würde alles tun, um wiedergutzumachen, was du für mich getan hast. Aber wir müssen ehrlich miteinander sein; das sagst du doch auch immer zu mir.« Sie blinzelte mit den Augen. Es war nicht zu übersehen, dass sie allerhand getrunken hatte. »Ich glaube, es wäre besser, wenn ich mir eine andere Bleibe suche.«

»Du willst weg von uns?«

Ich nickte. »Ich muss die Erfahrung machen, wie es ist, allein zu leben, sehen, wie ich nur mit mir als Gesellschaft zurechtkomme. Immerhin könnte es sein, dass mir das für den Rest meines Lebens bevorsteht.«

»Aber fühlst du dich denn hier nicht wohl? Ich brauche dich, Sophie. Ich habe doch nur dich, auf die ich mich verlassen kann, wenn es um die Kinder und sonst alles geht.«

»Ich weiß. Das ist ja ein Teil des Problems.«

Sie setzte sich wieder auf und sah mich erschrocken an. »Du willst mir also nicht helfen?«

»Sieh mal, ich mag Hal und Tilly wirklich sehr. Aber ich kann sie auch nicht ständig um mich haben, und es wird jeden Tag mehr.«

»Aber Tilly ist doch dein Patenkind.«

»Das weiß ich und ich liebe sie über alles. Ich versuche nur, ehrlich zu dir zu sein. Ich kümmere mich gerne um sie, aber zu mehr festgelegten Zeiten, damit ich weiß, wo ich stehe.«

»Es tut mir leid, wenn ich mich dir aufgedrängt habe.«

»Ach, Jill …«

»Entschuldige …«

»Es ist schon gut. Ich weiß, dass du dir Sorgen machst.«

»Aber du kannst mir nicht helfen.«

»Nein, hierbei nicht. Ich glaube nicht, dass ich das kann.«

Mit Mühe erhob sie sich vom Sofa. »Dann solltest du dir vielleicht wirklich etwas anderes suchen. Dann wissen wir beide, wo wir stehen.«

Unruhig wälzte ich mich in meinem Bett hin und her. Ich konnte keinen Schlaf finden. Es war stickig und ich hatte das

Gefühl, unter dem Dach keine Luft mehr zu bekommen. Zum ersten Mal in meinem Leben hatte ich meine Bedürfnisse vor die eines anderen gestellt.

Und ich wusste jetzt auch, wieso ich es immer andersherum gehalten hatte. Es war viel schmerzlicher, mit dem Gefühl zu leben, meine beste Freundin verloren zu haben, zu wissen, dass sie sich nach allem, was sie für mich getan hatte, von mir im Stich gelassen fühlte.

Am liebsten wäre ich auf der Stelle zu Jill gelaufen, um alles, was ich ihr gesagt hatte, zurückzunehmen und ihr zu versprechen, immer auf die Kinder und das Haus aufzupassen und alles wieder ins Lot zu bringen. Aber etwas anderes in mir – der Teil von mir, der meine Stellung aufgegeben und mein Haus verkauft hatte – fühlte sich ausgesprochen gut.

Ich stand auf, öffnete das Fenster und sah auf das vom Mondlicht beschienene Wasser hinaus. Dann sah ich, wie sich unten im Garten etwas bewegte. Jemand trat aus dem Schatten der Veranda. Zuerst dachte ich, es wäre eines der Kinder. Aber dann erkannte ich, dass es sich um eine Frau handelte. Als sie sich bewegte, fing sich das Mondlicht in ihrem außergewöhnlich langen Haar und ließ es wie Silber glänzen. Sie stand reglos da und starrte zum Haus hinauf. Ich dachte schon, ich wäre meinem ersten Inselgespenst begegnet. Dann aber verließ sie den Garten und ging die Straße hinunter zur Promenade. Von einem roten Mini, der unter einer Straßenlaterne geparkt stand, löste sich eine zweite Gestalt. Es war eine weitere, noch größere Frau mit dunklem, kurz geschnittenem Haar. Sie legte den Arm um die Frau mit den silbernen Haaren und half ihr ins Auto. Ich hörte, wie der Motor angelassen wurde; dann sah ich den Wagen langsam davonfahren. Ich fragte mich, ob die Frau, die das Haus angestarrt hatte, dieselbe war, die am Abend in Ashs Büro gewesen war. Ach Ash, dachte ich, in was um alles in der Welt hast du dich da bloß hineingeritten?

12

AN DEM TAG, als Keris Tod sich zum dritten Mal jährte, beschloss Nick, ihre Mutter in Kaikoura anzurufen. Er war nie wieder dorthin zurückgekehrt, wie er es ihr versprochen hatte, als sie beide zusahen, wie das stille Wasser des Lake Tekapo Keris Asche in sich aufnahm.

»Du musst aufhören, dir Vorwürfe zu machen, Nick«, hatte Marina damals gesagt, ihn bei der Hand gehalten und mit ihm geweint. »Du wirst immer zu unserer Familie gehören. Komm eines Tages zu uns zurück.«

Nick erinnerte sich, dass er genickt und geschluchzt, den Honigduft von einer Million Lupinen eingesogen hatte, die um den See herum wuchsen und auch die kleine Kirche zum Guten Hirten umschlossen. Er wollte diese Szene für immer wie eine lebendige Fotografie in seinem Gedächtnis behalten. Aber es kam ihm so vor, als wären die Farben der Blüten vergänglich und würden mit dem Wasser verschmelzen. Und die leiseste Brise konnte ihren Duft und das Läuten der Kirchenglocke in alle Winde verstreuen.

»Es gibt hier mehr, als du wahrnimmst, Nick.« Er hörte Keris Stimme in seinem Kopf. Und für einen kurzen Moment glaubte er, dass es auch an diesem Ort eine Kraft gab, die alles überdauerte, auf die man sich verlassen konnte – wenn er nur wüsste, was diese Kraft verströmte. Das musste er herausfinden. Das war der Beginn seiner Suche.

Aber zunächst musste er mit Marina telefonieren. Er verfügte über keinen Festnetzanschluss, und es war schier unmöglich, in der Blue Slipper Bay ein Netz für sein Mobiltelefon zu bekommen. Also blieb ihm nichts anderes übrig, als entweder zur Hauptstraße hinaufzugehen und von der Telefonzelle aus Marina anzurufen – was sich schwierig gestalten konnte – oder Kyp und Evie zu bitten, ihren Apparat benutzen zu dürfen. Er wusste, dass sie nichts dagegen haben würden, denn er hatte ihnen von Keri erzählt – nicht die ganze Geschichte, aber eben, dass sie gestorben war. Sie waren ihm immer gute Freunde gewesen. Er hatte sie auf der griechischen Insel Milos kennen gelernt, der Heimat von Kyps Familie, wohin sie sich jedes Jahr vor den kalten Wintern in England flüchteten. Nachdem er nach Neuseeland zurückgekehrt war, um gemeinsam mit Marina Keris Asche zu verstreuen, war Nick ein Jahr lang unterwegs gewesen, über Indien nach Europa zurückgekommen und hier von Insel zu Insel gereist. Schließlich war er in Kyps Bar hängen geblieben, wo er sich eigentlich nur das Reisegeld verdienen wollte, um zu seinem nächsten Ziel zu gelangen. Stets hatte er sich eingeredet, auf der Suche nach Antworten zu sein, aber inzwischen war ihm aufgegangen, dass er nur versucht hatte, vor sich selbst davonzulaufen.

Evie war es gewesen, die ihm von der Blue Slipper Bay und ihrem Besitz dort erzählt hatte – dem kleinen Restaurant, dem Ferienhaus und ihrem ehrgeizigen Plan, dort eine Möglichkeit für Künstler zu schaffen, sich zurückzuziehen, um in aller Ruhe zu malen und Kyps frisch gefangenen Fisch zu essen. Evie war auf der Isle of Wight geboren und hatte hier das Geschäft ihres Vaters übernommen. So waren sie und Kyp beide auf ihre Weise Inselbewohner.

»Komm mit uns zurück, Nick«, hatte sie gesagt. »Irgendwann muss mit dem Herumziehen Schluss sein. Und du wärest wieder in England – aber eben nur beinahe.«

13

AUDREY RIEF JEDEN Sonntagabend um neun an. Offensichtlich hatte sie sich eingehend mit ihrem Zeitplan beschäftigt und die passende Lücke für mich ausgesucht. Joanna und William würden um diese Zeit bereits gebadet und im Bett sein, und am Kleiderbügel würden ihre Schuluniformen hängen und darauf warten, dass sie sie wieder anziehen mussten.

John würde im Wohnzimmer die Sonderbeilagen der *Times* durchforsten und sie würde sich an den kleinen Telefontisch im Flur setzen, auf die Uhr schauen, die Beine übereinanderschlagen und meine Nummer wählen.

»Peter war heute zum Essen hier«, sagte sie, nachdem sie mir in aller Ausführlichkeit von ihrer Woche erzählt hatte.

»Ach, tatsächlich?« Ich konzentrierte mich wieder darauf, was sie mir berichtete. Ich hatte aus Jills Wohnzimmerfenster ein Traumschiff beobachtet, das am muschelrosafarbenen Horizont ins Paradies unterwegs war. »Und wieso?«

»Er wollte William und Joanna sehen. Sie fehlen ihm.«

»Seit wann denn das?«

»Na, seit ihr euch getrennt habt natürlich.«

»Ich sage es dir noch einmal, Audrey. Wir haben uns nicht getrennt. Er hat mich wegen einer Frau verlassen, die wie Arwen Evenstar aussieht.«

»Wie wer?«

»Die Elfenkönigin. *Der Herr der Ringe.*«

»Unsinn, Sophia. Sie sieht überhaupt nicht wie sie aus.«

»Ach? War sie auch dabei?« Ich fühlte mich verraten. Nicht

im Traum wäre ich auf die Idee gekommen, dass meine Schwester meinen Ex-Mann und seine Geliebte bewirten könnte. Was war aus ihren hohen Moralansprüchen geworden?

»Diesmal nicht. Weil er privat über Finanzen reden wollte, meine ich.«

»Diesmal nicht! Also ist er mit Arwen …?«

»Ihr Name ist Melissa.«

»Ich weiß, wie sie heißt.« Ich brachte es nicht über mich, diesen Namen auszusprechen.

»Jedenfalls hat Peter gesagt, ich solle dir ausrichten, dass dein Anteil an dem Geld für das Haus morgen auf deinem Konto sein sollte.«

»Warum konnte er mir das nicht selbst sagen?«

»Weil du gesagt hast, du wolltest nie wieder mit ihm sprechen.«

Stimmt, das hatte ich gesagt. »Mistkerl«, murmelte ich, hauptsächlich, um Audrey zu schockieren. Sie war immer so ohne Fehl und Tadel, dass ich mich geradezu gezwungen fühlte, die böse Schwester zu sein. Ich *wollte* ihr nicht wehtun, aber ihre mütterliche Art provozierte mich unweigerlich zu einer Bockigkeit, die ansonsten unter der Oberfläche verborgen ruhte. »Entschuldige, Audrey«, fügte ich rasch hinzu.

»Wann kommst du zurück?« Ihre Worte klangen, als hingen Eiszapfen daran.

»Jetzt noch nicht. Den Sommer über habe ich wenigstens einen Job.«

»Dann arbeitest du also immer noch in diesem Café?«

»Ja, und mir gefällt's da. Hör mal, warum kommt ihr nicht mal für ein paar Tage her? Den Kindern wird es hier großartig gefallen. Der Strand ist gleich auf der anderen Seite der Straße und es gibt eine Menge, was sie hier unternehmen können.«

»Aber wo sollen wir denn wohnen?«

»Ich finde schon Zimmer für euch.«

Es entstand eine Pause. Ich malte mir aus, wie sie stirnrunzelnd ihre Beine nebeneinanderstellte und sie dann wieder übereinanderschlug.

»Es ist ein weiter Weg. Joanna wird immer schlecht auf langen Autofahrten.«

»Von London nach Portsmouth sind es bloß ein paar Stunden. Oder ihr nehmt den Zug.«

»Und dann müssen wir noch auf die Fähre.«

»Halbe Stunde. Das ist doch ein Klacks. Ich hole euch ab.«

»Ich werde darüber nachdenken. Ich muss erst mal hören, was John dazu meint. Und ich muss langsam Schluss machen. Ich habe für morgen noch viel zu tun.«

Nachdem wir unser Gespräch beendet hatten, blickte ich wieder dem Kreuzfahrtschiff nach. Seine Lichter blinkten. Ich stellte mir vor, wie die Passagiere in aufreizenden Abendkleidern und weißen Anzügen mit langen Frackschößen über die kleinen Papierschirme in ihren Cocktails hinweg nach einander lüsteten. Oder dass sie vielleicht an die Reling gelehnt standen und zu dieser kleinen Insel herüberblickten, die mit ihrer eigenen Lichterkette den Gruß des Schiffes erwiderte. Ob sie sich vorstellen konnten, dass man auch hier wundersame Dinge tat, oder waren sie gar ganz gewöhnliche Menschen wie du und ich, die in die Welt hinausschauten und ihrer Fantasie freien Lauf ließen? Ich hörte Hal und Tilly immer noch oben herumlaufen und vermutlich ihren verzweifelten Eltern mit Wünschen in den Ohren liegen. Der altruistische Teil von mir drängte mich, anzubieten, den Kindern noch ein weiteres Kapitel aus *Harry Potter* vorzulesen, doch sein egoistischer Widerpart behielt die Oberhand, und ich schlich durch die Küche und zur Hintertür hinaus und rannte hinunter zum Strand wie eine Schule schwänzende Teenagerin.

Ich streifte meine Sandalen ab, krempelte die Jeans hoch und plätscherte mit den Füßen im Wasser. Die Kühle erfrischte mich, als würde sie die Anspannung aus meinem Körper treiben. Ich wollte mir nicht schon wieder Stress aufladen, nachdem ich gerade so viel davon abgeschüttelt hatte. Und doch wurde mir das ganze Wochenende über nicht nur schmerzlich bewusst, dass Jill und Ash sich wie aus dem Hinterhalt ständig gegenseitig angifteten, sondern auch, wie sehr die Kinder unter dieser Stimmung litten. Unwillkürlich fand ich mich in der Rolle der Friedensstifterin wieder. Es tat mir leid für Jill und Ash, und ich wünschte mir, sie würden Gelegenheit finden, sich gründlich auszusprechen. Um ihnen eine Möglichkeit dazu zu geben, verbrachte ich den Tag mit den Kindern in *Blackgang Chine,* dem Abenteuerland der Piraten und Pioniere, wo sie sich tüchtig austoben konnten. Den ganzen Tag rannten sie ganz und gar unbeschwert herum, doch sowie wir wieder zu Hause waren, ging das Gegreine von vorne los. Am allermeisten jedoch machte mir zu schaffen, dass Jill mir ganz offenbar die kalte Schulter zeigte. Obwohl sie sagte, sie könne meinen Wunsch, niemanden um mich zu haben, verstehen, merkte ich doch, wie gekränkt sie war.

Ich ging ein Stück die Promenade entlang und blieb vor Rachels Café stehen. Sie lehnte grinsend aus dem Fenster ihrer Wohnung im ersten Stock.

»Sieh mal einer an. Im Grunde deines Herzens bist du doch ein großes Kind.«

Ich blickte hinunter auf meine nackten, sandigen Füße. »Ich hätte ein Handtuch mitnehmen sollen«, sagte ich. »Na, nun ist's auch egal.«

»Hast du Zeit, dich zu einem Drink zu uns zu setzen?«

»Ich wüsste nicht, was ich lieber täte.« Schon war ich um das Haus herum und hastete die Hintertreppe hinauf, ehe sie es sich anders überlegen konnte.

Amüsiert darüber, mit welcher Begeisterung ich ihre Einladung annahm, reichte Rachel mir ein altes Handtuch, um mir die Füße zu trocknen. »Du bist ja schlimmer als ein Hund. Komm herein. Nick ist auch da.«

»Nick?« Ich hatte Stevie erwartet.

»Stevie ist in seinem Zimmer und paukt für seinen Schulabschluss. Wir dürfen nicht zu laut sein, sonst gibt's Ärger.«

Nick saß am Fenster und sah in seinem weißen Hemd mit offenem Kragen wieder ganz genesen aus. »Hallo, Sophie«, begrüßte er mich. »Einen Schluck Wein?« Die Heiserkeit war aus seiner Stimme verschwunden, und seine Augen leuchteten hell und klar in seinem sonnengebräunten Gesicht.

»Ich hoffe, ich störe euch nicht«, sagte ich ein wenig verlegen. Auf dem Tisch standen noch die Reste vom Abendessen, und Rachel hatte sich in einem grasgrünen, weit ausgeschnittenen Strandkleid hübsch gemacht. Dies hatte offensichtlich ein Abend zu zweit werden sollen.

»Ach, kein bisschen«, sagte Rachel, »wir langweilen uns gegenseitig zu Tode. Erzähl uns, wie dein Tag gelaufen ist.«

»Ich war mit Hal und Tilly im Abenteuerpark, und sie durften alles essen, was ihnen sonst verboten ist. Morgen werden ihnen die Zähne faulen und man wird ihnen das Fett absaugen müssen. Ich dagegen habe mindestens zwanzig Pfund abgenommen, denn wir haben jede Fahrt ein Dutzend Mal mitgemacht.«

»Also war's ein schöner Ausflug«, lachte Rachel.

»Du musst Kinder wirklich mögen«, sagte Nick. »Hast du selbst auch welche?«

Ich lehnte mich in meinem Sessel zurück, nippte an meinem Wein und ließ mir die Antwort auf der Zunge zergehen. »Nein, habe ich nicht. Aber ich mag Kinder schon, würde ich sagen.«

»Sehr überzeugt klingt das nicht«, kommentierte er.

»Doch, doch. Aber ich hätte gerne auch mal einen ruhigen Tag für mich. Sooft ich nicht arbeite, sind die Kinder um mich herum. Ich will mich nicht beklagen, sie sind wirklich entzückend, und vor allem trage ich nicht die Verantwortung für sie wie ihre Eltern.«

»Aber das macht es manchmal schwieriger, nicht wahr?«, sagte Rachel. »Du kannst ihnen nicht die Ohren langziehen oder ihnen sagen, sie sollen verschwinden. Du musst immer die liebe Tante Sophie sein.«

»Ab und zu sage ich ihnen schon, wo's langgeht. Aber ich habe mir überlegt, dass ich jetzt, wo ich arbeite, gerne meine eigene Bude hätte.«

»Ach, du willst länger hierbleiben?«, fragte Nick.

»Zumindest den Sommer über. Auf jeden Fall möchte ich weiterhin im Café arbeiten – falls Rachel mich haben will.« Plötzlich besorgt, dass sie vielleicht doch lieber ihre üblichen Studenten beschäftigen würde, warf ich ihr einen Blick zu.

»Ich glaube, ich kann mich mit dir abfinden.« Sie lächelte. »Die Gäste scheinen dich jedenfalls zu mögen. Keine Ahnung, wieso.«

»Vielleicht fühlen sie sich in deiner Gegenwart, als wären sie beim Italiener«, scherzte Nick.

Ich lachte erleichtert. »Ich nehme nicht an, dass einer von euch weiß, wo ich mich für den Rest des Sommers einmieten könnte?«

Rachel überlegte angestrengt. »Das Problem ist, dass jeder, der hier vermietet, während der Saison die Preise hochknallt. Es würde ziemlich teuer – mit dem, was ich dir bezahle, kämst du nicht aus.«

»Du könntest in die Blue Slipper Bay ziehen«, schlug Nick vor. »Das mittlere der drei Sommerhäuschen steht leer und die Eigentümer wollen es langfristig zu einem annehmbaren Preis vermieten, damit sie ein paar Monate wegkönnen. Sie suchen jemanden wie dich – eine alleinstehende Person, die nicht gleich eine Stätte der Verwüstung hinterlässt.«

Freudige Erregung durchfuhr mich.

Wie herrlich es wäre, dort zu wohnen!

Am liebsten hätte ich sofort zugesagt, ohne auch nur darüber nachzudenken.

»Aber«, stammelte ich, »wie soll ich denn zur Arbeit kommen? Und ist es nicht gefährlich?«

»Du kannst oben an der Hauptstraße parken und zu Fuß hinuntergehen. Die gesunde Alternative wäre, den Küstenwanderweg zu nehmen. Gefährlich wird es in der Bucht nur bei Sturm. Dann nageln wir die Fensterläden zu und beten.« Er lachte. »Es ist gut für die Seele, ständig den Tod vor der Tür zu haben.«

Ich war mir nicht sicher, ob er das ernst meinte, und sah Rachel an. Sie grinste. »Du hast ihr die Idee wahrscheinlich gründlich ausgetrieben, Nick.« An mich gewandt sagte sie: »Ich finde das großartig. Wenn's ungemütlich wird, kannst du immer noch auf meinem Sofa pennen anstatt in dem Sommerhäuschen.«

Ich stürzte meinen Wein hinunter, als wäre er Limonade. Um ein Haar hätte ich gerülpst. »Wie erfahre ich Näheres? An wen muss ich mich wenden?«

»Die Besitzer sind im Moment hier«, sagte Nick. »Sie kommen immer Anfang Juni zum *Old Gaffers' Festival,* und dann segeln sie den Sommer über in der Weltgeschichte herum. Wenn du möchtest, kann ich nachher mit ihnen reden und einen Termin für dich ausmachen, damit du es dir mal ansehen kannst.« Er erhob sich. »So, ich muss los, bevor es zu dunkel wird, sonst falle ich vom Kliff.«

»Vielen Dank, Nick.«

»Kein Problem. Es wäre nett, dich als Nachbarin zu haben.« Er ging in den Flur hinaus.

Ich hörte, wie er mit Stevie sprach und ihm alles Gute für seine Prüfungen wünschte.

Rachel und ich sahen uns an.

»Ich glaube, Nick mag dich«, sagte sie und füllte mein Glas. »Normalerweise ist er nicht so eifrig.«

»Rachel, nur damit ich es weiß – seid ihr ...«

Sie schüttelte den Kopf. »Nicht, dass ich's nicht versucht hätte. Vermutlich bin ich älter als er, aber ich finde ihn sehr attraktiv. Einmal bin ich die Nacht über bei ihm geblieben, als plötzlich ein Sturm heraufzog und ich beim besten Willen nicht zurückkonnte. Kyp und Evie hatten Gäste, also habe ich in Nicks Bett geschlafen und er hat sich einen Schlafsack auf den Fußboden gepackt. Ich habe gesagt, dass doch im Bett für uns beide Platz wäre, wenn wir uns nicht zu breit machten, aber er war sehr höflich und hat gesagt, er müsse im Moment Enthaltsamkeit üben.«

»Ist er schwul?«

»Das glaube ich nicht. Er ist auf der Suche nach irgendwas Spirituellem gewesen – hat in Klöstern gelebt und so. Von Evie weiß ich, dass er mal verheiratet war, aber er scheint nicht gerne über die Vergangenheit zu reden, also habe ich nicht näher danach gefragt. Nick ist irgendwie ein Buch mit sieben Siegeln – aber ein sehr ansprechendes.«

»Meinst du, es ist richtig, was ich tue, Rachel?« Ich spürte, wie sich meine Vernunft meldete.

»Was meinst du? Bei Jill auszuziehen oder die Hütte am Strand zu mieten?«

»Beides.«

Nachdenklich schürzte sie die Lippen. »Ich glaube, verheiratete Paare brauchen Bewegungsraum. Sobald du erst einmal ausgezogen bist, wirst du feststellen, dass sich eure alte Freundschaft wieder von ganz alleine einstellt. Und die Strandhütte? Dadurch kommst du wenigstens rum. Tu's. Du kannst immer noch bei mir wohnen, wenn Stevie den Sommer über abhaut.«

14

NICK WAR VON sich selbst überrascht, dass er Sophie aus heiterem Himmel vorgeschlagen hatte, in die Blue Slipper Bay zu ziehen. Der Gedanke war ihm ganz spontan gekommen und dann war es auch schon zu spät gewesen – da hatte er ihn bereits ausgesprochen. Das war genau wie neulich, als er Sophie und Rachel zum Abendessen eingeladen hatte. Er hatte diese Einladung noch nicht wieder aufgegriffen. Es war ihm unangenehm, die beiden noch einmal darauf anzusprechen. Es passte gar nicht zu ihm, zu handeln, ohne vorher alles genau überlegt zu haben. Würde er sich nun für Sophie verantwortlich fühlen müssen? Würde sie seiner Hilfe beim Umzug bedürfen? Er wartete geradezu darauf, dass sich Vorbehalte einstellten, weil er so aus einem Impuls heraus gehandelt hatte. Aber es kamen keine. Er hatte schon das Gefühl, dass sie eine Zuflucht brauchte; deswegen hatte er den Vorschlag gemacht. Nachdem sie mit den Füßen im Wasser gewesen war, war sie ihm irgendwie aufgeräumter, keineswegs zugeknöpft, vorgekommen. Aber als sie darüber sprach, wie unangenehm es ihr sei, bei ihren Freunden zu wohnen, hatte er gemerkt, dass sie sich nach dem Alleinsein sehnte. Und sie schien aus Furcht, jemanden zu verletzen, davor zurückzuscheuen, ihre Bedürfnisse offen zur Sprache zu bringen. Möglicherweise lief sie vor dem Zwang davon, das zu sein, was andere von ihr erwarteten. Wenn das der Fall war, würde sie Zeit für sich alleine brauchen, um zu erfahren, wie es war, wenn man nicht gebraucht wurde.

Nick fühlte sich im Leben anderer überflüssig, und so war es ihm auch nur recht. Er wollte es so. Er konnte schon morgen seine

Zelte abbrechen, wenn ihm danach war, und niemand würde es ihm nachtragen. Jane und Chas würden sich einen anderen Gärtner suchen. Neptun und Marguerite hätten mehr Platz auf dem Fischerboot – er fing sowieso nie etwas. Kyp und Evie würden einen neuen Mieter für *Fair Wind*, sein Strandhaus, finden. Und Rachel hatte noch andere Freunde – Sophie zum Beispiel.

Nick nahm die Buddhastatue vom Kaminsims und betrachtete sie. Sie war ungefähr einen Fuß groß und aus Holz geschnitzt. Der Haarknoten und die Nase waren abgebrochen, und auch der Rest sah ziemlich mitgenommen aus. Aber aus dem Gesicht sprach immer noch heitere Gelassenheit. In den Rücken der Figur war eine kleine Aussparung eingelassen. Eine alte Tibeterin hatte ihm gesagt, dass die Mönche in winziger Schrift Gebete auf dünnes Papier schrieben, sie zusammenfalteten und in diese Aussparung stopften, damit sie Segen brachten. Ursprünglich hatte sich eine kleine Klappe davor befunden, aber die war verloren gegangen. Eine Weile lang hatte sich eine Spinne in der Aussparung eingenistet. Nick hatte sie hinter dem Schleier ihres Netzes gerade eben erkennen können. Vorsichtig stellte er den Buddha zurück auf den Kamin. Er empfand Trost dabei, dass die Spinne immer noch da war und ihr einsames Leben neben dem seinen führte.

Es wäre vielleicht wirklich angenehm, wenn jemand auf Dauer in *Sea Spray*, dem mittleren Strandhäuschen, wohnte – auch wenn es sich nur um ein paar Monate handelte. Feriengäste klopften ständig an seine Tür und wollten wissen, wo sie dieses oder jenes bekommen konnten. Und Sophie schien von der Idee sehr angetan gewesen zu sein – sie hatte ganz große Augen gemacht und wurde ganz aufgeregt, hatte sich zu ihm vorgebeugt, während ihre Gedanken schneller durch ihren Kopf schossen, als sie sie ausdrücken konnte.

Nick merkte, dass er bei dem Gedanken an die Freude, die er ihr gemacht hatte, lächeln musste. Er hoffte nur, dass sie nicht enttäuscht sein würde.

15

»BLUE SLIPPER BAY!? Da kannst du nicht wohnen. Das ist ja praktisch mitten im Meer«, sagte Ash, als ich den beiden beim Frühstück davon erzählte. Er goss sich Kaffee nach und bekleckerte die Tischdecke. »Sag du's ihr, Jill.«

Jill stand mit dem Rücken zu uns und kämmte Tilly zum zweiten Mal das Haar. »Sophie ist alt genug, um selbst zu entscheiden, wo sie wohnen möchte.«

Ash starrte vom einen zum anderen. Seine Augen wirkten schwer, sein sonst so schwungvoll frisiertes Haar klebte ihm am Kopf. Mit einem Male brach Tilly in Tränen aus.

»Du darfst nicht mitten im Meer wohnen, Sophie«, jammerte sie.

Ich stand auf und nahm sie in die Arme. »Keine Sorge, Kleines, dein Daddy hat das nicht wörtlich …«

Tilly riss sich die Haargummis aus den Zöpfen und warf sie auf den Boden. Ihr seidiges Haar geriet in Unordnung. »Ich will nicht, dass du weggehst«, weinte sie und drückte sich fest an mich. Sie fühlte sich heiß an; schließlich steckte sie ja auch in ihrer wollenen Schuluniform. Jill packte ihre Tochter bei den Schultern und zog sie von mir weg.

»Los, ins Auto mit dir. Hal wartet schon. Ihr kommt noch zu spät zur Schule.«

Ich blieb alleine mit Ash zurück. Davor hatte mir gegraut, das hatte ich vermeiden wollen. Er machte den Mund auf, um etwas zu sagen, aber ich schnitt ihm sofort das Wort ab. »Du musst mit Jill reden. Sag ihr, was du auf dem Herzen hast. Ihr seid beide stark; ihr könnt das gemeinsam bewältigen. Ihr seid doch schon früher durch Höhen und Tiefen gegangen.« Ich machte eine weit ausholende Geste mit den Armen. »Für euch entwickelt sich hier doch alles prächtig. Werft es nicht weg.«

Er nickte verlegen. »Aber ich brauche Rat. Marguerite ...« Er zuckte die Achseln. »Sie ist ein so unschuldiges Wesen, geradezu weltfremd. Ich kann nicht ...«

»Jill weiß, dass du in Schwierigkeiten bist, Ash. Du musst ihr vertrauen, mit ihr sprechen. Sie fühlt sich von dir ausgeschlossen.«

Jill kam noch einmal zurück und grabschte ihre Handtasche. Sie vermied es, uns anzusehen. »Muss los. Bis später dann«, sagte sie.

Ash saß da und schob Brotkrümel auf seinem Teller hin und her. Ich kramte das Frühstücksgeschirr zusammen und suchte nach einer Möglichkeit, mich zurückzuziehen, ohne gleichgültig zu erscheinen. Er fuhr sich mit beiden Händen durchs Haar und seufzte tief.

»Sie wird es nicht verstehen.«

»Versuch's doch wenigstens. Himmel noch mal, schließlich ist sie Psychotherapeutin. Sie weiß, wie die menschliche Psyche funktioniert, und das wahrscheinlich besser als die meisten anderen.«

»Ja, aber es wird schwierig, wenn es einen selbst betrifft, nicht wahr?« Er klang verbittert. »Es ist wunderbar, anderer Leute Probleme zu analysieren. Das können wir alle, wenn wir emotional nicht involviert sind. Aber wenn das Tier in uns erst einmal sein scheußliches Maul aufreißt, sind wir mit unserer Weisheit am Ende.«

Ich war immer noch dabei, den Frühstückstisch abzuräumen. Ich wollte nichts wie raus hier und mich bei Rachel verkriechen und mich mit alltäglichen Dingen beschäftigen – Kaffee kochen, Kuchen schneiden. Ash fuhr sich immer noch mit den Händen übers Gesicht und durchs Haar.

»Sophie, ich …«

»Bitte erzähl's nicht mir, Ash. Ich weiß nicht, ob ich es für mich behalten könnte. Jill ist meine beste Freundin. Ich kann keine Geheimnisse vor ihr haben. Sie ist schon sauer auf mich, weil ich sie nicht genug unterstütze und weil ich ausziehe.«

»Von mir aus brauchst du nicht auszuziehen.«

Arroganter Arsch, dachte ich. Glaubte er etwa, ich plante mein Leben um ihn herum? »Ich ziehe aus, weil ich alleine wohnen möchte. Blue Slipper Bay wird eine ganz neue Erfahrung für mich sein.«

Ash schob seinen Stuhl zurück und stellte sich neben mich. »Eine ganz neue Erfahrung? Ihr Stadtmenschen macht mich krank. Ihr habt doch gar keine Vorstellung von dieser Insel. Ihr findet es hier sehr romantisch, so, als wäre hier alles Mitte der fünfziger Jahre stehen geblieben, oder ist es etwa nicht so?«

Mich erschreckte seine Heftigkeit. Ich trat einen Schritt von ihm weg und stellte mich mit dem Rücken zum Abwaschbecken hin. »So habe ich das doch nicht …«

»An dieser Küste haben sich schreckliche Dinge zugetragen. Schiffsuntergänge, Piraterie, Mord und Totschlag, Seuchen, Drogenhandel. Ganze Häuser sind von der Steilküste ins Meer hinabgestürzt. Hast du das gewusst? Letzten Endes setzt die Natur sich doch durch.«

»Ja, gewiss, aber …«

Er packte mich grob beim Arm. »Weißt du, wie die Blue Slipper Bay zu ihrem Namen gekommen ist?«

Ich schüttelte den Kopf. Seine Finger drückten mir schmerzhaft ins Fleisch. Ich fragte mich, worauf er hinauswollte. »Wegen ihrer Form?«, sagte ich. »Wegen der Farbe des Wassers?«

»Blue Slipper nennen die Einheimischen die hiesige Blauerde. Sie erhält ihre charakteristische Färbung durch das Eisenphosphat darin. An der Oberfläche des Kliffs befindet sich unter dem Erdreich eine Schicht Geschiebelehm, durch die Sickerwasser läuft und sie instabil werden lässt. So besteht jederzeit die Gefahr, dass diese Lehmschicht auf dem kreidigen Felsgestein ins Rutschen gerät und alles mit sich in die Tiefe reißt.« Er ließ meinen Arm los. »Tut mir leid, dass ich deine romantischen Vorstellungen zerstört habe«, sagte er im Hinausgehen.

»Ist dieser rutschende blaue Lehm wirklich gefährlich?«, fragte ich Rachel, während wir brutzelnd heiße Lasagne mit krausem Salat in Portionen aufteilten. Mir lief das Wasser im Munde zusammen, und ich hoffte, dass etwas davon übrig bleiben würde. Ich war sogar versucht, die Lasagne von der Karte zu streichen.

»Nun ja«, sagte Rachel und bestreute den grünen Salat großzügig mit frisch gehackter Petersilie. »Hier, nimm das mal. Ich erzähle dir dann gleich mehr darüber.«

Ich stellte den hungrigen Feriengästen ihr Mittagessen hin und ließ mich von ihnen in einen kurzen Schwatz verwickeln. Dann ging ich nach draußen, um die beiden runden Tische abzuwischen, die wir mit Müh und Not auf der Promenade untergebracht hatten. Seit dem ausgesprochen warmen Wochenende hatte es sich abgekühlt und der Strand war längst nicht mehr so bevölkert. Als ich wieder hereinkam, hatte Rachel die Tafel mit dem Mittagsmenü abgewischt, aber die letzten beiden Portionen Lasagne für uns reserviert.

»Ich hatte gehofft, dass du das tun würdest«, freute ich mich.

»Ich konnte ja nicht anders, nachdem ich gesehen hatte, wie dir der Speichel aus den Mundwinkeln lief«, kicherte sie und schob mir einen Teller hin. »Außerdem glaube ich, dass es das mit den Mittagsgästen jetzt war.«

Wir versteckten uns hinter der Kaffeemaschine und schaufelten Lasagne in uns hinein, als hätten wir seit Tagen nichts gegessen. Rachel hatte einen guten Appetit, was ansteckend auf mich wirkte. »Wegen dieses blauen Lehms«, nahm ich das Thema wieder auf.

»Also, es hat hier seit Jahrzehnten keinen ernst zu nehmenden Erdrutsch mehr gegeben, jedenfalls nicht mehr, seit man die Old Blackgang Road gesperrt hat. Aber kleine Abbröckelungen kommen immer mal vor. Ach ja, und in der Nähe von Niton ist vor ein paar Jahren ein ziemlich großes Stück Straße eingebrochen.« Sie wischte sich den Mund mit einer Serviette ab und füllte uns zwei Gläser mit Wasser. »Man sagt, in trockenen Sommern sei es immer schlimmer als sonst. Da entstehen Risse in der Erde, die sich später mit Regenwasser füllen.« Sie machte sich daran, die Tische abzuräumen, während ich unsere kleine Arbeitsecke putzte. »Nun aber«, fuhr sie fort, »ist man dabei, das Land trockenzulegen, um das Unvermeidbare aufzuhalten. Die ganze Gegend steht unter ständiger geologischer Überwachung. Du solltest mal mit Jane reden. Ihr Cottage in Wraith Cove befindet sich unmittelbar an der Kliffkante. Zuerst hat sie ein wenig Angst gehabt, aber inzwischen liebt sie es. Und die Leute hier machen sich sowieso keinen großen Kopf deswegen.«

»Und wie ist es mit der Blue Slipper Bay?«

»Ich habe noch nie gehört, dass es da Probleme gegeben hat. Ich denke, die Leute sind einfach hin und weg, wie schön es dort ist. Und weil die Häuser so dicht am Wasser stehen, gibt es zu der romantischen Stimmung eben noch ein bisschen Gänsehaut dazu.«

Die Glocke läutete, als die Tür aufging. Zwei Frauen kamen herein. Ich wollte gerade die Karten für den Nachmittagstee auf den Tischen verteilen, als ich mitten im Café wie angewurzelt stehen blieb und die neuen Gäste anstarrte. Die eine Frau war schlank und hatte silbergraues Haar, das ihr am Rücken bis über die Taille reichte. Die zweite war ein wenig größer und trug eine schulterlange braune Bubikopffrisur. Sie redete in einem fort auf die andere ein, die sie lächelnd ansah und mit den Händen gestikulierte, als antworte sie ihr in Zeichensprache.

Rachel kam hinter dem Tresen hervor. »Jane!«, begrüßte sie die Dunkelhaarige. »Wir haben gerade über dich und Wraith Cove gesprochen.«

Die Frau lächelte uns zu. »Hallo, Rachel.« Dann sah sie mich an. »Sind Sie Sophie?«

Ich nickte und konnte kaum den Blick von ihrer Begleiterin losreißen.

»Ich habe Ihnen etwas von Nick auszurichten. Ich soll Ihnen sagen, er hätte mit den Besitzern gesprochen, und ob Sie nach der Arbeit rüberkommen wollen, um sich das Sommercottage anzusehen.« Sie sah die andere Frau an und dann wieder mich. »Das ist meine Schwester Marguerite.«

»Hallo«, stammelte ich. »Vielen Dank für die Nachricht.«

»Keine Ursache«, sagte Jane. »Ich bin ein bisschen neugierig – Nick hält ja immer gerne hinter dem Berg – aber haben Sie vor, in die Blue Slipper Bay zu ziehen?«

Ich nickte. Ich war immer noch sprachlos, während ich versuchte, die einzelnen Puzzleteile zusammenzufügen. Marguerite und Jane, ihre Schwester, waren die Frauen gewesen, die ich neulich nachts vor dem Haus von Jill und Ash gesehen hatte. Marguerites Haar war unverwechselbar. »Ich … ja, ich denke darüber nach«, brachte ich endlich hervor.

»Großartig«, sagte Jane. »Lassen Sie's sich von niemandem ausreden. Wir gehen dort manchmal zu Kyp und Evie essen, nicht wahr, Marguerite?«

Marguerite sah mich mit großen glänzenden blauen Augen an. Sie lächelte, was ich unwillkürlich erwiderte. Dann streckte sie mir die Hand entgegen. Ihr Händedruck fühlte sich warm und sonderbar wohltuend an. Sie war viel älter, als sie auf den ersten Blick erschien. Sie hatte dünne Fältchen um die Augen und den Mund. Aber sie war unbeschreiblich schön. Ich wandte mich ab, während Rachel die Bestellung aufnahm. Ich zog mich hinter den Tresen zurück, damit ich sie unauffällig beobachten konnte. Jane unterhielt sich mit Rachel und sah dabei immer wieder Marguerite an, als wolle sie sie in das Gespräch mit einbeziehen.

Marguerite sprach kein Wort, lächelte nur und bewegte ständig ihre anmutigen Hände. Ich nahm an, dass sie taub sein musste. Und sie ließ irgendwie die eine Schulter hängen, als habe sie ein körperliches Gebrechen.

Mechanisch stellte ich die Teekanne und die Tassen auf ein Tablett. Was ging hier vor? Es konnte ja wohl kaum sein, dass Ash eine Affäre mit Marguerite hatte. Sie war viel älter als er und schien auch ganz und gar nicht der Typ für so etwas. Oder urteilte ich wieder vorschnell? Wie, um Himmels willen, war denn der Typ Frau, der etwas mit verheirateten Männern anfing? Und wieso hatte sie in den frühen Morgenstunden vor dem Haus gestanden und zu den oberen Fenstern hinaufgeschaut? Warum war Jill so dagegen, dass sie in dem Therapiezentrum arbeitete? Rachel kam, um den Tee zu holen. Sie beugte sich vor, um mir etwas ins Ohr zu flüstern.

»Du würdest doch nie auf die Idee kommen, dass die beiden Zwillinge sind, oder?«

16

NICK WAR MIT dem Fahrrad nach Wraith Cove gefahren, hatte sich durch eine dichte Rhododendronhecke hindurchgesägt und dann früh Feierabend gemacht, damit er wieder in der Blue Slipper Bay war, wenn Sophie kam, um sich *Sea Spray* anzuschauen. Die Eigentümer hatten wegen der einsetzenden Flut aufbrechen müssen. Zunächst schien es ihnen nicht recht behagt zu haben, ihr Strandhaus längerfristig an jemanden zu vermieten, den sie nicht kannten, doch Nick hatte gesagt, Sophie wäre eine Freundin von ihm, und versprochen, die volle Verantwortung zu übernehmen, falls etwas schiefginge.

Er staunte immer noch über sich. Verantwortung war etwas, worauf er in den vergangenen paar Jahren kaum einen Gedanken verschwendet hatte. Es war etwas, das er sich vom Leibe hielt, war sie doch untrennbar mit anderen Faktoren wie Verlust und Schuldgefühlen verbunden.

Er betrat das Strandhaus, um sich zu vergewissern, dass alles tipptopp in Ordnung war. Nicht einmal in der Dusche fand er auch nur den kleinsten Fleck. Einem plötzlichen Impuls gehorchend ging er wieder nach draußen, um ein paar von den Wildrosen und etwas von dem Geißblatt zu pflücken, die am Steilufer wuchsen. In der Küche fand er eine Vase, arrangierte die Blumen und stellte sie auf den Kamin. Dann trat er einen Schritt zurück, um sie zu betrachten. Wirkten sie irgendwie aufgesetzt? Er stellte sie auf die Kaminplatte, aber dort fielen sie nicht so gut ins Auge. Also platzierte er sie mitten auf dem Tisch.

Er beschloss, vor Sophies Eintreffen noch ein wenig zu schwimmen und am Strand zu liegen. Und dann würde er ihr den Schlüssel geben und sie sich selbst überlassen, damit sie sich ungezwungen alles ansehen und ihre Entscheidung treffen konnte, ohne sich von ihm in irgendeiner Weise unter Druck gesetzt zu fühlen.

17

ICH SAH NICK, bevor er mich erblickt hatte. Er saß in weißen Shorts und mit einem Handtuch um die Schultern im Schneidersitz auf dem Sand. Seine Hände lagen locker in seinem Schoß und er sah aufs Meer hinaus. Seine Haltung erinnerte mich an die Buddhastatue, die mir auf seinem Kaminsims aufgefallen war. Wie wohltuend musste es sein, ein gewisses Maß an Unabhängigkeit und innerem Frieden zu besitzen, was ihm offenbar gelungen war. Ich scheute fast davor, seine Ruhe zu stören, und überlegte, was ich tun sollte, als mein Fuß knirschend auf einen Tonziegel trat und Nick sich zu mir umwandte.

»Ich habe deine Nachricht von Jane bekommen«, sagte ich.

Er erhob sich und kam mir entgegen. »Die Besitzer sind leider schon weg. Sie mussten wegen der Flut lossegeln. Aber sie haben mir die Schlüssel dagelassen, damit ich dir alles zeigen kann. Ich hole sie mal eben.«

Da stand ich nun und blickte um mich, versuchte, die Blue Slipper Bay mit argwöhnischen Augen zu betrachten. Ich schaute an der steilen, tückischen Wand der Klippe hinauf und begutachtete die drei pastellfarbenen Häuschen auf Stelzen, die sich wie Schutz suchend an die Kreidefelswand hinter sich schmiegten. Ich sah, wie die kleinen Wellen am Sand leckten, und zwang mich, sie mir donnernd herantosend, das blaue Fischerboot und die Fischernetze umspülend und alles mit sich hinaus aufs Meer reißend vorzustellen. Aber ich empfand nichts als Geborgenheit. Ich fühlte mich wie in einem kleinen, in sich geschlossenen Refugium, in dem nichts von mir erwartet wurde – nur, dass auch ich ganz ich selbst sein sollte. In diesem Augenblick hatte ich keinen Zweifel mehr daran, das Richtige zu tun.

Nick stand vor dem mittleren Strandhaus und wartete auf mich. Er hatte sich Sandalen und ein graues T-Shirt angezogen. Als ich über den betonierten Weg auf ihn zuging, kamen zwei kleine Kinder aus dem terrakottafarbenen Ferienhaus gerannt, riefen Nick etwas zur Begrüßung zu und flitzten an mir vorbei zum Wasser, wo sie mit ihren Eimern und Spaten sogleich zu buddeln anfingen. Ich blickte mich nach irgendwelchen Eltern um und sah, wie jemand sich in der Hütte bewegte.

»Das sind Jack und Mila, auch als die Wasserbabys bekannt«, sagte Nick und zeigte auf die Kinder. »Evie hat sie beide im Meer zur Welt gebracht.«

»Machst du Witze? Ich hoffe, es war wenigstens im Sommer.« Jill durfte ich das nicht erzählen.

Nick lachte. »Im flachen, warmen Wasser der Ägäis.« Er drückte mir einen Schlüssel in die Hand. »Dein Cottage nennt sich *Sea Spray.* Meines heißt *Fair Wind* und das von Kyp und Evie *Sun Spot.* Alles ein bisschen kitschig, aber so ist es nun mal.«

»Nein, mir gefallen diese Namen. Sie passen gut.« Ich steckte den Schlüssel ins Schloss und wünschte mir, ich könne mir *Sea Spray* ganz für mich alleine ansehen. Ich konnte es kaum erwarten. Ich wollte alles erforschen und mich ganz auf mein inneres Empfinden konzentrieren, ohne irgendwelche Kommentare abgeben zu müssen.

»Tja, dann will ich dich mal alleine lassen«, sagte Nick. »Ich setze schon mal den Wasserkessel auf. Du kannst mir ja dann berichten, wenn du es dir angesehen hast. Lass dir Zeit.«

Bestens, dachte ich. Die Tür war passend zu den Fensterläden lavendelfarben gestrichen. Ich öffnete sie. Wie bei Nick führten hölzerne Stufen hinauf, aber hier waren sie mit Firnis lackiert und es gab oben an der Treppe einen kleinen Absatz und sogar eine Tür zum Wohnzimmer. Es war von Sonnenlicht und dem Duft von Geißblatt durchflutet. Die gewachsten Bodendielen aus heller Eiche glänzten. Im Kamin, an dessen beiden Seiten Brennholz aufgestapelt lag, stand ein eiserner Rost. Zwei große blaue Sofas standen im spitzen Winkel zueinander vor dem Verandafenster, von dem man aufs Meer hinaussah. Wieder einmal hatte ich das Gefühl, mich auf einem Schiff zu befinden. An der Wand gegenüber dem Kamin waren Regale angebracht, auf denen eine Kompaktstereoanlage und ein winziger Fernseher standen, und auf dem Tisch war eine Vase mit Blumen. Wie aufmerksam von den Eigentümern, dass sie daran gedacht hatten. Eine Holztür führte in eine kleine, funktionell eingerichtete Edelstahlküche und eine weitere in die Dusche mit strahlend weißen Kacheln. Eine Wendeltreppe ging hinauf zum Dachboden, der als Loft ausgebaut war. Unter einer Dachluke lag eine Matratze auf einem beinlosen Bettgestell.

Ich öffnete die Verandatür, die zum Balkon hinausführte. Auch das Geländer war lavendelfarben gestrichen. Ein runder Tisch und zwei Stühle teilten sich den beengten Raum mit Terrakottatöpfen, in denen rosa Geranien wuchsen. Ich blickte hinunter auf den Strand. Die Wasserbabys gruben immer noch fleißig, aber nun stand eine Frau in Shorts und einer schwarzen Weste bei ihnen. Sie trug ihr sandfarbenes Haar ganz kurz geschnitten. Das musste Evie sein.

Ich trat zurück ins Wohnzimmer; mein Herz pochte vor Aufregung und Freude. Wie konnte man als Besitzer ein so schönen Haus nicht den ganzen Sommer nutzen? Und wenn sie es sich nun tatsächlich anders überlegten und in Eile zurückkamen? Ich stellte mich in die Mitte des großen Raumes, streckte die Arme aus und drehte mich im Kreise. Alles war perfekt. Am liebsten würde ich sofort einziehen und dann für immer hier wohnen bleiben.

Die Wohnzimmertür bewegte sich und Nicks roter Kater kam herein. Er sah mich an, gähnte herzhaft und blinzelte mit seinen grünen Augen, als wäre er eben erst aufgewacht. Er stellte sich neben mich und rieb sich an meinen Beinen. Sein Fell fühlte sich so warm an, als hätte er in der Sonne gelegen. Als ich ihn hochnahm, begann er zu schnurren wie ein kleiner Motor im Warmlauf.

»Was tust du denn hier?«, fragte ich ihn, und er drückte seinen Kopf gegen meinen Hals. Obwohl ich gar keine Lust verspürte, das Haus zu verlassen, trug ich ihn nach unten und klopfte an Nicks Tür. Er rief mir vom Balkon zu, ich solle raufkommen. Er stand, genau wie bei meinem ersten Besuch, mitten in seinem kargen Zimmer. Ich fragte mich, wie man so leben konnte.

18

NICK BLIEB NICHTS anderes übrig, als von einer Ecke in die nächste zu laufen, während Sophie das Cottage inspizierte. Er begriff nicht, was ihn so ruhelos machte. Vermutlich lag es daran, dass er die ganze Sache initiiert hatte und sich ein wenig beschämt vorkäme, wenn es ihr nicht gefiel. Plötzlich fiel ihm ein, dass Commie frei herumlief und möglicherweise mal schnüffeln wollte, wer sich nebenan aufhielt. Er hoffte nur, dass Sophie nicht allergisch gegen Katzen war. Daran hätte er früher denken sollen. Aber die Anwesenheit des Katers schien ihr bei ihrem Besuch mit Rachel nichts ausgemacht zu haben. Commie hatte zusammengerollt auf dem Bett gelegen.

Er schaute aus dem Fenster. Sie nahm sich wirklich Zeit. Aber das war doch gewiss ein gutes Zeichen? Wahrscheinlich schaute sie in sämtliche Schubladen und überlegte schon, wie sie ihre Sachen einräumen wollte. Vielleicht war ihr das Haus zu groß – oder zu klein, wenn sie eine Menge Zeug mitgebracht hatte. Im Café hatte sie noch sehr angetan von dem Vorschlag gewirkt, und er hoffte, dass die Gegebenheiten ihren Erwartungen entsprachen. Aber nun, da sie hier war, konnte sie möglicherweise doch Angst vor der unmittelbaren Nähe zum Meer bekommen. Ob Jill und Ash ihr erzählt hatten, dass Erdrutsche hier nicht auszuschließen waren? Aber als er seine Meditation unterbrach und sie am Strand stehen sah, hatte sie noch so ausgesehen, als freue sie sich darauf, das Cottage zu besichtigen. Sie trug wieder das aprikosenfarbene T-Shirt wie bei ihrer ersten Begegnung und das Haar mit einem dunkelgelben Tuch hochgebunden. Auf ihrem Weg zum Haus war ihm wieder der würzige Geruch in die Nase gedrungen, den sie bei ihrem ersten Besuch hinterlassen hatte.

Er hörte sie unten klopfen und rief ihr zu, sie solle hinaufkommen. Er musste sich zusammennehmen, um ihr nicht gleich entgegenzustürzen und sie zu fragen, wie es ihr gefallen hätte. Also machte er erst den Tee und brachte ihn ins Wohnzimmer. Sie lächelte, als sie mit Commie im Arm hereinkam, und verbarg ihre Gefühle nicht mehr wie hinter einem Schleier. Er merkte sofort, dass *Sea Spray* und die Blue Slipper Bay genau das Richtige für sie waren.

19

»ICH HABE DEINEN Kater gefunden«, sagte ich.

»Ach, Commie. Der gehört gar nicht mir. Der ist Allgemeingut. Er streunert von einem Cottage zum andern und lässt sich dort nieder, wo gerade die Tür offen steht. Und an frischem Fisch mangelt es ihm hier nie.«

Commie sprang mir aus dem Arm und auf Nicks Bett, wo er sich zu einem Nickerchen niederließ. Nick brachte den Tee herein und wir setzten uns an den Tisch am Fenster.

»Und was hältst du davon?«, fragte er ganz beiläufig, als sei ihm die Antwort ziemlich egal. Vielleicht mochte er gar keine Nachbarn haben, die ihn in seinem Eremitendasein störten.

»Ich liebe es. Ich möchte so bald wie möglich einziehen.«

»Das hatte ich mir auch gedacht. Sie haben es hübsch hergerichtet, nicht wahr?«

»Falls sich noch ein Interessent meldet, sag ihm bitte, dass das Ferienhaus in Kürze ins Meer stürzen wird. Am besten schreibe ich noch eine entsprechende Warnung auf einen Zettel und befestige ihn an der Tür, bevor ich gehe. Aber wie teile ich den Eigentümern meine Entscheidung mit?«

Nick lachte über meinen Scherz. »Das haben sie alles mir überlassen. Ich kann mit dir einen Vertrag abschließen – über drei Monate, und mit einer Option für weitere drei, falls du es möchtest. Sie wollen auch keine Kaution, nur die Miete, die ich dann auf ihr Konto einzahle.«

»Also bekomme ich es!« Wie ein Kind klatschte ich vor Freude in die Hände. »Die Besitzer sind aber sehr vertrauensselig. Sie kennen mich doch gar nicht.«

»Sie sagten, sie würden meinem Urteil vertrauen.« Er grinste. »Ich habe zugesagt, dass ich die Verantwortung übernehme, falls du dich als ungeeignet erweist.«

»Aber auch du kennst mich doch kaum. Und wenn ich nun dauernd wilde Partys feiere? Aber das hätte ich wohl nicht sagen sollen, oder?«

»Nun, da verlasse ich mich ganz auf meinen Instinkt. Und ich vertraue Rachel.«

»Danke, Nick.« Ich wollte meine Hand auf die seine legen, wie Rachel es bei mir gemacht hatte, konnte mich aber gerade noch zurückhalten.

»So, am Freitag willst du also schon umziehen?« Jill blickte von der Zeitschrift auf, in der sie zu lesen vorgab.

»Ja. Rachel hat mir den Tag freigegeben, damit ich alles organisieren kann. Am Wochenende geht es nicht, weil Stevie da auf dem Rockfestival ist.«

»Ich werde dir aber nicht vor Abend helfen können. Ich habe Patienten und nach der Schule sind die Kinder beim Reiten.«

»Ich weiß. Mach dir keine Gedanken. Nick und Kyp werden mir helfen, und so viel Zeug habe ich ja nun auch nicht.«

»Wenn du Bettwäsche oder so etwas brauchst, kann ich sie dir borgen.«

»Ich habe mir heute in Ventnor alles Nötige gekauft. Ich musste sowieso hin, um mir ein paar Vorräte zu besorgen, da habe ich das auch gleich erledigt.«

Jill zuckte die Achseln und blätterte die Seite um, auf die sie noch gar keinen Blick geworfen hatte. Sie löste ihre Haarspange. Ihr dichtes Haar fiel ihr auf die Schultern, wodurch sie sich augenblicklich in das Mädchen verwandelte, das ich vor so vielen Jahren in der Schule kennen gelernt hatte. Ich merkte, wie mir die Tränen kamen. Sie war noch nie so abweisend zu mir gewesen.

»Jill …« Meine Stimme klang so erstickt, dass sie aufblickte.

»Bitte sei nicht wütend. Ich kann doch jederzeit zum Babysitten herkommen. Ich bin doch nur eine Meile von hier entfernt.«

Sie ließ die Zeitschrift neben sich aufs Sofa fallen und nahm ihre Brille ab. »Ich weiß, Sophie, ich weiß. Das ist kein Problem. Ich hatte schon Ewigkeiten, bevor du gekommen bist, vorgehabt, jemanden als Hilfe im Haus einzustellen.«

»Was ist es dann? Wir haben uns doch noch nie gestritten – jedenfalls nicht sehr. Aber wir haben ja auch noch nie so richtig unter einem Dach zusammengelebt – außer im Urlaub oder so.«

»Wir haben uns nicht gestritten. Ich bin nur müde, das ist alles.«

Aber ich wollte es nicht dabei bewenden lassen. »Gut, also nehme ich an, es ist, weil ich nicht mit Ash reden will. Aber du und er, ihr müsst miteinander sprechen, Jill. Warum ist es dir so wichtig, dass *ich* es tue?«

»Weil nur du zwischen unseren extremen Auffassungen vermitteln kannst. Ich werde den Kürzeren ziehen, und dann wird alles nur umso schlimmer, das weiß ich.«

»Warum wirst du den Kürzeren ziehen? Und wieso wird danach alles nur noch schlimmer?«

Sie setzte sich auf, bedeckte das Gesicht mit den Händen und rieb sich die Augen. Dann stieß sie einen langen Seufzer aus. »Ich bin bei meinem Supervisor gewesen. Ich habe ihm meine Aversion gegen den hippiemäßigen Lebensstil meiner Eltern gebeichtet. Noch heute krümme ich mich innerlich, wenn ich daran zurückdenke. Es war so peinlich. Ich habe es kaum gewagt, mal Freundinnen zu mir nach Hause einzuladen, weil ich damit rechnen musste, dass gerade wieder irgendwelche Gesänge intoniert wurden oder der Geruch von Räucherstäbchen durch die ganze Wohnung zog. Du wirst dich doch noch an diese komischen Leute erinnern, die sich das Haar bis zum Arsch wachsen ließen und ständig high waren und Sprüche wie ›echt abgefahren‹ und Zitate von indischen Gurus draufhatten.«

»Aber deine Eltern sind doch prächtige Menschen. Sie waren immer so zuvorkommend und sind es heute noch. Ich habe mich immer so wohl bei euch gefühlt, dass ich mir gewünscht habe, es wären *meine* Eltern.«

»Ist das wahr?«

»Bestimmt. Viele an der Schule haben dich beneidet, weil wir so konservative Eltern hatten.«

Sie schien wenig überzeugt. »Ich bin ständig deswegen angemacht worden.«

»Ja, aber nur, weil sie neidisch waren.«

Mit einem Male grinste Jill breit. »Ich habe sämtliche Einladungen zu Elternabenden zerrissen, damit sie nicht mit Kettchen behängt und Glöckchen schwingend in der Schule aufkreuzen.«

Auch ich musste lachen. Ich spürte, wie die Spannung zwischen uns nachließ. »Da kann ich dir von meinen Eltern ganz andere Geschichten erzählen. Ich musste ständig befürchten, dass mein Vater Miss Brockworth in den Hintern kneift.«

»Das hätte ihr vielleicht sogar gefallen. Dein Vater war ein lustiger Typ. Er hat immer allem einen besonderen Rahmen gegeben. Er war wie einer jener feschen Kerle in alten Filmen, die mit den dunklen, blitzenden Augen und den theatralischen Gesten.«

»Genau. Und meinst du, das wäre mir nicht peinlich gewesen?«

»Den Frauen hat's gefallen.«

»Außer meiner Mutter. Sie hat immer seine Hemdkragen nach Lippenstiftspuren abgesucht und bei der Wäsche an seinen Sachen geschnüffelt. Bloß hat sie nie gemerkt, dass Audrey und ich sie dabei beobachtet haben.«

»Weißt du, ich glaube nicht, dass dein Vater jemals wirklich eine Affäre gehabt hat. Er hat deine Mutter doch wie eine Heilige verehrt. Ich glaube, für die beiden war das nur ein Spiel, das mit heißem Sex geendet hat, wenn ihr beiden Mädchen im Bett lagt.«

»Ich kann mir kaum vorstellen, dass meine Mutter überhaupt je Sex gehabt haben soll, und schon gar keinen heißen.«

Wir mussten beide herzhaft lachen. Es tat so gut. Jill erhob sich, holte eine Flasche Wein und zauberte dann eine extragroße Tafel Schokolade unter ihrem Stapel mit Fachzeitschriften hervor. »Na ja, was soll's. Liegt wohl an meinen Eltern, dass ich so paranoid wegen dieser Marguerite bin. Ich möchte ganz offen zu dir sein, Sophie. Ash und ich kochen bei dem, was wir tun, auch bloß mit Wasser. Aber wenn er uns alles versaut, bringe ich ihn um.« Sie würgte den Korken aus der Flasche und schenkte uns ein.

»Du hättest erst Allgemeinmedizinerin werden und dich dann als Psychotherapeutin qualifizieren sollen.«

»Nur, dass ich nicht mit der medikamentösen Therapie einverstanden bin.«

»Siehst du, da haben wir's. Du willst alles auf deine Weise machen.«

»Nein, ich setze mir strikte Grenzen, die ich nicht überschreite. Und ich möchte, dass es bei Ash genauso ist.« Sie brach sich ein ordentliches Stück von der Schokolade ab und reichte mir die Tafel. Ich schüttelte den Kopf. Warum war sie so stur? Sie konnte einen zur Verzweiflung bringen.

»Sag ihm genau, was du empfindest.«

»Das habe ich schon versucht. Er tut alles mit einem Achselzucken ab und wird auch noch wütend. Aber auf dich wird er hören. Du kennst dich mit den Grauzonen aus und hast im Krankenhaus reichlich Erfahrungen sammeln können. Du bist geradeheraus und weißt genau, wovon du sprichst.«

Ich sank in meinen Sessel zurück. Da waren wir wieder beim alten Thema. Schweigen senkte sich über den Raum.

»Ich bin Jane und Marguerite im Café begegnet«, sagte ich schließlich.

»Und was hältst du von den beiden?«

»Jane schien ganz zugänglich. Es ging eine Aura von ihr aus, als würde sie ständig unter Strom stehen, als würde sie alles und jedes in sich aufsaugen. Aber ich denke mal, Schriftstellerinnen müssen so sein, um sich inspirieren zu lassen. Marguerite ist sehr ungewöhnlich. Sie hat einen ziemlichen Eindruck bei mir hinterlassen. Gestaunt habe ich allerdings, als Rachel mir sagte, die beiden wären Zwillinge.«

»Es heißt, sie wären sich erst letztes Jahr begegnet. Dass sie bei der Geburt getrennt worden seien.«

»Das klingt wie ein Stoff für eine Seifenoper.«

»Niemand weiß, was wirklich gewesen ist, aber den Gerüchten nach hat Marguerite vollkommen zurückgezogen gelebt, und Jane versucht nun, ihr zu helfen, sich in der Welt zurechtzufinden.«

»Im Café hat sie einen sehr aufgeräumten Eindruck gemacht. Was ist das eigentlich für eine Behinderung, die sie da hat?«

»Kann ich dir nicht recht sagen. Vielleicht eine Art Geburtstrauma.«

»Auf mich hat sie sehr offen gewirkt … und so, als könne sie keiner Fliege was zuleide tun. Warum sprichst du nicht mal mit Jane, wenn du dir wegen ihr und dem Therapiezentrum Sorgen machst?«

»Was soll ich denn sagen? Dass ich meine, Marguerite würde einen schlechten Einfluss ausüben? Die anderen Therapeuten halten sie für ein Geschenk des Himmels – und, soweit man hört, auch die Patienten. Sie entwickelt sich zu einer Art Berühmtheit. Sogar Allgemeinmediziner haben sich schon nach ihr erkundigt.«

»Und wo ist dann das Problem?«

»Ash. Er ist verstört, findet keine Ruhe. Er benimmt sich sonderbar, und das macht mir Sorgen. Er hat kein Interesse an Sex mehr und schläft sogar manchmal unten im Erdgeschoss.«

»Und du meinst nicht, dass er … dass er eine andere hat?«

Sie suchte in meinem Gesicht nach Hinweisen darauf, dass

ich etwas wüsste. »Nein«, sagte sie. »Da bin ich mir sicher. Wie kommst du darauf?«

»Ich erinnere mich, dass du und er mal …«

»Nein, nein. Wir haben uns beide geschworen, dass das nie wieder passieren darf. Wir haben zu viel zu verlieren – unsere Kinder, unser Zuhause …«

Aber ihre Züge wirkten wieder verspannt, und auch unsere gute Laune schwand jäh dahin. O Gott, was für eine Idiotin ich doch gewesen bin! Warum hatte ich das gesagt? Sie hatte keinerlei Verdacht gehegt, und nun hatte ich ihr etwas eingeredet. Ich wusste nicht, was ich tun sollte. Behutsam stellte Jill ihr Glas ab.

»Ich habe überlegt, ob ich nicht vielleicht anfangen sollte, in die Kirche zu gehen«, sagte sie.

»In die Kirche! Das passt ja nun überhaupt nicht zu dir.«

»Einfach nur, weil ich irgendetwas brauche.« Sie schob ihr Weinglas ein kleines Stück von sich weg. »Und ich trinke viel zu viel. Ich muss mal einen klaren Kopf kriegen.«

Ich beugte mich vor und umfasste ihre Hände. Sie fühlten sich kalt an. »Pass auf, Jill. Ich versuche mal, mich mit Ash zu unterhalten. Aber wie wirst du dich fühlen, wenn er mir Dinge im Vertrauen sagt, die ich dir nicht erzählen kann?«

Sie erwiderte meine Geste. »Ich vertraue dir, Sophie. Wenn es Ash hilft, komme ich damit klar.«

20

»KANN SOPHIE NOCH jemanden zum Anpacken gebrauchen?«, bot Jane an, als ihr Nick erklärte, warum Sophie sich den Nachmittag freinehmen musste.

»Kyp und Evie sind ja da und ich glaube nicht, dass sie viel zu schleppen hat.«

Jane schmunzelte. »Noch so eine Minimalistin?«

»Ich glaube, ein paar mehr weltliche Güter als ich besitzt sie schon.«

Chas ließ sein tiefes, polterndes Lachen ertönen. »Na, dazu gehört ja auch nicht viel, Nick. Allein schon ein einziges Buch täte es.«

Jane machte eine ausholende Geste über die Köpfe ihrer Besucher hinweg. »Falls du dir je ein paar Bücher zulegen möchtest, komm her und bediene dich. Hier im Wohnzimmer von Wraith Cottage haben wir das Ergebnis von mindestens fünfzig Jahren Sammelwut. Marguerite und ich nehmen uns ständig vor, sie mal durchzuforsten, aber wir konnten uns bisher nicht dazu aufraffen.« Sie fuhr mit dem Finger über die Buchrücken einer Reihe Gartenenzyklopädien. »Ich habe das Gefühl, die kleben schon an den Regalen fest.« Sie ging zum Tisch und nahm ein Taschenbuch von einem Stapel. »Liest Sophie Romane?«

Nick zuckte die Achseln. »So gut kenne ich sie nicht.«

Jane signierte das Buch auf dem Titelblatt. »Na, dann gib ihr das mal als Willkommensgeschenk – mein jüngstes Werk, gerade von der Druckerei gekommen. Aber sag ihr, dass sie es nicht lesen *muss.*«

Chas lachte noch einmal. »Doch, muss sie. In ein paar Tagen geht Jane zu ihr rüber und fragt sie danach aus.«

»Du geh mal lieber an deine Buchhaltung und zähl ein paar Zahlen zusammen«, sagte Jane.

Nick fuhr mit dem Fahrrad zurück zur Blue Slipper Bay. Ein Begrüßungsgeschenk – warum hatte er nicht daran gedacht? Er konnte für Sophie eine Flasche Wein besorgen und sie ihr auf den Tisch stellen, damit sie sie bei ihrer Ankunft vorfand. Und er könnte Evie eine ihrer handkolorierten Glückwunschkarten abkaufen. Kyp und Evie hatten eine für ihn vorbereitet gehabt, als er in *Fair Wind* einzog. Es hatte ihn allerhand Überzeugungskunst gekostet, bis sie endlich keine Zweifel mehr hatten, dass er sich darin so, wie es war, wohlfühlte. Eigentlich hatten sie es, ebenso wie *Sea Spray,* vollkommen renovieren wollen, bevor sie es vermieteten.

Er stellte das Fahrrad unter seinem Balkon ab und ging hinüber zu Evie. Tatsächlich hatte sie bereits eine Karte geschrieben und wartete auf ihn, damit er sie unterschreiben konnte. »Wie kommt es, dass Frauen immer vor den Männern an so was denken?«, fragte Nick.

»Ach, du wärest schon von selbst darauf gekommen. Kyp denkt auch an so manches, aber für gewöhnlich in der letzten Minute des Tages danach. Frauen können sich das nicht leisten. Stell dir doch mal vor, Schulen voller Kinder ohne saubere Unterhosen und Socken.«

»Puh«, sagte Mila und hielt sich die Nase zu. »Guck mal, Nick.« Sie zeigte auf ihren Namen, mit dem sie die Karte unterzeichnet hatte. Es sah aus wie eine haarige Raupe. »Das habe ich ganz alleine geschrieben. Und ich bin erst drei.«

»Du bist ein kluges Mädchen«, sagte Nick und sah in ihr strahlendes Gesicht.

Sie legte ihre klebrigen Finger auf seinen Arm. »Und Mummy hat für die neue Lady auch Blumen geholt.«

»Ich bin sicher, Sophie wird sich sehr freuen.«

Mila hüpfte ein paar Mal auf und ab, steckte den Daumen in den Mund und lehnte sich gegen sein Bein, als würde sie gleich einschlafen. Er spürte das Gewicht und die Wärme ihres stämmigen kleinen Körpers. Sie schlug sehr nach Kyp. Ihn überkam eine Woge der Zärtlichkeit. Am liebsten hätte er sie hochgehoben und an sich gedrückt, aber er beschränkte sich darauf, ihr etwas Sand aus dem Haar zu streichen. Drei Jahre. Mit einem Male wurde ihm bewusst, dass Lara fast im gleichen Alter wie Mila wäre, wenn sie noch lebte. Er stellte sich vor, wie es wäre, auf den Kopf seiner eigenen Tochter hinunterzublicken. Wäre sie blond gewesen wie Keri, oder hätte sie mausbraunes Haar gehabt wie er? Er merkte, dass seine Augen feucht wurden, und schob Mila behutsam von sich weg. »Ich muss jetzt gehen«, sagte er leise. »Sophie wird bald hier sein.«

21

ICH STAND MITTEN in *meinem* Wohnzimmer und schaute mich um. Ein kribbeliges Gefühl erfüllte mich, das ich mir gar nicht erklären konnte. Es war wie das Glück, das man an einem besonderen Tag empfindet – wie ein Kind, dass eine schöne Geburtstagsfeier bekommt. Ich wanderte ziellos von Zimmer zu Zimmer und nahm alles in mir auf. Meine wenigen Kleider hingen oben in dem Loft, wo auch mein Bett sich befand. Commie war bereits dabei, die blau und weiß gestreiften Bezüge meiner Steppdecke in Beschlag zu nehmen. Das kleine Duschbad und die Küche waren vollgestopft mit Haushaltsutensilien, und im Wohnzimmer hatte ich überall Kissen und kleine Läufer in Meeresfarben ausgelegt. Und als würde mich nicht genug Wasser umgeben, hatte ich in der *Wight Light Gallery* in Ventnor noch zwei prächtige Meeresbilder gekauft.

Der Tag meines Umzugs hatte mir warmes, sonniges Wetter beschert. Es war sogar ein wenig *zu* warm, um Kartons und Taschen den schmalen Pfad hinunterzutragen, der vom Parkplatz oben an der Straße zur Blue Slipper Bay hinabführte. Doch um die Mittagszeit war Nick aus Wraith Cove zurückgekommen, und dann kam auch Kyp mit seinem Fischerboot angetuckert und lud sich scheinbar mühelos selbst die schwersten Kisten auf seine breiten Schultern.

»Das ist er gewohnt«, keuchte Nick. »Er verdient seinen Lebensunterhalt damit, Fischernetze an Bord zu zerren.«

»Nun red mal nicht so daher«, sagte Kyp. »Dafür gräbst du Baumwurzeln aus und wuchtest Felsbrocken.«

»Dann muss es was mit deiner griechischen Herkunft zu tun haben«, erwiderte Nick. »Die Griechen sind genetisch dafür geschaffen, unter strahlend blauem Himmel zu schuften.«

Kyp war in der Tat ein muskulöser Kerl, und ein lustiger dazu – allerdings ein bisschen laut. Er machte aus allem einen Scherz, wobei er seinen Akzent ausdrücklich betonte, so dass Evie ihn andauernd ermahnte, sich zusammenzunehmen. Die beiden schienen ständig im Clinch zu liegen, aber sie berührten einander auch häufig und tauschten liebevolle, neckische Blicke aus. Als Jack aus der Schule kam, halfen auch er und Mila mit, ein paar Sachen zu tragen. Die beiden waren ganz schön abenteuerlustig, kletterten auf dem Steilhang herum und balancierten oben an der Kante, kicherten die ganze Zeit und spielten miteinander Fangen. Sie fragten mich nach allem aus und wollten wissen, ob ich einen kleinen Jungen oder ein kleines Mädchen hätte, die bei mir einzögen. Im Nu war alles erledigt, und ich war eingerichtet.

Ich trug meinen Becher Tee nach draußen, setzte mich auf den Balkon und nahm mir vor, erst die Dusche auszuprobieren, mir dann einen Salat zu machen und mich anschließend auf eine kleine Küstenwanderung zu begeben. Von See kam eine leichte Brise geweht, und ich konnte das Salz auf meinen Lippen schmecken und den Seetang riechen, der überall zwischen den Felsen in der Sonne glänzte und von der einsetzenden Flut auf den Strand gespült wurde. Draußen zogen ein paar Segelboote vorbei, und ein halbes Dutzend Urlauber saß noch futternd und lachend auf Liegestühlen am Wasser. Kyp und Evie vermieteten sowohl die Liegestühle als auch Sonnenschirme; außerdem verkauften sie Erfrischungsgetränke und Eis. Sie waren gerade vor ihrem Haus damit beschäftigt, einen Grill aufzubauen und eine blaue Decke auf den langen Holztisch zu legen. Offenbar erwarteten sie heute Abend Gäste zu einem Fischessen.

Ich ging hinein und zog mein verschwitztes T-Shirt und

meine Shorts aus. Aus der Dusche kam ein kräftiger Strahl, und ich fühlte mich gründlich gereinigt, als ich darunter hervortrat. Meine Arme und Beine kribbelten von der vielen Sonne. Auf dem Tisch standen eine Flasche Rotwein, eine Vase mit weißen und gelben Gänseblümchen und die Glückwunschkarte zum Einzug, die ich von Nick, Kyp und Evie bekommen hatte. Ich wickelte mich in ein Handtuch, schenkte mir ein Glas Rotwein ein und legte mich auf eines der Sofas. Nach ein paar Schlucken überkam mich eine bleierne Müdigkeit. Ich schaffte es gerade noch, mein Glas auf den Boden zu stellen, und schon war ich eingedöst.

Ein lautes Krachen weckte mich. Ich war noch ganz groggy und wusste im ersten Moment gar nicht, wo ich mich befand, als ich mich aufsetzte und mich dann fragte, ob die Klippe sich ausgerechent an meinem ersten Tag hier entschlossen hatte, ins Rutschen zu geraten. Ich taumelte zur Balkontür und trat hinaus. Ein weiterer Knall ließ mich zusammenzucken, und dann sah ich das Feuerwerk. Ein Funkenregen aus rosa und silbernen Sternchen rieselte auf die Bucht hinunter. Es war zwar noch nicht dunkel, aber es sah trotzdem eindrucksvoll aus. Mit meinen geblendeten Augen gewahrte ich, dass unter meinem Balkon mehrere Leute standen. Das mussten Feriengäste sein. Aber als ich wieder klar sehen konnte, erkannte ich Nick und Kyp und Evie. Sie lachten und riefen nach mir. Und dann sah ich auch Rachel und Jill und Ash und die Kinder.

»Zieh dir was an, du faules Stück, und komm runter«, rief Jill.

Ich flitzte hinauf in mein Schlafzimer und schlüpfte in eine saubere Jeans und meine korallenrote Seidenbluse. Mein Haar war vollkommen verwuselt. Ich war eingeschlafen, ohne es vorher zu bürsten, und konnte nun kaum mit einem Kamm hindurchfahren. »Ach, was soll's«, sagte ich zu Commie, der mich durch halb zugekniffene Augen beobachtete.

Rachel hatte mir gesagt, dass sie zu tun hätte, als ich sie

fragte, ob sie nicht am Abend vorbeischauen wollte, um meinen ersten Tag in der Blue Slipper Bay mit mir zu feiern. Ich war ein wenig enttäuscht gewesen, hatte mich aber damit getröstet, dass es dazu noch reichlich Gelegenheiten geben würde. Also hatte sie diese Willkommensfeier offenbar gemeinsam mit den anderen ausgeheckt. Als ich unten ankam, sah ich, dass mein Haus mit Luftballons und bunten Lichterketten geschmückt war, die in der untergehenden Sonne erstrahlten. Es war immer noch ziemlich warm. Tilly und Hal rannten mit Jack und Mila und einem kleinen kläffenden Hund am Strand umher. Es herrschte Flut, und sie spritzten sich gegenseitig nass und kreischten vor Vergnügen.

»Wir dachten, wir veranstalten ein kleines Fest«, sagte Kyp, »um dich willkommen zu heißen.« Er drückte mich fest an sich und gab mir einen nach Knoblauch duftenden Kuss auf die Wange. »Komm, nimm dir was zu trinken.«

Ich umarmte reihum Rachel, Jill und Ash, und dann nahmen wir am Tisch Platz, scherzten und tranken, während Evie Teller mit Oliven und Pistazien und dazu Fladenbrot mit Hummus reichte. Ich war froh, dass Jill und Ash ganz unverkrampft miteinander umgingen, und fragte mich, ob sie schon Gelegenheit gefunden hatten, sich auszusprechen.

Nick erhob sich. »Da kommen die anderen«, sagte er.

Jane, Marguerite und zwei Männer kamen durch den Sand auf uns zu. Marguerite hielt den älteren der beiden Männer beim Arm. Sie trug ein knöchellanges silbrig-blaues Kleid und Jane einen fuchsroten Hosenanzug. Bei ihrem Anblick fühlte ich mich unpassend gekleidet. Marguerite ließ den Arm des Mannes los, warf ihre Sandalen von sich und schlenderte zum Strand hinunter. Die Kinder riefen nach ihr, und der Hund bellte und wedelte dabei wie wild mit dem Schwanz. Sie raffte ihr Kleid hoch und ging mit den Füßen ins Wasser.

Jane stellte mir ihre beiden Begleiter vor – ansonsten schien hier jeder jeden zu kennen. Der größere der beiden, ein Mann mittleren Alters, war Chas, ihr Ehemann, und bei dem älteren handelte es sich um Neptun. Also gab's den wirklich. Und der Name passte irgendwie zu ihm. Sein Gesicht war so zerfurcht wie das Kliff, so, als hätte er den größten Teil seines Lebens damit verbracht, dem Meer zu trotzen. Er war nicht sehr gesprächig und blickte immerzu zu Marguerite und den Kindern hinüber, so dass ich mich schon fragte, ob er Janes und Marguerites Vater war, bis mir wieder einfiel, dass Rachel ja erzählt hatte, Janes Vater wäre von der Kliffkante gestürzt. Unwillkürlich überkam mich ein Schaudern.

»Ist dir kalt, Sophie?«, fragte Rachel.

»Nein, ich bin nur aufgeregt«, antwortete ich. »Ich hätte mir nie träumen lassen, dass ihr so etwas vorhattet.«

»Es war Kyps Idee«, sagte sie. »Aber wir verpassen nie eine Gelegenheit, herzukommen und uns von Kyp und Evie mit einem Abendessen verwöhnen zu lassen.«

»So ist's«, meldete sich Chas zu Wort. »Ich bin extra ganz von Herefordshire hergefahren.«

»Ich dachte, Sie wohnen hier in Wraith Cove?«

»Ich habe mein Geschäft in unserem anderen Haus in der Nähe von Ledbury. Aber wir kommen hierher, so oft wir können, nicht wahr, Janey?« Er legte ihr den Arm um die Schultern, und sie schmiegte sich an ihn.

Noch so ein zumindest nach außen hin glückliches Paar, dachte ich. Manche Ehen klappten vielleicht doch. Kyp sang laut vor sich hin, während er die wundersamsten Dinge mit Hummern und Krebsen anstellte und Evie große Schüsseln mit Pasta und Salat herbeitrug.

»Rufst du mal die Kinder zusammen?«, sagte sie zu Jill. »Ich habe Würstchen auf dem Grill. Es hat ja wohl keinen Zweck, unseren kleinen Kostverächtern die guten Meeresfrüchte aufzuzwingen.«

»Ich hole sie«, bot sich Ash an. »Geh du mal Evie zur Hand.« Jill blickte zum Wasser hinüber; ihr Lächeln schwand augenblicklich, als Ash aufstand und davonging. Er sagte etwas zu Marguerite und den Kindern. Marguerite bückte sich, um sich den Sand von den Beinen zu streichen, wobei ihr langes Haar ihr über die Schulter fiel und über die Felsen streifte. Ash redete immer noch auf sie ein, als sie näher kamen. Sie hatte die Hand auf seinen Arm gelegt.

Ich häufte mir eine Portion des vorzüglichen Essens auf den Teller und lauschte dem munteren Geschwätz von Kyp, Evie und Rachel und dem Plappern der Kinder. Ich konnte einfach nicht glauben, dass all dies mir zu Ehren arrangiert worden war. Der Wein floss in Strömen und Kyp toastete mir ständig zu. Er hatte eine Stereoanlage mit griechischer Musik aufgestellt und tanzte mit den Kindern auf dem Sand. Ich bedankte mich bei Jane für das Buch, das sie mir zum Einzug geschenkt hatte.

»Schreibst du gerade an etwas, Jane?«, fragte Jill.

»Ich bin etwa zur Hälfte mit einem Roman durch. An dem sitze ich länger als gewöhnlich. Es ist mal etwas anderes als das, was ich sonst schreibe.«

»Etwas reifer«, kommentierte Chas und lachte kehlig.

Auch Jane lachte. »Wird ja auch langsam Zeit, nicht wahr?«

»Ich mag deine Bücher«, sagte Rachel. »Weich nicht zu sehr von deinem Stil ab.«

»Na, ich hoffe, es wird dir trotzdem gefallen. Ihr müsst eines Abends alle auch mal zu uns zum Essen kommen.« Sie lächelte mir zu. »Falls du dir Sorgen machst, dass es riskant sein könnte, hier zu wohnen, wirst du dich hinterher so sicher wie in Abrahams Schoß fühlen, nachdem du erst Wraith Cottage gesehen hast.«

Evie setzte sich zu uns. Sie rauchte einen dünnen Zigarillo. Ihr kurzes Haar war feucht von dem Dampf in der Küche, so dass es ihr am Kopf klebte wie eine Mütze. Sie war eine zierliche Frau mit einem fein geschnittenen Gesicht und ausgeprägten Wangenknochen, doch ging von ihr gleichzeitig eine Aura der Stärke aus. Sie blies Rauch aus dem Mundwinkel.

»Wie lange wird's denn noch dauern, bis euer Hotel eröffnet, Jane? Ich möchte auch mal etwas anderes malen als immer nur diese Bucht hier.«

»Oh, das braucht noch seine Zeit. Aber die gute Nachricht ist, dass wir zuerst die Remise ausbauen. Da kannst du dann schon deine Staffelei aufstellen, wenn du möchtest. Chas hat ein ganzes Heer von Neffen und Nichten, und die kommen alle während der Sommerferien, um daran mitzuarbeiten.«

Mir fiel auf, dass wir uns in zwei Gruppen aufgeteilt hatten. Sämtliche Frauen waren um den Tisch versammelt und unterhielten sich über das Leben und ihre Familien. Die Männer und die Kinder spielten am Strand Fußball. Dann bemerkte ich die einsame Gestalt, die ein wenig abseits stand. Es war Neptun, der aufs Wasser hinaussah. Der kleine Terrier sprang um ihn herum und verbellte die Wellen. Ich stand auf und ging zu den beiden hin. Einen Augenblick lang genierte ich mich fast ein wenig, denn er wandte sich weder mir zu, noch sagte er ein Wort. Und ich wiederum wusste nicht, was ich zu ihm sagen sollte. Also holte ich tief Luft. Es lag eine warme, süßlich schmeckende Brise in der Luft, als trüge sie den Duft von Blüten mit sich.

»Das ist Holunder – wächst oben auf dem Kliff«, sagte Neptun, als habe er meine Gedanken gelesen.

»Wie ist es da, wo Sie wohnen, Neptun?«, fragte ich ihn.

»So ähnlich wie hier, nur ist Puck Bay kleiner. Es gibt dort nur meine alte Fischerhütte. Abgesehen von Loot wohne ich dort ganz alleine.« Er zeigte auf den Hund, der sich auf den Strand gelegt hatte und ihn erwartungsvoll ansah. »Wenn Sie's sehen wollen, rudere ich Sie mal hin. Nick fährt oft mit mir raus.«

»Danke, darauf komme ich gerne zurück.«

»Arbeiten Sie in diesem Gesundheitszentrum?«

»Nein, in Rachels Café.«

»Aber Sie sind doch irgendwie Psychiaterin?«

»Nein, ich bin Krankenschwester. Aber im Moment mache ich eine Pause.«

»Ich kann mich mit dem ganzen Therapiezeugs nicht anfreunden. Ich finde es nicht gut, dass Marguerite da hingeht.«

Schon wünschte ich mir, mich nicht zu ihm gesellt zu haben. Warum wurde ich immer wieder in diese Geschichte mit hineingezogen? »Sind Sie mit Marguerite verwandt?«, fragte ich.

»Ich kenne sie schon ihr ganzes Leben. Bin bei ihrer Geburt dabei gewesen. War wie ein Vater für sie.« Endlich blickte er mich an; seine tiefliegenden Augen sahen aus, als wären sie mit Salz verkrustet. »Sie braucht jemanden, der auf sie achtgibt. Sie versteht die Welt nicht so wie wir.«

»Aber Jane ist doch immer bei ihr, oder?«

»Ja, Marguerite vergöttert sie. Aber Jane meint, es wäre gut für sie, Leute kennen zu lernen und mal etwas Neues zu probieren.«

»Und Sie sind anderer Meinung?«

»In mancher Hinsicht. Sie ist zu vertrauensselig. Man wird ihr wehtun.«

»Sie ist ja kein Kind mehr. Sie ist eine Frau mittleren Alters.«

»Sie ist eben doch noch ein Kind. Und das begreift Jane nicht. Sie kennt sie doch erst seit weniger als einem Jahr.«

»Jill hat so etwas erwähnt.«

»Sie hat gar nichts von ihrer Existenz gewusst, bis ihre Mutter starb und ihr Wraith Cottage vererbte.«

»Unglaublich.« Ich fragte mich, was das für die beiden bedeutet haben musste.

»Ja, Marguerite ist wirklich unglaublich.« Er sah mich eindringlich an. »Würden Sie für mich ein Auge auf sie haben?«

»Aber ich sehe sie ja so gut wie nie. Vor allem jetzt nicht mehr, wo ich nicht mehr bei Jill und Ash wohne.«

»Ash. Das ist der, wegen dem ich mir Sorgen mache.«

Ich wollte das nicht hören. Ich wollte mich abwenden und

zurück zu den anderen gehen, aber Neptun hielt mich am Arm fest.

»Sie brauchen sich hier vor nichts zu fürchten. Das Kliff ist sicher. Sie müssen nur lernen, das Meer zu respektieren, mehr nicht. Es will Ihnen nichts Böses.«

Ich kam an den Tisch zurück. An einem Ende saß Marguerite und malte Bilder mit den Kindern. Jack und Hal kritzelten eifrig mit ihren Buntstiften. Tilly und Mila spielten mit Marguerites langem Silberhaar, zwirbelten es sich um die Finger und sahen aus, als wäre es Zeit für sie, ins Bett zu gehen. Ich erkannte nun, was Neptun gemeint hatte. Sie wirkte kindlich, war ganz unbefangen in ihr Tun vertieft. Kyp räkelte sich gut gesättigt auf seinem Stuhl und hielt den Arm um Evie. Chas und Jane unterhielten sich mit Nick und Rachel. Ash stand auf das Verandageländer gestützt da und sah Marguerite beim Zeichnen zu. Ich blickte mich nach Jill um; sie war heute Abend so ruhig gewesen. Normalerweise war sie bei jeder Party die Lauteste. Sie stand in ihrem weißen, weit ausgeschnittenen Kleid in der Tür und nippte an ihrem Wein. Ihr Haar fiel ihr ins Gesicht und verdeckte es. Als sie eine Hand hob, um es beiseitezuschieben, geriet sie fast aus dem Gleichgewicht. Ihr Blick war auf Ash geheftet. Mich überkam ein schmerzliches Schuldgefühl, weil ich ihr nicht hatte helfen können. Und nun, da ich nicht mehr bei den beiden wohnte, konnte ich nicht sagen, ob oder wann ich Gelegenheit finden würde, mit Ash zu sprechen. Mit unsicheren Schritten trat Jill aus dem Türrahmen hervor.

»Ich glaube, es ist Zeit zu gehen, Kinder«, sagte sie. »Zieht eure Schuhe an.«

»Müssen wir echt schon?«, nölte Hal. »Ich hab mein Bild noch nicht fertig.«

»Das kannst du zu Hause fertigmalen. Ich habe morgen einen anstrengenden Tag. Kommt jetzt.«

Zögernd begann Ash, ihre Sachen einzusammeln. Das bedeutete, dass auch Rachel aufbrechen musste; Ash und Jill würden sie im Auto mit zurück nach Ventnor nehmen. Rachel wirkte enttäuscht; Kyp hatte sie gerade gefragt, ob sie tanzen wollte.

»Du kannst bei mir bleiben«, flüsterte ich ihr zu.

Sie drückte meinen Arm. »Ich gehe besser. Morgen wird ein langer Tag.«

Alles verabschiedete sich. Jill umarmte mich und machte sich auf den Weg den Hang hinauf. Sie zog einen nörgelnden Hal hinter sich her. Marguerite erhob sich und hauchte Ash einen Kuss auf die Wange. Er schloss sie kurz in seine Arme, nahm dann Tilly auf die Schultern und folgte Jill.

Wir trugen die Sachen ins Haus. Das Cottage von Kyp und Evie war viel geräumiger, als es von außen wirkte. Die eine Hälfte bestand aus einer hübsch eingerichteten Ferienwohnung mit Evies Aquarellen an den Wänden. Wer hier Ferien machte, sollte lieber keine Aversion gegen Fischgeruch haben. Wir setzten uns an den Tisch, schauten den Mond an und tranken den trüben Zitronenlikör, den Chas von irgendwo hervorgezaubert hatte. Er war süß und stark. Evie und Kyp hatten jeder ein schläfriges Kind auf dem Schoß.

Chas gähnte herzhaft. »Ich glaube, wir machen uns auch lieber auf die Socken, bevor wir noch jemanden tragen müssen.« Er wies auf Marguerite, die mit dem Kopf an Neptuns Schulter eingeschlafen war. Auch Neptun hatte die Augen geschlossen.

Jane und Chas verabschiedeten sich beide mit einem Küsschen von mir und wiederholten noch einmal ihre Einladung zum Abendessen. Zu meiner Überraschung begleitete Neptun die drei nicht. Er krempelte seine Hosenbeine hoch, schob ein kleines, blau-weißes Boot ins Wasser und stieg behände hinein. Loot sprang hinter ihm her.

»Kommt er auch heil an?«, fragte ich.

»Hoffentlich«, sagte Jane. »Neptun redet man nicht drein.«

Ich bedankte mich bei Kyp und Evie für den Abend und ging mit Nick zu unseren Strandhäuschen zurück.

»Was für ein wundervoller Auftakt für meine Zeit hier«, sagte ich. »Das sind wirklich reizende Menschen. Wenn man sich vorstellt, dass sie das alles für jemanden arrangiert haben, den sie kaum kennen.«

»Ich glaube, sie mögen dich«, sagte Nick. »Du bist mit ihnen auf einer Wellenlänge und teilst ihre Ansichten. So kommen Freundschaften zustande.«

Ich lag auf meiner großen, dicken Matratze, atmete den Duft der neuen Bettwäsche und die süßlich-salzige Luft ein, die durch das offene Fenster hereinwehte. Commie war nicht mehr da; vermutlich stellte er auf dem Kliff Mäusen nach. Ich streckte meine Arme und Beine aus und stieß doch an keiner Ecke an eine Bettkante. Ich schlief zum ersten Mal in einem Doppelbett, seit ich nicht mehr in dem Haus lebte, das ich mit Peter geteilt hatte. Während der ersten Wochen seiner Abwesenheit war ich noch nachts aufgewacht und hatte gemerkt, wie ich meine Hand tastend nach ihm ausstreckte und meine Lippen seinen Namen formten – der Mensch ist ein Gewohnheitstier. Ich stellte mir vor, wie er sich an Melissa schmiegte. Ich stellte mir Kyp und Evie, Jane und Chas, Jill und Ash und Audrey und John vor. Und dann dachte ich an Rachel, die es vorzog, alleine zu leben, und an Nick. Sie hatten niemanden bei sich, aber sie wollten es so. Hatte ich es so gewollt? Mir fiel niemand ein, den ich jetzt gerne an meiner Seite im Bett gehabt hätte. Aber ich konnte mir auch nicht vorstellen, den Rest meines Lebens alleine zu verbringen. Wie würde es sein, nie wieder Sex zu haben, in Einsamkeit alt zu werden?

Ich lag wach und dachte an die neuen Menschen in meinem Leben und wie entspannt sie alle schienen im Vergleich zu meinen hektischen Freunden in London. Außer Jill und Ash. Ich brauchte einfach noch etwas Zeit, um mich an all dies zu gewöhnen; dann würde ich darüber nachdenken, was ich tun könnte, um ihnen zu helfen. Ich wollte nicht glauben, dass sich zwischen Ash und Marguerite etwas abspielte, was im Hinblick auf seine Stellung als Arzt als unethisch zu betrachten wäre. Aber ich war jetzt in die Sache verwickelt, ob es mir gefiel oder nicht. Ich versuchte, meine Gedanken zu ordnen; ich wollte nicht mit unguten Gefühlen einschlafen. Ich lauschte dem rhythmischen Geräusch der Brandung und ließ mich treiben. Nick hatte gesagt, dass ich auf einer Wellenlänge mit anderen Menschen war und man gut mit mir auskäme. Sahen andere Menschen mich so? Mit Ashs und Jills Problemen kam ich im Augenblick nicht so gut klar. Ich wusste nicht, auf wessen Wellenlänge ich sein wollte. Vor meinem inneren Auge erschien plötzlich ein Biber, der einen Damm über einen Fluss baute. Vielleicht war es das, was ich tun sollte.

22

NICK LAG AUF seinem schmalen Bett, seinen Schlafsack unter sich ausgebreitet, und dachte an den Abend zurück. Es war nicht sein Einfall gewesen, eine Willkommensparty für Sophie zu geben. Seiner Meinung nach hätte sie es vorgezogen, in Ruhe gelassen zu werden, damit sie sich erst einmal einleben konnte. Aber so war Kyp eben. Er feierte gerne und führte gerne allen Leuten seine Kochkünste vor. Er hatte nur gelacht, als Nick Einwände erhob, und mit seinen behaarten Schultern gezuckt. Dann hatte er sich ans Telefon gesetzt, um Jane und Rachel und Jill zusammenzutrommeln.

Nick fragte sich, wieso er das Bedürfnis hatte, Sophie zu beschützen. Sie war eine erwachsene Frau und konnte sehr gut ihre eigenen Entscheidungen treffen. Wenn sie gewollt hätte, hätte sie auch bloß ein Stündchen zu bleiben brauchen. Aber sie schien sich amüsiert zu haben, hatte sich gut mit allen verstanden und war von dem Essen begeistert gewesen. Ja, es war schon ein Erlebnis, wenn man sich zum ersten Mal von Kyp und Evie bekochen ließ. Eine ganze Weile lang hatte sie dagesessen und den Gesprächen der anderen zugehört, wobei ihre dunklen Augen von einem Gesicht zum anderen wanderten, als suche sie darin Worte, die sie nicht aussprechen konnten. Ab und zu war ihm aufgefallen, dass ihr Blick sich verlor, als hätte sie sich in sich selbst zurückgezogen, und sie gar nicht mehr richtig da war. Nick stellte fest, dass er in ihr seine eigene Art mit der Welt umzugehen wiedererkannte.

Ihm war auch die Spannung zwischen Jill und Ash nicht entgangen und dass Jill, die sonst so gerne das große Wort führte, wenig sprach und dafür umso mehr trank. Vielleicht waren sie beide erschöpft vom Aufbau ihres Therapiezentrums und davon, sich gleichzeitig auch um ihre Kinder zu kümmern. Neptun war wie immer still und beobachtete alles. Aber so war er nun mal; er hielt sich gern im Hintergrund und machte sich seine Gedanken. Nick wusste, dass es ihm nicht gefiel, dass Jane Marguerite ermunterte, mehr aus sich herauszugehen. Doch er gab Jane recht. Marguerite hatte ihr ganzes Leben wie eine Gefangene in Wraith Cove verbracht, und erst Jane hatte sie von dort befreit. Und mit ihren heilenden Gaben konnte sie so viel Gutes tun. Die Menschen fühlten sich zu ihr hingezogen, begegneten ihr mit Ehrfurcht, weil sie so ganz und gar aus einer anderen Welt zu stammen schien und wegen ihrer sonderbar betörenden Unschuld. Und sie schien auch in ihrer Arbeit aufzugehen, solange sie Jane und Neptun in der Nähe wusste.

Er hatte den Abend genossen, war dankbar für die guten Freunde gewesen, die er entlang dieses zerklüfteten kleinen Streifens wilder Küste gefunden hatte. Er hatte zugesehen, wie Sophie von allen geküsst und mit guten Wünschen überhäuft worden war. Die Menschen schlossen sie rasch ins Herz, und doch schien sie sich der Wirkung, die sie auf andere hatte, nicht bewusst zu sein. Auch er war von ihr umarmt worden. Er spürte immer noch, wie ihre seidige Bluse an seinem Arm entlangstrich.

Er drehte sich auf den Bauch. Jetzt war sie hier, jetzt war sie eingezogen. Gut. Nun konnte sie ihr eigenes Leben weiterführen. Er würde sich um sie nun keine Sorgen mehr zu machen brauchen.

23

MEIN LEBEN SCHIEN zusehends leerer zu werden, seit ich in die Blue Slipper Bay gezogen war. Es kam mir fast vor, als hätten sich alle verschworen, mir aus dem Wege zu gehen. Ich fragte mich, ob Rachel Nick gesagt hatte, dass ich Zeit für mich alleine brauchte, und er das an Kyp und Evie weitergegeben hatte.

Anfangs war ich noch mit dem Auto zur Arbeit gefahren, hatte aber bald festgestellt, dass ich, wenn ich erst den Weg hinauf zum Parkplatz zurücklegte, nach Ventnor fuhr und dort einen Parkplatz suchte, auch ebenso gut zu Fuß gehen konnte. Es herrschte angenehm sonniges Wetter, und der Küstenpfad war ein ständiger Quell der Freude. Ich bin nie eine begeisterte Wanderin oder Naturbeobachterin gewesen. Mein Interesse galt den Menschen – für gewöhnlich den verzweifelten. Und doch ging mir auf, dass ich mich von dem Anblick der kleinen grünen Echsen, die quer über den Pfad huschten, oder dem eines großen schwarzen Vogels, der draußen auf dem Meer auf einem Seezeichen seine mächtigen Schwingen ausstreckte, so faszinieren ließ, dass ich auf meinem Weg innehielt. Mir war unbekannt, was für eine Spezies von Reptilien und Vögeln das waren, und ich musste das auch nicht wissen. Ich wollte alles so beobachten, wie es war, ohne dabei meinen Kopf anstrengen zu müssen. Diese Momente des Staunens waren mir fast heilig, und ich behielt sie vor meinem geistigen Auge wie Wordsworth seine Narzissen. Auch körperlich fühlte ich mich fitter, genoss das Gefühl, weit auszuschreiten und die Meeresbrise auf meiner Haut zu spüren. Ich kaufte mir einen

Rucksack, damit ich auf dem Weg zur Arbeit Shorts tragen und mich dann später umziehen konnte.

Manchmal sah ich Nick auf seinem Weg zur Arbeit nach Wraith Cove. Das war die entgegengesetzte Richtung. Wir winkten einander zu, blieben aber nie stehen, um ein paar Worte zu wechseln. Ich erklärte mir das damit, dass er wohl nicht der Typ dafür war, auf der Straße ein Schwätzchen zu halten. Bei anderen Gelegenheiten sah ich ihn im Meer schwimmen oder mit Jack, Mila und Evie am Strand tollen. Kyp schien es zu bevorzugen, mit der Mütze über dem Gesicht und einem Bier in der Hand in seinem Liegestuhl zu faulenzen, wenn er nichts zu tun hatte. Ich hoffte, dass man mich nicht für ungesellig hielt, aber ich wusste nicht so recht, wie ich zum Strand hinuntergehen und mich ihnen anschließen sollte. Sie kamen mir wie eine Einheit vor. Würde ich wie ein Eindringling wirken? Vielleicht sollte ich einfach runtergehen und mich ganz ungezwungen an den Strand setzen. Schwimmen mochte ich nicht; die rollenden Wellen verunsicherten mich. Aber ich konnte ein bisschen im Wasser plantschen oder mit den Kindern spielen. Schließlich kam ich zu dem Schluss, dass es einfach noch zu früh war. Denn natürlich wollte ich, dass man mich mochte, und ehe ich mich's versah, würde ich Kyp und Evie anbieten, auf die Kinder aufzupassen oder ihnen in der Küche zu helfen.

Auch Rachel konnte Hilfe gut gebrauchen. Bei dem sonnigen Wetter war im Café viel los. Den ganzen Abend war sie mit Backen beschäftigt und musste dabei auch noch Stevie dazu anhalten, für die Schule zu lernen. Wenn er seinen Abschluss in der Tasche hatte, würden wir ganz groß ausgehen, sagte sie.

Ab und zu ging ich am Nachmittag bei Jill und Ash vorbei, aber Jill war nie zu Hause. Wenn ich sie dann im Therapiezentrum besuchen wollte, bekam ich stets von Solveig oder von einem der Studenten, die am Empfang herumlümmelten, zu hören, Ash und Jill wären beide zu beschäftigt. Als sich einmal eine Tür öffnete und wieder schloss, erhaschte ich einen Blick auf Marguerite.

Meine Abende verbrachte ich auf dem Sofa vor dem Verandafenster. Ich verspürte kein Verlangen, fernzusehen oder mir die Nachrichten anzuhören oder auch nur nach Musik. Ich begann in Janes Roman zu lesen, ließ mich aber unweigerlich von den ständig in Veränderung begriffenen Wolkenformationen und den Farben des Himmels und des Meeres ablenken, so dass das aufgeschlagene Buch mir in den Schoß fiel. Mein Körper entspannte sich bis zur vollkommenen Muße, während ich in meinem Kopf das Gefühl hatte, mit den Wolken zu reisen. Manchmal kam Commie hereingeschlichen, aber auch er hielt sich auf Abstand, streckte sich zu meinen Füßen aus, beobachtete mich, schnurrte von Zeit zu Zeit, unternahm aber nie den Versuch, mir auf den Schoß zu springen. Ich glaubte nicht, mich an eine Zeit in meinem Leben erinnern zu können, in der ich so viel Zeit mit mir selbst verbracht und einfach nichts zu tun hatte. Irgendwann merkte ich, dass ich es auch aufgegeben hatte, mir wegen Peter und Melissa den Kopf zu zerbrechen. Und selbst Audrey konnte mich hier nicht anrufen, denn es gab kein Telefon. Ich fragte mich, wie lange dieses Bedürfnis nach Einsamkeit anhalten würde.

Und dann schlug das Wetter um.

»Ich glaube, ich mache den Laden dicht«, sagte Rachel, als sich der Himmel verfinsterte und das Café sich leerte. »Und du sieh zu, dass du nach Hause kommst, ehe das Unwetter losbricht.« Sie ging nach draußen, um die Markise einzurollen, und ich folgte ihr, um ihr zu helfen, unsere Tische und Stühle zu retten, bevor sie über die ganze Promenade gepustet wurden. »Ich glaube, ich fahre dich lieber nach Hause«, sagte sie. »Auf dem Küstenweg wirst du klatschnass.«

»Mach dir keine Sorgen, Rachel. Ich bin inzwischen so fit und so gut zu Fuß, dass ich nicht lange brauche.« Ich ließ meine

Armmuskeln spielen. »Außerdem finde ich sonst Schutz unter den Bäumen des Arboretums im Botanischen Garten.«

Rachel runzelte die Stirn. »Dann geh aber jetzt los, bevor der Wind auffrischt, und halte dich von der Kante fern.«

»Ja, Mami.«

Sie lachte und gab mir eine Tupperdose mit Nudelsalat. »Pack das in deinen Rucksack und sei nicht so frech.«

Ich genoss den Heimweg. Der salzige Wind wehte mein Haar hoch und stach mir in die Augen. Das Meer schäumte und stöhnte, als würde sich unter seiner Oberfläche ein ruheloses Monstrum tummeln. Im Botanischen Garten peitschten mir die Palmenblätter und Farngewächse um die Ohren, und als ich gerade den Trampelpfad erreicht hatte, der zu meiner Bucht hinunterführte, klatschten die ersten dicken Regentropfen auf den Boden, was die verschiedenen Düfte der Pflanzen derart intensivierte, dass mir fast der Atem stockte. Meine Stimmung jedoch hob sich ungemein angesichts der Kraft der Elemente; es war, als wolle etwas in mir Aufgestautes jeden Augenblick ausbrechen. Ich wollte mir meine Kleidung vom Leibe reißen und laut rufend den Strand entlanglaufen. Und zum ersten Male wünschte ich mir, ich hätte jemanden, mit dem ich dieses Gefühl teilen könnte.

Ich kochte Tee, stellte mich ans Fenster und sah hinaus. Das Meer war voller dunkler Streifen; der tosende, heulende Sturm trieb die Schaumkämme der Wellen seitwärts. Das Haus wurde so heftig geschüttelt, dass ich die Vibration durch die Bodendielen hindurch spüren konnte, doch ich verspürte keine Angst. Wieso habe ich früher dramatischen Witterungsumschwüngen nichts abgewinnen können? Bis jetzt war das Wetter für mich höchstens ein Störfaktor in meinem Leben gewesen, hatte mir Patienten beschert, die sich beklagten, dass es auf der Station so stickig sei, und andere, weil sie im Zugwind sitzen mussten. Züge und Busse wurden durchs Wetter aufgehalten, und es kam zu mehr Unfällen auf den Straßen.

Der Himmel wurde immer dunkler; finstere Wolkenbänke verdichteten sich drohend, nahmen eine helllila Farbe an, weiße Schaumfetzen flogen wie Schnee am Fenster vorbei. Bei Kyp und Evie ging ein Licht an. Hatte Nick es trockenen Fußes von Wraith Cove zurückgeschafft? Und wo war Commie? Ich hoffte, dass er irgendwo Unterschlupf gefunden hatte. Ich aß meinen Nudelsalat, beobachtete einen Tanker, der von den Wogen emporgehoben und wieder in ein Wellental gestürzt wurde, und stellte mir vor, wie die Seeleute, die sich durch nichts erschüttern ließen, unter Deck saßen und Karten spielten, ohne dass auch nur einem von ihnen schwummerig wurde.

Mit der Abenddämmerung wurde die See graubraun, und der Regen prasselte gegen die Scheiben. Blätter und kleine Zweige wurden auf den Balkon geweht. Ich überlegte, ob ich die Balkonmöbel hereinholen sollte, aber sie schienen recht sicher in ihren Ecken zu stehen, und es wäre auch gar nicht so leicht gewesen, die Tür aufzubekommen. Ich schaute in den Tidenkalender, den Kyp mir gegeben hatte. Es herrschte ablaufendes Wasser, aber die Wellen brachen immer noch wütend auf den Strand und über die Steine hinweg; das Wasser spritzte bis zum Haus hoch und drückte beängstigend gegen die Außenwände, als wirbele es Sand und kleine Kiesel mit sich. In einer Aushöhlung in der Wand des Kliffs sammelte sich Gischt wie Seifenschaum im Waschbecken eines Riesen. Ich erinnerte mich daran, was Rachel über die Gefahren gesagt hatte, die hier lauerten, und wie Nick sie mit einem Lachen abgetan hatte.

Mir konnte doch nichts passieren, oder? Sonst hätten die anderen mich schon längst gewarnt und würden die Evakuierung der Bucht vorbereiten. Ich ermahnte mich, nicht albern zu sein, stellte die Salatschüssel in die Küche und nahm mein Buch. Und dann ging das Licht aus. Nun wurde ich doch ein wenig nervös. Es war nicht gerade stockdunkel, aber wir hatten bereits die Sommersonnenwende hinter uns. Nachdem sich meine Augen daran gewöhnt hatten, konnte ich wieder ganz gut sehen. Aber mein Herz pochte. Ich hatte weder Kerzen noch eine Taschenlampe. Ich durfte nicht vergessen, mich am nächsten Tag damit zu versorgen. Ich überlegte, ob der Stromausfall Vorwand genug war, um zu Nick oder zu Evie hinüberzulaufen und mir eine Kerze zu borgen, doch ich wollte nicht schon bei meinem ersten kleinen Unwetter als Angsthase dastehen. Vielleicht sollte ich einfach zu Bett gehen. Aber wenn der Sturm noch schlimmer wurde und ich Hals über Kopf mein Häuschen verlassen musste? Also blieb ich lieber angekleidet und setzte mich hin. Und dann klopfte es an meiner Wohnzimmertür. Irgendwer musste durch die untere Tür das Haus betreten haben, ohne dass ich ihn oder sie gehört hatte.

»Wer ist da?«, rief ich ängstlich, das Ohr an die Tür gepresst.

»Kyp.« Seine Stimme klang so laut, dass ich vor Schreck zurückwich, ehe ich ihm öffnete. Natürlich war ich froh, ihn zu sehen. »Entschuldige«, sagte er. »Du hast mich wohl unten nicht klopfen gehört.« Er trug sein gelbes Ölzeug, von dem ein strenger Fischgeruch ausging und aus dessen Tasche er eine Hand voll Kerzen holte. »Evie meinte, dass du die vielleicht gebrauchen könntest. Wir haben vergessen, dir zu sagen, dass bei starkem Westwind hier der Strom ausfällt.« Er lächelte und entblößte dabei seine großen weißen Zähne. »Aber keine Sorge, das hält nicht lange an.« Er drückte mir die Kerzen in die Hand. »Möchtest du mit zu uns kommen oder geht's dir hier gut?«

»Ich glaube, ich komme gut klar. Sag mir einfach, dass nichts passieren kann, und ich glaube dir.«

»Du bist hier vollkommen sicher. Aber du bist auch bei uns sehr willkommen, wenn dir das lieber ist. Das Wetter hier kann einem einen ganz schönen Schrecken einjagen, wenn man es nicht gewohnt ist. Aber wir haben Ebbe. Wirklich gefährlich wird es nur, wenn der Wind unmittelbar von Süden bläst und wir eine Springflut bekommen. Dann spült das Wasser bis an die Häuser. Ein spektakulärer Anblick.«

»Na, da fühle ich mich ja gleich viel besser. Weißt du was, Kyp? Ich glaube, ich bleibe hier, um mir zu beweisen, dass ich so einen Sturm gut überstehe. Aber vielen Dank für die Kerzen.«

»Kein Problem. Ich fürchte nur, ich habe deine Treppe ganz nass gemacht«, rief er im Hinuntergehen.

Ich zündete ein paar von Kyps nach Fisch riechenden Kerzen an und setzte mich lauschend aufs Sofa. Irgendwann vernahm ich ein Geräusch auf dem Dach und fragte mich, ob es von einem heruntergefallenen Ast herrührte oder ob etwas von der Kliffkante abgebröckelt war. Schließlich rang ich mich zu dem Entschluss durch, mich nun doch auszuziehen und ins Bett zu gehen. Ich hatte einen unruhigen Schlaf, hörte dauernd irgendwas rumpeln oder krachen – und dann war da noch die Erkenntnis, dass ich mir die ganze Zeit wünschte, es wäre Nick gewesen, der an meine Tür geklopft hatte.

24

NICK HÄTTE GERNE gewusst, ob Sophie sich vor dem Sturm fürchtete, aber er wusste nicht, was er tun sollte. Er wollte nicht, dass sie sich wie ein kleines Kind vorkam, wenn er an ihre Tür klopfte und sie fragte, ob sie zurechtkäme; andererseits wollte er aber auch nicht, dass sie glaubte, sie wäre ihm völlig gleichgültig. Also saß er wieder da und konnte zu keiner Entscheidung finden. Früher war ihm das nie so ergangen. Er hatte immer genau gewusst, was er tun musste. Aber man sah ja, wozu das geführt hatte. Heutzutage dachte er lange und gründlich nach, bevor er eine Entscheidung traf. Als er Sophie *Sea Spray* anbot, hatte er allerdings eine Ausnahme gemacht. Er seufzte. Vielleicht war das von vorneherein ein Fehler gewesen. Obwohl sie ihn um nichts gebeten hatte, fühlte er sich doch für sie verantwortlich. Allerdings machte sie nicht den Eindruck, als wäre sie auf jemandes Hilfe angewiesen, wie sie da jeden Morgen mit ihrem Rucksack zur Arbeit losmarschierte und ihm fröhlich zuwinkte. Er hatte ein wenig gehofft, dass sie zum Strand runterkommen würde, als er mit den Kindern beim Schwimmen war. Wenn sie den Anfang gemacht hätte, wäre er jetzt weniger befangen.

»Tu es oder lass es, aber hör auf, hin und her zu überlegen«, hätte Keri zu ihm gesagt. Sie hätte keine Minute gezögert, an Sophies Tür zu klopfen und sie zu einem Drink einzuladen. Aber von Frau zu Frau war das ja auch etwas anderes.

Und dann fiel der Strom aus. Komm schon, sagte er sich, du willst doch bloß nett zu einer neuen Nachbarin sein. Du hegst doch keine unlauteren Absichten.

Er erhob sich und suchte nach einer Kerze. Dann zog er seine regendichte Jacke über und ging die Treppe hinunter. Als er die Haustür gegen den Wind aufstemmte, sah er Kyp mit gesenktem Kopf näher kommen. Offensichtlich wollte auch er nach Sophie schauen. Dann war ja alles in Ordnung. Er brauchte sich keine Gedanken mehr zu machen. Kyp würde sie beruhigen. Vielleicht würde sie auch mit zu ihm und Evie ins Haus gehen. Aber ein bisschen enttäuscht war er doch.

25

AM TAG VOR meinem fünfundvierzigsten Geburtstag kam Jill ins Café. Ich freute mich so sehr darüber, sie zu sehen, dass ich sie fast anflehte, sich zu setzen und einen Kaffee zu trinken. Aber sie wollte nicht lange bleiben. Sie lud mich für den folgenden Tag ein, mit ihr und Ash zu Abend zu essen. Das stellte mich vor ein Dilemma. Stevie hatte seine Abschlussprüfung bestanden, und Rachel und Nick wollten an eben diesem Abend beides zusammen mit mir feiern. Ich merkte, wie enttäuscht Jill war. Ich sah, wie ihr Blick von mir zu Rachel wanderte und sich an ihren Rücken heftete, als würde sie ihr am liebsten ein Messer hineinjagen. Aber dann hob sie trotzig das Kinn – ganz die alte Jill, wie ich sie kannte.

»Nun, warum kommst du dann nicht einfach heute Abend mit uns? Ash und ich wollen mit den Kindern rauf nach Cowes, um die *Queen Mary* vorbeifahren zu sehen. Wir könnten doch da einen Happen essen.«

»Gerne, Jill. Vielen Dank.« Aber dennoch hatte ich das Bedürfnis, ihr zu versichern, dass wir beide immer noch die besten Freundinnen waren. Das erinnerte mich an die Schule und die kleinen Rivalitäten zwischen Mädchen. Vielleicht waren wir dieser Phase nie entwachsen? Ich senkte die Stimme. »Wegen morgen tut es mir wirklich leid. Ich würde es ja absagen, aber Stevie freut sich so sehr darauf.« Ich hoffte, dass es aufrichtig geklungen hatte. Aber die Vorstellung, einen unbeschwerten Abend mit Rachel und Konsorten zu verbringen, erschien mir unendlich erstrebenswerter, als stundenlang im Kreuzfeuer zwischen Ash und Jill gefangen zu sein.

Nach der Arbeit ging ich zum Haus von Jill und Ash, um dort zu duschen und mich umzuziehen. Es kam mir komisch vor, mich wieder im Kreise einer Familie zu befinden. Ich dachte an *Sea Spray,* stellte mir vor, wie es friedlich und bescheiden auf mich wartete. Ich behielt diese Vorstellung wie einen inneren Fluchtpunkt im Kopf, als ich mich auf dem Rücksitz von Ashs BMW zwischen Tilly und Hal zwängte und die beiden mit einem Buch voller Suchbilder von ihren geschwisterlichen Zänkereien ablenkte.

Es war der Vorabend der jährlichen Regatta rund um die Insel, und Cowes war voller Segelenthusiasten. Wir parkten am *Egypt Point* und gingen am Wasser entlang ins Stadtzentrum. Ash schien guter Stimmung zu sein, als er über den Kieselstrand schlenderte und ab und zu stehen blieb, um zur Freude seiner Kinder einen flachen Stein über die Wasseroberfläche springen zu lassen. Ich war froh, dass sie sich wieder wie eine intakte Familie benahmen, obwohl ich das Gefühl hatte, dass Tilly ein wenig an mir und Jill klebte.

Sie sah sich dauernd nach uns um und ging manchmal ein Stück zurück, um uns beide bei den Händen zu nehmen. Ich merkte, dass Jill mit mir reden wollte, aber ich mochte Tilly nicht wegschicken.

»Lauf doch mal und schau, ob du sie beim Steinewerfen schlagen kannst«, schlug Jill vor. »Du darfst nicht immer die Männer gewinnen lassen, Tilly.«

Widerstrebend ließ Tilly unsere Hände los und zog ein Schmollgesicht. Arme Tilly, dachte ich und musste daran denken, wie meine eigene Mutter mich auf die gleiche Art und Weise loszuwerden versucht hatte, wenn sie unseren Vater ganz für sich alleine haben wollte. Obwohl ich damals noch ziemlich klein war, durchschaute ich doch ihre Absicht. Und ich wusste jetzt ganz genau, dass Tilly das auch tat.

Jill hakte mich unter. »Ich wollte dir sagen, dass es mir leidtut, dass ich so biestig bin«, sagte sie. »Mir ist klar, in was für eine Zwickmühle ich dich mit Ash gebracht habe. Ich hätte nie versuchen dürfen, dich da mit hineinzuziehen, wo du dich doch gerade von deinem eigenen Ehetrauma erholst.«

»Ist schon in Ordnung, Jill.« Ich zog sie näher an mich heran. »Ich habe ein paar Mal im Therapiezentrum angerufen, aber Ash hatte immer zu tun, und die Walküre hat mich abgewimmelt.«

Sie lachte. »Na, jetzt brauchst du dir keine Gedanken mehr zu machen. Wir haben alles auf die Reihe gebracht.«

»Ehrlich?« Ich verspürte eine enorme Erleichterung. »Und wie? Ich meine, hast du ihn zur Rede gestellt?«

Sie nickte. »Er schien selbst den dringenden Wunsch zu haben, mit mir über alles zu sprechen. Ich glaube, er hat die Nase voll davon, worauf er sich da eingelassen hatte. Die Einzelheiten weiß ich immer noch nicht, und ich glaube, ich möchte es auch gar nicht.«

»Da bin ich aber froh, Jill.« Ich überlegte, ob ich sie noch weiter nach ihrem Gespräch ausfragen sollte, beschloss aber, es bleiben zu lassen. Ash und die Kinder trugen gerade einen Wettstreit im Steineditschen aus. Jill und ich setzten uns auf eine Bank, um auf die drei zu warten. Ich hatte das Gefühl, dass sie noch mehr loswerden wollte; im Raum zwischen uns schwebten viele bisher unausgesprochene Dinge, die darauf drängten, sich Gehör zu verschaffen.

»Weißt du, es war Solveig«, sagte sie unvermittelt.

»Solveig war was?«

»Sie war es, die ihm diesen Floh mit der Rückführung in die Kindheit ins Ohr gesetzt hat. Du weißt ja, dass er sie als Gegenleistung für ihre Aushilfstätigkeit am Empfang kostenlos behandelt. Sie erholt sich langsam von ihrem Unfall und verabreicht ihm wiederum Schultermassagen. Sie hat ihm Techniken beigebracht, wie man tief verschüttete, bewusstseinsferne Traumata freilegt, wobei man sich manchmal auch mit einem früheren Leben auseinandersetzen muss. So sagt sie jedenfalls.

Ash meint, er hätte erstaunliche Ergebnisse mit ihr erzielt. Er wollte mir davon erzählen, aber ich sagte, ich wolle es lieber nicht wissen. Er war versucht, es auch mit seinen Patienten zu probieren, solchen, die aus unerfindlichen Gründen einfach keine Fortschritte machen.«

»Hat Solveig ihn supervidiert?«

»Nein. Er meint, davon hätte sie keine Ahnung. Aber er hat es mit der Angst zu tun bekommen, als er merkte, was für ein machtvolles Werkzeug er in Händen hielt und dass er nicht recht damit umzugehen wusste. Er hat Solveig davon erzählt, und sie ist wütend geworden, hat gesagt, er solle mit so etwas nicht herumspielen und dass eine Studentin oder Marguerite oder auch sie selbst im Raum zugegen sein müsste, bis er sich seiner Sache sicher war, vor allem bei weiblichen Patienten.«

»Gütiger Himmel. Das hat er sich alles von ihr sagen lassen?«

»Sieht so aus. Auf jeden Fall scheint er jetzt wieder mehr auf dem Boden der Tatsachen zu stehen. Er hat eine Zusammenkunft einberufen, auf der wir das Problem mit den Studenten erörtert haben. Wenn sie nicht bei Therapiesitzungen dabei sind, hängen sie am Empfang herum und bringen die Termine durcheinander. Und wir haben auch darüber gesprochen, dass Marguerite ständig durch die Flure schleicht.«

»Und was war das Ergebnis?«

»Solveig hat jetzt eine volle Stelle mit entsprechendem Gehalt. Sie vereinbart die Termine, kümmert sich um die Abrechnungen und teilt die Studenten ein – sie kennt sie schließlich, ein paar von ihnen wohnen ja bei ihr. Sie spricht mit den Patienten und holt ihre Einwilligung ein, dass während der Sitzung eine Studentin oder ein Student dabei ist oder Marguerite sich im Raum aufhält. Die meisten Patienten kooperieren – es gibt ihnen das Gefühl, wichtig zu sein. Und ich glaube, auch Ash fühlt sich sicherer, da er nun weniger versucht ist, sozusagen von seinen ausgetretenen Pfaden abzuweichen.«

»Heißt das, dass er sich nicht mehr in wissenschaftliche Grenzgebiete vorwagt?«

»Nicht ganz. Aber er hat mir versprochen, dass er nicht mehr damit experimentieren will, ohne sich eingehender mit der Materie auseinandergesetzt und sich das nötige Rüstzeug zugelegt zu haben.«

Ash kam auf uns zu. Er hatte auf beiden Seiten den Arm um eines der Kinder gelegt; die drei neckten einander fröhlich.

»Wollen wir uns mal auf die Suche nach einem Happen zu essen machen?«, schlug er vor.

Wir gingen zum Yachthafen, wo die Segelboote dicht an dicht nebeneinander in Päckchen vertäut lagen, bereit für das große Rennen. Die Segler mussten von Deck zu Deck klettern, um an Land zu gelangen. Ich fragte mich, ob so mancher von ihnen nachher ein unfreiwilliges Bad nehmen würde, sowie erst einmal die Drinks geflossen waren. Die Mannschaften bevölkerten sämtliche Restaurants, Pubs und die Festzelte; viele Gäste mussten mit einem Platz vor der Tür vorliebnehmen. Aus vielen Fenstern drang Musik, und irgendwo spielte auch eine Liveband. Es waren jede Menge sonnengebräunte, vor Gesundheit strotzende junge Männer auf der Straße unterwegs. Es roch verführerisch nach Essen, aber es sah nicht danach aus, dass wir irgendwo einen freien Tisch ergattern könnten.

Jill lehnte sich an eine Mauer und sah zu, wie die Fähren und die Hafentaxis an den vertäuten Yachten vorbeifuhren. »Wollen wir uns nicht etwas ganz Besonderes gönnen, wo morgen doch Sophies Geburtstag ist? Ich dachte an Fish and Chips aus der Tüte. Dann können wir den Schiffen zusehen«, sagte sie.

»Schnell, auf die Bank da«, sagte Ash, als ein paar Leute aufstanden. »Sophie und ich gehen los und holen uns was.«

Das bedeutete wohl, dass auch Ash mir etwas zu sagen hatte, dachte ich. Es brauchte nicht vier Arme, um fünf Portionen Fisch and Chips zu tragen. Und wie ich es geahnt hatte, verlangsamte er seinen Schritt, als wir außer Sichtweite von Jill waren.

»Ich nehme an, Jill hat dir von den Veränderungen im Therapiezentrum erzählt?«

»Ja, es klingt, als wäre jetzt alles besser organisiert.«

»Ich war nicht davon ausgegangen, dass wir so schnell so viel um die Ohren haben würden. Ich hatte gedacht, jeder Arzt würde seinen eigenen Terminkalender führen und die Studenten wären nur eine Aushilfe. Aber das war nicht in deren Sinn; sie möchten bei den Sitzungen mit dabei sein und etwas lernen.«

»Natürlich wollen sie das. Und es muss auf jeden Fall jemand mit Ahnung und Überblick am Empfang sitzen.« Beschränk dich darauf, zuzuhören. Stell keine Fragen, sagte ich mir, als wir uns am Ende der Schlange einreihten.

»Sophie, ich ... also bitte versteh das nicht falsch. Aber dürfte ich dich bitten, Jill gegenüber nicht zu erwähnen, was du neulich abends gesehen hast? Ich war zu der Zeit völlig überspannt.«

Seine Augen suchten in meinem Gesicht. Dann legte er mir zaghaft die Hand auf den Arm. Ich hatte wirklich keine Lust mehr auf Geheimniskrämereien. »Du kannst dich in diesem einen Fall auf mich verlassen, Ash. Aber du darfst mich nie wieder bitten, etwas vor Jill geheim zu halten.«

»Versprochen. Sei mir nicht böse.«

Die Fish and Chips waren heiß und knusprig, und es war nicht an Salz und Essig gespart worden. Die Kinder pusteten in die Tüten und leckten sich die Finger. Wir quetschten uns alle fünf auf die Bank, und es schien wieder alles wie in alten Zeiten. Es war ein warmer, windstiller Abend mit einem in Rosa und Lila getauchten Himmel.

»Seht mal!«, rief Ash. Und dann sahen wir die Lichter der *Queen Mary,* als sie die Hafeneinfahrt von Southampton verließ und in den Solent einbog, die Meerenge, die die Isle of Wight vom britischen Festland trennt. Ein feierliches Schweigen senkte sich über die eben noch johlende Menge, und auch die Musik verstummte, als das Schiff majestätisch auf uns zukam und dann anmutig eine halbe Wende fuhr. Die Lichter auf ihren zahlreichen Decks sahen aus wie die Fenster eines Wohnblocks. Die Passagiere winkten uns zu, und Hal und Tilly hüpften vor Aufregung auf der Stelle, während sie zurückwinkten. Als sie die schmale Meerenge passierte, gab die *Queen Mary* ein paar laute Schiffssignale von sich und die kleinen Boote um sie herum antworteten mit einem fröhlichen Hupkonzert.

Es war atemberaubend. Der etwas abgedroschene Begriff *ehrfurchtgebietend* kam mir in den Sinn. Ich warf einen Blick in die Gesichter um mich herum. Alle waren wie gebannt von dem Spektakel. Ich sah Jill und Ash an; er legte den Arm um sie und zog sie ganz nahe an sich heran. Hal und Tilly schmiegten sich an ihre Eltern. Ich stieß einen Seufzer aus.

26

NICK HATTE DAS Gefühl, beobachtet zu werden. Er blickte von dem Schlehdorndickicht auf, das er gerade zurechtstutzte, und sah sich um. Auf dem frisch von Unkraut und Geröll gereinigten Weg stand Jane und wartete darauf, dass er auftauchte.

»Ich dachte, wenn ich hier lange genug stehen bleibe und dies in den Wind halte, wirst du es schon irgendwann wittern.« Sie hielt einen Teller mit einem großen Stück Ingewerkuchen in den Händen. »Marguerite hat gebacken.« Sie setzte sich auf eine Mauer und platzierte auch den Teller vorsichtig darauf.

Nick grinste und legte seine Heckenschere ab. Seine Arme taten ihm weh; sie waren voller Kratzer. Er griff nach dem Teller. »Wollen wir uns das Stück teilen?«, fragte er.

Jane schüttelte den Kopf. »Ich habe schon welchen gehabt. Er ist sehr gut, und ich dachte mir, du könntest eine Stärkung gebrauchen. Du kämpfst ja schon seit Stunden mit dem Gestrüpp.«

»Mir gefällt die Arbeit.« Er biss von dem Kuchen ab. Wie aufmerksam von Jane, den ganzen Weg hier raufzukommen. Es war schön, für sie und Chas zu arbeiten.

»Ich wollte dich fragen, ob du diesen Sommer irgendwelche Reisepläne hast«, sagte Jane.

»Nein. Irgendwann will ich wieder nach Neuseeland. Aber nicht vor nächstem Jahr, denke ich.«

»Chas und ich haben uns überlegt, ob du eventuell ein Auge auf Wraith Cottage haben könntest, wenn wir nächsten Monat für eine Weile wegfahren. Neptun ist zwar auch noch da, aber die Handwerker kommen, um das neue Bad einzubauen, und ich will nicht, dass sie zu viel Chaos anrichten. Eigentlich hatte ich den Sommer über hierbleiben wollen, aber ich möchte, dass Marguerite mal woanders hinkommt und etwas mehr von der Welt sieht.«

Nick fielen die dünnen Sorgenfalten auf Janes normalerweise so glatter Stirn auf. Er fragte sich, ob irgendwas nicht stimmte. »Möchte sie das denn auch?«, fragte er.

»Sie macht gerne neue Erfahrungen, solange ich in ihrer Nähe bin. Aber bisher bin ich mit ihr nur bis nach Herefordshire und zurück gewesen. Unsere nächste Reise sollte uns zu etwas ferneren Gestaden führen. London vielleicht, oder Paris.« Sie lächelte ihm verschwörerisch zu. »Aber sag Neptun nichts davon. Er denkt bloß wieder, dass ich ihren Verstand vergifte.«

»Ich kann mir nicht vorstellen, dass irgendetwas Marguerite vergiften könnte.«

»Nein, sie hat ganz feste Vorstellungen davon, was sie zu akzeptieren bereit ist und was nicht.« Sie wandte den Blick ab und schaute aufs Meer hinaus. »Das Therapiezentrum ist es, das Neptun Sorgen bereitet.«

»*Cormorants?* Aber ist das nicht der ideale Ort für Marguerite? Sie scheint sich dort gut einzufügen.«

»Das tut sie, und es ist nicht einmal meine Idee gewesen, dass sie sich dort engagiert. Die ist von ihr selbst gekommen, und das akzeptiere ich.«

»Aber ich merke doch, dass auch du gewisse Vorbehalte hast.«

Sie nickte. »Marguerite hat fast nichts anderes mehr im Kopf. Ich spüre, wie sehr es sie beschäftigt. Manchmal habe ich sie mitten in der Nacht dort hinfahren müssen, weil sie keine Ruhe findet, bis sie nicht davorgestanden und ein wenig davon in sich aufgenommen hat.«

»Was nimmt sie denn in sich auf?«

»Na ja, da sich dort keine stationären Patienten befinden, kann es sich wohl nur um Ash handeln.«

»Ash?«

Sie nickte noch einmal. »Er hat bewirkt, dass sich das mit ihren Krämpfen enorm gebessert hat, und sie hat ihn sehr ins Herz geschlossen. Ich weiß nicht, was das für sie bedeutet oder ob sie sich dessen überhaupt so recht bewusst ist. Sie hat ja keinerlei Erfahrungen mit einer solchen Beziehung, und ich bin mir unsicher, ob sie damit umzugehen weiß. Und ich kann mich auch nicht entscheiden, ob ich sie darauf ansprechen oder ihre Privatsphäre als erwachsene Frau repektieren und den Dingen ihren Lauf lassen soll.« Als sie sich wieder ihm zuwandte, sah Nick die Zweifel, die sie plagten. »Aber trotzdem habe ich das Gefühl, als würde ich jemanden hintergehen – sie oder Ash. Und dann sind da noch Jill und die Kinder. Ich weiß, dass Jill nicht allzu glücklich darüber ist, dass Marguerite im Therapiezentrum mitarbeitet.«

»Hat sie irgendwas zu dir gesagt?«

»Sie hat mich gefragt, ob ich mir Sorgen mache. Sie meinte, Marguerite schiene ihr sehr verletzlich. Ich habe ihr gesagt, Marguerite könne für sich selbst entscheiden. Aber das war, bevor sie so eigentümlich wurde.«

»Jane.« Nick setzte sich neben sie auf die Mauer und wusste, dass er nun mit seiner Meinung nicht hinterm Berg halten würde. »Wenn du dir Sorgen um Marguerite machst, musst du ihr davon erzählen. Ich bin froh, dass du damit zu mir gekommen bist. Mach dir keine Gedanken wegen Vertraulichkeiten oder dass du jemanden hintergehst. Du liebst sie und sie braucht dich. So einfach ist das. Vielleicht gibt sich alles auch von selbst, aber wenn irgendwas in ihr gärt und du den Mund hältst, obwohl du eigentlich etwas dazu hättest sagen müssen, wirst du dir das später nie verzeihen.«

Jane saß da und sah ihn an. »Du hörst dich an, als würdest du aus eigener Erfahrung sprechen, Nick«, sagte sie.

Nick blickte hinunter auf seine mit Erde beschmierten Hände. »Das Leben hat mir eine bittere Lektion erteilt«, sagte er leise.

27

»DU BIST JA heute so gut gelaunt«, bemerkte Rachel, als wir am Abend das Café saubermachten. Den Tag über hatten wir wenig Zeit für ein Schwätzchen gehabt, denn wegen des Regens waren ständig Gäste hereingekommen, die im Trocknen die Regatta verfolgen wollten.

»Gut gelaunt?«, wiederholte ich. »Ich habe den ganzen Tag ja kaum ein Wort mit dir gewechselt.«

»Ich habe doch gesehen, wie du dich mit den ganzen attraktiven Männern unterhalten hast – bloß, weil heute dein Geburtstag ist?«

»Ich habe nur ihre Bestellungen aufgenommen.«

»Und von keinem die Telefonnummer?«

Ich warf das Küchenhandtuch nach ihr. »Ehrlich, Rachel. Nicht alle Frauen haben nur Sex im Kopf wie du.«

»Hast du nur Sex im Kopf, Mutter?« Stevie war von oben gekommen und stand plötzlich in der Tür.

»Ich wünschte, ich hätte Sex, über den ich mir den Kopf zerbrechen könnte«, erwiderte Rachel ungerührt.

Ich lächelte Stevie zu. Mir gefiel es, wie unverkrampft er damit umging, dass seine Mutter schließlich nach wie vor ein Wesen aus Fleisch und Blut war. Ich konnte mir nicht vorstellen, dass ich als Kind so etwas zu meiner Mutter gesagt hätte. Sie hätte sich mit Riechsalz ins Bett gepackt.

Rachel band den Müllsack zu und gab ihn Stevie. »Ab in den Eimer«, sagte sie nur. Dann stemmte sie die Fäuste in die Hüften und sah sich in der blitzsauberen Küche um. Auch ich hatte mittlerweile einen Blick dafür enwickelt, wenn etwas an der verkehrten Stelle stand, etwas aufgefüllt werden musste, und es dauerte dann nicht lange, bis eine von uns beiden Abhilfe schuf. Wir waren ein eingespieltes Team und empfanden beide Befriedigung bei dem Gedanken, unsere Gäste gut mit Speis und Trank versorgt und ihnen ein herzliches Willkommen bereitet zu haben, auch wenn sie hinterher alles schmutzig hinterließen.

»So«, sagte sie. »Jetzt gehen wir nach oben und legen eine halbe Stunde die Füße hoch, bevor wir uns für Nick hübsch machen.«

Ich ließ mich auf Rachels Sofa fallen. Meine Füße fühlten sich an wie früher zu meiner Zeit als Aushilfsschwester. Stevie machte uns Kaffee und setzte sich auf den Boden, um uns von dem Rockfestival zu erzählen und dass David Bowie immer noch eine gute Show hinlegte, obwohl er inzwischen ein alter Knacker war.

»David Bowie gehört uns«, sagte Rachel. »Du bleibst schön bei Eminem.«

»Die Besten bleiben die Besten, Mum. Siehst du das nicht auch bei den Beatles und den Stones so?«

»Yeah«, pflichtete Rachel ihm bei.

Ich sah mich in ihrem Wohnzimmer um. Es gab hier viele Fotos von Stevie und seinem älteren Bruder Mark als Babys, in der Schule und beim Sport. Ich fragte mich, was die Jungs dabei empfanden, dass ihr Vater auf keinem einzigen zu sehen war. Sie trafen sich von Zeit zu Zeit mit ihm; wenn man Kinder hatte, brach diese Verbindung vermutlich nie ganz ab. Peter und ich würden uns wahrscheinlich nie wieder sehen oder auch nur voneinander hören. Irgendwann würden die Scheidungspapiere eintreffen, ich würde sie unterzeichnen, und das wäre es dann. Ich würde nie erfahren, wie es mit seinem Leben weiterginge, ob er bei Melissa bliebe oder mit einer anderen Frau doch noch Kinder haben würde. Und er würde nie etwas über mich erfahren, außer, er hielt weiterhin Kontakt mit Audrey und fragte sie nach mir. Aber warum sollte er? Ich streckte die Arme über meinem Kopf aus und gähnte. Es tat so gut, mich nicht ständig auf ihn einstellen zu müssen, mich ganz ungezwungen geben zu können, wenn ich allein in meinen vier Wänden war. Und auch meine Sorgen wegen Jill und Ash schienen wie weggeblasen. Wie ich da in diesem Moment auf dem Sofa lag, mich entspannte, zuhörte, wie Stevie Rachel neckte, und mich auf ein gemütliches Abendessen mit den beiden und Nick freute, hätte ich mit niemandem auf der Welt tauschen mögen.

Es läutete unten an der Tür.

»Nick ist früh dran«, sagte Rachel. »Na, dann muss er eben warten, bis wir so weit sind. Ich gehe erst mal unter die Dusche.«

Stevie stand auf. »Dann lasse ich ihn mal rein. Ihr beiden alten Schachteln kommt ja nie in die Puschen.« Es läutete noch einmal an der Tür. »Schon gut, schon gut«, murmelte Stevie und ging nach unten. Ich hörte, wie er die Vordertür des Cafés aufschloss, und wunderte mich, dass Nick nicht hintenherum gegangen war. Dann kam Stevie wieder nach oben. »Sophie«, sagte er, »da ist ein Typ draußen, der nach dir fragt.«

»Nach mir?« Ich fuhr vom Sofa hoch. »Sag bloß nicht, dass da ein nackter Mann mit Glückwünschen zum Geburtstag für mich vor der Tür steht.«

»So sieht er eigentlich nicht aus. Aber vielleicht hast du ja trotzdem Glück.«

»Hat er gesagt, was er will?«

»Nun ja, *dich.*«

Ich stand vom Sofa auf. Wahrscheinlich war es bloß ein Gast, der etwas vermisste und wissen wollte, ob er es bei uns liegen gelassen hatte. Ich ging hinunter ins Café. Am Fenster stand ein Mann und schaute hinaus in den Regen. Sein grauer Anzug hatte nasse Flecken an den Schultern, und auch in seinem Haar glitzerten Regentropfen. Mein Herz drohte zu zerspringen. Automatisch fuhr meine Hand zu meinem Haar hoch, um es glattzustreichen. Dann drehte sich der Mann nach mir um.

»Peter! Was machst du denn hier?«

Er musterte mich von oben bis unten, wie er es immer getan hatte. Ich fühlte mich, als würde ich einer Prüfung unterzogen. Manche Dinge ändern sich eben nie.

Er lächelte ein wenig verkrampft. Sein Gesicht war von der Sonne gebräunt. »Ich hatte hier in der Gegend zu tun, und da fiel mir ein, dass du ja heute Geburtstag hast, also dachte ich, ich schaue mal vorbei.«

»Was hast du hier denn zu tun gehabt? Woher hast du gewusst, wo ich bin?«

»Ich bin auf einer Konferenz in einem Hotel in Sandown gewesen und habe bei Jill angerufen. Sie war nicht da« – er grinste –, »aber Ash hat mir gesagt, wo ich dich finde.«

Herzlichen Dank, Ash, dachte ich. Ich wusste, dass Jill es ihm nicht gesagt haben würde. »Und was möchtest du, Peter?«

»Ich möchte gar nichts.« Er zog sich einen Stuhl unter einem der Tische hervor. Ich wollte das nicht; alles war für den nächsten Tag vorbereitet, und er sollte nichts durcheinanderbringen. Aber er setzte sich dennoch. Ich sah, dass er nasse Fußabdrücke auf dem sauberen Fußboden hinterließ. »Ich will dir nur zum Geburtstag gratulieren. Mehr nicht.« Er wartete darauf, dass ich etwas erwiderte, aber ich war wie gelähmt, wollte nur, dass er wieder ging, nicht in mein Gebiet eindrang.

»Ist Melissa auch mit?« Die Worte kamen mir wie von selbst über die Lippen. Warum, warum nur hatte ich das gefragt?

Er lächelte. »Nein, es ist eine berufliche Reise.«

»Früher hat dich das nicht davon abgehalten.« O Gott. Es war, als spräche jemand anderes aus mir. Ich wollte das alles gar nicht sagen. Er würde denken, dass mir immer noch etwas an ihm lag.

»Sieh mal, Sophie, ich würde die Vergangenheit gerne hinter uns lassen. Wir sind beide einen Schritt weiter gekommen.« Er blickte sich im Café um, als wolle er abschätzen, wohin dieser Schritt mich geführt hatte. »Ich habe mich nur gefragt, ob es dir gut geht, wie du zurechtkommst. Wir sind lange zusammen gewesen. Ich kann dich nicht einfach vergessen, als ob du nie existiert hättest.«

In meinem Bemühen, ihm keine schnippische Antwort zu erteilen, biss ich mir fast auf die Zunge. »Mir geht's gut«, brachte ich schließlich hervor.

»Wohnst du hier über dem Café?«

»Nein.«

Er machte eine abwehrende Handbewegung. »Warum setzt du dich nicht auch, Sophie? Ich bin nicht gekommen, um dich zu ärgern. Ich hatte wirklich Sehnsucht nach dir, wollte sozusagen auf dem neuesten Stand der Dinge sein. Können wir nicht bitte versuchen, Freunde zu bleiben? Ich nehme an, du weißt, dass ich Kontakt mit Audrey und John gehalten habe. Ich möchte schließlich auch weiterhin William und Joanna besuchen dürfen. Sie sind mein Neffe und meine Nichte und prächtige Kinder. Und du weißt, dass ich Audrey immer ausgesprochen gern gemocht habe. Sie ist eine liebe Frau und eine gute Zuhörerin.«

»Dann hast du ihr bestimmt erzählt, was für eine miserable Ehefrau ich gewesen bin.«

»Nie im Leben. Das würde ich nie tun. Aber sie weiß auch, dass Ehen nicht einfach ohne Grund in die Brüche gehen. Es liegt nicht immer nur an einem. Das müsstest du doch wissen. Du hast doch selbst so vielen Menschen mit deinem Rat geholfen.«

»Ich hatte nie eine Affäre, Peter.«

»Nein, aber manchmal ist es mir so vorgekommen.«

»Was willst du denn damit sagen?«

»Du warst nie da …«

»Wie bitte? Ich war *nie da?*«

»Genau. Immer warst du beschäftigt mit anderen Leuten und deren Problemen, nie mit uns.«

»Also war es meine Schuld? Ist es das, was du sagen willst?«

»Nein. Aber ich will sagen, dass nicht mich alleine die Schuld trifft.«

»Ich habe mich so auf meine Arbeit gestürzt, weil *du* nie zu Hause warst.«

»Siehst du, dann ist es uns beiden so ergangen. Wir haben uns beide vernachlässigt gefühlt. Siehst du das nicht auch so?«

Ich sank auf den Stuhl ihm gegenüber. Dieses Gespräch erschöpfte mich. So hatte er es immer mit mir gemacht. Er konnte gut mit Worten umgehen. Er drehte immer alles um, bis ich nicht mehr weiterwusste und das Gefühl hatte, am Ende doch die Schuldige zu sein. Ich merkte, wie er mich ansah, mich zwingen wollte, klein beizugeben. Ich erwiderte trotzig seinen Blick. »Du hast mich an dem Tag verlassen, an dem meine Mutter gestorben ist.«

»Schon, aber …«

Ich hörte es leise an der Scheibe klopfen. Nick stand draußen. Er musste gesehen haben, dass Licht brannte, sonst wäre er zur Hintertreppe gegangen. Ich ging zur Tür, um ihm zu öffnen. Er schob die Kapuze von seinem Regenmantel nach hinten.

»Herzlichen Glückwunsch zum Geburtstag, Sophie«, begrüßte er mich. Und dann machte er eine Pause, während der er mein Gesicht musterte. Natürlich entging ihm nicht, dass etwas nicht stimmte. Schließlich entdeckte er Peter, der am Tisch sitzen geblieben war. »Oh, Verzeihung«, sagte Nick. »Störe ich bei irgendetwas?«

In diesem Augenblick erschien auch Rachel im Bademantel und mit einem Handtuch um den Kopf. Sie sah Peter fragend an. Er erhob sich, streckte ihr die Hand entgegen und setzte sein charmantestes Lächeln auf.

»Ich bin Peter«, stellte er sich vor. »Sophies Mann.«

Sie zögerte, schüttelte ihm dann aber die Hand. »Ich bin Rachel.«

»Er war zufällig gerade in der Gegend«, stammelte ich, als

wäre ich eine Erklärung schuldig. »Bei einer Konferenz. Er wollte gerade gehen.«

Peter wandte sich Nick zu. »Und Sie sind?«

»Nick. Sophies Nachbar und Freund.« Er lächelte nicht.

Peter legte mir die Hand auf die Schulter, als wolle er Besitzansprüche an mir geltend machen. »Na, da freue ich mich aber, dass du neue Freunde gefunden hast, Sophie.« Er blickte sich noch einmal im Café um. Sein Grinsen war ihm im Gesicht erstarrt, als müsse er für uns alle mitlächeln. »Ash hat mir gesagt, du würdest jetzt als Bedienung arbeiten. Hoffentlich fühlst du dich nicht allzu überqualifiziert.«

Ich spürte, wie ich rot anlief. Wie üblich zogen sich meine Worte in mich zurück, als wollten sie dem Schicksal entgehen, ungehört zu verhallen. Später würden sie wieder zu sich finden und mich mit all den Dingen quälen, die ich hätte sagen können. Ich öffnete die Außentür; ein feuchter Windstoß blies ins Café. »Alles Gute, Peter«, sagte ich.

»Alles Gute, Sophie. Denk darüber nach, was ich gesagt habe.« Als er sich an mir vorbeischob, drehte er rasch den Kopf, um mir einen Kuss auf die Wange zu geben, und ich reagierte nicht schnell genug, um es zu verhindern.

28

NICK TRAT KRÄFTIG in die Pedale, als er den Undercliff Drive entlangfuhr. Er fühlte die Anstrengung in seinen Muskeln brennen. Es war noch früh am Morgen; er hatte nicht schlafen können. Er war noch keiner Seele begegnet außer einem Fasan, der kockernd protestierte, als er dem Fahrrad ausweichen musste. Die Straße war für den Verkehr gesperrt; überall lagen Arbeitsgeräte auf dem Pflaster, und am Rand standen Baumaschinen. Man bemühte sich, dem Abrutschen der Straße ins Meer entgegenzuwirken. Nick legte sich mit Schwung in die Kurve, die hinunter zur Old Blackgang Road führte; er war wild entschlossen, nicht anzuhalten, bis er die Stelle bei *Windy Corner* erreicht hatte, wo die Straße jäh an der abgebröckelten Steilkante endete. Hier lehnte er das Rad an die Hinweistafel des *National Trust* und kletterte zu der höchsten Stelle hinauf, um sich dort niederzulassen und aufs Meer hinauszuschauen. Es war ein klarer, lichter Morgen. Die *Needles* genannten beiden Kreidefelsen im Meer ragten weiß gegen den blauen Himmel empor. Er konnte die Küste von Dorset sehen, die Purbeck Hills und eben gerade noch die Old Harry Rocks, die sich zu den *Needles* hin erstreckten, mit denen sie einmal vereint gewesen waren. Nick fragte sich, ob sie immer noch Sehnsucht nacheinander verspürten und ob sie mehrere Faden tief unter Wasser nicht doch noch eine Einheit bildeten.

Er sann darüber nach, wie alles miteinander verknüpft war. Er dachte an das lächelnde Knittergesicht von Geshe Donchen, der ihm den Grund für seine Wehmut mit dem irrigen Gefühl, von allem losgelöst und endlich zu sein, erklärt hatte. »Das Leben ist eine endlose Schleife«, hatte er gesagt. »Das Gegenteil vom Tod ist nicht das Leben, sondern das Geborenwerden.« Nick hatte gesehen, mit welchem Gleichmut die Mönche und Nonnen ihren täglichen Verrichtungen nachgegangen waren, und gespürt, dass sie aus einem Ort des inneren Friedens Kraft schöpften. Er hatte mit ihnen zusammengesessen, gefühlt, wie seine Brust sich beim Atmen hob und senkte, ihren Gesängen gelauscht und sich von dem Duft der Blumen und des Weihrauchs in den Bann ziehen lassen. Er hatte lange Passagen in Sanskrit in sich aufgesogen, konnte aus den Texten hinduistischer und christlicher Mystiker zitieren. Doch immer noch rollten seine Gedanken heran wie eine Flut, die ihn in der Tiefe seines toten Meeres versenkten.

Warum war es so schwierig, nach vorne zu schauen und aufzuhören, sich mit der Vergangenheit zu quälen? »Das Vergangene ist vorbei, die Zukunft steht uns bevor, und der Augenblick ist alles, was zählt«, hörte er Geshe sagen. Ihm aber kam es so vor, als würde seine Vergangenheit immer wieder in diesen Augenblick eindringen. Selbst in Momenten, in denen er bei seiner Arbeit glücklich war oder sich mit Freunden entspannte, kam sie wie ein Falke aus heiterem Himmel auf ihn niedergestoßen, und schon war es vorbei mit seinem inneren Frieden.

Er dachte an Sophie und daran, wie auch ihre Vergangenheit sie gestern Abend mit ziemlicher Wucht heimgesucht hatte. Unter dem kritischen Blick von diesem Peter schien sie ganz klein geworden zu sein. Nachdem er gegangen war, hatte sie sich bemüht, alles in einem längst nicht so düsteren Licht erscheinen zu lassen. Sie hatten wie geplant im *Spyglass* zu Abend gegessen und über Stevies altkluge Sprüche gelacht. Aber Sophie trug ihre Vergangenheit mit sich herum wie einen Mühlstein um den Hals; er spürte, welche Last sie damit hatte, und wünschte sich, er könne ihr wenigstens einen Teil davon abnehmen. Selbst die sonst so fröhliche Rachel schien etwas bedrückt gewesen, als wären Erinnerungen an Begegnungen mit ihrem Ex-Ehemann aufgewühlt worden.

Er blickte zu dem hohen Kliff hinüber. Die jungen Wanderfalken würden bald ihre Nester verlassen. Ihre Eltern würden ihnen Überlebenstechniken beigebracht haben und sie ohne Kummer davonziehen sehen.

29

»ICH HATTE DIR eigentlich eine Lohnerhöhung zukommen lassen wollen«, sagte Rachel, während sie die Kuchenglasur aus der Schüssel schabte und mir den Löffel reichte, damit ich ihn ablecken konnte, »aber da ich ja nun sehe, dass du mir die Haare vom Kopf frisst, habe ich es mir anders überlegt.«

»Entschuldige«, murmelte ich und ließ mir die klebrige Vanille schmecken, »aber es ist deine eigene Schuld, wenn du so vorzüglich kochst.«

Sie hielt in ihrer Arbeit inne und sah mich, die Fäuste in die Hüften gestemmt, an. »Es geht doch nicht mit rechten Dingen zu, dass du so viel isst und dabei so dünn bleibst. Hast du je daran gedacht, dass du vielleicht Würmer hast?«

»Rachel!«, entfuhr es mir. »Ich glaube, das hätte ich ja wohl gemerkt!«

»Na schön«, sagte sie. »Trotzdem, fair ist es nicht.« Sie entwendete mir den Löffel und warf ihn in die Küchenspüle. »Aber ich habe tatsächlich an eine Gehaltsaufbesserung für dich gedacht. Für das bisschen, was ich dir bezahle, schuftest du ganz schön. Andererseits habe ich mir jedoch auch überlegt, ob du stattdessen vielleicht lieber mehr Freizeit hättest. Wenn du den ganzen Sommer hierbleiben willst, möchtest du doch auch ein wenig Zeit haben, die Insel zu erkunden, oder?«

»Aber du schaffst es doch alleine gar nicht. Sieh dir doch an, wie viel wir zu tun haben, und es ist erst Juli.«

Rachel trocknete sich die Hände ab und setzte sich. »Stevie sucht einen Job für den Sommer. Er hat beschlossen, doch keine Campingtour zu machen. Er hat sich in ein Mädchen aus St. Lawrence verguckt. Ich habe ihm noch nichts davon gesagt, dass er hier arbeiten könnte; ich wollte dich natürlich nicht übergehen. Wenn dir nach ein wenig mehr freier Zeit zumute wäre, könntet ihr beide euch abwechseln.«

Ich lehnte mich gegen die Arbeitsplatte und überlegte. Es klang schon verlockend, mehr Zeit für mich zu haben, und ich käme auch mit einem knapperen Lohn hin. Während der letzten Tage hatte ich mich wiederholt dabei ertappt, wie ich zu den Feriengästen hinaussah und mir wünschte, ich wäre draußen mit ihnen am Strand oder würde übers Kliff spazieren. »Gut, wenn du meinst, dass es geht, nehme ich das Angebot an.«

Rachel tätschelte meine Hand. »Dann werde ich mal mit Stevie reden.«

Wie umsichtig von Rachel. Ich arbeitete gerne in dem Café, aber ich brauchte auch Zeit, um nachzudenken. Peters Besuch hatte mich verstört, hatte mir vor Augen gehalten, wie unvollkommen ich mich in seiner Gegenwart fühlte und dass mein neugewonnenes Bestreben nach Freiheit und meine Zuversicht längst nicht so stark waren, wie ich geglaubt hatte. Warum hatte ich ihm nicht einfach gesagt, dass es schön wäre, ihn zu sehen, und dass wir, was die Vergangenheit betraf, wie zivilisierte Menschen miteinander umgehen könnten. Stattdessen hatte ich abfällige Bemerkungen über Melissa gemacht und mich selbst damit erniedrigt.

Als ich zu Hause ankam, spielte Nick gerade mit den Kindern von Kyp und Evie am Strand. Normalerweise hätte ich ihm nur zugewunken und wäre ins Haus gegangen, um zu duschen. Heute jedoch war mir nicht danach, und ehe ich wusste, was ich tat, hatte ich auch schon meinen Rucksack abgelegt und mir die Sandalen ausgezogen. Die kühlen Wellen spülten über meine schmerzenden Füße. Jack und Mila kamen angelaufen, griffen mich bei den Händen und drängten mich, mit ins tiefere Wasser zu kommen. Ich lachte und japste, als die Wellen mir gegen die Schenkel klatschten.

»Immer langsam, Kinder, meine Sachen werden ganz nass.«

»Das sind doch bloß Shorts, Sophie«, kicherte Mila. Ihr dunkles Haar war feucht und klebte auf ihrem sonnengebräunten Rücken.

Jack bespritzte mich mit Wasser. Ich kreischte vor Schreck und Vergnügen.

»He, Jack!«, rief Nick. »Es ist genug.« Ich watete wieder zum Strand zurück und er stellte sich neben mich. »Sie glauben, jeder planscht so gerne im Wasser herum wie sie.«

»Ist schon in Ordnung. Es war doch nur Spaß.« Eine Weile standen wir schweigend da. Ich fragte mich, ob ich ihn beim Spielen mit den Kindern gestört hatte. »Lass dich von mir bitte nicht aufhalten …«

»Nicht doch. Ich suchte sowieso schon nach einem Vorwand, mich zurückzuziehen. Die stecken so voller Energie, da hält unsereins einfach nicht mit. Möchtest du dich einen Moment hinsetzen, bis du trocken bist?«

Wir setzten uns auf einen Baumstamm, den der Sturm an die Küste gespült hatte. Er war vom Salzwasser ganz silbrig und morsch geworden und fühlte sich warm an. Wo mochte er hergekommen sein?

Wir sahen zu, wie die Kinder im Wasser mit einem Gummireifen spielten.

»Viel los gewesen?«, fragte Nick.

»Ziemlich. Aber Stevie und ich werden jetzt in Schichten arbeiten, so dass mir mehr Zeit für mich bleibt.«

»Das ist gut. Dann hast du auch mehr vom Sommer.«

»Ich würde gerne Wanderungen unternehmen. Ich genieße die langen Spaziergänge zur Arbeit und zurück. Aber ich möchte noch ein bisschen weiter rumkommen.«

»Die Insel bietet sich für Wanderungen geradezu an. Es gibt hier mehr als fünfhundert Meilen Fußwege. Jetzt habe ich mich gerade angehört wie jemand von der Touristeninformation, was?«, lachte er.

»Rachel hat das Gleiche gesagt. Über die Wanderwege, meine ich. In London bin ich nie viel zu Fuß gegangen, außer über Krankenhauskorridore.«

»Man kennt einen Ort nicht richtig, ehe man ihn sich nicht erwandert hat. Falls du dir mal Begleitung wünschst, sag mir Bescheid.«

»Danke, Nick. Das fände ich sehr nett.« Ich hatte nicht erwartet, dass er das vorschlagen würde, und fragte mich, ob er es vielleicht schon bereute. Nun, da er es mir angeboten hatte, konnte er ja schwerlich einen Rückzieher machen. Und wollte ich wirklich jemanden bei mir haben? Ich hatte es als eine Chance gesehen, endlich einmal alleine zu sein. Aber wer weiß? Vielleicht würde es ja doch nett, mal Gesellschaft zu haben. Andererseits hätten wir wahrscheinlich gar nicht viel miteinander zu bereden.

Nick hielt sich die Hand schützend über die Augen und schaute aufs Wasser hinaus. »Da sind Neptun und Marguerite«, sagte er.

Ich sah ein gelbes Fischerboot. »Schauen sie nach den Reusen?«

»Vermutlich. Oder er hat sie in Ventnor vom Therapiezentrum abgeholt.«

»Er passt sehr auf sie auf, nicht wahr?« Ich merkte, wie sorgfältig ich meine Worte wählte.

»Sie bedeutet ihm viel. Er sorgt sich um sie.«

»Ja, das hat er bei meiner Willkommensparty auch zu mir gesagt. Er hat mich gebeten, ein Auge auf sie zu haben, aber ich sagte ihm, dass ich zurzeit selten im Haus von Ash und Jill bin.« Ich sah Nick an; seine dunklen Augen fixierten mich, als wolle er mich etwas fragen.

»Jane macht sich auch ein bisschen Sorgen um sie«, sagte er.

»Wieso?«

»Sie glaubt, sie hätte sich in Ash verliebt.« Er spielte mit dem geflochtenen Armband an seinem Handgelenk. »Sophie, glaube bitte nicht, ich wäre ein Tratschmaul oder dass ich Gerüchte in die Welt setze. Es ist einfach so, dass ich finde, wir sollten darüber reden, wenn Dinge vorgehen, bei denen wir alle kein gutes Gefühl haben. Wenn nun Marguerite etwas zustößt, was wir hätten verhindern können? Ich weiß, sie ist eine erwachsene Frau, aber sie sieht die Welt mit ganz anderen Augen.«

Ich nickte und wunderte mich, warum es mir so leicht fiel, mit Nick über solche Probleme zu sprechen. Wahrscheinlich lag es daran, dass er keine Hilfe von mir erwartete. Er machte sich einfach Sorgen um Marguerite.

»Okay«, sagte ich. »Ich hatte auch den Verdacht, dass da irgendwas läuft. Aber sowohl Jill als auch Ash haben mit mir darüber gesprochen, und ich hatte den Eindruck, dass es jetzt aus und vorbei damit ist – was es auch gewesen sein mag. Ash hat sich in irgendeine Rückführungstherapie zur Bewältigung der eigenen Vergangenheit verbissen, die Solveig ihm beigebracht hat, und damit experimentiert. Ich weiß nicht, inwieweit Marguerite auch darin involviert war. Aber Jill ist nicht begeistert davon, dass sie im Therapiezentrum mitarbeitet.« Ich war mir nicht sicher, ob es richtig war, ihm das alles zu erzählen, aber es sprudelte einfach so aus mir heraus. Nick sah zunehmend besorgter aus. Ich konnte nicht anders, ich erzählte ihm auch von dem Abend, als ich Ash aufsuchen wollte, den merkwürdigen Geräuschen, meinem Verdacht, dass er Sex mit jemandem hatte. Und dass ich Marguerite an eben demselben Abend vorm Haus hatte stehen sehen. »Aber«, fügte ich schließlich hinzu, »ich dachte, Marguerite hätte eine Aphasie – dass sie nicht sprechen kann.«

Nick schüttelte den Kopf. »Sie lacht – und sie weint. Und bisweilen habe ich sie eine Art Singsang von sich geben hören. Meinst du, ich sollte Ash darauf ansprechen?«

»Nun, wie ich schon gesagt habe, haben sowohl er als auch Jill mir versichert, er wäre wieder zu Verstand gekommen und dass Solveig alles irgendwie in die Hand genommen hätte.«

»Gut, das zu hören. Und Jane hat sowieso vor, Marguerite von hier wegzubringen.«

Wir sahen einander an, als suchten wir beide nach einer gemeinsamen Lösung.

»Dann sollten wir vielleicht noch warten«, sagte er. »Ich glaube, wir sind uns darin einig, dass wir das nicht auf sich beruhen lassen. Wir werden sehen, was passiert, wenn Marguerite zurückkommt. Aber falls in dir, oder in mir, noch ein weiterer Verdacht aufkeimt, wollen wir uns dann gegenseitig davon erzählen, um gemeinsam zu überlegen, was man am besten tun sollte?«

Ich nickte. Ich war froh, dass ich mit alledem nicht mehr alleine dastand, fragte mich aber gleichzeitig, warum Nick sich so engagierte. Er sah mich immer noch an. Dann holte er tief Luft, als würde er eine schwere Entscheidung treffen.

»Mir ist einmal etwas widerfahren, was mir mein Leben lang leidtun wird. Ich habe den Mund gehalten, obwohl ich es nicht hätte tun müssen. Es hat ein Menschenleben gekostet – oder vielmehr zwei.«

Er wandte sich von mir ab, um den Kindern zuzuschauen, zu denen sich inzwischen Evie gesellt hatte. Das gelbe Fischerboot hatte die Bucht verlassen. Ich wusste nicht, was ich darauf erwidern sollte. Die Kinder riefen nach Nick; er stand auf und ging hinunter zum Wasser.

30

NICK WANDERTE ZUR Spitze von St. Catherine's Hill; oben angekommen, stellte er fest, dass er kaum außer Atem war. Dies war der höchste Punkt auf der Insel; nur St. Boniface Down im Hinterland von Ventnor ragte noch höher hinauf. Er ging einmal um *Pepper Pot,* den winzigen, mittelalterlichen Leuchtturm, herum, als wäre er eine überlebensgroße Buddhastatue. Er stellte sich vor, wie ein einsamer christlicher Mönch hier saß, sein Lagerfeuer schürte und eine Messe für die sang, die das Meer verschlungen hatte. In der Abendluft hingen dünne Nebelschwaden und es roch nach Regen. An vollkommen klaren Tagen konnte man von hier praktisch die ganze Insel überblicken und manchmal sogar die französische Küste erkennen.

Er streckte sich; er war zufrieden mit seiner Kondition. Er erinnerte sich, wie Keri ihn zum ersten Mal auf eine Wanderung mitgenommen hatte – einen kleinen Geländemarsch, wie sie es nannte. Er hatte sie gefragt, ob es sehr anstrengend würde – schließlich war er ein Stadtbewohner mit einem kleinen Bierbauch und entsprechend wenig Durchhaltevermögen und außerdem erheblich älter als sie. Sie hatte ihn erstaunt angesehen. »Es ist eigentlich nicht mehr als ein Spaziergang, Nick. Ich könnte ihn in hochhackigen Schuhen bewältigen.« Sie hatten das Fährboot entlang der Küste genommen und sich an einer Bucht im Abel Tasman Nationalpark absetzen lassen. Von hier betrug der Rückweg dreizehn Kilometer, denn sie mussten um zwei Stellen, an denen das Land ins Meer abgestürzt war, herumgehen. Die Gegend war atemberaubend; das azurblaue Meer lockte zwischen den Bäumen hindurch. Aber der Pfad war felsig und schmal und steil. Nick glaubte, er würde es nicht überleben, sooft sie um eine Biegung herumkamen und ihm aufging, wie weit es noch war. Er hatte sich nicht genug Wasser mitgenommen und wurde von Sandfliegen gestochen. Keri marschierte auf ihren kräftigen, braunen Schenkeln ganz unbekümmert drein und wies auf diese und jene spektakuläre Aussicht hin. Als sie am Haltepunkt der Fähre ankamen, war Nick wie gelähmt auf dem Boot zusammengeklappt.

Er ertappte sich dabei, dass er bei der Erinnerung daran und wie sie später beide darüber gelacht hatten, lächeln musste. Er blickte hinaus auf den Ärmelkanal, eine kältere, kleinere Wasserfläche als die Tasmanische See. Eine Brittany-Fähre befand sich gerade auf der Überfahrt nach Frankreich. Vielleicht sollte er wieder von hier fortgehen. Vielleicht hatte er sich schon viel zu lange in der Blue Slipper Bay aufgehalten. Er begann, sich mit den Menschen hier einzulassen, konnte sich des Gefühls nicht erwehren, hier heimlich, still und leise Wurzeln zu schlagen. Nach Keris Tod hatte er sich geschworen, nie wieder Informationen zurückzuhalten, die für andere wichtig sein konnten. Das Problem war nur, dass Aufrichtigkeit anderen gegenüber immer ein gewisses Maß an Intimität mit sich brachte, welches wiederum aus gegenseitigem Vertrauen erwuchs. Mit so etwas hatte er nicht gerechnet, als er sich hier niederließ.

Er setzte sich auf das Gras und beobachtete die Fähre. Irgendwo tief in seinem Innern sehnte er sich danach, an Bord zu sein, ganz alleine davonzufahren, sich nicht mehr unausweichlich in die Leben anderer Menschen einmischen zu können.

31

NICK HATTE RECHT gehabt. Es gab hier so viele Wanderrouten, dass man gar nicht wusste, wo man anfangen sollte. In den Touristenläden lagen jede Menge Broschüren aus, mit Vorschlägen für Wanderungen von Pub zu Pub, zu Naturschönheiten, historischen Stätten und an der Küste entlang; es gab sogar ein jährliches Wandertreffen. Ich fuhr nach Newport und kaufte mir ein Paar Wanderstiefel, eine topografische Karte und einen kleinen Taschenfeldstecher. Und leichte Regenbekleidung – ich wollte schließlich nicht nur bei schönem Wetter unterwegs sein. Stevie und ich hatten bereits in gegenseitigem Einverständnis einen flexiblen Dienstplan aufgestellt, so dass ich mich darauf freuen konnte, bald zu Abenteuern aufzubrechen.

Ich fing mit der näheren Umgebung an und wanderte an einem stürmischen Tag nach Bonchurch. Die Wellen schlugen über die Flutmauer und bedeckten mich mit einer Salzschicht; mein Haar sah hinterher aus wie ein Wischmopp. Auf meiner Wanderung besuchte ich die winzige angelsächsische Kapelle, entdeckte das Grab des Dichters Swinburne und das Haus, in dem Charles Dickens sechs Kapitel von *David Copperfield* geschrieben hatte. Ich wollte eigentlich von Bonchurch zur Spitze von St. Boniface Down weiterwandern, musste aber feststellen, dass ich mir zu viel vorgenommen hatte. Als ich wieder in der Blue Slipper Bay ankam, war ich hundemüde und konnte kaum noch gehen, weil ich mir in meinen neuen Stiefeln eine Blase gescheuert hatte.

Evie, Kyp und die Kinder saßen vor ihrem Strandhaus und

schauten zum bedeckten Himmel hinauf. Sie winkten mir zu; diesmal beließ ich es nicht dabei, zurückzuwinken und ins Haus zu gehen, sondern humpelte zu ihnen hin.

»Sieht aus, als hättest du es ein bisschen übertrieben«, grinste Kyp. »Setz dich hin und trink Tee mit uns.«

Dankbar ließ ich mich auf einen Stuhl sinken und zog meine Stiefel aus, während Evie und Kyp darüber debattierten, ob sie im Haus oder draußen zu Abend essen wollten.

»Die Wettervorhersage hat eindeutig Regen angekündigt«, sagte Evie und goss Tee ein.

Kyp hielt die Hände in die Höhe und schob die Unterlippe vor. »Schon recht, schon recht. Aber das galt fürs Festland.«

»Ich weiß. Und ich weiß auch, dass wir hier unser eigenes kleines Mikroklima haben. Aber wir wollen doch nicht in Hetz und Eile alles reinschleppen müssen, wenn es plötzlich schüttet.«

Kyp schob seine kräftigen Arme von hinten um ihre Taille und drückte sie an sich, wobei er den Kindern zuzwinkerte. »Sei doch nicht immer gleich böse mit dem armen Kyppie«, greinte er.

»Lass das sein, du großer Kindskopf«, schalt Evie ihn und stimmte in das Gelächter der Kinder mit ein. »So, und wo bist du gewesen, Sophie?«

Ich erzählte ihnen von meinem Erkundungsgang nach Bonchurch. Evie hatte gerade begonnen, mir etwas aus der Geschichte dieser Gegend zu erzählen, als Nick eintraf. Er warf einen Blick auf meine Wanderstiefel und verzog das Gesicht.

»Ich weiß, wie sich das anfühlt«, sagte er. »Aber sie werden sich schnell dran gewöhnen – deine Füße, meine ich, nicht die Stiefel.«

Evie schenkte auch ihm Tee ein, und dann berichtete er uns von einigen beschwerlichen Wanderungen, die er im Himalaya unternommen hatte.

»Können wir da Samstag hin? Zeigst du uns, wo das ist?«, bettelte Jack. Er und Mila hatten wie gebannt zugehört.

»Das ist aber ein ganz schönes Stück bis dahin. Man muss übers Meer«, wandte Nick ein.

»Wir sind schon paar Mal übers Meer. Ich bin sogar im Meer geboren«, sagte Jack, klatschte in die Hände und wollte noch mehr Geschichten hören.

»Ich bin auch im Meer geboren«, sagte Mila und lehnte sich gegen Nicks Knie. »Du hast ja ganz schmutzige Finger, Nick.«

»Weil ich was umgegraben habe«, sagte er. »Ich gehe jetzt nach Hause und wasche mich erst mal.«

Ich stand auf und nahm meine Stiefel. »Ich auch.«

Auf Zehenspitzen näherte ich mich *Sea Spray.* Nick trug meinen Rucksack. An der Tür gab er ihn mir.

»Ich wollte dich fragen, ob du Lust hast, mit mir heute Abend auf einen Drink auszugehen«, sagte er. »Aber ich nehme an, du willst einfach nur deine Füße hochlegen.«

»Na ja, ich muss morgen früh zur Arbeit, aber …«

»Gut, dann vielleicht ein andermal«, sagte Nick und hatte es plötzlich eilig, als habe er es sich rasch anders überlegt.

Ich trat ins Haus. Commie schob sich an meinen Beinen vorbei und rannte vor mir her die Treppe hinauf. Ich nahm ein heißes Duschbad und rieb meine Hacken mit Calendula-Salbe ein. Sie waren gar nicht so schlimm mitgenommen, wie ich geglaubt hatte; meine schmerzenden Beinmuskeln machten mir viel mehr zu schaffen. Ich wärmte mir ein paar Bohnen auf Toast auf und sah auf das aufgewühlte Meer und die tief hängenden Wolken hinaus, während ich aß. Es war noch ziemlich früh am Abend. Ich hörte Gelächter, als Kyp und Evie Gäste empfingen. Zum ersten Mal seit meinem Einzug in *Sea Spray* war ich ruhelos, wünschte mir, auch ich hätte eine Freundin zu Besuch. Rachel zum Beispiel, oder Jill. Ich hatte Nicks Einladung nicht ausschlagen wollen; es war vielmehr so, als hätte er schon fest mit einer Absage gerechnet, ehe ich auch nur darüber nachdenken konnte.

Ich ging hinauf ins Schlafzimmer, warf meinen Bademantel ab und zog Jeans und ein Hemd an. Teufel noch mal, ich würde Nick fragen, ob er sich eine Flasche Wein mit mir teilen wollte. Warum fiel es mir so schwer, freundlich auf jemanden zuzugehen? Wahrscheinlich war es immer der Gedanke, dass Sex im Spiel sein könnte, der mir im Wege stand. Aber Nick und ich waren doch alt genug, dass wir keine große Sache daraus machen würden. Rachel hatte gesagt, dass sie im Moment keine festere Beziehung zu einem Mann eingehen wollte, und mir ging es nicht anders. Er brauchte also nur nein zu sagen, oder? Und das war doch okay zwischen Freunden. Auf nackten Füßen ging ich die Stufen hinunter. Ich hatte das Gefühl, als würde ich mich auf etwas Riskantes einlassen, aber auch, als würde ich eine Mauer durchstoßen.

32

NICK SCHRUBBTE AN seinen Fingernägeln herum und fragte sich, was ihn dazu getrieben hatte, Sophie erst zu fragen, ob sie mit ihm ausgehen wollte, und dann sogleich einen Rückzieher zu machen, ehe er ihr überhaupt Zeit gelassen hatte, darüber nachzudenken. Er sah noch ihren verwirrten Blick vor sich, als er sich plötzlich abwandte. Kein Wunder, dass sie nicht schlau aus ihm wurde; in letzter Zeit gelang es ihm ja kaum, aus sich selbst schlau zu werden. Es war, als würde ein Teil von ihm ganz eigenständig handeln, während der andere, bedachtere Teil von ihm Zeit brauchte, um aufzuholen und dann einzuschreiten.

Bedacht. Halt. Bedacht. Los. Am Ende war er so auf Bedacht bedacht, dass er überhaupt nicht mehr von der Stelle käme.

Mit einem Male erinnerte er sich daran, wie er über der Kawerau Gorge ganz dicht am Rande einer winzigen Plattform gestanden hatte, während sich tief unter ihm der grüne Fluss durch die Schlucht wand. Seine Arme waren in die Höhe gestreckt, seine Knöchel zusammengebunden. Er war wie gelähmt vor Angst.

»Nimm dir Zeit, Kamerad«, sagte der Mann hinter ihm.

»Los jetzt, Nick!«, hörte er Keri rufen.

Sein Körper kippte vornüber, und dann stürzte er ins Bodenlose. Der Fluss sauste auf ihn zu. Es gab kein Zurück mehr. Er würde sterben. Sein Kopf und seine Schultern durchbrachen die Wasseroberfläche, um ihn herum stoben smaragdgrüne Bläschen in die Höhe, und dann wurde er auch schon wieder in den blendenden Sonnenschein hinaufkatapultiert. Er japste nach Luft, als wäre er soeben dem Mutterleib entschlüpft. Es war ein unglaubliches Gefühl. Am liebsten wäre er gleich mit einem Satz zurück auf die Brücke gesprungen und hätte es noch einmal gemacht.

Nick trocknete seine Hände ab und betrachtete sich im Badezimmerspiegel. Seine Augen glänzten, sein Herz schlug heftig bei der Erinnerung. Er ging in seine kleine Küche und nahm eine Flasche Wein aus dem Kühlschrank. Er wollte sich in sein vermeintliches Verderben stürzen, ehe sein Verstand es ihm ausreden konnte.

Als er gerade an Sophies Tür klopfen wollte, wurde sie von innen geöffnet, und da stand Sophie mit einer Flasche in der Hand. Sie machten beide gleichzeitig den Mund auf, und dann ging das, was sie hatten sagen wollen, in Gelächter unter.

33

»BEIDE FLASCHEN SCHAFFEN wir nie«, sagte ich und sah zu, wie Nick vorsichtig den ersten Schluck nahm.

»Nein, ich bin auch nicht der geübteste Trinker auf der Welt. Ein oder zwei Gläser sind meine Obergrenze.«

»Meine auch. Danach werde ich sofort schläfrig.«

»Wir können die zweite Flasche ja für eine andere Gelegenheit aufbewahren«, sagte er und blickte verschämt zur Seite, als hätte er sich zu viel herausgenommen.

Ich hatte den Eindruck, wir schlichen umeinander herum, behutsam darauf bedacht, nur nicht zu weit in die Privatsphäre des anderen einzudringen. Wir waren zaghaft, höflich, beschränkten uns auf schüchterne Hinweise auf Orte, zu denen sich eine Wanderung lohnen könnte, hofften, der andere würde es aufgreifen und einen entsprechenden Vorschlag wagen, stolperten über unsere eigenen Füße, um rasch einen Schritt zurück machen zu können, wenn es nicht gleich verfing.

»Schwimmst du gerne?«, fragte er, als wolle er das Thema wechseln.

Wir saßen auf meinem Balkon. Bei dieser Frage wandten wir beide instinktiv den Blick dem Wasser zu. Ich hatte ihn weit hinausschwimmen sehen, hatte fasziniert und auch ein bisschen ängstlich zugesehen, wie seine Arme sich hoben und senkten, als wolle er seine Kraft mit der der Wellen messen. »Nur im Kinderbecken, wo ich noch stehen kann, und mit den aufblasbaren Schwimmhilfen meiner Nichte an den Armen.«

Nick warf lachend den Kopf in den Nacken. »Dann werte ich das mal als ein Nein. Magst du das Meer denn nicht?«

»Doch. Ich liebe es sogar. Ich liebe es, es zu betrachten und seine Geräusche zu hören. Und ich plantsche auch gerne darin herum.«

»Aber?«

»Ich glaube, es macht mir einfach Angst. Es erscheint mir so unberechenbar … beinahe, als wolle es mich verschlingen. Es zieht und zerrt, als wolle es alles in sich aufsaugen.«

Nick sah mich nachdenklich an. »Ja, das liegt in seiner Natur. Es ist gut, ihm mit Respekt zu begegnen.«

Ich sah wieder zum Meer hinaus. Ich hatte das Gefühl, es hätte meine Worte mit Wohlwollen aufgenommen, Peter hätte mir gesagt, ich solle nicht so kindisch sein, dem Meer ein zielgerichtetes Handeln anzudichten. Und doch war mir, als wäre eine Anspannung von mir genommen – so ähnlich wie an dem Tag, als ich in Rachels Café gesessen und sie mir den Job angeboten hatte. Ich wandte mich wieder Nick zu. Er schien in Gedanken verloren. Langweilte ich ihn? Mit Peter wäre es mir jetzt so ergangen. Er schätzte es überhaupt nicht, herumzusitzen und sich zu unterhalten.

»Nick, ich möchte nicht, dass du denkst, ich wolle mich dir aufdrängen. Ich weiß, dass du es vorziehst, in Ruhe gelassen zu werden. Ich würde gerne mit dir Wanderungen unternehmen, aber nur, wenn du ehrlich zu mir bist und es mir sagst, wenn du keine Lust dazu hast. Und dieses Recht möchte ich auch mir ausbedingen.«

Er seufzte. »Ich war gerade dabei, meinen ganzen Mut zusammenzunehmen, um etwas Ähnliches zu dir zu sagen. Lass uns unsere Freundschaft damit beginnen, dass wir uns versprechen, stets offen miteinander zu sein. Ich glaube, wir wollen beide das Gleiche.«

Vielleicht ist es doch nicht so schwierig, ehrlich mit anderen umzugehen, dachte ich. Ich hob mein Glas. »Darauf trinken wir.«

Wir stießen miteinander an. Im Abendlicht wirkten seine

Züge irgendwie weicher, und ich hatte das Gefühl, als würde etwas von ihm ausgehen, etwas Aufrichtiges, als sehne auch er sich nach einem sicheren Ort, zu dem er Vertrauen haben könnte. Er schloss ein paar Sekunden lang die Augen, und als er sie wieder aufmachte, schienen sie heller zu leuchten.

»Möchtest du den Fußabdruck eines Dinosauriers sehen?«, fragte er.

Wir machten uns am nächsten Morgen vor der Arbeit auf den Weg. Da es zu Fuß zu weit wäre, schlug Nick vor, dass ich mir ein Fahrrad von Evie leihe.

»Dann habe ich nicht nur an den Füßen, sondern auch am Hintern Blasen«, wandte ich ein. Also schlossen wir einen Kompromiss und nahmen meinen Wagen, der nur stotternd ansprang, weil er wohl gar nicht mehr damit gerechnet hatte, noch einmal gebraucht zu werden. Der Strand von Compton Bay war menschenleer; als ich mich nach unseren Fußspuren im Sand umblickte, musste ich an Robinson Crusoe und Freitag denken.

»Dort«, sagte Nick und wies auf ein paar Felsen.

Ich konnte außer Findlingen, Steinen und Seegras nichts erkennen. »Würdest du mir das etwas näher erläutern?«, sagte ich.

Nick bückte sich und zeigte auf einen großen Stein mit drei deutlich erkennbaren Einkerbungen. »Hier haben wir ein schönes Beispiel.« Er zeigte auf die vielen Schichten in den Kreidefelsen. »Das Ufer bröckelt ab, und die Fußabdrücke fallen auf den Strand. Im Prinzip sind es Gussformen. Die Fußabdrücke der Saurier haben sich mit Sand gefüllt und sind über Millionen von Jahren versteinert.«

Ich warf noch einen Blick auf den gewaltigen Abdruck. »Willst du mich auf den Arm nehmen?«

»Aber nicht doch.« Er legte sich die Hand aufs Herz. »Da oben findest du eine Tafel des *National Trust,* auf der steht, dass man diese Versteinerungen nicht mitnehmen darf, wenn du mir nicht glaubst.« Er stellte den Fuß auf den Abdruck.

»Lass das lieber sein«, sagte ich. »Sonst sieht dich noch jemand.«

Nick lachte. »Die Leute latschen dauernd darüber hinweg. Und bei Flut werden die Steine sowieso überspült. Ich glaube nicht, dass mein Stiefel denen viel anhaben kann.«

Ich stellte meinen Fuß neben den seinen. »Unglaublich«, staunte ich. »So uralt, und liegt einfach hier herum.«

»Schauen wir mal, ob wir noch ein paar mehr entdecken. Hier liegt allerhand herum – versteinerte Haifischzähne und andere Fossilien.«

Wir stromerten umher, während die Sonne immer wärmer wurde, so dass wir uns unserer Stiefel und Socken entledigten, die Jeans hochkrempelten und durchs flache Wasser platschten. Ich fühlte mich wieder wie ein Kind und vergaß völlig die Zeit, weil ich so auf die Suche konzentriert war.

»Frühstück!«, rief Nick. Er saß auf einem Felsen und goss Tee aus einer Thermosflasche in Becher. Dann saßen wir da und mampften zufrieden unsere Eiersandwiches, während sich der Strand langsam mit anderen Fossiliensuchern füllte. Viele hatten Hunde dabei, denen sie Stöckchen ins Wasser warfen.

»Bist du schon immer so ein Frischluftfanatiker gewesen?«, fragte ich Nick.

»Nein. Früher war ich ein fauler Sack und sogar ziemlich schwabbelig. Da habe ich auch meine Haare noch lang getragen. Normalerweise fand man mich vor dem Fernseher oder dem Computer.«

Ich sah ihn erstaunt an. Es war kein Gramm überflüssiges Fett an ihm, soweit ich erkennen konnte – von Haaren ganz zu schweigen. »Kann ich mir gar nicht vorstellen«, sagte ich. »Woher die Veränderung?«

Er legte sorgfältig sein halb gegessenes Sandwich ab, als wolle er Zeit schinden. »Dann habe ich Keri getroffen«, sagte er. »Sie stammte aus Neuseeland.« Er lachte, aber es klang anders als sonst. »Du weißt doch, wie wild die Kiwis und Aussies auf sportliche Betätigung im Freien sind.«

Ich nickte bedächtig und merkte, wie sein Blick in die Ferne schweifte. Ich wollte, dass er mir mehr von seiner Keri erzählte, und traute mich nicht, ihn zu unterbrechen. Er tat einen tiefen Seufzer, als wolle er seinen Körper von irgendetwas befreien.

»Sie war sehr viel jünger als ich. Sie hat mich überredet, mit ihr ins Fitnessstudio zu gehen, und sie ließ auch nicht locker, wenn ich ihr sagte, dass ich gleich tot umfiele.« Er sprach nicht weiter, sondern nahm sein Sandwich und kaute darauf herum. Ich fragte mich, ob es das schon gewesen war. Ich wartete, bis er sein Sandwich verspeist hatte, und bot ihm dann einen Apfel an. Er warf ihn ein paar Mal in die Luft, bevor er hineinbiss. »Das alles ist schon ein paar Jahre her, aber ich bin Freizeitsportler geblieben – obwohl man es eigentlich nicht als Sport bezeichnen kann. Ich gehe gerne lange Strecken zu Fuß und halte mich gerne in der Natur auf.«

»Und was wurde aus Keri?«, wagte ich einen Vorstoß.

»Wir haben geheiratet«, erklärte er ganz sachlich. »Dann erwarteten wir ein Kind. Und dann ist sie gestorben.«

Als ich das hörte, hatte ich mit einem Mal einen Kloß im Hals, der mir so groß erschien wie der Fußabdruck des Dinosauriers. Spontan ergriff ich seine Hand, und er drückte meine ganz fest. Wir saßen eine Weile lang, die mir wie eine Ewigkeit vorkam, schweigend da.

»Zeit für die Arbeit«, sagte ich. Wir sammelten unsere Sachen zusammen und gingen zurück zum Auto. Ich setzte ihn am Tor des Wraith Cove Hotel ab. Er bückte sich noch einmal und sah durch die Seitenscheibe in den Wagen.

»Hast du schon mal ein rotes Eichhörnchen gesehen?«, fragte er grinsend.

34

NICK STIESS SEINEN Spaten in die harte Erde, um unter die Wurzeln eines zähen Holunderstrauches zu dringen. Er war sich nicht sicher, ob er seine Freundschaft mit Sophie nicht schon im Keim erstickt hatte. Er hätte ihr nicht von seiner traurigen Vergangenheit erzählen sollen. Dazu war es noch viel zu früh; schließlich wusste er, dass sie sich selbst gerade von einer schmerzlichen Erfahrung erholte. Hatte Rachel ihm nicht gesagt, dass sie Abstand von allem brauchte? Und dabei lag ein so unbeschwerter Morgen hinter ihnen, an dem sie wie zwei Kinder den Strand erforscht hatten.

Er warf den Spaten beiseite und versuchte es lieber mit einer Spitzhacke. Schon bald war er tatsächlich bis unter die Wurzel gedrungen und zog und zerrte, bis ihm der Bizeps zu platzen drohte. Mit einem Male gab die Wurzel nach, und er wäre beinahe hintenübergefallen. Schweiß lief ihm übers Gesicht; er setzte sich, um einen Schluck Wasser zu trinken. Er erinnerte sich daran, wie er genauso schlappgemacht hatte, wenn Keri ihn zu Höchstleistungen antreiben wollte. Sie hatte dann immer seinen Bauch getätschelt. »Guck dir bloß mal diesen *Puku* an«, hatte sie gescherzt und dabei den Maori-Ausdruck benutzt. Auch er hatte gelacht und sie zu sich herangezogen. Und dann hatte er nach seinem Sechserpack Dosenbier geschielt und gewusst, dass sie ausnahmsweise nichts dagegen einzuwenden hätte, wenn er sich einen Schluck genehmigte. Er musste innerlich lächeln. Sie war immer so geradeheraus, so offen und ehrlich mit ihm gewesen. Und wie hatte er sie behandelt?

Er erhob sich und nahm die Spitzhacke wieder auf. Nie wieder, dachte er und rammte sie in den Boden. Nie wieder werde ich unaufrichtig jemandem gegenüber sein. Er war froh, ehrlich zu Sophie gewesen zu sein. Darauf hatten sie beide sich als die Basis ihrer Freundschaft geeinigt. Er wünschte sich nur, ihr alles erzählt zu haben, ehe die Klappe bei ihm fiel.

35

»SIEH MAL, DA«, flüsterte Nick ganz dicht an meinem Ohr.

Ich suchte angestrengt zwischen den Zweigen, und dann sah ich einen Schwanz wedeln. »Oh ja, jetzt sehe ich es auch«, flüsterte ich meinerseits. Das kleine rote Eichhörnchen kam plötzlich über einen Ast geflitzt. Die Sonne schien und ließ seine kleinen buschigen Ohren und seinen wendigen, zierlichen Leib leuchten. Wir hatten schon den ganzen Morgen im Parkhurst Forest gesessen und Ausschau nach diesen scheuen Tieren gehalten. Ich war richtig aufgeregt. Nick reichte mir sein großes Fernglas.

»Hol es mal ganz nahe heran«, sagte er.

Ich stützte mich auf die Ellenbogen und versuchte, das Fernglas schärfer einzustellen, aber das Eichhörnchen war schon wieder weg.

»Mach dir nichts draus«, tröstete mich Nick. »Wir versuchen's später noch mal.«

Wir marschierten den kühlen Waldweg hinunter, bis wir eine Sitzbank fanden. Es hatte geregnet, und der Duft der Fichten hing so intensiv in der Luft, dass sie einem fast grünstichig vorkam.

»Keri und ich haben mal ein paar Monate in Australien verbracht«, sagte Nick zwischen zwei Bissen an seinem Käsesandwich. »Wir sind in die Blue Mountains gefahren, und ich kann dir sagen, da war der Himmel richtig *blau.* Und dazu der Duft der Eukalyptusbäume. Gut gegen Erkältungen.«

»Muss wohl so sein«, pflichtete ich ihm bei. »Wer hat schon je von einem verschnupften Koala gehört?«

»Genau.«

Ich freute mich, dass er jetzt unbefangener von Keri sprach und ab und zu sogar dabei lachte, wenn er mir Einzelheiten aus ihrem gemeinsamen Leben erzählte. Dabei fiel mir auf, dass ich nie ein Wort über Peter verlor. Wir hatten Jahre miteinander verbracht, so dass es doch nur natürlich wäre, dass hin und wieder sein Name fiel. Ich versuchte, mir etwas einfallen zu lassen, in dessen Zusammenhang ich ihn erwähnen könnte, aber mir kam nichts in den Sinn. »Was hast du früher, als du noch dick und fett warst, gearbeitet, Nick?«

»Ich habe an der Uni Sozialanthropolgie studiert, aber geworden ist aus mir ein Sozialarbeiter, was nun wiederum gar nichts mit meinem Studium zu tun hatte. Während der letzten Jahre meiner Tätigkeit habe ich in London mit jugendlichen Drogenabhängigen gearbeitet.«

»Ach, schau mal an. Und ich hatte dich schon für den nächsten David Attenborough gehalten.«

»Im Nachhinein betrachtet hätte ich als Dokumentarfilmer wahrscheinlich mehr Erfolg gehabt.«

»Ja, mit Drogenabhängigen zu arbeiten ist bestimmt nicht leicht.«

Ein Schaudern durchfuhr Nick. »Das kannst du wohl laut sagen.«

»Hast du auf diese Weise Keri kennen gelernt?«

»Ja und nein. Ich meine, sie war keine Kollegin von mir. Ich habe sozusagen verdeckte Ermittlungen in einer bestimmten Bar durchgeführt. Da sind wir uns begegnet.«

»Was denn für verdeckte Ermittlungen?«

»Ich versuchte, jemanden aufzutreiben – einen Jungen, der aus unserem Suchthilfezentrum weggelaufen war. Ich hatte mir fest vorgenommen, ihn zu finden. Aber da habe ich mir ganz schön was aufgehalst. Es ist eine lange Geschichte.« Er nahm einen Knusperriegel aus der Tasche und brach ihn in zwei Hälften. »Wie wär's mit was Gutem für die Zähne?«

»Da sage ich niemals nein. Nach all den Wanderungen und Naturbeobachtungen habe ich einen Heißhunger.«

»Na, genug von mir und meiner bewegten Vergangenheit. Erzähl mir etwas aus deinem Leben – natürlich nur, wenn du es möchtest.«

Er musste lachen, als ich ihm davon erzählte, dass mein Vater sich gewünscht hatte, meine Schwester und ich würden wie Audrey Hepburn und Sophia Loren geraten.

»Kann sein, dass du Audrey bald kennen lernst«, sagte ich. »Ich habe sie überredet, demnächst hier Urlaub zu machen.«

»Nach dem, was du über sie erzählt hast, scheint sie dir gar nicht ähnlich zu sein.«

»Nein, sie ist ein akribischer Putzteufel.«

»Und du bist das nicht?«

»Nun ja.« Ich streckte die Beine aus und betrachtete meine schlammverkrusteten Stiefel. »So etwas würde sie nie im Leben anziehen.«

»Aber sonst kommt ihr als Schwestern gut miteinander aus?«

»Ein paar Minuten lang geht es. Aber dann hagelt es Vorwürfe. Sie meint, ich hätte bei Peter bleiben und um jeden Preis alles wieder ins Reine bringen sollen und so. Und dass ich meine Karriere als stinknormale Krankenschwester hätte weiterverfolgen sollen, anstatt mich im Ödland psychischer Erkrankungen zu verlieren.«

»Psychosomatische Erkrankungen. Das ist auch so ein weites Feld. Ich wundere mich, dass unsere Pfade sich nicht schon in London mal gekreuzt haben.« Er nahm mir das Stanniolpapier ab und stopfte es sich in die Hosentasche. »Kein Wunder, dass du es jetzt genießt, als Kellnerin zu arbeiten.«

»Und du als Gärtner.«

Wir sahen einander an. Ich fühlte mich verstanden und spürte, dass es ihm ebenso ging.

»Und Peter?«, fragte er schließlich mit verhaltener Stimme.

»Ein dummer Fehler. Ich habe das Ebenbild meines Vaters geheiratet – bloß hat's eine Weile gedauert, bis ich dahinterkam. Aber ich habe nicht aufgegeben, habe gedacht, alles käme in Ordnung, wenn wir erst Kinder hätten.«

»Aber das ist dann nie passiert?«

Nun war ich diejenige, die den Blick abwenden musste. In mir zog sich alles zusammen. In Augenblicken wie diesem war es, als breite sich ein dichter Nebel in meinem Gehirn aus, so dass ich nichts anderes wollte als einfach nur schlafen.

»Er hat eigentlich nie Kinder gewollt. Aber schwanger bin ich doch geworden. Eine Fehlgeburt. Peter konnte seine Erleichterung kaum verhehlen. Zur Feier hat er eine Runde durch die Kneipen gemacht.«

Diesmal streckte Nick seine Hand nach mir aus. Und ich nahm sie dankbar.

36

»WAS HÄLT DICH eigentlich hier, Neptun?«, fragte Nick. Er sah zu, wie der alte Fischer sich mit seinen Netzen und Reusen beschäftigte. Jane hatte Nick erzählt, dass Neptun nie die Insel verließ. Und dass es auch auf diesem kleinen Eiland viele Gegenden gab, in die er nie gekommen war. Nick konnte sich das nur schwer vorstellen. Er selbst hatte viel Zeit damit verbracht, ganze Kontinente zu bereisen.

Neptun fuhr damit fort, seine Netze zu inspizieren, als hätte er ihn nicht gehört. Aber Nick wusste, dass er die Antwort irgendwann bekommen würde, sobald Neptun sich Zeit genug genommen hatte, darüber nachzudenken. In der Zwischenzeit griff Nick sich einen weiteren Fisch, um ihn auszunehmen. Im Geiste bedankte er sich bei ihm, dass er sein Leben für ihn gelassen hatte. Das hatte er in Südamerika von einem befreundeten Schamanen gelernt. Nach einer Weile räusperte sich Neptun.

»Dies hier« – er schwang den Arm durch die Luft, um auf seine schäbige Hütte unterhalb des Kreidefelsens zu deuten – »und dies.« Er machte eine nickende Kopfbewegung zum Wasser hin. »Und sie.« Er zeigte in die ungefähre Richtung von Wraith Cove. Nick ging davon aus, dass er Marguerite meinte, die für ihn wie eine Tochter war. »Man könnte es wohl Liebe nennen«, fügte Neptun hinzu.

Nick sah in Neptuns wettergegerbtes Gesicht. Seine Augen lagen in tiefen Höhlen, die wie zwei Krater unter dem Schirm seiner Mütze aussahen.

»Hast du dir nie gewünscht, dein Leben mit jemandem zu teilen, Neptun? Bist du nie verliebt gewesen?«

Das Kinn des alten Mannes zitterte, und Nick befürchtete schon, zu weit gegangen zu sein, aber dann lächelte Neptun wieder und warf einen Stock über den Strand, damit Loot ihn apportieren konnte.

»Oh doch. Ich habe die Liebe gekannt. Ich bin in dieser Hütte geboren. Und ich habe sie mit der, die ich liebte, geteilt, bis der Sensenmann vor der Tür stand.« Er rieb sich mit der gichtigen Hand das Gesicht. »Und es gab noch andere – in Wraith Cove zum Beispiel. Wir waren wie eine Familie. Diese Erinnerungen sind es, die mich hier halten. Warum sollte ich dem Ort, an dem ich geliebt habe, den Rücken kehren?«

Nick starrte auf den Fisch in seinen Händen, ohne ihn recht wahrzunehmen. Er dachte über die Liebe nach. Auch er hatte Liebe gekannt, und sie hatte sich so fest und beständig angefühlt wie ein Anker. Aber dann war das Ankerseil gerissen, und es hatte ihn rings um die Welt verschlagen. Er blickte hinauf zu der Kreidewand und dem endlosen Blau des Himmels und über das des Meeres hinweg und fragte sich, ob er nicht bald von hier fortgehen sollte. Aber er spürte, dass er noch nicht bereit dafür war, weiterzuziehen. Noch nicht.

37

ICH KONNTE NICK zum Lachen bringen. Er sagte, ich hätte eine derbe Art von Humor.

»Das kommt daher, dass man mit Dingen zu tun hat, die zu schrecklich sind, um sich lange den Kopf darüber zu zerbrechen«, sagte ich. »Viele Schwestern oder Ärzte entwickeln solch einen Humor, um zu überleben.«

»Mit Sozialarbeitern ist es das Gleiche. Wenn wir über manches Elend auf der Welt nicht mehr lachen könnten, würden wir daran zugrunde gehen. Ich glaube, man muss es kennen, um es zu begreifen. Sonst könnte man uns für gefühllos halten.«

Ich mochte sein Lachen. Es war so spontan, so ungekünstelt, und es schien ihn selbst zu überraschen – so, als wäre es eine Gabe, von der er vergessen hatte, dass er sie besaß. Wenn er lachte, löste das auch bei mir Heiterkeit aus, und manchmal lachten wir gemeinsam, bis uns die Tränen kamen, als würden wir etwas Unausgesprochenes aus uns hinausspülen. Aber ich denke, wir wussten beide, dass wir längst nicht alles aussprachen, was es zu sagen gab. Ich konnte es sehen, wenn bei ihm der Vorhang fiel, das leichte Senken seiner Lider, das den Glanz seiner Augen trübte, die Finger, die nach dem Band um sein Handgelenk tasteten. Ich konnte kaum glauben, dass ich Nick zum Freund hatte. Es war das erste Mal in meinem Leben, dass ich eine Beziehung zu einem Mann einging, ohne dass irgendwelche Erwartungen dahintersteckten. Ich fand, dass wir beide füreinander fast wie geschaffen waren. Wir kamen einander nicht mit klugen Ratschlägen; die Intensität, mit der wir einander zuhörten, und unsere Gabe, sich in den anderen hineinzuversetzen, brachten uns näher. Und er half mir, eine Leidenschaft zu kultivieren, von der ich nie geglaubt hätte, dass sie in mir steckte – ein Gefühl für die Wunder der Natur. Dieses Geschenk hatte er von Keri bekommen, und nun gab er es an mich weiter.

Ich lieh mir bei Kyp und Evie eines der Mountainbikes, die sie für ihre Feriengäste bereithielten. Es war nicht leicht, einen Helm zu finden, unter dem ich meine ungebärdige Haarmähne verstauen konnte, aber Evie sagte, sie würde mir das Fahrrad nicht geben, wenn ich keinen Helm trug.

»Du tust besser, was sie sagt«, kommentierte Kyp. »Sie meint es ernst.«

»Ich glaube, ich brauche auch Stützräder«, murmelte ich und schlingerte über den Pfad, der an den Hütten vorbeiführte. Mila und Jack amüsierten sich über mich. Doch schon bald hatte ich die Balance gefunden, und meine Beine waren von meinen vielen Fußmärschen und der Arbeit im Café durchtrainiert.

Unsere erste Exkursion führte uns entlang des Undercliff Drive. Es war eine schmale, von grünen Bäumen beschattete Straße. Wegen der Drainagearbeiten gegen mögliche Erdrutsche war sie für den Verkehr gesperrt, so dass mir jedes Mal fast das Herz stehen blieb, wenn doch ein Auto vorbeirauschte und mich über die von Efeu überwucherte Begrenzungsmauer zu schleudern drohte. Ich musste wiederholt anhalten, bis ich begriffen hatte, wie die Gangschaltung funktionierte. »Warum geht das nicht automatisch?«, beklagte ich mich.

»Das ist ein Fahrrad, Sophie, und kein Computer«, kicherte Nick.

»Wann machen wir Pause?«

»Wir sind doch gerade erst eine Meile gefahren.« Nick sah mich an; er merkte, wie zappelig ich war. »Natürlich können wir eine Pause einlegen. Wir halten am Wraith Cove Hotel und ich führe dich herum.«

»Oh ja. Und können wir danach zurück? Ich habe genug vom Radfahren.«

In dem Hotel tat sich einiges. Das Tor war entfernt worden, die ursprüngliche Zufahrt war vom Schutt geräumt, und zu einem angrenzenden Feld führte ein Weg.

»Da kommen die Wohnwagen hin«, erklärte Nick.

»Wohnwagen? Aber das wird doch hier kein Wohnwagenabstellplatz?«

»Nein, nur als vorübergehende Unterkunft. Die alte Remise wird renoviert, und die Neffen und Nichten von Jane und Chas kommen den Sommer über her, um mir und den Arbeitern zur Hand zu gehen.«

Wir spazierten durch den überwucherten Garten. Nick beschrieb mir, wie er früher ausgesehen und welche Fortschritte er bereits damit gemacht hatte.

»Und das alles gehört Jane?«

»Jane und Marguerite. Ich glaube, es ist schon seit Generationen im Besitz ihrer Familie. Sie wollen es vor dem völligen Verfall bewahren und alles wieder herrichten.«

»Da haben sie sich ja schön was vorgenommen. Muss doch ein Vermögen kosten.«

»Es ist etwas, woran sie glauben.«

Wie musste es sein, so fern in die Zukunft zu planen? Ich vermochte nicht viel weiter zu denken als bis zum nächsten Tag, meine Schicht im Café und die weitere Erkundung der Insel.

»Denkst du viel über die Zukunft nach, Nick?«

Er ließ sich auf das Gras sinken, und ich setzte mich neben ihn. »Nicht wirklich. Nicht mehr. Früher schon. Ich war ein großer Planer. Ich dachte, ich hätte mein ganzes Leben durchgeplant.« Er zupfte an den Grashalmen. »Doch dann habe ich gelernt, dass das Leben seine eigenen Wege geht.«

Ich nickte. Diese Erfahrung hatte ich auch machen müssen. »Das erinnert mich an meinen eigenen Lebensplan. Arbeit,

Liebe, Ehe, Kinder. Alles ganz konventionell. Ich hätte nie geglaubt, dass ich mit fünfundvierzig mein ganzes Leben würde neu gestalten müssen.«

»Und was für Pläne hast du jetzt?«

»Ich weiß es nicht genau. Ich fühle mich zu alt, um noch einmal ganz von vorne anzufangen.« In Wahrheit erschöpfte es mich schon, auch nur daran zu denken. »Und doch sehe ich keine andere Möglichkeit. Es gibt nichts, was mein Leben in irgendwelche Bahnen lenkt.«

»Und Kinder?«, fragte er leise. »Wie alt warst du, als du deine Fehlgeburt hattest?«

Irgendwas in mir sperrte sich; seine Fragen waren zu unvermittelt gekommen. Aber ich musste sie ihm beantworten, wenn auch nur, um es endlich hinter mich zu bringen.

»Ich war fünfunddreißig«, sagte ich und blickte hinunter auf meine braunen Beine, die ich auf dem Gras ausgestreckt hatte. Ein winziges Insekt krabbelte mir übers Knie. Ich beobachtete es, ohne mich zu rühren. »Ich war im fünften Monat …«

»Fünf Monate reichen doch, um eine Beziehung zu dem Kind zu entwickeln, nicht wahr?«

Ich nickte. »Als Schwester war ich an Abtreibungen und Fehlgeburten gewöhnt – und auch an die Reaktionen der Mütter. Manche waren erleichtert, andere wie am Boden zerstört. Aber ich habe nie gewusst, was eine Frau dabei empfindet, ehe ich es nicht selbst durchgemacht hatte. Ja, das kann man wohl Lebenserfahrung nennen.« Ich sah ihn an. »Vielleicht ist es ganz gut so, dass die Männer immer noch mehr oder weniger das Sagen haben. Wenn es nur nach den Frauen ginge, käme die ganze Welt zum Stillstand, weil sie vor lauter Schmerz und Kummer wie gelähmt wären.«

»Möglicherweise wäre das gar nicht so schlecht. Dann kommen wir endlich einen Schritt weiter.«

»Möglich.« Eine Weile saßen wir schweigend da. Ich ertappte mich dabei, wie ich eine Gänseblümchenkette knüpfte. Nick lag auf seinen Ellenbogen gestützt auf der Seite und beobachtete mich. Dann fing er an, Gänseblümchen für mich zu pflücken.

»Keri war im fünften Monat, als sie starb«, sagte er. »Unser Kind wäre ein Mädchen geworden.«

Ich spürte eine Beklemmung in der Brust. Meine Augen wurden feucht. »Mein Kind auch.«

»Hattest du schon einen Namen für sie?«

Ich schüttelte den Kopf. »Und du?«

»Lara«, flüsterte er.

»Was für ein schöner Name.«

Nick reichte mir ein weiteres Gänseblümchen. Ich vollendete die Kette und legte sie ihm um den Hals.

»So machen sie's auch in Indien. Nur, dass sie Ringelblumen nehmen.« Er berührte seine Girlande. »Ich glaube, ich bevorzuge Gänseblümchen.«

»Nick … was ist mit Keri geschehen? Ich meine, wie ist sie gestorben?«

Wir sahen uns tief in die Augen. Ich merkte, wie er innerlich mit sich rang, um nicht aufzuspringen und davonzulaufen.

»Sie ist getötet worden.« Er sprach die Worte ganz mechanisch aus.

»Bei einem Unfall?«

Er schüttelte den Kopf. »Sie ist einem Mord zum Opfer gefallen.«

Mit einem Male wurde alles um mich herum kalt. Eine Gänsehaut kroch mir über den ganzen Körper. »O mein Gott, Nick.«

Ziemlich heftig ergriff er meine Hände. »Bitte versprich mir, dass du es niemandem sagst. Ich könnte hier nicht leben, wenn jeder es wüsste.«

Jäher Zorn wallte in mir auf. »Als ob ich das jemals täte! Wie kannst du so etwas nur von mir denken?«

Er ließ meine Hand fallen und sah mich betroffen an.

»Ich … Ich weiß auch nicht. Ich bin es nicht gewohnt …« Er fuchtelte mit den Händen in der Luft, rang nach Worten.

»Jemandem zu vertrauen?«, half ich ihm.

Er nickte und biss sich auf die Lippe. Ich konnte seine Halsschlagader pulsieren sehen.

»Ach, Nick.« Ich hätte ihn am liebsten in meine Arme geschlossen, aber er sah so verletzlich aus, dass ich ihn gar nicht berühren mochte.

»Hallo miteinander!« Wir fuhren beide zusammen. Chas kam über das Feld auf uns zugeschlendert. »Ich habe mich gefragt, wem diese Fahrräder gehören und ob wir ungebetene Gäste haben.«

Nick erhob sich stolpernd. »Hallo, Chas. Wollte nur mal vorbeischauen, um zu sehen, wie die Arbeit vorangeht. Sophie kennst du ja bereits?«

»Aber gewiss. Von Kyp und Evie.« Er streckte mir seine große Hand entgegen. »Kommt doch auf einen Drink runter ins Cottage. Jane und Marguerite werden sich freuen, euch zu sehen.«

»Ich dachte, sie wären fortgefahren«, sagte Nick.

»Sie hatten so was vor, aber es hat nicht ganz geklappt. Jedenfalls wollten sie auch nach dem Hotel sehen, also sind wir von Ledbury zurückgefahren. Ist ja auch nicht weit. Macht sich ganz ordentlich, was? Meine Verwandtschaft wird bald eintreffen. Hoffentlich benehmen sich die Blagen. Jane hat mir erzählt, dass du in der Jugendhilfe gearbeitet hast, Nick. Vielleicht könntest du sie unter deine Fittiche nehmen.«

Nick hielt abwehrend die Handflächen hoch. »Tut mir leid, Chas. Das Einzige, was ich unter meine Fittiche nehme, ist der Garten. Meine Tage als Babysitter für Heranwachsende sind endgültig vorbei.«

»Kein Problem, alter Knabe. Mark, Rachels ältester Sohn, ist über die Semesterferien hier und sucht einen Job. Ich denke, ich werde ihn als eine Art Vorarbeiter einstellen. Er ist ein kräftiger Bengel.«

Ich saß am langen Holztisch im Wraith Cottage, trank Tee und besah mir die Treibholzstücke, Muscheln und getrockneten Büschel Kräuter und Blumen, die an den Dachbalken hingen. Hier war alles alt, von den Armsesseln bis zu den Büchern in den Regalen. Ich hatte es mir anders vorgestellt. Im Geiste stattete ich das Cottage mit blankpolierten Antiquitäten und einer modernen Küche aus. Vor dem uralten Küchenherd hatte sich eine schwarze Katze inmitten eines Haufens Wander- und Gummistiefel zusammengerollt. Der einzige zeitgemäße Einrichtungsgegenstand weit und breit war Janes Laptop, der auf einem kleinen Tisch unterhalb eines Fensters mit Meeresblick stand.

Aber es war auch irgendwie gemütlich, man setzte sich einfach hin und fühlte sich wie zu Hause. Und auch der Garten schien schon seit ewiger Zeit hier geblüht zu haben, ungestört von der Nähe des Ärmelkanals und seiner prekären Lage unmittelbar an der Kliffkante.

Nick betrachtete gerade die Pläne des Architekten, die Jane auf dem Tisch ausgebreitet hatte. Sie zeigte auf dieses und jenes, während Chas dabeistand und sich über ihren Enthusiasmus freute. Marguerite kam mit einem lecker aussehenden Zitronenkuchen aus der Küche, der es mit Rachels Backkünsten hätte aufnehmen können. Wir lächelten einander zu, aber ich war mir unsicher, wie ich mit ihr kommunizieren sollte.

»Arbeiten Sie noch im Therapiezentrum?«, fragte ich sie.

Marguerite hielt beim Kuchenaufschneiden inne und sah mich aus ihren auffällig blassen blauen Augen an.

»Ich bin in jüngster Zeit nicht mehr oft dort«, fügte ich hinzu. »Es scheint dort immer schrecklich viel zu tun zu geben, sooft ich Jill und Ash besuchen möchte.« In diesem Augenblick ging mir auf, wie sehr ich Jill und die Kinder vernachlässigt hatte. Ich war so ganz und gar in meinem neuen Leben in der Blue Slipper Bay aufgegangen. Morgen nach der Arbeit würde ich sie unbedingt aufsuchen müssen.

Marguerite bewegte ihren Kopf von der einen Seite auf die andere und drückte dann mit einer Geste ihre Verunsicherung aus. Ich spürte, wie Jane mich ansah.

»Wir waren in Herefordshire«, sagte sie. »Wir sind gerade für ein paar Tage wieder hier.« Sie lachte. »Wir kommen nicht weg von hier, was, Marguerite?«

Marguerite lächelte ihrer Schwester zu und schüttelte den Kopf.

»Mögen Sie Herefordshire?«, fragte ich.

Marguerite nickte und machte eine Bewegung mit den Händen, die wohl fließendes Wasser andeuten sollte.

»Ein Fluss?«, fragte ich.

Sie lächelte nur und gab mir ein Stück Zitronenkuchen.

»Kennst du Jill und Ash schon lange?«, fragte mich Jane, die sich zu uns an den Tisch gesetzt hatte.

»Seit Ewigkeiten. Jill und ich sind uns in der Schule begegnet und seitdem befreundet. Ash kenne ich auch schon ein paar Jahre, seit sie sich an der Universität kennen gelernt haben.«

»Und würdest du ihn als Rheumatologen empfehlen?«

Plötzlich schien sich ein Schweigen über den Raum zu senken. Marguerite legte die Hand auf Janes Arm.

»Er ist ein ausgezeichneter Arzt«, sagte ich und sah von einem zum anderen. »Ich dachte, Marguerite wäre von ihm behandelt worden?«

Marguerite reckte den Hals und nickte.

»Ja, wir sind auch sehr zufrieden mit ihm«, sagte Jane und legte ihre Hand auf die ihrer Schwester.

Ich konnte mir nicht erklären, wieso sie mich das gefragt hatte. Mir wurde ein wenig unbehaglich zumute – wie so oft in jenen Tagen, wenn ich gezwungen war, über Ash nachzudenken. »Der Kuchen schmeckt wundervoll«, sagte ich zu Marguerite. »Aber ich sage es Rachel nicht, dass ich auf eine Köchin gestoßen bin, die es mit ihr aufnimmt. Sie könnte neidisch werden.«

Nick erhob sich. »Wir sollten langsam los, Sophie. Ich habe den Kindern versprochen, heute Abend mit ihnen Kricket zu spielen. Schätze, dass du ebenfalls daran beteiligt wirst.«

»Nach der Fahrradtour werden meine Knochen viel zu steif sein«, sagte ich scherzhaft.

»Was? Das ist keine Fahrrad-, sondern höchstens eine kleine Spritztour.«

»Gut, dann schiebe ich eben Blasen vor – am Hintern.«

»Sie werden sie sehen wollen.«

»Wenn wir wieder hier sind, müsst ihr beide unbedingt kommen und mit uns zu Abend essen«, sagte Jane.

An der Tür nahm Marguerite mich beim Arm und gab mir einen großen Umschlag, an dem vorne eine Karte befestigt war – eine von Ashs Visitenkarten.

»Du möchtest, dass ich das Ash gebe?«, fragte ich.

Sie nickte mit ernstem Gesicht. Irgendwelche Ängste schienen ihre Vitalität zu dämpfen; ihre Augen waren ausdruckslos und feucht. Um ihre Mundwinkel herum zeigten sich dünne Fältchen. Ihr langes silbriges Haar glänzte in der Sonne. Ich hatte ganz vergessen, dass sie möglicherweise älter war als ich. Ich hoffte, dass sie es von mir nicht als herablassend empfunden hatte, dass ich sie einfach geduzt hatte.

Jane trat vor, als wolle sie den Umschlag an sich nehmen. Aber dann sah sie ihre Schwester eindringlich an, und ihre Züge wurden milder. Und in diesem Augenblick erkannte ich die Ähnlichkeit zwischen beiden. Jane ignorierte den Brief und nahm lächelnd meine Hand.

»Ich werde es Nick wissen lassen, wenn wir das nächste Mal hier sind«, sagte sie.

Ich sah mich nach Nick um. Er trug immer noch meine Kette aus Gänseblümchen.

38

MORD! NICK KONNTE es nicht glauben, dass er das Wort tatsächlich ausgeprochen hatte. Chas hatte sie im unpassendsten Moment unterbrochen. Aber vielleicht war es auch besser so gewesen. Denn was hätte er als Nächstes zu Sophie sagen sollen? Er wusste noch, was für ein erschrockenes Gesicht sie gemacht hatte. Was sie jetzt wohl denken mochte? Sie hatten ihr Gespräch vertagt, vieles war vorerst ungesagt geblieben, damit sie vor allen anderen einen ganz normalen Eindruck machten. Selbst nachdem sie Wraith Cottage verlassen hatten und zurück zu ihren Fahrrädern gingen, hatte keiner von ihnen das schreckliche Wort noch einmal aufgegriffen. Es war, als wäre es in dem Moment, da es ausgesprochen worden war, zu Eis erstarrt, und weder Sophie noch er konnten es zum Auftauen bringen. Sie waren nach Hause geradelt, hatten am Strand mit den Kindern Kricket gespielt, mit Kyp und Evie gelacht, und doch hatte die ganze Zeit über das Wort zwischen ihnen gehangen.

Sophie hatte versprochen, niemandem etwas davon zu sagen. Ihre Reaktion auf seine dringende Bitte hatte ihn überrascht. Sie musste sich fragen, warum er das von ihr verlangte. Er hatte ihr gesagt, dass er in der gefährlichen Welt der Drogen zu tun gehabt hatte, und nun musste es für sie ja so aussehen, als vervollständige sich das Bild, das sie sich von ihm machte, durch einen Mord. Am Ende glaubte sie noch, er werde gesucht und verstecke sich in der Blue Slipper Bay vor der Polizei.

Nick lief ruhelos in seinem Zimmer hin und her. Sollte er an ihre Tür klopfen und mit ihr reden? Er warf einen Blick auf seine Uhr. Zwei in der Frühe. Garantiert schlief Sophie. Er hörte auf, umherzulaufen. Wie kam er überhaupt darauf, dass er ihr so viel bedeutete? Wahrscheinlich hatte sie kaum weiter darüber nachgedacht. Nachdem sie jahrelang in der Psychiatrie gearbeitet hatte, gab es wahrscheinlich nicht viel, was sie so leicht umhauen konnte. Er musste über sich selbst lachen. Er sollte sich endlich über sich klar werden, mehr nicht. Er nahm sich zu wichtig, und das lag daran, dass seine Freundschaft mit Sophie ihm etwas zu bedeuten begann und er sie nicht vor den Kopf stoßen wollte.

Er trat auf den Balkon hinaus und lehnte sich auf das Geländer. Über dem Meer schwebte ein trüber Mond. Der Lichtstrahl vom Leuchtturm ließ die Schaumkämme der Wellen weiß aufleuchten, wenn er über sie hinwegstrich. Er konnte ein Tier im Gestrüpp rascheln und schnüffeln hören – wahrscheinlich ein Fuchs oder ein Dachs. Er atmete ein paar Mal tief durch, versuchte, sich auf die Geräusche der Nacht und die Empfindungen seines Körpers zu konzentrieren. Aber der Knoten in seinem Magen wollte sich nicht lösen. Er versuchte, sich Keris Hände auf seinen Schultern vorzustellen, die ihn massierten, liebkosten. Aber als er sich ihr Gesicht vorstellte, waren ihre Lippen blau angelaufen und ihre Augen leere Höhlen.

Er ging wieder hinein und vergrub das Gesicht in seinem Kopfkissen.

39

»SOLLTE SICH DA etwa eine Romanze anbahnen, Sophie?« Nachdem es uns endlich gelungen war, einen Termin für einen gemeinsamen mittäglichen Imbiss zu finden, schenkte Jill uns Kaffee ein. Auf ihre Frage war ich gefasst gewesen. Sie hatte mich bereits argwöhnisch gemustert, während wir Waldorfsalat auf Krustenbrot aßen. Sie sah wieder besser aus, dachte ich. Sie hatte sich goldblonde Strähnen ins Haar färben lassen, und ihre Augen glitzerten so schelmisch wie eh und je.

»Und was könnte dir wohl diesen Floh in dein allzeit aufgestelltes Ohr gesetzt haben?«, fragte ich zurück.

Sie schob mir den Kaffeebecher hin. »Ach, das hat wohl etwas damit zu tun, dass Rachel mir jedes Mal, wenn ich im Café vorbeischaue, sagt, du wärest mit Nick spazieren gegangen, würdest mit Nick eine Radtour machen, mit Nick Vögel beobachten, mit Nick hinter Eichhörnchen her sein.« Sie lehnte sich auf ihrem Stuhl zurück und konnte ein Grinsen nicht unterdrücken. »Fragt sich nur, was du außerdem noch so mit Nick treibst.«

Nun musste ich lachen. »Tut mir leid, dich zu enttäuschen, aber wir sind bloß gute Freunde.«

»Ehrlich? So wie in dem Film mit Harry und Sally – einfach nur gute Freunde, die über Orgasmen reden statt welche zu haben?«

»Du weißt, dass es platonische Freundschaften zwischen Mann und Frau *gibt.«*

»Nein, das weiß ich nicht. Ich habe nie so eine Freundschaft geschlossen und kenne auch keine Frau, die eine solche pflegt.«

»Nun mach mal einen Punkt, Jill. Was ist mit deinen ganzen männlichen Kollegen?«

»Schon, aber da hängt doch auch immer die Frage in der Luft: Sind sie fickbar oder nicht? Wenn nicht, arbeitet man eben wie gehabt nebeneinander weiter. Aber Nick ist es, nicht wahr?«

»Was? *Fickbar?*«

Jill nickte. »Ich finde schon.«

Das verblüffte mich ein wenig. Er kam mir gar nicht wie die Sorte Mann vor, auf den die Frauen fliegen. Jedenfalls nicht mit seinem kahlgeschorenen Kopf, seinem immer so ernsten Gesicht und seinen biederen Klamotten. Aber hatte nicht auch Rachel angedeutet, dass sie ihn sehr attraktiv fand?

»Nun, ganz ehrlich – ich sehe ihn nicht so. Wir kommen einfach gut miteinander aus. Ich glaube, wir sind einander ziemlich ähnlich. Und …«, ich drohte ihr scherzhaft mit dem Zeigefinger, »keiner von uns beiden sucht einen Partner. Also misch dich da nicht ein.«

»Ich? Mich einmischen? Wie kommst du denn darauf?« Sie tat völlig überrascht und warf die Hände in einer theatralischen Geste in die Höhe. Danach nahm sie einen Schluck Kaffee, sah mich wissend an und sagte: »Du siehst doch gut aus, Sophie. Es fällt mir schwer, zu glauben, dass er es nicht bei dir versucht hat. Bist du sicher, dass er nicht schwul ist?«

»Mir fällt es manchmal schwer, zu glauben, dass du Psychotherapeutin bist.« Ich grinste. »Dir fehlt auch das geringste Verständnis für die Komplexität subtiler menschlicher Beziehungen. Du stereotypierst ihn – und mich.«

Jill feixte und griff nach meiner Hand. »Aber du weißt doch genau, dass ich nur Witze mache. Ich wünschte mir, das Leben wäre wirklich so simpel.«

Ich fand es an der Zeit, das Thema zu wechseln. Mich beschäftigte es viel mehr, dass Nick mir aus dem Wege zu gehen schien. Seit unserem Besuch in Wraith Cove gab er ständig vor, alle Hände voll mit Arbeit zu haben. Ich hoffte nur, dass er nicht bereute, was er mir über den Tod seiner Frau anvertraut hatte. Andererseits war mir aber auch klar, dass er mit Mark zusammen die zusätzlichen Aushilfskräfte anleiten musste. Und ich versah wieder den ganzen Tag über meinen Dienst im Café, damit Stevie ausspannen konnte, bevor ich mir eine Woche freinahm, um Zeit für Audrey und die Kinder zu haben. Vielleicht sollte ich einfach bei Nick vorbeigehen und ihn fragen, ob er Lust auf einen Abendspaziergang mit mir hatte.

»Nächste Woche kommt Audrey«, sagte ich. »Ich weiß gar nicht genau, was ich mit ihr anstellen soll.« Ich zweifelte schon daran, ob es vernünftig gewesen war, all ihre Vorbehalte gegen diese Reise zu zerstreuen.

»Also, was immer du tust, bring sie nicht her. Sie wird meine Schubladen ausräumen und gucken, ob die Kinder sich die Ohren geputzt haben.«

»Ich dachte, ich fahre mit ihr zum Osborne House oder zum Mottistone Manor, und wenn das Wetter gut ist, können wir natürlich auch viel Zeit am Strand verbringen – das würde den Kindern gefallen. Kann ich mir Hal und Tilly ausborgen, damit sie Spielkameraden haben?«

Jill schaute in den randvollen Terminkalender an der Küchenwand. »Da werden wir gar nicht hier sein. Wir besuchen meine Eltern, die Hippies. Dann lasse ich die Kinder dort und mache mir ein paar schöne Tage.«

»Du? Ganz allein?« Jill war überhaupt nicht der Typ dafür. Sie war kontaktfreudig und wollte immer Menschen und viel Trara um sich haben.

»Ich hab's einfach nötig. Ash und ich hatten allerhand Stress miteinander und ich will einfach mal nicht ständig Leute um mich haben. Ich werde mich irgendwohin zurückziehen und vielleicht auch mal auf Alkohol verzichten. Die Inseln im Westen Schottlands könnten mir gefallen – die Isle of Iona oder so.«

»Aha, das Hippiemädchen in dir kommt endlich zum Vorschein. Ich habe doch gewusst, dass du es in deinen Genen hast.«

»Kann sein. Weiß ich nicht. Ich weiß auch gar nicht genau, was ich eigentlich will.«

»Aber zwischen dir und Ash ist wieder alles in Ordnung?«

»Auf jeden Fall hat sich's gebessert. Er scheint wieder zu Verstand gekommen zu sein. Aber er ist so mit dem Therapiezentrum beschäftigt, dass ich ihn kaum zu Gesicht bekomme. Nur wegen seiner grenzwissenschaftlichen Sperenzchen mache ich mir keine Sorgen mehr. Solveig scheint das alles unter Kontrolle zu haben. Sie teilt die Studenten ein und Marguerite ist weg.«

Mir fiel der Umschlag wieder ein, den Marguerite mir für Ash gegeben hatte. Ich war am nächsten Tag im Therapiezentrum gewesen und hatte ihn an der Rezeption hinterlegt.

»Und was ist mit deiner Nebenbeschäftigung?«, fragte ich.

»Gut. Mir gefällt es in der Praxis. Das Au-pair-Mädchen, das Solveig besorgt hat, ist gewissenhaft, und die Kinder mögen sie. Ich glaube, ich brauche einfach ein paar Tage Ferien, damit ich wieder festen Tritt fasse.« Sie lächelte ein wenig gequält. »Ich bin okay.«

»Solltest du nicht zusammen mit Ash irgendwo hinfahren?«

»Davon will er nichts hören. Er will, dass im Therapiezentrum erst alles seinen Gang geht, ehe er sich eine Pause gönnt.«

Ich stand vom Tisch auf. »Aber du schaust doch noch im Café vorbei, bevor ihr abreist? Bring Hal und Tilly mit. Sie bekommen von mir einen Eisbecher, den sie ihr Lebtag nicht vergessen werden.«

»Aber nur, wenn ich auch so einen kriege.«

Auch sie erhob sich. Wir umarmten uns. Ich fand, dass sie sich ein bisschen länger als gewöhnlich an mich drückte, als bräuchte sie etwas von mir, was sie nicht in Worte fassen konnte.

Audrey, Joanna und William trafen am ersten Tag der Ferien ein – gerade so, als ob Audrey, nachdem sie sich nun hatte breitschlagen lassen, mich zu besuchen, diese lästige Pflicht so rasch als möglich hinter sich zu bringen trachtete. Ich wünschte mir, John wäre auch mitgekommen, damit ihnen ein eigener Wagen zur Verfügung stünde. Wenigstens ein paar Tage lang hätten sie die Insel dann auf eigene Faust erkunden können. Aber so musste ich sie in Fishbourne von der Fähre abholen. Ich sah zu, wie Audrey mit ihrem schicken Koffer – von dem William und Joanna jeweils eine kleinere Version bei sich trugen – vorsichtig einen Fuß vor den anderen setzte, als sie die Gangway herunterkam. Jemand von der Mannschaft hatte ihr offenbar angeboten, ihr den Koffer zum Auto zu tragen. Kein Wunder. Audrey schien selbst in dem reinsten Neandertaler von einem Mann altmodische Gentlemaninstinkte zu erwecken. Fast erwartete ich, dass er die Mütze vor ihr ziehen oder ihr die Hand küssen würde. Meine Schwester drückte mir ein Küsschen auf die Wange, vermied aber ansonsten jeden engen Körperkontakt.

»Hallo, Kinder«, sagte ich, ignorierte Williams ausgestreckte Hand und begrüßte die beiden stattdessen mit einer Umarmung und einem ordentlichen Schmatzer. Audreys Gesicht war zu einem Lächeln erstarrt, als wolle sie sich den Anschein geben, gut gelaunt zu sein.

»So«, sagte ich. »Wo wollen wir als Erstes hin? Es gibt hier jede Menge zu sehen.« Ich hatte ihnen ein paar Prospekte geschickt, um ihnen die Insel schmackhaft zu machen.

»Blackgang!«, rief Joanna begeistert.

»Die Dinosaurierinsel!«, stimmte William mit ein.

»Ich würde sagen, zunächst fahren wir in unser Hotel, um uns nach der Reise die Hände zu waschen und uns ein wenig zurechtzumachen«, bestimmte Audrey.

»Ja, ich meinte natürlich *danach*«, sagte ich. Sie würde doch wohl nicht ernsthaft angenommen haben, ich wolle sie quer über die Insel schleifen, ohne dass sie vorher Gelegenheit gehabt hätte, die sanitären Gegebenheiten des Hotels sowie die Reinheit in dessen Küche, die Möglichkeiten, etwas zur Reinigung abzugeben und die Feuerleiter zu inspizieren?

»Können wir uns auch dein Haus angucken, Sophie?«, fragte Joanna.

»Natürlich könnt ihr das. Gleich nebenan wohnen zwei Kinder, die euch gerne kennen lernen wollen.«

»Ihr müsst aber vorsichtig sein«, ermahnte Audrey die beiden. »Es ist ganz dicht am Meer.«

»Ja«, schlug ich sogleich in die Kerbe, »ich kann aus meinem Schlafzimmerfenster direkt ins Meer hechten.«

»Klasse!«, freute sich William.

»Sei nicht albern, Sophia«, sagte Audrey.

Ich setzte Audrey am Hotel ab, damit sie sich in aller Ruhe feinmachen konnte, und ging mit den Kindern an den Strand. Sie stürmten nicht gleich los wie Hal und Tilly. Joanna hielt mich artig bei der Hand und William stand nur da und sah den anderen Kindern beim Spielen zu.

»Wer als Erster nasse Füße hat, darf sich aussuchen, wo wir nachher hinfahren«, sagte ich, setzte mich auf den Sand und zog meine Sandalen aus. Darauf hatten die beiden nur gewartet. In null Komma nichts rannten sie barfuß zum Wasser hinunter, bespritzten sich gegenseitig und kreischten vor Vergnügen. Ich war ein bisschen außer Atem, setzte mich wieder hin und sah ihnen zu.

»Du hättest wenigstens warten können, bis sie ihre Badesachen angezogen haben«, hörte ich plötzlich Audreys Stimme hinter mir. Sie hatte sich unbemerkt von hinten angeschlichen.Ich sah zu ihr hoch und grinste. Auch sie lächelte, schüttelte aber dabei den Kopf. »Sophia, also wirklich«, sagte ich, bevor *sie* es tat.

Audrey hatte das eine oder andere am Hotel auszusetzen, doch am Ton ihrer Stimme erkannte ich, dass es ihren Qualitätsansprüchen gerade genügte. Ich verwarf den Gedanken, sie zu geschichtsträchtigen Häusern zu führen, und beschloss stattdessen, so viel Zeit wie möglich mit den Kindern zu verbringen, damit sie ihre Freude hatten. Wir gingen in all die verschiedenen Vergnügungsparks mit ihren Rodelrutschen und Wildwasserbahnen. Wir besuchten den Zoo, das Wildtiergehege und die Dinosaurierausstellung. Wir unternahmen eine Bootsfahrt zu den *Needles* und fuhren mit dem Sessellift hinunter zur Alum Bay, wo wir uns die in verschiedenen Farben leuchtenden Gesteinsschichten ansahen und uns im Shop Proben davon in delfinförmige Packungen füllen ließen. Doch den allermeisten Spaß machte es den Kindern, am Strand von Blue Slipper Bay mit Jack und Mila zu toben. Die Woche verging wie im Fluge, und sogar Audrey schien sich ein wenig zu entspannen. Sie verzichtete auf ihre Strumpfhosen und ihren Terminplan und saß mit übereinandergeschlagenen Beinen im Liegestuhl. Und sie kaufte Evie eines ihrer Bilder ab und kreischte vor Vergnügen, als Kyp sie hochhob und mit ihr ins Wasser lief, wobei sie nicht einmal nass wurde. Selbst ihre Befürchtungen bezüglich der Gefahr des Ertrinkens, herabstürzender Felsbrocken und lauernder Feuerquallen schien sie überwunden zu haben.

»Wie lange gedenkst du noch hierzubleiben?«, fragte sie mich am letzten Abend. Wir saßen auf dem Balkon und sahen zu, wie Evie am Strand mit den Kindern Ball spielte.

»Ich weiß noch nicht. Im Augenblick fällt es mir schwer, Pläne zu machen. Mindestens so lange, wie Rachel etwas für mich zu tun hat, aber vielleicht auch länger.«

»Aber wie soll das aussehen? Im Winter kannst du hier nicht wohnen bleiben. Und du musst doch Geld verdienen. Gibt es hier in der Nähe ein Krankenhaus, in dem du Arbeit finden könntest?«

Ich unterdrückte ein Schaudern. »Ich weiß es wirklich nicht, Audrey. Ich lasse die Dinge auf mich zukommen.«

Sie nahm ihr Glas und trank einen winzigen Schluck. Ich

merkte, wie sich Spannung aufbaute, während sie im Geiste ihre Liste mit Fragen durchging, die gestellt werden mussten, damit sie meinte, ihrer Verantwortungspflicht mir gegenüber Genüge getan zu haben.

»Hast du dir mal überlegt, nach London zurückzugehen?«

»Wofür? Abgesehen von euch natürlich. Aber sonst gibt's nichts, was mich da hinzieht.«

»Peter?«

»Peter!« Ich sah sie entsetzt an. »Du machst Witze, Audrey.«

»Hör mal zu, Sophia. Ich bekomme ihn ziemlich oft zu sehen. Er hat mir gesagt, er wäre extra hergekommen, um dir zum Geburtstag zu gratulieren. Das war doch sehr lieb gedacht, oder?«

Ich schnaubte verächtlich. Audrey wirkte indigniert.

»Er hat sich so darauf gefreut, dich zu sehen, dich mit seinem Besuch zu überraschen. Er hatte vorgehabt, dich zum Essen auszuführen, und dann warst du ja schon mit deiner neuen Freundin, der Kellnerin, verabredet.« Sie drehte das Glas zwischen den Fingern. »Er war sehr enttäuscht.«

Ich war sprachlos über das, was ich da hörte.

»Weißt du, er hat sich geändert«, fuhr sie fort, ohne meinem Gesichtsausdruck Beachtung zu schenken. »Es tut ihm wirklich leid, dass ihr euch getrennt habt. Er sagt, dass er sich nie deswegen mit dir aussprechen konnte.«

»Wie häufig schüttet ihr euch denn gegenseitig das Herz aus, du und Peter?«

»Ach, er kommt uns ziemlich oft besuchen. Im Schnitt einmal die Woche.«

»Ach, tut er das? Und was sagt die Elfenkönigin dazu?«

»Sei nicht so schnippisch, Sophia. Ihr Name ist Melissa …«

»Ich weiß, wie ihr Name ist. Kommt sie auch mit?«

Audrey schob ihr Glas in kleinen Kreisen über den Tisch. »Ehrlich gesagt glaube ich nicht, dass sie noch zusammen sind. Aber erzähl ihm nicht, dass ich dir das gesagt habe.« Sie hielt sich die Hand vor den Mund, als hätte sie ein Staatsgeheimnis ausgeplaudert.

»Da brauchst du dir keine Sorgen zu machen. Ich habe keinen Kontakt mit ihm.«

So, dachte ich, der Zauberbann der Elfenkönigin war also nicht von langer Wirkung gewesen. Na und? Er würde bald wieder irgendein ätherisches Wesen finden, in das er sich verbeißen konnte.

»Ich sollte das vielleicht nicht sagen«, flüsterte Audrey, als würde jemand lauschen, der nur allzu erpicht darauf war, Klatsch und Tratsch über Peter zu hören, »aber ich glaube, er bereut es, keine Kinder zu haben. Du solltest mal sehen, wie liebevoll er mit William und Joanna umgeht. Und – das sollte ich vielleicht auch gar nicht erwähnen – er hat, nun, von deiner Fehlgeburt gesprochen. Es schien ihn ziemlich mitgenommen zu haben.«

Kalte Wut durchfuhr mich. Ich sprang von meinem Stuhl hoch. »Ich möchte kein Wort mehr über Peter hören, hast du mich verstanden, Audrey?« Meine Stimme zitterte.

Sie vergrub das Gesicht in den Händen. »Ich wusste ja, dass ich lieber nichts hätte sagen sollen«, klagte sie in weinerlichem Ton. »Ich wollte euch beiden doch nur helfen. Er hat mir gesagt …«

»Kein Wort mehr«, zischte ich und hastete die Treppe hinunter an den Strand. Vor der Tür hätte ich beinahe Nick über den Haufen gerannt. Er stöhnte auf, als wir zusammenprallten.

»Sophie! Was um alles in der Welt ist los?« Er hielt mich fest.

Ich schlang die Arme um ihn und drückte ihn an mich.

»Ich bin eine wütende, verbitterte Frau, Nick. Das ist los.« Ich klammerte mich noch einen Moment an ihn, ehe ich von ihm abließ. »Wollen wir bald mal einen Spaziergang machen?«

Auch er nahm die Hände von meinen Schultern und schob mir zärtlich das Haar aus der Stirn. Im Licht der Abenddämmerung schienen seine Augen zu strahlen. »Das machen wir«, sagte er leise.

»Sophia.« Audrey berührte meinen Arm. Die Kinder waren bereits im Bett und ich wollte gerade das Hotel verlassen. »Ich habe es doch nicht so gemeint.«

»Das weiß ich, Audrey.« Ich blickte in das betroffene Gesicht meiner Schwester. Die ganze Entspannung der vergangenen Woche schien wieder von ihr genommen. Es tat mir leid, dass ich so reagiert hatte, vor allem an ihrem letzten Abend hier. Ich setzte mich auf ihr Bett. »Es ist wirklich alles in Ordnung.«

Sie setzte sich neben mich und nahm meine Hände. »Ich möchte doch nur, dass du glücklich bist.«

»Ich bin glücklich. Mir gefällt das Leben hier.«

Sie runzelte leicht die Stirn. Ganz schien sie das nicht zu überzeugen. »Dieser kahlköpfige Mann – Nick – du bist doch nicht in ihn verliebt, oder?«

Sie dürfte nicht übersehen haben, wie ich mich vorhin in Nicks Arme geworfen hatte. Ich kam mir bald wie eine Prominente vor. Alles interessierte sich für mein Liebesleben. »Warum willst du das wissen?«

Audrey verschränkte die Arme vor der Brust. »Du siehst anders aus – irgendwie lässiger. Du steckst dir das Haar nicht mehr hoch. Und die Sachen, die du anhast …«

»Ja. Weiter. Ich höre.«

»Ich sage nicht, dass es dir nicht steht. Aber es wirkt irgendwie nicht so fraulich.«

Ich musste lachen. Audrey schlug die Beine übereinander.

»Peter fragt sich auch …«

»Audrey«, sagte ich mit einem warnenden Unterton in der Stimme.

»Ja, schon gut.«

Ich stand vom Bett auf. »Ich hole euch dann morgen früh rechtzeitig ab.«

40

NICK BETRACHTETE SOPHIES Halstuch, das über einer seiner Stuhllehnen hing. Sie hatte es vor einiger Zeit bei ihm vergessen, und er hatte es über den Stuhl gehängt, damit Commie es sich nicht darauf gemütlich machte. Natürlich wollte er ihr das Tuch zurückgeben, aber sooft er sie sah, dachte er gerade nicht daran. Wahrscheinlich glaubte sie, sie hätte es verloren. Das Tuch war aus einem schimmernden Seidenstoff und mit orangenen, goldenen und sandfarbenen Mustern bedruckt. Es schuf einen warmen Ort in seinem sonst so kargen Zimmer; sein Glanz erinnerte ihn an Sonnenuntergänge in der Wüste. Wenn die Sonne daraufschien, duftete es nach ihrem Parfüm, es schien im Raum umherzutanzen und verbreitete sich bis in Küche und Bad.

Am liebsten hätte er es behalten. Ohne das Tuch würde seinem Zimmer etwas fehlen. Er setzte sich auf sein Bett. Wann war alle Farbe aus seinem Leben verschwunden? Bald nach Keris Tod. Er hatte das starke Bedürfnis empfunden, ein ganz schlichtes Leben zu führen, in dem er sich an nichts und niemanden klammerte. Er dachte an die heitere Gelassenheit der buddhistischen Mönche, die er kennen gelernt hatte, und an ihren Glauben, dass Leid von Begierde ausgelöst wurde. Er dachte an die Tibeter und ihre reich verzierten Tempel und Mandalas, ihre Schalen voller Ringelblumen, Safranreis und exotischen Früchten, den berauschenden Duft des Weihrauches und den tiefen Klang ihrer Gesänge und Instrumente. Sie huldigten weder der Abstinenz noch der Sinnenfreude, sondern pilgerten auf einem Mittelweg, der sie zu der Erkenntnis führen sollte, dass alles Körperliche sterblich ist, was es natürlich leichter machte, die Dinge auf sich zukommen zu lassen. Ihr Seelenfrieden entsprang der unmittelbaren Erfahrung dessen, was jenseits der Materie lag. Auf diese Weise konnten sie ihr körperliches Dasein genießen und brauchten sich dennoch nicht vor dem Tod zu fürchten, denn auch Trauer war für sie nur von flüchtiger Natur.

Doch diese Philosophie erschien Nick nun nur noch als eine Sammlung schöner Worte. Damals hatte er noch geglaubt, sie könne Erlösung für ihn bedeuten. Sein Problem war und blieb, dass er nicht loslassen konnte. Er würde nie die Trauer und die Schuldgefühle abschütteln können, die er in sich trug.

Die Sonne kam zum Vorschein und schien auf Sophies Tuch – eine kleine Oase in der Ödnis, die ihn umgab. Auch Keri hatte kräftige Farben geliebt. Sein Zimmer und sein Lebensstil hätten ihr nicht gefallen. »Nun mach mal was aus dir, Nick«, hörte er sie sagen. Bei dem Gedanken musste er lächeln. Er stand auf und nahm das Tuch in die Hand. Er musste es Sophie zurückgeben und sich etwas Buntes suchen. Er musste sowieso zu ihr, um sich auf den Spaziergang mit ihr zu verabreden und herauszufinden, was sie an dem Besuch ihrer Schwester so verstört hatte.

41

»AUDREY LEBT IN einer keimfreien Luftblase der Wohlanständigkeit«, beklagte ich mich bei Nick. »Sie hat keine Ahnung, wie es in den Leben anderer Menschen aussieht, und auch kein Verlangen, es herauszufinden. Sie glaubt, alles auf der Welt wäre in Ordnung, wenn ein jeder so lebte wie sie.«

»Wie schafft sie es denn, sich in diesem von den Medien beherrschten Zeitalter so in ihrer kleinen Welt abzuschotten?«

»Mittels Bleichmittel«, sagte ich.

Nick grinste. »Möchtest du wirklich ganz bis zur Alum Bay wandern?«, fragte er.

»Unbedingt. Ich muss meinen Ärger abreagieren.« Ich sprang von der Bank hoch, auf der wir hoch oben auf der flachen Hügellandschaft der *Downs* unter dem Keltischen Kreuz, das seine Verehrer für Alfred Lord Tennyson errichtet hatten, saßen. Unter uns wand sich die Küste entlang; in der Ferne vereinten sich weiße Kreidefelsen mit den Schaumkämmen der blauen See zur Westspitze der Insel.

Nick blieb sitzen und sah mich fragend an. »Glaubst du, dass das möglich ist? Ein Gefühl einfach abzureagieren?«

Ich setzte mich wieder. »Manchmal schon. Aber es ist wohl ein bisschen so, als wenn man ein Schmerzmittel nimmt. Das chronische Problem geht davon nicht weg – falls es ein solches gibt.«

»Ist es das, was du gemacht hast, als du mit deinen Patienten gearbeitet hast? Hast du ihnen geholfen, ihr chronisches Problem zu lösen?«

»Oder es zu akzeptieren und damit zu leben.«

»Und hat's funktioniert?«

»Manchmal. Manchmal auch nicht.«

Er lächelte säuerlich. »Hast du es mal mit Bleichmittel probiert?«

»Hätte ich wohl tun sollen.« Ich musste lachen. »Eigentlich habe ich mich nur als diejenige gesehen, die Menschen einen Anstoß gibt, damit sie sich wieder an verdrängte Erfahrungen erinnern. Aber wenn sie das nicht wirklich wollten, hat es natürlich nicht geklappt.«

»Tragen wir nicht alle schmerzliche Erinnerungen mit uns herum?«

»Schon, aber ich spreche hier von so schmerzlichen Erinnerungen, dass sie uns daran hindern, mit unserem Leben fortzufahren. Bisweilen manifestieren sich solche Erinnerungen in Symbolen – dunklen Höhlen, schrecklichen Ungeheuern –, und das gibt uns etwas Greifbares, auf das wir uns konzentrieren können. Besser, als wenn man vor einem großen Nichts steht.«

»Wie vor einer Mauer?«

»Nun, das ist doch immerhin schon was. So etwas kommt häufig vor. Man kann gut daran arbeiten.«

»Ja? Und *wie* würdest du daran arbeiten? Würdest du dem Patienten nahelegen, sie einzureißen oder in die Luft zu sprengen?«

»Das kommt auf die individuelle Person an. Aber ich finde es immer besser, sie nicht als etwas Feindliches zu betrachten. Der Sinn und Zweck dieser Mauer ist es schließlich, den Schmerz einzudämmen.« Er folgte sichtlich interessiert meinen Ausführungen, also fuhr ich fort. »Es braucht Zeit, sich mit dem Patienten in Einklang zu bringen, sich mit ihm gemeinsam zu entspannen. Irgendwann sehe ich dann auftauchende Farben, wirbelnde Bilder. Ich konzentriere mich auf das Bild, das mir konsistent erscheint, und führe die Person auf ihre eigenen Erkenntnisse zu.«

»Interessant. Aber diese Mauern – schaffen es die Menschen je, sich davon zu befreien?«

»Wir reden über *dich,* Nick, nicht wahr?«

Er wandte den Blick ab, nickte aber. »Als ich Keri und Lara verlor, war es mir, als wäre in mir ein eiserner Vorhang gefallen. Ich bin durch die Welt gereist und habe alle möglichen spirituellen Praktiken ausprobiert. Das gab mir ein gewisses Maß an Frieden und innerer Geborgenheit, aber ich weiß, dass ich in meinem tiefsten Kern eine Mauer errichtet habe.«

Ich nahm eine seiner Hände und studierte sie. Sie war braungebrannt und kräftig. In seinen Fingerknöcheln und Nägeln hatte sich Erde aus dem Garten eingefressen. Ich wollte ihm so gerne helfen, aber ich war nun eine persönliche Beziehung mit ihm eingegangen, war seine Freundin geworden. Ich konnte ihn unterstützen, aber ich war nicht diejenige, die er brauchte, um sich im Irrgarten seiner Gefühle zurechtzufinden.

»Ich halte den spirituellen Pfad für vielversprechend«, machte ich einen behutsamen Vorstoß. »Er ist etwas, das wir alle erforschen müssen. Aber wenn wir an ein Hindernis geraten, wie einen Damm in einem Fluss, müssen wir uns damit auseinandersetzen. Ich bin sicher, keiner deiner spirituellen Lehrer hat dir gesagt, du sollest es einfach ignorieren?«

»Nein. Und ich weiß, dass ich vor einem solchen Hindernis stehe.«

»Aber dann musst du dafür sorgen, dass es sich bewegt. Du musst mit Leidenschaft daran herangehen, musst es fragen, was es davon abhält, sich zu rühren.«

»Das weiß ich schon. Es ist Angst.«

»Angst davor, was sich dahinter verbirgt?«

Er nickte.

»Aber du weißt doch, was sich dahinter befindet?«

Er seufzte tief. »Ich wage es einfach nicht, den Schmerz herauszulassen. Ich habe Angst davor, dass ich nicht damit umgehen kann, wenn ich dem Schmerz freien Lauf lasse. Ich werde innerlich zerbrechen, Sophie, das weiß ich.«

»Nick, hör mir zu. Du wirst viel eher daran zerbrechen,

wenn du dich diesem Schmerz nicht stellst. Und wenn jemand so weit ist, es versuchen zu wollen, dann weiß er in seinem Unterbewusstsein, dass er auch damit umgehen kann. So hat es mir jedenfalls meine Erfahrung gezeigt.« O mein Gott, dachte ich. Das klang ja wie frisch aus dem psychologischen Lehrbuch. »Soll ich Jill mal fragen, ob sie dir einen guten Therapeuten empfehlen kann, mit dem du darüber sprechen könntest? Jemanden, der dir zuhört, ohne emotional involviert zu sein?«

Nick schüttelte den Kopf. »Ich bin seit drei Jahren nicht mehr involviert gewesen, Sophie. Ich habe die Nase voll davon, alles unvoreingenommen aus einer Distanz zu betrachten.«

»So habe ich es ja nicht gemeint. Tut mir leid. Ich bin bloß in den Fachjargon verfallen.«

Doch er entfernte sich bereits von mir. Ich saß da und blickte ihm nach. Ich fühlte mich hilflos, gründlich missverstanden. Genau wie bei Peter, dachte ich. Ich bin abgesprungen, als wir vor dem Kern unserer Probleme standen. Wieder fühlte ich Wut in mir aufsteigen. Normalerweise konnte ich meine Gefühle ganz gut im Zaum halten. »Weißt du, was gut für dich wäre, Sophie?«, konnte ich Jill sagen hören. »Ein paar Teller gegen die Wand zu schmeißen – oder, noch besser, Peter Pan die Rübe einzuhauen.«

Ich sprang auf und lief Nick nach. Ich war schon außer Atem, ehe ich ihn eingeholt hatte. »Freunde lassen einander nicht einfach sitzen, bloß weil sie ein Schmerz quält«, rief ich mit vom Wind gepeitschter Stimme.

Nick blieb abrupt stehen und wandte sich nach mir um. Er hatte seine dunkle, runde Sonnenbrille aufgesetzt, die, die er an dem Tag getragen hatte, als ich ihn in Rachels Café zum ersten Mal gesehen hatte und er mir nicht ganz geheuer vorgekommen war. Auch ich blieb stehen; mit einem Male hatte ich Angst davor, was ich hier tat. Wer war Nick? Was war so Schreckliches in seiner Vergangenheit geschehen? Drogenabhängige, Mord, was kam noch alles? Ich trat einen Schritt zurück. Wir standen da und sahen uns an. Nick nahm seine Sonnenbrille ab und steckte sie in seine Hemdtasche. Seine Augen sahen gerötet aus, aber das konnte auch vom Wind kommen. Er streckte mir die Hand entgegen.

»Es tut mir leid, Sophie. Ich weiß gar nicht, wie du es mit mir aushältst. Ich bin einfach total durcheinander und zu nichts zu gebrauchen.«

Ich nahm seine Hand. »Ich auch. Zeig mir einen Menschen, der das nicht ab und zu von sich behaupten könnte. Lass uns das mit der Wanderung zur Alum Bay für heute sein lassen. Warum gehen wir nicht ins Pub und genehmigen uns ein Sandwich und ein schönes Pint?«

Wir gingen nach Freshwater und nahmen im Café der Villa *Farringford,* in der Tennyson gelebt und gearbeitet hatte, unseren Mittagsimbiss ein. Von Nick erfuhr ich, dass der Dichter eine geheime Wendeltreppe als Fluchtweg aus seinem Studierzimmer hatte einbauen lassen. Wenn seine Frau einen seiner Bewunderer aufs Haus zukommen sah, pfiff sie mit einer Pfeife, so dass er rasch hinunterlaufen und sich in die umgebenden *Downs* zurückziehen konnte.

»Hört sich nach einem alten Griesgram an«, sagte ich.

»Stimmt. Ein bisschen so wie ich«, murmelte Nick.

42

NICK SASS IN Neptuns Boot und lauschte dem Plätschern des Wassers. Er dachte über Sophies Worte nach. Vermutlich hatte sie recht. Er musste seinen Kummer rauslassen, sonst würde er als verbitterter alter Mann enden, der sich aus Furcht vor weiteren Kränkungen hinter einer Barrikade verbarg. Wenn es an der Zeit war, würde er es schon schaffen. Er hatte gehofft, mit Sophie über Keris Tod sprechen zu können anstatt mit einem Fremden, einem ihm völlig unbekannten Menschen. Wie ein krankes Kind sehnte er sich nach vorbehaltslosem, tröstendem Mitgefühl. Er wollte nicht, dass mit ihm alles in Ordnung gebracht wurde; er brauchte einen weichen, aber doch unnachgiebigen Puffer, an dem die Wucht abprallen konnte, vor der er sich fürchtete. Mehrere Abende hatte er mit geschlossenen Augen in seinem Zimmer gesessen und versucht, das Bild eines eisernen Vorhangs heraufzubeschwören, auf ein Symbol einer übernatürlichen Kraft zu warten, das sich in seinem Kopf manifestierte und ihm in der Sprache der Weisen einen Ausweg aus seiner Sackgasse wies. Er stellte sich vor, einen Laserstrahl schwingen zu können wie Luke Skywalker. Er stellte sich vor, wie die erste Spitzhacke in die Berliner Mauer schlug. Aber in ihm brach nichts auf, nichts schmolz dahin. Er brauchte Hilfe. *Wenn der Schüler bereit ist, kommt der Lehrer.* Das war eine Redensart, die er auf seinen Reisen wiederholt zu hören bekommen hatte. Traf das ebenso auf den Geist zu wie auf die Seele?

Seine Angelschnur straffte sich.

»Was gefangen?«, fragte Neptun.

Nick holte seine Schnur ein. Es überraschte ihn nicht, dass es wieder nur der übliche Klumpen Seegras war. Er sah zu, wie Marguerite ihren Fang einholte. Drei fette Makrelen zappelten an ihren Haken. Die Fische schienen es gar nicht erwarten zu können, sich ihr zu opfern. »Haben wir genug fürs Essen?«, fragte er. Sie nickte. Mit geübtem Handgriff löste sie die Fische von den Haken und gab jedem von ihnen einen kräftigen Schlag auf den Kopf, bevor sie sie in den Eimer warf. Neptun ruderte zurück ans Land. Sie waren in Neptuns zweitem Boot unterwegs. Es war blau und weiß gestrichen und trug seinen Namen – Neptun. Als junger Mann hatte er auf dieses Boot gespart und es dann hergerichtet. Von ihm hatte er auch seinen Spitznamen, und dieser Name war an ihm hängen geblieben. Nick fragte sich, ob Neptun überhaupt noch wusste, wie sein eigentlicher Name lautete. Es erstaunte ihn immer wieder, über welche Kraft der Alte verfügte. Sooft Nick ihm anbot, die Ruder zu übernehmen, lehnte Neptun dies ab, als würde er damit zugeben, dass er längst nicht mehr der Jüngste war.

Nick und Marguerite nahmen die Fische aus, während Neptun auf dem kleinen Strand von Puck's Bay das Feuer entfachte. Nick genoss dieses Ritual. Es hatte etwas Ursprüngliches.

»Du bist ja nicht lange fort gewesen, Marguerite«, sagte Nick. »Hat Wraith Cove dich zurückgerufen?«

Marguerite nickte und legte sich die Hand auf die Brust.

»Das ist der Ruf des Herzens«, sagte Neptun. »Man kann ihm nicht lange widerstehen, sonst zermürbt es einen.«

Darüber sann Nick nach, während er einen schlaffen Fisch in der Hand hielt. Er fragte sich, ob er überhaupt noch ein Herz besaß. Jedenfalls schien es ihn nicht zu rufen. Er blickte auf und sah, wie Marguerite ihn mit ihren blauen Augen so eindringlich ansah, als wolle sie ihm etwas mitteilen. Plötzlich war ihm, als träfe ihn eine Erkenntnis, und er ließ den Fisch auf den Sand fallen. Natürlich. Das war das Problem. Sein Herz war hinter seinem eisernen Vorhang gefangen und würde nie wieder Liebe empfinden. Freundschaft, ja, und Ehrfurcht vor der Natur, die Befriedigung harter Arbeit, die Freude daran, mit den Kindern anderer Leute über den Strand zu laufen. Aber keine tief empfundene, leidenschaftliche Liebe, die Art Liebe, die jede Faser des Körpers versengt, einen innerlich dahinschmelzen lässt und auf die Knie zwingt. Die Art Liebe, die einen in ein helles Licht taucht, funkelnden Glanz schafft, wo man vorher nur flüchtigen Tand schaute.

Neptun nahm den heruntergefallenen Fisch, spülte ihn ab und warf ihn ins brutzelnde Bratfett. »Habe ich euch je von Woody erzählt?«, brummelte er. »Hat hier mit mir gelebt.«

Nick schüttelte nur den Kopf. Er hatte das Gefühl, als wäre er gerade von ganz woanders zurückgekehrt. Ihm war schwindlig und er fühlte sich unwohl.

»Woody war mein Lebensgefährte – so nennt man das doch heutzutage, oder? Wir waren ein homosexuelles Paar. Ich kann euch sagen, man hat's nicht leicht gehabt damals.« Er stach eine Gabel in einen der Fische und wendete ihn. »Aber egal, was die Leute von uns gedacht haben und wie sie uns genannt haben, wir haben uns geliebt.« Das brachte er ganz nüchtern vor, als hätte er all seine Leidenschaft längst verbraucht. »Ohne ihn hätte ich nicht überleben können, wenn da nicht Marguerite und ihre Mutter und meine Freundin Emmeline gewesen wären. Sie haben mich aufrechterhalten, haben mit ihrer Liebe meine Liebe vor dem Erlöschen bewahrt. So sehe ich das jedenfalls.«

Nick hatte keine Ahnung, wovon Neptun redete, aber es war ihm auch gleichgültig. Wichtig war nur, dass jemand zu ihm über Verlust und das Überleben der Liebe sprach. »Was ist denn aus Woody geworden?«, fragte er.

»Was aus ihm geworden ist? Sie haben ihn umgebracht. Das ist aus ihm geworden.« Scheinbar ungerührt legte Neptun noch einen Fisch in die Pfanne. »Er hat versucht, einem jungen Mädchen aus einer Schwierigkeit zu helfen, und da gab es welche, denen das nicht gefiel.« Er wies auf die Klippe hinter ihnen. »Sind ihm nachgegangen, haben ihn heruntergestoßen. Fünfzig Jahre ist das jetzt her, nicht wahr, Marguerite?« Sie nickte und legte ihm die Hand auf den Arm, ohne dabei den Blick von Nick zu wenden. »Es war ihre Mutter, der Woody helfen wollte. Es traf ihn immer sehr, wenn er andere Menschen leiden sah. War ein guter Mensch, Woody.« Er beugte sich vor, um den Fisch zu inspizieren, und schnüffelte in den Rauch. »Lange hab ich mir die Schuld gegeben. Dachte, ich hätte es kommen sehen sollen. Aber ich sage euch, Schuldgefühle richten einen nur zugrunde und am Ende ist niemandem damit gedient.«

Neptuns schlichte Worte bohrten sich mit solcher Macht in Nicks Hirn und seine Brust, dass er glaubte, es würde ihm vor Schmerz den Leib aufreißen.

»Meine …«, begann er. Marguerite und Neptun sahen ihn nun beide an. Der Druck lastete zu schwer auf ihm. Er fühlte etwas in sich zusammenstürzen. »Meine Frau und mein Kind sind auch ermordet worden«, brach es weinend aus ihm hervor.

Neptun legte die fertigen Makrelen auf ein Holzbrett und bedeckte sie mit einer Zeitung.

»Der Fisch kann warten«, erklärte er.

Nick zitterte von Kopf bis Fuß. Seine Zähne klapperten, als er zu sprechen versuchte. Marguerite rückte näher zu ihm heran und nahm seine Hände. Er sah in ihr Gesicht und hatte das Gefühl vornüberzukippen. Aber ihre Augen hielten ihn mit einer Kraft fest, die ihm Halt gab. Er leckte seine trockenen Lippen und versuchte, seine Gedanken zu sammeln. Das Feuer knisterte und flackerte plötzlich in einem kleinen Windstoß auf. Mit einem Male sah er dunkle Gassen vor sich und nächtliche Feuer unter Eisenbahnbrücken. Der grässliche Gestank von Schmutz und Verwahrlosung schlug ihm ins Gesicht. Nick verfiel in die Gossensprache, derer er sich bedient hatte, als er noch auf der Suche nach verlorenen Kindern war.

»Ich war ein ziemlich überheblicher Bursche, müsst ihr wissen. Ich schuf mir meine eigenen Regeln. Ich war auf der Suche nach einem jungen Kerl, der sich mit Dealern eingelassen hatte. Er war beinahe clean, aber sie haben ihn sich wieder geschnappt. Ich bin in ziemliche Scheißlöcher gekrochen. Gefunden habe ich ihn nicht, aber ich nahm mir vor, bis zum Kern der ganzen Scheiße vorzudringen.« Er holte tief Luft; Verzweiflung ließ seine Glieder bleiern werden. »Keri, meine Frau, wusste, dass ich hinter etwas her war, aber ich wollte ihr nichts davon erzählen. Ich dachte, ich könnte sie damit aus allem raushalten. Aber sie sagte zu einer Freundin, sie glaube, ich hätte etwas mit einer anderen. Eines Abends ist sie mir gefolgt, und ich habe sie geradewegs in die Höhle des Löwen geführt.« Nicks Herz schlug wie verrückt; er konnte es in seinem Hals pulsieren fühlen. Er glaubte, gleich einen Herzanfall zu bekommen. »Sie haben ihr mehrfach irgendeinen lausigen Dreck gespritzt und sie dann auf einer Müllhalde liegen gelassen. Ein Hund hat sie gefunden.« Nick starrte wie durch seine beiden Zuhörer hindurch. Die Kehle zog sich ihm zusammen; er hatte das Gefühl zu ersticken. Nur mit Mühe konnte er die Worte hervorpressen; seine Stimme klang schrill. »Es war meine Schuld. Ich habe ihren Tod verursacht. Ich habe sie und unser ungeborenes Kind auf dem Gewissen.«

Er bekam keine Luft mehr. Er schloss die Augen; Keris weißes Gesicht mit den blauen Lippen erschien ihm. Er wollte, dass sie ihn anklagte, verurteilte. Aber ihre Augenhöhlen waren leer. Er spürte seinen Körper sich bewegen. Wie von ferne gesteuert erhob er sich langsam. Er begann zu laufen. Er rannte in wirren Kreisen auf dem Sand herum, versuchte, vor sich selbst zu fliehen. Er vernahm ein seltsames Geräusch, ein Heulen wie von einem Wolf. Er stürzte sich ins Meer; spürte nicht einmal die Kälte des Wassers. Er schwamm und schwamm, schnappte nach Luft und stieß sie mit einem Schrei wieder aus. Und dann erstarrten seine Glieder und er spürte sich sinken, immer tiefer und tiefer, das Gewicht des Wassers schlug ihm glucksend über dem Kopf zusammen, und er konnte den Himmel nicht mehr sehen. Mit dem nächsten Atemzug wäre es überstanden, seine Luftröhre würde sich mit Wasser füllen, seine Lunge würde ihren Dienst versagen, und das wäre dann das Ende.

Er hatte gewusst, dass er das nicht überleben würde. Hatte er Sophie das nicht auch gesagt? Er sah seine eigene Hand vor seinem Gesicht treiben. Das geflochtene Seidenband hing immer noch daran. Er hatte Keri versprochen, es zu tragen, bis es abfiel. Würde Keri auf ihn warten? Er wusste, dass sie böse auf ihn wäre. Sie hatte kein Verständnis für Menschen, die ihr Leben aufgaben. »Es ist zu kurz, um es wegzuwerfen, Nick«, würde sie zu ihm sagen. »Komm darüber hinweg und nimm dein Leben wieder auf.« Er sah ihr lächelndes Antlitz über sich schweben, spürte ihre Finger seine Lippen berühren. »Es war nicht deine Schuld. Es war meine eigene Entscheidung.« Ihre Worte gluckerten in seinen Ohren. »Alles ist, wie es ist. Irgendwann wirst du das verstehen.«

Er spürte sich an die Oberfläche treiben. Sein Kopf stieß aus dem Wasser hervor und er tat einen unfreiwilligen Atemzug. Das gleißende Licht der Sonne blendete ihn. Er wusste nicht, wo er war. Hatte er geträumt? In seiner Brust und in seiner Kehle brannte es. Er blinzelte mit den Augen und sah sich um. Er war mitten im Meer, weit von der Küste entfernt. Ein Boot kam auf ihn zu; er hörte die Ruder gegen den hölzernen Rumpf schlagen. Das Boot wäre beinahe gekentert, als sich Hände ihm entgegenstreckten, um ihn an Bord zu ziehen. Er glitt unter das Boot, spuckte Wasser aus; ihm wurde schwarz vor Augen. Und dann lag er auf dem Sand und Neptun rieb ihn mit einem Handtuch ab. Er fühlte eine warme Flüssigkeit zwischen seinen Lippen hindurchfließen und dass jemand seinen Kopf stützte. Er blickte hoch und sah Marguerites große Augen auf ihn herabschauen. Er fühlte sich von Liebe umfangen. Seine Augen tränten, als wäre ein ganzer Ozean in ihm, der aus ihm herauszuströmen drängte. Er weinte hemmungslos in heftigen, schluchzenden Stößen, als wollten sie sich aus ihm befreien und ihrer eigenen Wege gehen. Er hatte das Gefühl, schon Stunden geweint zu haben, als Marguerite ihn in den Armen hielt und Neptun sich um das Feuer kümmerte. Und dann schlief er.

43

ICH KONNTE NICK nirgendwo finden. Während der vergangenen Tage hatte ich zu verschiedenen Zeiten an seine Tür geklopft, aber nichts hatte sich gerührt und es hatte auch kein Licht bei ihm gebrannt, nicht einmal spätabends. Er hatte nichts davon erwähnt, dass er verreisen wollte. Aber warum sollte er auch? Er war schließlich ein freier Mann. Und doch war ich ein bisschen enttäuscht, dass er mir nichts gesagt hatte.

Ich ging zu Evie, um mich mit ihr zu unterhalten. Sie hatte ihre Staffelei vor der Hütte aufgebaut und war in die Betrachtung des Meeres versunken. Ich hatte Skrupel, eine Künstlerin zu stören, die gerade dabei war, ein Bild zu komponieren. Aber sie hatte mich bereits kommen sehen und legte ihren Pinsel beiseite.

»Hallo, Sophie. Wie wär's mit einem Kaffee? Ich wollte gerade eine Pause machen.«

»Ich habe nur zehn Minuten Zeit. Ich muss zur Arbeit.«

»Das reicht. Er ist gerade durchgelaufen.«

»Hast du Nick gesehen?«, fragte ich, während ich den ersten Schluck von ihrem starken Gebräu nahm.

Sie zündete sich einen ihrer dünnen Zigarillos an und blies den Rauch aus dem Mundwinkel.

»Er ist in Puck's Bay und macht Männerkram mit Neptun.«

»Männerkram?«

»Ja, genau. Kyp hat sie dabei beobachtet. Sie fahren zu den unmöglichsten Zeiten zum Fischen raus und« – sie beugte sich verschwörerisch zu mir vor – »sie entfachen Lagerfeuer am Strand und rauchen Pfeife und tanzen nackt herum.«

Ich lehnte mich kichernd auf meinem Stuhl zurück. »Das glaube ich dir keine Sekunde lang.«

»Ich hab's auch nicht wahrhaben wollen. Kyps Fantasie ist wohl ein bisschen mit ihm durchgegangen. Aber das mit dem Fischen stimmt. Ich glaube, Nick ist mit Neptun gerade auf einem Selbsterfahrungstrip und genießt das einfache Leben.« Sie spuckte ein Tabakblättchen aus. »Ist vielleicht mal ganz gut für ihn. Nick ist ein Eigenbrötler und Neptun ist auch so ein verschlossener alter Knabe. Wenn er mit Nick zusammen sein will, könnten die beiden etwas Wichtiges zu bereden haben. Haben viel Kummer in ihrem Leben erdulden müssen, die zwei.«

Mit einem Male durchfuhr mich ein ganz und gar unangebrachtes Eifersuchtsgefühl. Ich hatte Nick für meinen Freund gehalten, doch andererseits hatte ich ihm zu verstehen gegeben, dass ich nicht diejenige sein sollte, an die er sich mit seinem Kummer wendet. Das war doch paradox. Wofür, um Himmels willen, waren denn Freunde da? Das war das Problem, wenn man sich als Therapeutin verstand. Plötzlich verwischten die Grenzen zwischen Freundin und professioneller Ratgeberin. Ich hatte Nick im Stich gelassen. Und wie war es bei Jill und Ash gewesen? Warum konnte ich nicht sein wie Rachel, die ganz ungezwungen zuhören und mit einem reden und Gefühle austauschen konnte? Schließlich arbeitete ich nicht mehr als Therapeutin. Und in diesem Moment ging mir auf, dass ich das auch nie wieder wollte. Ich wünschte mir, ich könnte die Uhr zurückdrehen und noch einmal mit Nick von vorne anfangen.

Ich leerte meinen Kaffeebecher und erhob mich. »Also weißt du nicht, wann er wieder nach Hause kommt?«

Evie schüttelte den Kopf. »Ich hoffe, dass er am Samstag wieder da ist. Die Kinder haben erzählt, dass er an dem Tag Geburtstag hat. Sechsundvierzig wird er. Aus ihm habe ich das nie herausbekommen können. Aber sie haben ihn offenbar gefragt und er hat's ihnen verraten. Oder hat er sich am Ende nur einen Witz mit ihnen gemacht?« Sie drückte ihren Zigarillo aus und nahm wieder den Pinsel in die Hand. »Kyp will ihm ein Überraschungsessen kochen, aber ich weiß nicht, ob Nick das gefallen wird. Was meinst du dazu? Wir könnten Rachel einladen, und Jane und ihre Bande – obwohl die wahrscheinlich gar nicht hier sein werden. In letzter Zeit kommen und gehen die wie Ebbe und Flut.« Sie zog die Stirn in Falten. »Und es würde mir gar nicht schmecken, Nick in eine unangenehme Situation zu bringen.«

»Wir könnten es doch in ganz kleinem Rahmen veranstalten – nur wir hier aus der Blue Slipper Bay. Am Ende taucht er gar nicht hier auf.«

»Und wir könnten doch so oder so zusammen zu Abend essen, nicht wahr?«

»Ja, und auf abwesende Freunde anstoßen.«

»Gute Idee, Mädchen.«

»Jetzt muss ich aber flitzen. Wir sehen uns später.«

Ich hastete über den Küstenpfad. Jetzt, zum Höhepunkt der Ferienzeit, war das Café meistens proppevoll. Rachel schüttete gerade Spaghetti in ein Sieb, als ich hereinkam. Ihr Gesicht war puterrot von der Dampfwolke. »Ich glaube, es wird stressig«, rief sie mir zu. »Ich habe Stevie gebeten, uns in den nächsten Tagen zur Hand zu gehen.«

Und wir bekamen Stress. Stevie blieb bis zum Ende des Mittagsansturms, und wir schafften es noch gerade eben, alles abzuwaschen und für den Nachmittagstee herzurichten. Bei dem schönen Wetter konnten wir kaum eine Pause machen. Aber Rachel ließ sich die Laune nicht verderben, so dass sich jede drohende Anspannung sogleich wieder in Luft auflöste.

»Man kann dich nur bewundern, Rachel, weißt du das?«, keuchte ich, während ich ein Stück Zitronenbaiser hinunterschlang, um bei Kräften zu bleiben. »Wie schaffst du das bloß?«

»Ich denke immerzu an mein Bankkonto und male mir aus,

dass mein Ritter in glänzenden Bermudashorts jeden Augenblick zur Tür hereinkommen und mich entführen wird.«

Unwillkürlich warfen wir beide einen erwartungsvollen Blick auf die Eingangstür, und dann war ich wie erstarrt und hätte mich beinahe an meinem Zitronenbaiser verschluckt. Da stand Peter und blickte sich im Café um.

»Mist«, fluchte ich und drückte mich gegen den Kühlschrank. Er kam zum Tresen; er sah zum Kotzen *cool* aus in seinem fliederfarbenen Poloshirt und den weißen Jeans.

»Rachel, nicht wahr?«, schleimte er los.

»Und mit wem habe ich die Ehre?«, antwortete sie, als hätte sie ihn nie zuvor gesehen.

Recht so, Rachel, dachte ich. Ich wusste, dass ihn ihre Erwiderung mehr treffen würde als alles, was ich mir hätte einfallen lassen können.

»Peter, Sophies Mann.« Er musste sich ganz schön anstrengen, um sich nicht den Wind aus den Segeln nehmen zu lassen. »Wir sind uns doch schon mal begegnet.«

»Tatsächlich?« Rachel tat, als könne sie sich nicht erinnern.

Ich legte den Rest meines Baisers für später auf einen Teller. Er schmeckte viel zu gut, um ihn seinetwegen herunterzuwürgen. »Was suchst du denn hier, Peter?«, fragte ich.

»Da bist du ja, Sophie«, sagte er. »Du siehst verschwitzt aus.«

Auf der Stelle war ich verunsichert. Ich musste mit meinem zu einem zausigen Knoten zurückgekämmten Haar und meinem roten, schweißigen Gesicht ja zum Fürchten aussehen. »Wie du siehst, haben wir sehr, sehr viel zu tun.«

»Aber doch nicht zu viel, um mir ein Kännchen Tee und einen Scone mit Sahne zu servieren, hoffe ich.«

»Suchen Sie sich einen Platz«, sagte Rachel. »Wir bringen Ihnen dann gleich Ihre Bestellung. Draußen sind Tische«, fügte sie noch hinzu, als wolle sie ihn nicht in ihrem Café haben.

Peter ignorierte den Hinweis und setzte sich an einen Tisch

in der hintersten Ecke. Er sah ständig in meine Richtung; ich spürte, wie er mich kritisch musterte. Ich nahm es auf mich, ihm seinen Tee zu bringen. Ich wusste, dass er etwas loswerden wollte, und konnte es ebenso gut auch gleich hinter mich bringen. Er berührte meine Hand, als ich das Tablett abstellte.

»Entschuldige, dass ich hier aus heiterem Himmel hereinplatze, aber ich habe ja keine Möglichkeit, dich auf andere Weise zu erreichen. Ich kann dich nicht anrufen und weiß deine Postanschrift nicht.«

»Wozu musst du mich denn erreichen?« Ich stellte den Tee und den Scone vor ihm hin.

»Es gibt Dinge, die besprochen werden müssen.«

»Zum Beispiel?«

»Die Scheidung. Wie wir unsere Finanzen aufteilen.« Er blickte noch einmal um sich. »Aber das können wir nicht hier bereden.«

»Das können doch unsere Anwälte erledigen.«

»Hast du eine Ahnung, wie viel sie dir für einen einzigen Zweizeiler berechnen? Wenn wir ihnen genau sagen, wie wir uns das vorstellen, kann es nur zu unserem Vorteil sein.« Er lehnte sich zurück und sah mich an. »Wir können doch wie zwei Erwachsene darüber sprechen, nicht wahr, Sophie?«

Ich seufzte. Er hatte ja recht. Ich benahm mich kindisch. »Was schlägst du also vor?«

»Können wir uns treffen, wenn du hier fertig bist? Wir könnten uns auf einen Drink zusammensetzen und die Sache an Ort und Stelle erledigen.«

»Ich arbeite bis sieben.«

»Ich werde draußen auf dich warten.«

Mir blieb gerade noch Zeit, mich nach der Arbeit kurz frisch zu machen und mich zu entscheiden, ob ich die verschwitzte weiße Bluse und die schwarze Hose anbehielt, in denen ich den ganzen Tag gearbeitet hatte, oder in das zerknitterte T-Shirt und die Shorts schlüpfte, in denen ich heute früh über Klippen gehetzt war. Schließlich borgte Rachel mir ihre jadegrüne Bluse; die Hose musste eben noch einmal herhalten.

»Können wir uns nicht einfach in einen Pub setzen?«, fragte ich Peter. Er war pünktlich eingetroffen und sah adrett und ausgeruht aus.

»Aber ich habe doch schon einen Tisch im *Rex* reserviert.« Er hatte geduscht und sich rasiert und mit Sorgfalt seinen hellen Leinenanzug ausgewählt.

»Ich habe keinen großen Hunger. Rachel stopft mich den ganzen Tag mit Essen voll.«

»Dann nimmst du eben nur eine Kleinigkeit. Aber du siehst aus, als könntest du eine kräftige Mahlzeit gebrauchen.« Er strich mit dem Finger über den Kragen meiner Bluse. »Grün war nie deine Farbe.«

Ich ignorierte die Bemerkung. Ich hatte mir fest vorgenommen, mich heute Abend durch nichts, was er sagte, auf die Palme bringen zu lassen.

Da saß ich nun im *Rex* und sah durch die hohen Fenster aufs Meer hinaus, während Peter die Speisekarte inspizierte. Das Restaurant war klimatisiert und sehr gediegen. Im Hintergrund klimperte ein Piano.

»Warum bist du wieder auf der Insel?«, fragte ich.

»Ach, schon wieder eine Konferenz. Der Firma hat es beim letzten Mal so gut gefallen, dass sie denselben Veranstaltungsort gewählt haben.«

»Audrey und die Kinder haben hier Ferien gemacht.«

»Ja. Sie sagte, sie hätte es ausgesprochen genossen.«

Ich hätte gerne gewusst, was sie wirklich gesagt hatte. Mir fiel nichts ein, was ich sonst noch hätte erzählen können, und ich hatte keine Lust auf Small Talk. Peter verhandelte mit der Bedienung wegen des Weines. Ich bestellte mir einen Salat. Er füllte unsere Gläser, lehnte sich zurück und warf einen Blick in die Runde. »Netter Laden.« Er hob sein Glas. »Auf einen harmonischen Abend.«

»Ich kann nicht lange bleiben, Peter. Ich bin müde. Lass es uns hinter uns bringen, ja?«

Er machte ein langes Gesicht. »Ich wollte nur einen angenehmen Rahmen schaffen, mehr nicht.«

Ich war ein wenig zerknirscht. »Nun, das war ja auch sehr nett von dir. Aber ich möchte trotzdem, dass wir das bald hinter uns haben, damit wir beide unserer Wege gehen können. Du nicht?«

»Doch, natürlich möchte ich das auch. Darum geht es hier ja.« Er hielt sein Weinglas ins Licht und betrachtete es eine Weile. »Und wohin wird dein Weg dich führen? Hast du irgendwelche Pläne?«

»Dies und das«, log ich. »Und du? Wirst du wieder heiraten?« Warum hatte ich ihn das gefragt? »Ich meine nur, ob du es eilig mit der Scheidung hast?«

»Wieder heiraten! Lieber Gott, nein. Wie kommst du denn auf die Idee?«

»Na ja, du hast doch Melissa.«

»Hat dir Audrey nicht erzählt, dass wir uns getrennt haben?«

»Ehrlich gesagt hat sie eine Andeutung in die Richtung gemacht. Aber sie wusste es nicht genau.« Ich kam mir albern vor – als versuchte ich, ihn auszufragen. »Aber ihr habt doch zusammen ein Haus gekauft?«

»Nein, nur gemietet. Ich wohne immer noch darin. Sie ist zurück zu ihrem Mann.«

Ich merkte, dass es ihm nicht leichtfiel. Er gab nicht gerne zu, einen Fehler gemacht zu haben. »Das tut mir leid.«

»Mir nicht. Sie war eine komische Frau. Wollte immer nur von allen bewundert werden. Sie war wie eine Ankleidepuppe aus Pappe.«

Ich musste lachen.

Das hätte ich ihm unzählige Male bei so vielen der Frauen sagen können, auf die er geflogen war. Zu meiner Überraschung stimmte er in mein Lachen mit ein.

»Ach, Sophie«, sagte er. »Ich habe dein Lachen so vermisst. Dein Gesicht verändert sich richtig, wenn du dich freust.«

Ich ließ sofort das Lächeln von meinem Gesicht verschwinden. »Schön«, sagte ich. »Kommen wir wieder zum Geschäftlichen.«

»Also gut. Da wären unsere gemeinsamen Investments und die Wertpapiere und Aktien. Wollen wir sie stehen lassen oder zu Geld machen und es teilen? Aber dann könnten wir Zinsen verlieren.«

»Selbstverständlich müssen wir alles aufteilen. So wird das doch immer gemacht, oder?«

»Außer, wir verschieben die Scheidung bis zu einem günstigeren Zeitpunkt für den Verkauf.«

»Lass es uns einfach machen. Einen klaren Schnitt.«

»Wenn du das möchtest.«

»Du also nicht?«

Er seufzte. »Muss es denn gleich zum großen Schnitt kommen? Scheidung. Das ist so endgültig. Mir ist das gar nicht so richtig klar geworden, bis ich angefangen habe, in den Papieren zu wühlen. Ehrlich, Sophie – es hat mich ziemlich mitgenommen. Hat mir vor Augen geführt, was ich da gehen lasse.«

»Du lässt mich nicht gehen, Peter. Es ist auch meine Entscheidung.«

»Ja, und meine Schuld. Es tut mir leid.« Er blickte auf seinen Teller und schob sein Essen hin und her. »Möchtest du, dass ich die entsprechenden Papiere vorbereiten und mir das Geld auszahlen lasse?«

Ich nickte. »Und ich lasse mir dann bei einem hiesigen Anwalt einen Termin geben.«

»Warte, bis wir das Finanzielle geregelt haben. Das macht alles einfacher.«

»Okay, du schickst mir dann die Papiere zu, die ich unterzeichnen muss?«

»Aber wohin? Audrey hat mir nicht deine Adresse genannt – nur irgendeine Bay oder so was erwähnt.«

»Schick sie in Rachels Café. Das ist das Einfachste.«

Er nickte bedächtig. Seine Züge wirkten ein wenig eingefallen. Ich erhob mich. »Ich gehe jetzt, Peter. Ich möchte nach Hause, bevor es dunkel wird. Vielen Dank für das Essen.«

»Ich kann dich doch fahren.«

Ich schüttelte den Kopf.

Er erhob sich ebenfalls und nahm meine beiden Hände. »Du fehlst mir, Sophie«, flüsterte er, als er mich auf die Wange küsste. »Wie konnte ich nur so ein Dummkopf sein.«

44

NICK HATTE KEINE Ahnung, welcher Tag es war. Er hatte Ewigkeiten geschlafen; ab und zu hatte er sich auf einem Feldbett in Neptuns Hütte wiedergefunden und mit Neptun geredet.

»Ich habe an einem Suchthilfezentrum in London mit drogenabhängigen Jugendlichen gearbeitet. Eine meiner Aufgaben bestand darin, mich um diejenigen zu kümmern, die den Entzug abbrechen wollten. Das war gar nicht so einfach. Es war schwierig, sich nicht zu sehr emotional zu beteiligen – vor allem bei denjenigen, die es beinahe geschafft hatten.«

Neptun nickte und reichte Nick einen Becher Tee. »Drogen sind eine üble Sache. Bei Woody war's der Alkohol. Er hat versucht, seine schlimmen Kriegserlebnisse darin zu ersäufen.« Er nahm einen Schluck Tee und schnitt Brot auf. »Gibt es etwas Schlimmeres, als zusehen zu müssen, wie jemand, den man liebt, sich zugrunde richtet?«

Nick schüttelte den Kopf. »Und überall lauern die Dealer wie die Geier auf eine Gelegenheit, zuzuschlagen.«

Neptun seufzte und reichte Nick ein Käsebrot. Dann stellte er sich in die offene Tür. Loot, der neben dem Herd schlief, öffnete ein Auge, um zu sehen, was er vorhatte. Nick aß mit Appetit. Er hielt sich gerne hier in Neptuns Hütte auf. Es roch nach Hund, nach Fisch und nach rußigem Lagerfeuer. Überall lagen Werkzeuge, Bootszubehör und Angelgeräte herum. Die Hütte erinnerte eigentlich mehr an einen Lagerschuppen. Es war, als mache Neptun keinen Unterschied zwischen seiner Arbeit und seinem Leben. »Hast du je erfahren, was aus dem Jungen geworden ist, nach dem du gesucht hast?«, fragte Neptun.

»Nein. Es gibt viele Möglichkeiten, sich einer Leiche zu entledigen.«

»Also glaubst du, dass er tot ist?«

»Kein Zweifel. Er hätte keine Chance gehabt. Und ich hätte es wissen sollen. Ich habe nur noch zwei weitere Tode auf mein Gewissen geladen.«

»Aber doch nicht mit Absicht.«

»Nein. Aber aus Verantwortungslosigkeit. Ich hätte alles der Drogenfahndung überlassen sollen. Wie ich schon sagte – ich habe nach meinen eigenen Regeln gehandelt.«

»Das tut meiner Ansicht nach die Mehrzahl junger Männer. Das kenne ich doch aus eigener Erfahrung.«

»Ja, aber die meisten verteilen auf dem Fußballfeld ein paar Schienbeintritte und nehmen nicht gleich den Kampf mit der Drogenmafia auf. Und so ganz jung bin ich auch nicht mehr gewesen, Neptun. Ich hätte es besser wissen müssen.«

Neptun riss sich von der Betrachtung des Meeres los und sah Nick schweigend an. »Du darfst nie vergessen, dass du es aus Liebe getan hast. Gut, im Nachhinein betrachtet war es töricht, und es hat zu einer furchtbaren Tragödie geführt. Aber deine Absicht war es, jemandem zu helfen, der dir am Herzen lag.«

Nick biss sich auf die Lippe; er spürte, wie ihm wieder die Tränen kamen. »Ja, er hat mir am Herzen gelegen«, sagte er. »Hinter seiner Großspurigkeit war er doch nur ein kleiner Junge.« Er stellte seinen Teller auf den Boden und legte sich wieder aufs Bett.

»Dann trauere auch um ihn, wie du um deine Frau und dein Kind trauerst. Es ist der einzige Ausweg.«

Nick schloss die Augen. Er hörte Neptun hinausgehen und Loot sich aufrichten, um ihm zu folgen. Er ließ seine Gedanken treiben, sah den mageren jungen Nev so deutlich vor sich, als stünde er neben ihm. Seine dunklen Augen glänzten unter seiner schmuddeligen weißen Mütze; er sah ihn in seiner sackartigen Hiphopjeans und den klobigen Turnschuhen wichtigtuerisch einherstolzieren. Vor seinen Kumpeln markierte er den großen Macker. Aber das, was ihn innerlich aufwühlte, kam nachts zum Vorschein, wenn es sich in schrecklichen Albträumen ein Ventil verschaffte. Nick hatte ihn wie ein Vater in den Armen gehalten. Er wusste, dass er sich auch ein zweites Mal auf die Suche nach ihm gemacht hätte, wenn es nötig gewesen wäre. Nur hätte er Keri davon erzählen sollen. Man belog doch jemanden, den man liebte, nicht. Wen hatte er damit vor was beschützen wollen? Wäre er sich wie ein Verräter vorgekommen, wenn er die Angelegenheit einfach der Polizei übergeben hätte? Neptun hatte von guten Absichten gesprochen. Waren seine Absichten wirklich so ehrenhaft gewesen, oder einfach nur egozentrisch, weil er den Helden spielen wollte?

Er schlief wieder ein. Als er erwachte, schien die Sonne durch das Fenster. Er hatte geträumt, Marguerite säße auf seinem Bett und lege ihre Hände an seinen Kopf und auf seine Brust. War es noch der gleiche Tag oder war schon wieder eine Nacht vergangen? Ihm war heiß. Er warf die Decke beiseite und setzte sich auf die Bettkante. Er stützte den Kopf in die Hände und war erstaunt, als er die harten Stoppeln an seinem Kinn fühlte. Er fuhr sich mit der Hand über den Kopf. Er hatte sich das Haar schon seit Ewigkeiten nicht mehr wachsen lassen. Wie lange war es her, seit er sich gewaschen hatte? Wahrscheinlich stank er schon. Er stand auf, musste sich aber am Bett festhalten. Er trug ein Paar blaue Shorts. Die musste Neptun ihm gegeben haben. Er taumelte zur offenen Tür und trat nach draußen. Das helle Sonnenlicht stach ihm in die Augen. Neptun war nirgends zu sehen. Das Boot war auch fort. Nick ging hinunter zum Wasser und steckte zögernd den Fuß hinein. Er fühlte sich zu schwach zum Schwimmen. Vielleicht sollte er lieber warten, bis Neptun zurück war. Aber zumindest konnte er sich waschen. Er ging bis zur Hüfte hinein und tauchte den Kopf und den Oberkörper unter Wasser. Japsend kam er wieder hoch. Aber er fühlte sich belebt, wurde langsam wach. Er blickte an seinem Arm hinunter und stellte mit Schrecken fest, dass das Armband, das Keri ihm geschenkt hatte, verschwunden war.

45

»ICH WILL, DASS Nick jetzt nach Hause kommt.« Mila stand an Evie gelehnt da und drückte einen mit Helium gefüllten Luftballon an sich. »Ich will ihm meine Geschenke geben.«

»Ich weiß, Süße«, sagte Evie. »Aber wir haben ja gleich gesagt, dass er heute vielleicht doch nicht mehr kommt, nicht wahr? Du kannst ihm deine Geschenke immer noch geben, wenn er wieder da ist.«

»Wo ist er denn?«, fragte Jack. Auch er war inzwischen nicht minder enttäuscht wie seine Schwester.

»Er macht sich mit Neptun ein langes Wochenende.«

»Ich weiß!« Jack strahlte übers ganze Gesicht. »Dad kann hinfahren und ihn holen.«

Evie und ich mussten beide lachen und blickten hinüber zum Strandhaus, vor dem Kyp die Beine hochgelegt hatte und mit dem Fernseher redete. In den letzten zwei Wochen war sein Herz vor Patriotismus geschwellt gewesen, nachdem sein geliebtes Heimatland erst die Europameisterschaft gewonnen hatte und nun auch noch die Olympischen Spiele ausrichten würde.

»Ich glaube, das wird nichts«, sagte Evie. »Warum geht ihr zwei nicht los und bindet den Ballon an Nicks Haustür? Wenn er dann zurückkommt, hat er gleich eine schöne Überraschung und ihr könnt ihm höchstpersönlich eure Bilder geben.«

Die Kinder rannten los. Wir kratzten die letzten Reste Paella aus der Pfanne.

»Arbeitest du immer noch so gerne bei Rachel?«, fragte Evie.

»Oh ja. Und wir haben auch reichlich zu tun.«

»Ja, Rachel ist eine kluge Geschäftsfrau – und eine exzellente Köchin. Aber was wirst du im Winter tun?«

»Ich weiß es nicht, Evie. Ich sage mir immer, dass ich das entscheiden werde, wenn es so weit ist. Aber die Sommertage gehen rasend schnell vorüber.«

»Wirst du in dem Therapiezentrum arbeiten?«

»Das möchte ich nicht. Jedes Mal, wenn Ash das Thema anschneidet, suche ich nach Ausflüchten.«

»Vielleicht brauchst du es einfach nicht mehr.«

»Was meinst du damit?«

»Nun, manchmal werden uns die Dinge, die uns wahnsinnig anziehen, mit einem Male völlig gleichgültig. Früher bin ich für mein Leben gerne gereist. Ich konnte es gar nicht erwarten, loszukommen. Nun aber habe ich das Gefühl, dass ich ebenso gut für immer hierbleiben könnte. Es ist wie eine neue Lebensphase mit anderen Bedürfnissen. Wahrscheinlich hat es viel mit den Kindern zu tun und dem Wunsch nach einem festen Zuhause. Aber es ist so, dass ich das alles einfach nicht mehr brauche. Und vielleicht brauchst du die Intensität nicht mehr, mit der du dich mit den Herzen und Köpfen anderer Menschen beschäftigt hast. Du hast dich weiterentwickelt.«

»So habe ich das noch nie betrachtet. Ich habe mir Vorwürfe gemacht, weil ich alles hingeschmissen habe und mich nicht mehr genug um andere kümmere.«

»Frauen sind immer gerne bereit, die Schuld auf sich zu nehmen.« Sie zog eine Grimasse, als Kyp im Haus einen Freudenschrei von sich gab. »Männer sind allgemein besser in der Lage, zu tun, was sie wollen, ohne sich zu viele Gedanken darüber zu machen.«

»Das ist interessant. Ich hätte gerne das Gefühl, mich weiterzuentwickeln anstatt aufzugeben.«

Sie gähnte und stand auf, als die Kinder wieder angetrödelt kamen. Mila wirkte weinerlich. »Zeit fürs Bett, schätze ich. Ach, und Sophie – ich kann mir nicht vorstellen, dass du hier je um einen Job verlegen sein wirst. Jane hat mich neulich gebeten, mich nach zuverlässigen Leuten umzusehen. Sie wird bei ihren hochfliegenden Plänen allerhand Hilfe brauchen. Und wenn es dir damit ernst ist, nicht mehr in deinen Beruf zurückzukehren – nun denn.« Sie nahm ihre schläfrigen Kinder in die Arme. »Du könntest dich ja mal mit ihr unterhalten.«

»Ich dachte, sie wäre fort?«

»Sie kommt und geht. Sieht so aus, als kehrte Marguerite der Insel nicht gerne zu lange den Rücken. Ich würde mich nicht wundern, wenn Jane und Chas eines Tages fast ganz herziehen.«

Über all dies dachte ich nach, während ich den Tisch abräumte. Es wäre schön, für Jane arbeiten zu können, solange Rachels Café geschlossen war. Ich überlegte, was für eine Tätigkeit das wohl sein könnte. Vielleicht auf dem Grundstück? Ich könnte Nick bei den Gewächshäusern helfen. Nicht, dass ich viel über Gartenarbeit wüsste. Aber ich konnte alles lernen. Der Gedanke, mich mit etwas völlig Neuem auseinandersetzen zu müssen, erfüllte mich mit Enthusiasmus. Ich könnte einen Kurs besuchen; solche wurden am Botanischen Garten von Ventnor angeboten. Nachdem ich den Geschirrspüler gefüllt hatte, ging ich hinauf zu Kyp und Evie, um den Kindern Gute Nacht zu sagen. Ich umarmte Evie, als wir uns verabschiedeten.

»Danke für das Essen«, sagte ich. »Und für deine Anregungen.«

Die Tage zogen rapide ins Land. Es wurde kühler und die Urlaubsgäste fingen an sich zu beklagen, dass der Sommer nicht so gut wäre wie im vergangenen Jahr. Aber im Café hatten wir nach wie vor alle Hände voll zu tun. Gerade an kühleren Tagen gönnten sich die Leute lieber einen Mittagsimbiss, anstatt mit ihrem Picknickkorb am Strand auszuharren. Sie neigten auch dazu, sich länger im Café aufzuhalten, weil sie hier vorm Wind geschützt saßen. Stevie zog es vor, nachmittags zu arbeiten, damit er sich an den Vormittagen von seinen langen Partynächten ausschlafen konnte.

Ich verbrachte meine Nachmittage mit Wanderungen. Ich war wieder ganz auf mich allein gestellt. Zuerst genoss ich meine Ungebundenheit; sie gab mir Zeit, über all das nachzudenken, was sich während der letzten Monate zugetragen hatte, und darüber, wie ich meine Zukunft gestalten wollte. Aber dann begann Nick mir zu fehlen. Ich vermisste die Art, wie er plötzlich kleine Naturwunder entdeckte und mich darauf hinwies. Er schien einen sechsten Sinn für winzige Bewegungen im Gras oder einen seltenen Vogel, der gleich hoch über uns vorbeifliegen würde, zu haben. Ich kaufte mir ein Buch über die Flora und Fauna der Insel, damit ich alles nachschlagen konnte. Aber alleine machte das keinen großen Spaß. Ich erwog, in Wraith Cove vorbeizuschauen, um zu gucken, ob er dort arbeitete, und sogar, mich nach Puck's Bay zu begeben. Doch instinktiv hielt ich mich von beidem fern. Wenn er sich diesen Zeitpunkt ausgesucht hatte, um sich ein wenig zurückzuziehen, konnte ihm mein Auftauchen ungelegen kommen.

Ich bekam eine Ansichtskarte von Jill von der Isle of Iona; sie hatte ihr Vorhaben also in die Tat umgesetzt. Auch sie fehlte mir; ich fragte mich, ob sie sich gerade an einem Wendepunkt in ihrem Leben befand, dessen ich nicht teilhaftig sein durfte. Ich erinnerte mich an unsere Abmachung, gemeinsam die Midlife-Krise zu bestehen, doch scheinbar brauchte sie mich dazu nicht mehr. Ich wurde im Augenblick von niemandem gebraucht.

Nach der Arbeit ging ich in den Ort, um ein paar Einkäufe zu erledigen. In einem Antiquariat fand ich ein schönes, in Leder gebundenes Buch mit alten Aufnahmen der Häuser am Undercliff Drive. Es war auch ein Bild des ursprünglichen Wraith Cove Hotel darin nebst ein paar weiteren von den Gärten. Ich hielt das Buch mit beiden Händen fest. Es war teuer, aber ich wusste, dass ich es für Nick haben musste. In dem Wissen, dass er auf irdische Besitztümer keinen Wert legte, hatte ich kein Geburtstagsgeschenk für ihn besorgt. Aber das hier durfte ich mir nicht entgehen lassen. Ich kaufte auch gleich einen Bogen goldglänzenden Geschenkpapiers dazu. Aber als ich wieder vor der Ladentür stand, kamen mir Zweifel. Wenn er es nun nicht haben wollte? Nun, dann konnte er das ja sagen. Wir hatten uns versprochen, immer aufrichtig zueinander zu sein. Und wenn ich ehrlich zu mir war, konnte ich nicht verhehlen, dass ich immer noch ein bisschen gekränkt war, weil er fortgegangen war, ohne mir etwas zu sagen. Aber auch Kyp und Evie wussten nichts Genaueres, und denen stand er ja viel näher als mir.

»Einen Penny für deine Gedanken.« Fast wäre ich in jemand hineingelaufen. Ich sah denjenigen an, um mich zu entschuldigen, und da stand Peter vor mir.

»Du bist ja schon wieder da.«

»Ich war gar nicht weg.«

»Wie? Du bist die ganze Zeit hiergeblieben?«

»Ja, nach der Konferenz hatten wir ein Fortbildungsseminar.« Er legte mir die Hand auf die Schulter. »Ich habe nach dir gesucht. Ich war unten im Café. Rachels Junge hat mir gesagt, du wärest beim Shoppen.«

Das kostet dich den Kopf, Stevie, dachte ich.

»Möchtest du mit mir runter zur Mill Bay gehen? Wir könnten uns draußen hinsetzen und etwas trinken. Ich habe ein paar Papiere, die ich mit dir durchgehen müsste.«

Wir setzten uns an einen windgeschützten Tisch. Ohne mich zu fragen, was ich trinken wolle, bestellte Peter eine Flasche Wein. Er trug seine Aktenmappe bei sich und schob mir einen kleinen Stapel Papiere zu. »Dies ist eine Liste unserer Wertpapiere mit ein paar derzeitigen Anteilspreisen. Es ist ein ungünstiger Zeitpunkt, zu verkaufen, aber es muss ja wohl sein.«

Ich schob die Papiere vor mir hin und her und bemühte

mich, interessiert zu wirken. Er saß schweigend da und schaute aufs Wasser hinaus. Ich ertappte mich dabei, wie ich ihm immer wieder Blicke zuwarf. Es war ungewöhnlich für ihn, so schweigsam zu sein. Er schien müde; vielleicht lagen anstrengende Nächte mit seinen Kolleginnen hinter ihm.

»Hast du schon mit deinem Anwalt gesprochen?«, fragte er schließlich.

»Nein. Ich dachte, du hättest gesagt, ich solle damit warten, bis wir das hier auf die Reihe gebracht haben.« Ich legte die Unterlagen akkurat zusammen. »Um ehrlich zu sein, Peter, es fällt mir schwer, mich jetzt darauf zu konzentrieren. Ich glaube, ich müsste dies alles mal mit nach Hause nehmen, um es zu studieren.«

»Kein Problem. Ich habe von allem Kopien gemacht. Lass dir so viel Zeit, wie du möchtest.«

Ich faltete die Papiere in der Mitte und stopfte sie in meine Einkaufstasche. Ich wollte gerade aufstehen, als Peter sagte: »Bitte bleib doch noch und hilf mir, den Wein auszutrinken.«

Verblüfft setzte ich mich wieder hin. Er hatte »bitte« gesagt. Das waren ja ganz neue Töne.

»Musst du nicht zurück zu deinem Seminar?«

»Heute Nachmittag habe ich frei. Und es ist sowieso stinklangweilig. Ich könnte das alles mit geschlossenen Augen erledigen. Dieser ganze Kram von wegen Teamarbeit und so.«

Ich grinste innerlich und stellte mir Szenen aus der *The Office* vor, der Fernsehserie, die in einem Großraumbüro spielt.

Peter lehnte sich zurück und streckte sich. »Irgendwie beneide ich dich, Sophie.«

»Mich?«

»Ja, wie du so einen neuen Anfang geschafft hast. Du machst etwas ganz anderes. Ich stecke immer noch in den gleichen alten Gleisen.«

»Tja, auch ich habe jahrelang festgesteckt. Du bist es immer gewesen, der etwas Neues angefangen hat.«

»Ich weiß. Das brauchst du mir nicht aufs Brot zu schmieren.« Er füllte unsere Gläser auf. Ich fragte mich, wie ich den Heimweg am Steilufer entlang bewältigen sollte. »Es ist, als hätten wir die Rollen getauscht. Nun bist du diejenige, die zu Abenteuern aufbricht.«

»Kann sein«, sagte ich unverbindlich. »Aber du bist ein freier Mann. Du kannst tun, was immer du willst.«

»Das Problem ist nur, dass ich nicht weiß, was ich will. Ich komme mir plötzlich vor wie ein alter Zyniker. Vieles, für das ich mich früher begeistert habe, lässt mich heute kalt.«

Mir fiel ein, was Evie neulich darüber gesagt hatte, dass man manches einfach nicht mehr brauchte. »Vielleicht bist du deiner Vergangenheit entwachsen.«

»Erwachsen geworden, willst du sagen.« Er lächelte. »Wahrscheinlich hast du recht. Mir erscheint alles jetzt so oberflächlich.«

»Mach dir keine Sorgen«, sagte ich. »Du wirst schon finden, was du suchst.«

»Werde ich das?« Er forschte in meinem Gesicht nach der Antwort.

»Früher oder später zeichnet sich eine Richtung ab, würde ich sagen.«

»Ist es das, was du zurzeit erlebst?«

»Es fängt gerade an.« Ich merkte, wie ich argwöhnisch wurde. Gleich würde er mich in die Pfanne hauen.

»Kannst du mir sagen, wie das ist?«

Ich schüttelte den Kopf. »Ich habe nur ein paar Ideen. Ich bin mir selbst noch nicht darüber im Klaren.«

»Entschuldige. Ich wollte dich nicht ausfragen.«

Eine Weile saßen wir schweigend da und sahen zu, wie Gäste kamen und gingen und Kinder zwischen den großen Palmentöpfen Verstecken spielten.

»Audrey meint, alles wäre gutgegangen, wenn wir Kinder gehabt hätten«, sagte er.

Jetzt wird's aber Zeit für mich, zu gehen, dachte ich und nahm einen großen Schluck Wein. »Ja, das habe ich von ihr auch schon mal gehört«, sagte ich und nahm meine Einkaufstasche.

»Ich lege Wert auf ihre Meinung. Was Audrey sagt, hat Hand und Fuß.« Er lallte ein wenig. Abgesehen von meinem einmal aufgefüllten Glas hatte er die ganze Flasche getrunken.

»Ich muss jetzt los«, sagte ich. »Ich schicke dir die Unterlagen zurück, sowie ich Zeit gehabt habe, sie mir anzusehen.«

»Ich begleite dich ein Stück. Ein paar von meinen Kollegen sind in einem Hotel an der Promenade abgestiegen. Nachher ist für uns ein Tisch im Restaurant reserviert und ein Taxi zurück nach Sandown.«

Peter ging langsam, blieb immer wieder stehen, um aufs Meer zu schauen. Ich wäre am liebsten weitergegangen und hätte ihn zurückgelassen, aber ich brachte es nicht über mich. Ich hätte gerne gewusst, wer in dem Hotel auf ihn wartete.

»Ach, wegen der Unterlagen«, sagte er. »Ich bin noch ein paar Tage hier. Ich schaue bei Rachel vorbei, um mich zu verabschieden. Ich kann sie dann mitnehmen, wenn du sie dir inzwischen angeschaut hast.«

Wir gingen bis zum Ende der Promenade und blieben vor einem Laden für Bootszubehör stehen.

»Ist gut«, sagte ich. »Du triffst mich dort immer vormittags.«

Als ich oben am Hügel ankam, warf ich einen Blick zurück. Er stand an die Mauer gelehnt da und starrte aufs Meer hinaus.

46

NICK VERSPÜRTE HUNGER, als er erwachte. Er schwang seine Beine vom Feldbett herunter, und ihm fiel auf, dass sie dünner geworden zu sein schienen. Er sagte sich, dass er wahrscheinlich eine Weile lang kaum etwas gegessen hatte. Er hörte Neptun mit jemandem reden. Marguerite musste zurückgekommen sein. Er zog sich seine Jeans und einen von Neptuns alten Pullovern an. Er roch nach Fisch, aber das war er gewohnt. Er öffnete die Tür, wobei ihm salzig schmeckender Regen ins Gesicht schlug. Marguerite und Neptun zogen gerade ihre Regenbekleidung aus. Als sie ihn sah, huschte ein überraschter Ausdruck über Marguerites Züge. Sie rieb sich mit den Händen über Kinn und Kopf und lächelte.

»Gefällt dir das?«, fragte Nick und tat ihr die Geste nach. Ihm wuchs ein Bart, und auch auf seinem Kopf hatte er hellbraune Stoppeln. »Oder findest du, ich sollte alles wieder abrasieren?«

Marguerite schüttelte den Kopf.

»Ich wollte dir schon letzte Woche beim Rasieren helfen«, sagte Neptun und bückte sich, um Loot mit einem alten Handtuch abzurubbeln, bevor er sich in der Küche schütteln konnte. »Aber dann war's mir zu riskant. Du hast nicht lange genug zu reden aufgehört.« Er füllte den eisernen Kessel auf und stellte ihn auf den Herd. »Wir waren in Ventnor einkaufen«, sagte Neptun und ging zurück auf die Veranda, um ein paar Einkaufstüten hereinzuholen. Er wickelte eine große Schweinepastete, ein Glas Silberzwiebeln und ein Brot mit brauner Kruste aus. Marguerite stellte auf dem Tisch Teller hin, und Neptun schnitt die Pastete in drei Stücke auf.

»Mein Gott, habe ich einen Bärenhunger«, sagte Nick kauend.

»Na, du hast ja in letzter Zeit auch nicht viel auf die Rippen gekriegt. Hast ein paar Pfund verloren, schätze ich. Was meinst du, Marguerite?«

Sie schaute Nick ernst von oben bis unten an. Dann nickte sie, drückte die Handflächen gegeneinander und hielt sie in die Höhe.

»Na, so viel nun auch wieder nicht, hoffe ich«, lachte Nick.

»So, wie du reinhaust, hast du's bald wieder zugelegt«, sagte Neptun und grinste, wobei seine Augen unter den Brauen verschwanden.

Nick stellte seinen Teller ab. »Wie lange bin ich schon hier? Mir geht gerade erst auf, dass ich mich ja sozusagen selbst eingeladen habe.« Es verwunderte ihn, dass er vorher noch gar nicht darauf gekommen war.

»Zwei oder drei Wochen oder so. Hab nicht auf den Kalender geguckt«, sagte Neptun.

»Zwei oder drei Wochen! Das ist ja unglaublich. Warum habt ihr mich nicht herausgeschmissen?«

»Ich hab's versucht, aber du kamst immer wieder zurückgekrochen«, sagte Neptun und füllte Tee in Zinnbecher.

»Ich weiß nicht, wie ich je wiedergutmachen soll, was ihr für mich getan habt.«

»Wir haben gar nichts für dich getan. Na, ich jedenfalls nicht. Marguerite hat ein paar gute Stunden lang ihre heilenden Kräfte auf dich wirken lassen. Den Rest hast du allein erledigt.«

Bruchstücke kamen ihm in den Sinn. Er erinnerte sich, aufgewacht und wieder eingeschlafen zu sein, unablässig wie im Delirium vor sich hingeredet zu haben. Und sie waren immer bei ihm gewesen – sie beide oder einer von ihnen – und hatten ihm zugehört und ihm Trost gespendet.

»Ihr müsst wenigstens etwas für mein Essen annehmen. Und überhaupt.«

»Von dem, was du gegessen hast, wäre eine Fliege verhungert«, sagte Neptun streng. »Wenn du so weiterredest, gehst du mir auf die Nerven. Eines Tages werde ich auf deine Hilfe angewiesen sein. Ich werde langsam alt.«

Marguerite legte ihm die Hand auf den Arm.

»Alles, was ihr wollt. Ihr braucht es nur zu sagen. Ich habe das Gefühl, als wäre ich durch einen Höllenschlund gekrochen und auf der anderen Seite wieder herausgekommen. Das hätte ich ohne euch beide nicht geschafft.« Er brach noch ein Stück von dem Brot ab. »Ich glaube, ich sollte mich jetzt mal sammeln und nach Hause gehen.«

»Wenn du so weit bist«, antwortete Neptun. »Keine Eile. Wir wollten gerade nach den Reusen gucken und ein paar Makrelen fangen. Hast du Lust, mitzukommen?«

Ja, das hatte er. Ein paar tiefe Atemzüge Seeluft waren jetzt genau das, was er gebrauchen konnte. Vielleicht würde er sogar eine Runde schwimmen? »Das tut dir gut, Nick«, hörte er Keri sagen.

Marguerite ging nach draußen und zog ihr Ölzeug wieder an.

»Ich dachte, Jane wollte fast den ganzen August weg?«, fragte Nick.

»So war's geplant«, sagte Neptun mit einem Blick auf die offene Tür. »Aber sie hat mir gesagt, Marguerite hätte zurückgewollt. Ich bin nicht so recht glücklich mit ihr. Irgendwas beschäftigt sie. Würdest du dich ein bisschen umhören, wenn du wieder zu Hause bist, Nick? Deine Nachbarin fragen, ob sie etwas weiß?«

»Du meinst Sophie? Warum sollte sie etwas wissen?«

»Weil sie weiß, was in dem Therapiezentrum vorgeht.«

»Das glaube ich nicht, Neptun. Sie arbeitet doch nicht dort.«

»Schon, aber sie kennt die, die es leiten.«

Nick fühlte sich unwohl in seiner Haut. Zum ersten Mal

hatte Neptun ihn um etwas gebeten, und schon hatte er das Gefühl, ihm nicht helfen zu können. »Natürlich werde ich sie fragen. Aber soweit ich weiß, geht dort alles mit rechten Dingen zu.«

»Ich weiß nur, dass irgendwas Marguerite beschäftigt. Deswegen will sie ja immer wieder zurück.«

Zum ersten Mal seit dem, was er als seinen Nervenzusammenbruch empfand, spürte Nick wieder seine Energie nach außen wirken. Er dachte an die Blue Slipper Bay, Kyp und Evie und ihre beiden Wasserbabys. An Jane und an seine Arbeit in Wraith Cove. Er hatte Kyp von seinem Boot aus winken sehen und Marguerite hatte Jane zu verstehen gegeben, dass er, Nick, mal ein paar Tage ausspannen wolle und Mark die Aufsicht übertragen hätte. Er dachte an sein Cottage – *Fair Wind* – und an Sophie, die nebenan wohnte. Ob sie auch ohne ihn Wanderungen unternommen hatte? Er stellte sie sich vor, wie sie mit ihrem Rucksack den Küstenwanderweg entlangmarschierte und ihr lockiges Haar auf ihren Schultern hüpfte. Er dachte auch an Rachel, die sich in ihrem Café mit den Gästen unterhielt, ihr süßestes Lächeln zeigte, mit Stevie und Mark scherzte. Ein Gefühl des Glücks überkam ihn. Er hatte so viele Freunde, so vieles, auf das er sich freuen konnte. Er beschloss, nur noch diese eine Nacht bei Neptun zu bleiben. Morgen würde er ihm helfen, seine Bude aufzuräumen, und dann nach Hause aufbrechen.

47

»DEIN PETER WAR heute Morgen schon ganz früh zum Frühstücken hier«, berichtete Rachel, als ich mir die Schürze umband.

Ich sah sie an. »Er ist nicht *mein* Peter.«

»Also dann *dieser* Peter. Er sagte, er würde nachher wieder vorbeikommen, um irgendwelche Papiere abzuholen, meinte, du wüsstest schon Bescheid.«

»Verdammt, die habe ich jetzt natürlich nicht bei mir.« Das würde noch ein weiteres Treffen mit Peter bedeuten – oder ich konnte sie ihm zuschicken.

Rachel schenkte mir einen Becher Tee ein. Es waren keine Gäste da an diesem grauen, nebligen Tag. »Er ist eigentlich irgendwie zu bedauern, nicht?«, bemerkte Rachel.

»Zu bedauern? Ja. Er gibt gerne ein Bild des Jammers ab.«

»Nein, er wirkt betrübt. Wir haben uns ein bisschen unterhalten. Am Ende tat er mir doch ein wenig leid.«

»Lass dich von ihm nicht an der Nase herumführen«, sagte ich. »Er hat seine Methoden, die Frauen einzuwickeln.«

Sie lachte. »Eines kannst du mir glauben: Solche Typen rieche ich eine Meile gegen den Wind. Und er ist ein hübscher Teufel. Aber dennoch muss ich zugeben, dass er mir ein wenig leidgetan hat. Ich habe den Eindruck gewonnen, dass er genug hat von Weibergeschichten und etwas sucht, was ihm wirklich etwas bedeutet. Er hat mich nach meinem Leben gefragt und wie es wäre, meine Söhne ganz alleine aufzuziehen. Ich glaube, er schämt sich wirklich dafür, wie er dich behandelt hat. Er hat mich auch gefragt, ob du meiner Meinung nach glücklich wärest.«

»Ein bisschen spät für ihn, sich Gedanken um mich zu machen.«

»Aber Sophie, wenn du jetzt auf die vergangenen Jahre und deine Zeit mit Peter zurückblickst, hast du dann nicht manchmal das Gefühl, du hättest deine Ehe retten können, wenn du es wirklich unbedingt gewollt hättest? Ich weiß, als ich jünger war, bin ich auch alle naslang an die Decke gegangen vor Wut auf meinen Mann. Aber heute bin ich mir nicht mehr so sicher, ob wir es nicht doch hätten schaffen können, wenn wir nur miteinander geredet hätten, richtig miteinander geredet hätten und die Jungs dann heute noch ihren Vater hätten.«

Ich musste eine zynische Erwiderung hinunterschlucken. Sie machte ein so ernstes Gesicht, als blicke sie in sich hinein. Ich setzte mich an einen Tisch, und sie setzte sich zu mir.

»Aber du hast dein Leben doch so wunderbar in den Griff bekommen, du hast prächtige Jungs aus deinen Söhnen gemacht – das kannst du doch jetzt nicht alles bereuen, nicht nach so langer Zeit.«

»Als ich noch jünger war, hat mir das alles nicht so viel ausgemacht. Aber manchmal liege ich nachts wach und frage mich, ob ich je wieder jemanden finden werde, der wirklich etwas ganz Besonderes in meinem Leben darstellt, jemanden, mit dem ich die ganzen verrückten Dinge teilen kann, die den Tag über so passieren, weißt du.«

»Aber du sagtest doch, du wolltest mit keinem Mann mehr zusammenleben?«

»Nein … nicht, wenn ich rational darüber denke. Es kommt nur … wie soll ich es sagen … in den einsamen Stunden der Nacht. Und die Jungs werden auch bald aus dem Haus sein.«

Ich hatte sie noch nie so traurig erlebt. »Hat dein Gespräch mit Peter das alles ausgelöst?«, fragte ich.

»Ich glaube, ich muss mich mit irgendwas in ihm identifiziert haben. Die Angst vor der Einsamkeit, die wir verdrängen wollen, indem wir unbeirrt weitermachen.«

»Ich weiß, was du meinst. Auch ich denke manchmal darüber nach. Vielleicht tut das in einer gewissen Phase des Lebens jeder. Ich liebe meine neu gewonnene Freiheit, aber ich fürchte mich davor, was wird, wenn der Reiz des Neuen verblasst. Wenn man alleine zu Hause sitzt und weiß, dass irgendwann jemand kommen wird, ist das schon etwas anderes, als für immer auf sich alleine gestellt zu sein, nicht wahr?«

Rachel nickte. »Der Blick in die Zukunft ist es, der mir Angst macht. Wenn ich mich beschäftige und von einem Tag in den anderen lebe, ist alles bestens.«

Die Tür öffnete sich, und zwei vom Regen nasse Familien kamen herein. Wir standen auf und lächelten freundlich, verfielen wieder in unsere gewohnte Routine. Aber den ganzen Vormittag lang dachte ich ständig über Rachel nach. Mir war, als hätte irgendwas in mir einen Gang zurückgeschaltet, als begänne die schöne Fassade meines Ferienaufenthalts abzublättern und es käme darunter die Alltagsrealität eines Lebens mit oder ohne Liebe zum Vorschein, der ich mich nun stellen müsste.

Als gegen Ende meiner Arbeitszeit Peter zur Tür hereinkam, sah ich ihn ungetrübt von dem Groll, der jahrelang zwischen ihm und mir gestanden hatte. Ich sah einen gut aussehenden Mann in seinen besten Jahren, der Gefahr lief, einer von jenen alten, aber immer noch feschen Typen zu werden, die ständig nach den Mädchen schielten. Aber es hatte sich wirklich etwas an ihm verändert, auch das konnte ich sehen. Es war nicht mehr der verwegene Glanz in seinen Augen, er ließ nicht mehr so charmant sein Lächeln aufblitzen, und er machte auch nicht mehr den Eindruck, als würde er sich am liebsten ständig auf die Schulter klopfen. Seine Jungenhaftigkeit, dachte ich – das war es, was er abgelegt hatte. Zum ersten Male sah ich in ihm einen erwachsenen Mann mittleren Alters.

»Ich habe die Unterlagen nicht mit«, murmelte ich, als ich mit einem Tablett voller Getränke an ihm vorbeiging. »Du hättest es mich auch wissen lassen können, wann du kommst.«

»Das wollte ich ja gerade tun«, sagte er. »Ich reise in zwei Tagen ab. Meinst du, dass du die Sachen bis dahin fertig hast?«

»Ich bringe sie morgen mit. Aber komm bitte nach dem Run zur Mittagszeit.« Er nickte und verließ das Café. Ich lieferte meine Bestellung ab und stellte mich an den Tresen. Ich hätte ahnen sollen, dass er hier so mir nichts, dir nichts aufkreuzen würde. Ich hätte die Papiere schon längst unterschreiben und sie mitbringen sollen. Dann wäre jetzt alles erledigt und ich hätte ihn endlich vom Hals. Ich nahm meine Schürze ab und griff mir meine Jacke. Draußen trieb der Wind die Passanten über die Promenade. Über dem Strand wirbelten bunte Drachen; manchmal stürzten auch welche ab. Ich zog den Reißverschluss hoch und nahm meinen Rucksack über die Schultern. Ich freute mich auf die Wanderung nach Hause. Aber jemand stand mir im Weg. Es war Peter. Verflucht sollte er sein – er musste die ganze Zeit draußen auf mich gewartet haben.

»Kann ich dich nach Hause fahren? Dann könntest du mir die Papiere gleich geben – falls du möchtest.«

»Nein, das möchte ich lieber nicht.« Ich wollte nicht, dass er in die Blue Slipper Bay kam. Es war das Einzige, was ich besaß und in das er nie einen Fuß gesetzt und das er nie heruntergemacht hatte. Ich marschierte los.

Er zuckte die Achseln. »Wohnt dein Skinheadfreund bei dir in der Nähe?«

»Skinhead? Nick? Er ist kein Skinhead!«

»Ist er nicht? Na, da muss ich mich wohl getäuscht haben.«

»Und er ist auch nicht mein Freund. Bloß ein Nachbar.«

»Na schön. Es geht mich sowieso nichts an.« Er blieb stehen. »Komm, wir trinken was.«

»Peter, ich möchte wirklich nicht.«

»Bitte, Sophie. In wenigen Tagen bist du mich los. Ich werde dich vielleicht nie wiedersehen – höchstens, wenn Audreys Kinder heiraten und mich einladen.«

Nun musste ich doch wieder grinsen. Ich stellte mir vor,

wie Audrey die Hochzeit eines ihrer Kinder vorbereitete und höchstpersönlich die Gästeliste zusammenstellte. Wortlos bedeutete ich Peter, dass ich einwilligte. Wir gingen zum *Spyglass* und setzten uns an ein Fenster, von dem aus wir die Wogen sich aufbauen und auf den Strand krachen sehen konnten. Peter bestellte wieder eine Flasche Wein. Ich hätte gerne gewusst, wie viel er jeden Tag trank, unterließ es aber, ihn danach zu fragen. Es war schließlich nicht mehr mein Problem.

»Was macht das Seminar?«, fragte ich.

»So langweilig wie immer.«

»Was? Keine dich bewundernden jungen Kolleginnen, die du beeindrucken kannst?« Da haben wir es wieder, dachte ich. Das gleiche alte Thema. Dabei konnte es mir doch jetzt wirklich egal sein. Aber man konnte halt nicht aus seiner Haut schlüpfen.

Er ging nicht auf meine Bemerkung ein, sondern bückte sich nach seiner Dokumentenmappe aus schwarzem Leder. »Ich habe hier was für dich.« Er zog ein flaches Päckchen hervor und gab es mir. Es fühlte sich an wie ein Buch. Ich riss das Einschlagpapier ab. Es war ein Fotoalbum. Ich blickte auf; er musterte mich eindringlich. Ich schlug das Album auf. Es waren Schnappschüsse von uns aus der Zeit unseres Kennenlernens – dämliche Grimassen, Haare, die im Wind wehen, wir, uns bei den Händen haltend, Fotos von Reisen. Ich blätterte das Album flüchtig durch, erhaschte Blicke auf meine und seine Eltern, Bilder von unserer Verlobungsfeier und unserer Hochzeit, Audrey mit ihren Neugeborenen. Dann klappte ich es rasch wieder zu.

»Warum hast du mir das gegeben?«, fragte ich mit pochendem Herzen.

»Ich habe Sachen ausgeräumt. Ich weiß noch, wie du immer gesagt hast, eines Tages würdest du die Fotos in ein Album sortieren. Und da dachte ich, es wäre doch ein nettes …«

»Ein nettes was, Peter? Ein Souvenir unserer Ehe?«

»Ich … Ich weiß nicht. Ich wollte einfach irgendwas damit machen, glaube ich.«

»Und ich dachte immer, du hängst an diesen Bildern. Was ist mit dir – warum behältst du sie nicht selbst?«

»Ich habe … Ich habe mir Abzüge machen lassen und mir auch so ein Album gemacht.«

Das hätte ich nicht erwartet. »Ehrlich?«

»Ja, natürlich. Ich möchte doch auch die Erinnerung an alles behalten. So schlecht war es schließlich auch wieder nicht, oder?«

Ich seufzte und schaute mir den Einband des Albums an. Er konnte nicht billig gewesen sein – echtes Leder mit Goldprägung auf dem Deckel und einer roten Seidenquaste an einem Bändchen. »Nein, ganz so schlecht ist es nicht gewesen. Danke. Es war ein netter Gedanke. Nur kommt er ein bisschen spät.«

Er nahm das Album wieder und begann darin zu blättern. Er rückte mit seinem Stuhl näher an mich heran. »Guck mal. Erinnerst du dich noch an den Tag, als wir Joanna und William auf den Rummel mitgenommen haben und ihnen beiden schlecht geworden ist? Und Audreys Gesicht, als wir mit den beiden wieder nach Hause kamen?«

Ich nickte nur lächelnd. Ich wollte mich nicht zu sehr in Erinnerungen ergehen.

»Und sieh mal hier, der erste Tag in unserem Haus. Ich habe dich über die Schwelle getragen.«

»Hast du doch gar nicht. Zeig mal her.« Ich beugte mich über die Seite. Das Foto zeigte mich beim Öffnen der Tür. Ich strahlte übers ganze Gesicht. Ich hatte mich so darauf gefreut, in das Haus einziehen zu können. Und nun erinnerte ich mich, dass er recht hatte: Nachdem das Foto gemacht worden war, hatte Peter mich hochgehoben und mich ins Haus getragen, und dann waren wir durch alle Zimmer gelaufen und hatten uns auf dem Fußboden des Schlafzimmers geliebt. Ich spürte instinktiv, dass auch er gerade daran dachte. Schweigen senkte sich über uns, während er langsam weiterblätterte. Fast jedes Bild weckte andere Erinnerungen, aber ich wollte dem Drang widerstehen, mir noch mehr Fotos anzusehen.

»Sieh doch mal«, ertappte ich mich und deutete auf eines. Da war ein Bild von dem alten Theater, über dem ich als Kind gewohnt hatte. Inzwischen beherbergte es ein Programmkino. Eines Sonntags waren Peter und ich hingefahren. Die reich verzierte Fassade, die einem noch älteren Londoner Theater nachempfunden war, war von Leuten, denen alte Häuser am Herzen lagen, liebevoll restauriert worden. Am Abend waren wir noch einmal hingegangen, um uns *Casablanca* anzusehen. Wir hatten auf roten Samtstühlen vor der polierten hölzernen Balustrade gesessen, hinter der früher einmal ein kleines Orchester gespielt hatte.

»Das gibt es immer noch«, sagte Peter. »Ich habe zu Audrey gesagt, dass wir mal mit den Kindern hinfahren müssten, um ihnen zu zeigen, wo ihre Mutter und ihre Großeltern gelebt haben.«

Das erheiterte mich. »Ich wette, dass Audrey nicht darauf angesprungen ist. Meine Schwester hält bestimmt nichts davon, ihren Kindern dies als Stätte ihrer eigenen Kindheit vorzuführen. Da sollte es schon ein Bungalow mit Grundstück in Surrey sein.«

Auch Peter lachte. »Ja, das wäre ihr wohl lieber gewesen.«

»Ist es nicht komisch, wie manche denken, sie hätten in eine ganz andere Familie hineingeboren werden sollen? Jill sind ihre Hippieeltern heute noch peinlich, aber ich habe mir immer gewünscht, *das* wären *meine* Eltern.«

Peter fuhr fort, in dem Album zu blättern. Wie in einem Zeitraffer zogen die Jahre vorüber. Aber es kam mir vor, als würden die Fotos nach und nach immer unpersönlicher werden. Wir beide im Kreise von Freunden, von denen manche längst vergessen waren. Irgendeine Hochzeit in Schottland, eine im Lake District.

»Viele Reisen haben wir ja nicht gerade gemacht«, bemerkte ich.

»Wir waren zu sehr mit der Arbeit beschäftigt.« Peter schlug das Album zu. »Ich glaube, *das* war unser Fehler. Jeder von uns war viel zu sehr in sein eigenes Leben verstrickt und so haben wir ganz vergessen, es zu teilen.«

»Aber ich bin dir nie untreu gewesen«, sagte ich mit müder Stimme. Ich brachte nicht mehr die Energie auf, das alles noch einmal durchzugehen.

»Nein. Und das tut mir leid, Sophie. Ehrlich. Ich würde alles rückgängig machen, wenn ich nur könnte.«

»Tatsächlich?«

»Nun, ich will versuchen, ehrlich zu sein. Ich gebe zu, mich amüsiert zu haben. Aber ich habe mich inzwischen geändert und weiß nun, dass es auf Kosten unserer Ehe war. Der Preis, den ich für mein Vergnügen bezahlt habe, war viel zu hoch. Vor einem Jahr wäre ich wohl noch nicht in der Lage gewesen, das zu erkennen. Aber jetzt bin ich es.«

»Woher kommt die späte Erkenntnis?«

»Ich weiß es nicht. Was immer es war – vielleicht hat es sich in mir totgelaufen und ich brauche es nicht mehr.«

Das erinnerte mich wieder an mein Gespräch mit Evie. Ist es so, wie sie gesagt hatte? Haben wir Energien in uns, denen irgendwann der Dampf ausgeht und die dann verpuffen, ohne dass wir einen Finger rühren müssen? Ich lehnte mich zurück und sah Peter an. Er wirkte erschöpft. Er hatte Ringe unter den Augen und Falten in den Augenwinkeln. Über seinen Ohren zeigten sich die ersten grauen Haarsträhnen. Ich fragte mich, ob er es getönt hatte und die Farbe sich jetzt rauswusch. Er streckte die Hand nach mir aus. Er trug immer noch seinen Ehering. Meinen hatte ich schon längst abgenommen. Ich legte die Hände in den Schoß. Er legte seine auf das Album.

»Ist es zu spät für uns, es noch einmal zu versuchen, Sophie?«, flüsterte er.

Er sprach so leise, dass ich tatsächlich glaubte, mich verhört zu haben. Ich saß einfach nur schweigend da.

Er räusperte sich. »Weißt du, ich habe nachgedacht. Wir könnten nochmal ein Haus zusammen kaufen und schauen, wie es läuft.«

»Was redest du da, Peter?« Ich hatte Schwierigkeiten, mich zu konzentrieren.

»Glaubst du, es ist zu spät für uns, ein Kind zu bekommen?«

»Ich kann nicht glauben, dass ich das wirklich gehört habe.« Ich wollte den Stuhl zurückschieben und weggehen, aber meine Beine gehorchten mir nicht.

»Wir könnten ein neues Leben zusammen anfangen. Gib mir eine Chance, dir zu zeigen, wie sehr ich mich geändert habe.«

»Aber ich habe ein neues Leben angefangen. Mir gefällt es hier. Ich habe Freunde gefunden.«

»Wir könnten ja auch hier leben. Mir gefällt's hier auch. Und ich weiß, dass du immer gerne Kinder wolltest – und jetzt will ich das auch.«

»Nein, Peter. Das klappt nie. Dafür ist es viel zu spät.«

»Ich wäre bestimmt ein guter Vater. Frag doch Audrey.«

»Das ist es nicht. Du und ich. Das ist es, was nicht funktionieren wird.«

»Wir könnten es langsam angehen. Einander neu kennen lernen, über alles sprechen. Wenn du möchtest, werde ich sogar um dich werben. Ich werde dir Blumen und Pralinen mitbringen wie früher.«

Bei diesem Gedanken musste ich lächeln. Auch er grinste, wobei sein Mund ein wenig zitterte und Tränen in seine Augen traten. »Ich bin nicht das, was du suchst, Peter. Ich bin es nie gewesen.«

»Das ist nicht wahr. Du bist viel intelligenter und witziger und klüger als jede andere Frau, mit der ich je zusammen war.«

»Ja, aber das hat nicht viel gezählt, wenn irgendein Püppchen dir zugezwinkert hat.«

»Da hat das verkehrte Organ das Denken übernommen. Inzwischen findet wieder alles an seinem richtigen Platz statt.« Er streckte den Arm aus und berührte mein Haar. »Und außerdem finde ich dich zufällig sehr attraktiv.«

Obwohl ich mich innerlich dagegen sträubte, verfehlten seine Worte doch nicht eine gewisse Wirkung auf mich. Ich spürte, wie sie sich verstohlen ihren Weg zu meinem Herzen suchten, die Bereiche in mir wärmten, die hinter einem Schild mit der Aufschrift *unvollkommen* eingefroren gewesen waren. Ich schlug das Fotoalbum noch einmal auf, um ihn abzulenken und mich seiner Ausstrahlung zu entziehen. Ich stieß auf ein Bild von meiner Mutter. Ich erschauderte bei der Erinnerung an ihren Tod an jenem Morgen vor fünf Monaten und wie sehr es mich mitgenommen hatte.

»Erster April«, sagte ich.

»Was war?« Er schielte auf das Foto meiner Mutter.

»Ihr Todestag.«

»Wirklich? Ist mir gar nicht aufgefallen.«

»Und der Tag, an dem du mich verlassen hast.«

Peter starrte mich an. »O Gott. Und du dachtest …«

»Ja, ich dachte.«

»Hast du wirklich geglaubt, ich könnte so boshaft sein?«

»Ja.« Ich senkte den Kopf. »Ich stand unter Schock.«

Peter wollte wieder nach meinen Händen greifen, aber ich entzog sie ihm gerade noch rechtzeitig.

»Hand aufs Herz, Sophie. Nicht nur war ich mir des Datums nicht bewusst, sondern ich bin eigentlich schon am Tag zuvor gegangen. Du bist bloß nicht nach Hause gekommen und hast deshalb meinen Brief nicht gefunden.«

Stimmte das? Möglich war es schon. Ich war damals so konfus. »Ja, aber du wusstest, wie krank meine Mutter war«, sagte ich lahm.

»Aber doch schon seit längerer Zeit. Ich habe im Krankenhaus angerufen. Sie haben mich mit dem üblichen nichtssagenden Geschwätz abgespeist, dass es ihr den Umständen entsprechend gut ginge, dass ihr Zustand stabil sei und so weiter. Seit Jahren ging es mit ihr doch immer mal bergauf und mal bergab. Wie sollte ich denn ahnen, dass sie ausgerechnet in dieser Nacht abkra... entschuldige, stirbt? Es war fast, als hätte das alte Mädchen das so geplant.«

»Peter!« In mir war alles wie betäubt, ein bisschen so, wie ich es von mir an jenem Morgen erinnerte. Kein Zweifel, ich war angeschlagen und verwirrt gewesen, wie Audrey es mir wiederholt unter die Nase gerieben hatte. Wie hatte ich nur glauben können, dass Peter etwas so Berechnendes tun könnte?

»Ich habe mich vielleicht oft wie ein Schweinehund benommen. Aber *das* hätte ich nie mit Absicht getan.« Er wirkte gekränkt. Wir schwiegen uns an. Ich wollte einfach aufstehen und gehen, aber ich hatte wirklich ein schlechtes Gewissen, weil ich ihm so etwas unterstellt hatte.

»Tut mir leid«, murmelte ich. »Ich habe irgendwie neben mir gestanden.«

»Nun, ich glaube, ich verstehe, wieso du mir das zugetraut hast. Warum vergessen wir das nicht einfach? Es hat auf beiden Seiten Missverständnisse gegeben. Lass uns einen neuen Start wagen und an die guten Zeiten denken.«

Er spielte ein wenig mit dem Fotoalbum herum und fing dann wieder von vorne zu blättern an. »Weißt du noch? Da sind wir uns das erste Mal begegnet.«

Ich blickte auf zwei junge Gesichter, die lächelnd in die Kamera schauten. Ich trug meine Schwesternuniform, einen hellblauen Hosenanzug. Es muss zu der Zeit gewesen sein, als ich auf der Intensivstation für Frühgeburten gearbeitet habe. Peter überreichte mir gerade einen Scheck – eine Spende seiner Firma für neue Monitore. Er trug einen taubenblauen Anzug mit silberner Krawatte. Nach der kleinen Feier anlässlich der Scheckübergabe hatte er mich gefragt, ob ich noch auf einen Drink mitkommen wolle. All meine Kolleginnen waren ganz aus dem Häuschen gewesen, weil Peter so gut aussah, und hatten mich aufgezogen, weil ich den Scheck von ihm entgegennehmen durfte. Und dann fragte er mich auch noch, ob ich mit ihm ausgehen würde! Ich hatte es kaum zu glauben gewagt. Wir waren in seine Wohnung gefahren und schon bei unserem ersten Date im Bett gelandet. Ich hatte es einfach nicht erwarten können, und ihm schien es nicht anders ergangen zu sein. Wo war all diese feurige Leidenschaft geblieben? Die würden wir ganz bestimmt nicht wieder zum Leben erwecken können.

»Das war toll damals, nicht?«, sagte er.

»Ja, das war es«, brachte ich mit Mühe hervor. »Aber das war damals. Inzwischen sind wir älter und abgeklärter.« Und zynischer, hätte ich hinzufügen können.

»Ich weiß, dass es nie wieder so sein wird wie damals. Aber schön könnte es doch werden. Wir könnten zwei reifere, abgeklärtere Menschen sein, die sich wieder eine solide Partnerschaft aufbauen.«

Ich dachte daran, was Rachel über die Aussicht, alleine alt zu werden, gesagt hatte, und fragte mich, ob nicht vielleicht doch alles anders hätte werden können.

»Ich weiß nicht so recht, Peter.«

»Bitte denk darüber nach, Sophie. Wir könnten hier ein angenehmes Leben führen. Du hättest immer noch deine neuen Freunde und könntest auch deinen Job bei Rachel behalten, wenn du möchtest.«

»Und was ist mit deiner Karriere?« Sowie ich es ausgesprochen hatte, war mir klar, dass es für ihn so erscheinen musste, als erwöge ich seinen Vorschlag.

»Ich habe schon länger darüber nachgedacht, mich beruflich zu verändern. Ich habe von London die Schnauze voll. Als freiberuflicher Berater kann ich von überall aus arbeiten.«

Ich leerte mein Glas und legte die Hand darauf, ehe er es

wieder auffüllen konnte. »Ich werde jetzt gehen«, sagte ich. »Ich weiß nicht, ob ich mir noch mehr davon anhören kann.«

Er gab mir das Album. »Nimm das mit. Lass uns noch einmal miteinander reden, bevor ich abreise. Wenn du willst, kann ich auch länger bleiben. Oder komm doch mal auf einen Sprung nach London. Audrey möchte dich bald mal wiedersehen.«

»Genug, Peter. Ich habe schon genug, worüber ich nachdenken muss.«

48

NICK STAND AUF dem betonierten Weg und sah zu seinem Cottage hinauf, als sähe er *Fair Wind* zum allerersten Mal. Die Sonne schien auf die weißen Wände und die ausgeblichenen blauen Fensterläden. Er sah etwas Grünes vorbeiflitzen – eine Eidechse, die zwischen den Steinen verschwand. Es kam ihm vor, als wäre er Jahre fort gewesen. Er trat in den Schatten unter seinem Balkon. Irgendwas lag hier zusammengerollt im Halbdunkel. Zuerst dachte er, es wäre Commie bei einem Schläfchen, aber das unförmige Etwas bewegte sich nicht. Vorsichtig berührte er es mit dem Fuß, und es kam hoch, als kämpfe es sich mühsam auf die Beine, und begann sogar vor ihm aufzusteigen. Sein anfänglicher Schreck verflog, und er musste lachen. Es war ein nicht mehr ganz prall gefüllter Luftballon, der mit Sand beschwert gewesen war. Irgendwie musste es den Ballon von irgendeiner Feier hierher verschlagen haben. Er griff ihn sich in der Luft. *Happy Birthday!,* stand auf seinem lustigen Clownsgesicht. Und dann fiel ihm auf, dass der Ballon an seinem Türknauf festgebunden war. Jemand hatte sich einen Jux mit ihm machen wollen – hoffentlich einen harmlosen.

Als er die Tür aufschließen wollte, merkte er, dass sie die ganze Zeit unverriegelt gewesen war. Würde er oben ein Chaos vorfinden? Hatte jemand bei ihm eine Party gefeiert oder sich gar häuslich niedergelassen? Nein, Kyp und Evie würden aufgepasst haben. Er ging die Treppe hinauf und hob die Falltür, die in sein Wohnzimmer führte. Alles sah so aus, wie er es verlassen hatte, obwohl es hier nicht viel gab, in das man Unordnung bringen konnte. Nach dem Durcheinander in Neptuns Hütte wirkte der Raum ziemlich kahl. Aber irgendwas hatte sich doch verändert. Auf dem Tisch glitzerte etwas. Es war ein in Goldfolie eingewickeltes Päckchen. Er nahm es in die Hand und las das Kärtchen. *Happy Birthday, Nick. In Liebe, Sophie.*

Er zog sich einen Stuhl heran und setzte sich hin. Sein Geburtstag? Er wusste, dass es August war, hatte aber keine Ahnung, welches Datum. Lieber Himmel, nun war er sechsundvierzig. Woher hatte sie das gewusst? Also war der Ballon draußen doch für ihn gedacht. Er grinste – das mussten die Kinder von Kyp und Evie gewesen sein, die kleinen Racker. Er erinnerte sich, neulich über Geburtstage mit ihnen gesprochen zu haben und dass sie keine Ruhe geben wollten, bis er ihnen den seinen verriet. Er nahm noch einmal das Päckchen in die Hand. Das Geschenkpapier raschelte und glitzerte. Sein warmer Goldton erinnerte ihn an Sophies Halstuch, das ihm wie ein kleines Feuer inmitten seines leeren Zimmers vorgekommen war. Er war aufgeregt wie ein kleiner Junge. In den letzten drei Jahren hatte er sich überhaupt nicht um seinen Geburtstag geschert. Ganz gemächlich öffnete er sein Päckchen, befühlte genüsslich das Papier und die Schleife und versuchte, beides ganz akkurat zu entfernen. Das Buch, das darin verpackt war, gab die Atmosphäre am Undercliff zu früheren Zeiten vortrefflich wieder und kündete von der Liebe, die seine Bewohner auf die Gestaltung ihrer prächtigen Häuser und Gärten verwendet hatten. Was für ein herrliches Geschenk. Wo hatte sie das bloß aufgetrieben? Er bettete es vorsichtig auf das goldene Einschlagpapier. So etwas musste man ganz in Ruhe genießen und nicht in Eile durchblättern.

Er stand auf und ging ins Badezimmer. Unter entschuldigenden Worten sammelte er einen Weberknecht aus seiner bequemen Ecke im Duschbecken und brachte ihn nach draußen auf die Fensterbank. Dann stand er unter der heißen Dusche und fühlte, wie das Wasser die Anspannung der vergangenen Wochen von ihm spülte. Er betrachtete sich im Spiegel. Nun, da er sich wieder in seiner vertrauten Umgebung befand, ging ihm erst richtig auf, wie sehr er sich verändert hatte. Sein Gesicht war schmaler geworden, wirkte aber durch den Bart und die Haare weicher. Er fragte sich, ob sein Rasiermesser überhaupt mit diesem Wildwuchs fertig würde. Er schäumte sich das Kinn ein, hob die Klinge an die Wange und begann zu schaben, aber sie war zu stumpf, und es blieben Bartstoppeln zurück. Dann wollte er sich über seinen Schädel hermachen.

»Lass das, Nick. Es steht dir gut.« Hinter sich hörte er Keris Stimme. Lächelnd drehte er sich um, als erwarte er, sie zu sehen, wie sie ihn von der Tür aus beobachtete. Die Furcht vor dem Schmerz weckte seine Abwehrinstinkte, aber diesmal kam nichts zu seiner Rettung, kein eiserner Vorhang fiel. Er musste sich damit abfinden, dass er zwar ihre Stimme hörte, sie aber nicht zugegen war. Eine leichte Wahnvorstellung, die ihn aber nicht gleich wieder am Boden zerstörte. Er starrte sein Spiegelbild an. Sollte er das Haar wachsen lassen? Stand ihm das? Es kam ihm vor wie eine Errungenschaft, etwas, das sich nach alledem, wovon er sich getrennt hatte, wahrlich zu besitzen lohnte. Er wischte den Rasierschaum ab und trocknete sich das Gesicht und die flaumigen Härchen auf seinem Kopf. Nun, fürs Erste würde ihm sowieso nichts anderes übrig bleiben, als es so zu lassen.

Er zog eine saubere Jeans und ein weißes T-Shirt an und stand in der Mitte seines Zimmers. Dann lief er, einem plötzlichen Impuls folgend, nach unten und holte den schwachbrüstigen Luftballon, den er in der Küchenspüle abwusch und ihn dann zu dem Buch auf den Tisch legte. Commie war ihm die Treppe hinauf gefolgt, rieb sich an seinen Beinen und schnurrte zur Begrüßung, ehe er sich auf Nicks Bett niederließ und seine ausgestreckte Hinterpfote mit seiner rauen Zunge putzte.

Nick schaute den orangefarbenen Kater und seinen kleinen Gabentisch an und kam sich unermesslich reich vor. Er lief wieder nach unten und stellte sich vor Sophies Strandhäuschen. Die Balkontür war geschlossen. Er klopfte, erhielt aber keine Antwort. Auch Kyp und Evie schienen nicht daheim zu sein, also wandte er sich dem Meer zu. Die Flut kam gerade herein; gurgelnd und schmatzend klatschten die Wellen gegen die Steine. Er sog die salzige Luft tief ein. Er war wieder in seiner Blue Slipper Bay, als wäre nichts geschehen.

49

ICH KAM ERST spät zurück nach Hause, nachdem ich von Peter zum Essen eingeladen worden, es ihm aber nicht gelungen war, mich mit Wein gefügiger zu machen. Ich war mit dem Auto zu seinem Hotel gefahren und hatte den ganzen Abend keinen Schluck Alkohol getrunken, obwohl er mir wiederholt anbot, mir das Taxi zu bezahlen – oder bei ihm zu übernachten.

»Wir sind immer noch Mann und Frau«, hatte er mir ins Ohr geflüstert und dabei meinen Arm gestreichelt, was in mir die widersprüchlichsten Empfindungen auslöste. Einerseits sah er im Kerzenlicht blendend aus, und ich konnte sogar den beschleunigten Herzschlag spüren, den sein eindringlicher Blick seit jeher in mir auszulösen vermochte. Aber ich wusste auch, wie töricht es wäre, einfach mit ihm ins Bett zu sinken. Er würde es nur als mein Einverständnis zu all seinen Plänen werten. Also hatte ich das Gespräch wieder auf unsere Finanzen gebracht. Ich brauchte mehr Zeit, um alles zu überdenken.

Ich stellte den Wagen ab und ging den steilen Pfad hinunter. Ich war froh, dass ich eine Taschenlampe mitgenommen hatte. Der Weg zum Haus war glitschig von der Flut, die darüber hinweggespült war, und überall lagen Strandkiesel herum. Ich blieb stehen, um die drei kleinen Häuser zu betrachten, die sich an das Kliff schmiegten. Es dauerte einen Moment, bis ich mich geistig von dem Abend mit Peter gelöst hatte. Dann erst erkannte ich, dass in *Fair Wind* Licht brannte. Ich freute mich ungemein. Nick war wieder da.

Erst als ich bereits an seiner Tür geklopft hatte, fiel mir

ein, wie spät es schon sein musste. Augenblicklich war es mir peinlich. Vielleicht meditierte er und wollte gerade ins Bett. Aber dann hörte ich seine Schritte auf der Treppe, und die Tür wurde aufgerissen. Im schwachen Abendlicht glaubte ich zunächst, es wäre jemand anderes, und trat instinktiv einen Schritt zurück.

»Nick?«

»Sophie?«

»Du siehst …«

»Ungepflegt aus?« Er strich sich mit der Hand über das Kinn und den Kopf. »Ja, ich habe mich ein bisschen gehen lassen. Möchtest du auf einen Tee raufkommen?«

»Es ist schon ziemlich spät … Ich habe mich nur gefreut, als ich sah, dass du wieder hier bist.«

Er öffnete die Tür ein Stück weiter und machte mir Platz. Ich folgte ihm die Treppe hinauf. Dann standen wir in seinem Wohnzimmer und sahen einander an.

»Hübsch siehst du aus«, sagte er. »Bist du aus gewesen? Ich habe dich noch nie im Kleid gesehen.«

»Ich habe dich kaum wiedererkannt«, stotterte ich. Er sah dünner aus, sein Haar war zu einem hellbraunen Bürstenschnitt herangewachsen und sein Kinn mit Bartstoppeln bedeckt. Er wirkte überhaupt jünger, irgendwie weicher.

»Ist es ganz furchtbar?« Er berührte noch einmal den Haarflaum auf seinem Kopf.

»Nein, nein. Mir gefällt's. Ich war bloß im ersten Moment erschrocken. Ich dachte, du hättest deinen Bruder zu Besuch.«

Nick bot mir einen Stuhl an. Dann machte er Tee, und wir setzten uns ans Fenster. Mir fiel auf, dass das Buch, das ich ihm zum Geburtstag geschenkt hatte, aufgeschlagen auf dem Tisch lag.

»Vielen Dank für das Geschenk«, sagte er.

»Du kannst es gleich sagen, wenn du es nicht willst. Ich weiß, dass du … nicht so gerne viele Dinge um dich magst.«

Er legte die Hand auf das Buch. »Dieses Ding … mag ich ausgesprochen gerne.«

Neben dem Buch lagen akkurat glattgestrichen das Einwickelpapier und der platte Ballon von Jack und Mila. »Also hast du ihn gefunden. Hatten die Kinder denn nun recht mit deinem Geburtstag?«

Er nickte. »Waren sie sehr enttäuscht, weil ich nicht erschienen bin?«

»Ein bisschen schon. Wir haben alle zusammen gegessen und den Kindern gleich gesagt, dass du wahrscheinlich weggefahren bist. Sie haben dir ein paar Bilder gemalt. Vielleicht solltest du sie aufhängen.«

Nick schaute sich im Raum um. »Stimmt, diese Bude könnte ein wenig Farbe gebrauchen.«

»Hast du viel gefangen mit Neptun?«

»In der Tat. Von ihm kann man viel lernen.« Er holte tief Luft. »Um die Wahrheit zu sagen – es war nicht nur ein Freizeitvergnügen.«

»Ich hatte mich schon gewundert, dass du so mir nichts, dir nichts verschwunden warst – obwohl es mich ja gar nichts angeht.«

»Ich hatte es auch nicht geplant. Sonst wäre ich nicht weggegangen, ohne dir Bescheid zu sagen – aber es kam alles so plötzlich.« Er wandte sich dem von den Sternen beschienenen Meer zu. Ich ahnte, dass er überlegte, ob er mir noch mehr erzählen sollte. Dann schluckte er und sah mich wieder an. »Ich hatte einen Zusammenbruch. Ich musste bei Neptun bleiben, bis ich mich davon erholt hatte.«

Ich erschrak. »Ein Zusammenbruch? Bei Neptun? Mein Gott. Wie fühlst du dich denn jetzt?«

»Besser, aber irgendwie flau im Magen. Als hätte ich meinen Panzer verloren.«

»Wie ist das denn passiert? Falls du darüber sprechen möchtest, meine ich.«

»Ich glaube, ausgelöst wurde alles, weil Neptun mir von seinem Freund erzählt hat, der ermordet worden ist. Er sagte, Kummer und Schuldgefühle hätten ihn beinahe dahingerafft und er habe keinen Sinn mehr im Leben gesehen. Aber dann hätte sich Marguerites Familie seiner angenommen, und dadurch wären die Wunden geheilt. Und dann konnte ich einfach nicht mehr anders – ich habe ihnen alles von Keris Ermordung und unserem toten Kind erzählt, dass ich mir schreckliche Vorwürfe mache und mich selbst hasse. Einmal bin ich fast ertrunken, aber sie haben mich gerettet. Und sie haben mich einfach reden lassen, ich konnte mich bei ihnen ausheulen und bei ihnen schlafen, bis alles raus war und ich wieder zu mir fand.«

»Oh, Nick.« Ich merkte, dass ich seinen Arm festhielt.

»Ich hatte keine Ahnung, wie viele Tage und Nächte vergangen waren. Ich glaube, Neptun hat mich sogar gewaschen. Immer, wenn ich aus meinem Delirium erwachte, saß Marguerite neben mir und ihre Hände lagen auf meiner Brust.« Er seufzte und schüttelte nachdenklich den Kopf. »Ich weiß nicht, wie ich den beiden das je vergelten soll.«

»Es hört sich an, als hättest du eine richtige Seelenreinigung hinter dir.«

»Es war so, wie du gesagt hast. Der richtige Zeitpunkt war gekommen, und ich habe es vollbracht. Obwohl ich zuerst nicht daran geglaubt habe. Ich wollte einfach nur sterben.«

»Es tut mir so leid, dass ich dir nicht helfen konnte.«

»Nein, du darfst dir auf keinen Fall Vorwürfe machen. Ich war bei den richtigen Menschen. Wer weiß, was zur falschen Zeit und am falschen Ort mit mir geschehen wäre? Ich hätte mir vielleicht etwas angetan oder wäre ins Krankenhaus gekommen und man hätte mir Beruhigungsmittel verpasst. Jedenfalls kann ich jetzt frei mit dir sprechen, ohne meine Vergangenheit vor dir auszuschütten und damit am Ende noch unsere Freundschaft kaputtzumachen.«

»Ich habe immer noch das Gefühl, dir keine sehr gute Freundin …«

»Doch, du warst mir eine sehr gute Freundin. Du bist offen zu mir gewesen, und das war es, was ich gebraucht habe. Du hast mich dazu gebracht, mich gegen meinen eigenen eisernen Vorhang zu werfen, und dann hat Neptun ein Loch in ihn hineingerissen, indem er mir seine ganz ähnliche Lebensgeschichte erzählt hat.«

Ich war froh, dass er es so aufnahm. Ich nahm an, dass diese Erfahrung weitaus leidvoller gewesen sein musste, als er sie darstellte oder sie überhaupt erinnerte. Aber er hatte es hinter sich gebracht, und das zählte. Es hätte so leicht in einer Katastrophe enden können. Neptun und Marguerite mussten ihm Geborgenheit gegeben haben.

Nick lächelte. »Keri hat mir auch sehr dabei geholfen. Sie hat mir immer gepredigt, dass ich doch endlich mal meinen Hintern bewegen soll.«

Es war gut, ihn so unbefangen von ihr sprechen zu hören. »So, und wie geht's nun weiter?«

»Überhaupt nicht, hoffe ich. Jedenfalls noch nicht jetzt. Da bin ich nun einfach ohne meinen Panzer und muss lernen, damit zu leben, verwundbar zu sein. Und dies scheint mir hier der richtige Ort dafür.« Er stand auf, um das Fenster zu schließen. Kühle Nachluft wehte von draußen herein. Das sich im Meer spiegelnde Licht des Mondes tanzte auf den Wellen. »So, nun erzähl du mir, was du so getrieben hast, während ich mein Innerstes nach außen gekehrt habe.«

Ich lehnte mich zurück und ordnete meine Gedanken. Ich hätte gerne noch viel mehr darüber erfahren, was er durchgemacht hatte. Aber vermutlich hatte er mir alles gesagt, wozu er im Augenblick bereit war. Ich hoffte, dass er mir in den kommenden Wochen mehr davon erzählen würde, auf einer gemeinsamen Wanderung vielleicht. Aber blieben uns noch viele Wochen? Würde ich dann noch hier sein? Ich blickte mich in seinem Zimmer um, sah aber in Wirklichkeit mein eigenes Zimmer ein Haus weiter. Mein kleines Zuhause war mir so ans Herz gewachsen. Es würde mir schwerfallen, es zu verlassen.

»Sophie? Alles in Ordnung?«

»Ich habe nur gerade darüber nachgedacht, was ich so gemacht habe. Meistens habe ich gearbeitet. Es war viel los im Café. Ich bin immer vormittags da, während Stevie sich von seinen langen Nächten ausschläft. Um die Mittagszeit sind wir dann alle drei beschäftigt. Rachel schuftet ohne Pause. Manchmal hilft ihr Mark, aber der hat in Wraith Cove selbst bis spät alle Hände voll zu tun.«

»Ja, ich muss mich auch mal wieder bei Jane melden.« Er strich über den Ärmel meines Kleides. »Das ist wirklich hübsch. Bist du mit Jill aus gewesen?«

»Nein, sie ist immer noch verreist.« Ich lächelte verlegen. »Alle meine Freunde haben mich verlassen – bis auf Rachel natürlich, aber die steckt ja über beide Ellenbogen in Mehl.« Ich hatte eigentlich keine Lust, ihm von meinen Zusammentreffen mit Peter zu erzählen. An meinem Geburtstag waren die beiden sich ja begegnet, und Peter hatte sich sehr ungebührlich benommen. Ich hatte mich von ihm erniedrigt gefühlt; fast wäre die ganze Feier durch seinen Auftritt verdorben gewesen. Ich wollte vor Nick nicht anlehnungsbedürftig erscheinen, aber ich brauchte jemanden, mit dem ich reden konnte. Jill fehlte mir besonders; sie hätte ein klares Wort gesprochen. Ich wusste ja, was sie von Peter hielt – vermutlich hätte sie mir dringend zu einer Gehirntransplantation geraten.

»Na ja, ich bin mit Peter zum Essen gewesen.«

»Peter?«

»Mein Ex. Er hatte auf der Insel zu tun, und wir mussten wegen unserer Finanzen und der Scheidung miteinander sprechen.«

»War das schwierig für dich?«

»Ja. Wir haben uns ein paar Mal getroffen.« Unwillkürlich wich ich seinem aufmerksamen Blick aus. »Er möchte, dass wir wieder zusammen sind – dass wir es noch einmal miteinander versuchen.« Ich sah Nick an. Ein überraschter Ausdruck huschte über sein Gesicht.

»Ich weiß, dass er dir bei eurer Begegnung wie ein Scheusal vorgekommen sein muss. Aber er hat sich geändert. Zuerst habe ich ihm das gar nicht glauben wollen. Aber jetzt merke ich, dass es nicht nur gespielt ist. Es ist, als wäre er seinen früheren Verhaltensmustern entwachsen. Er steckt voller Schuldgefühle und möchte unbedingt, dass alles wieder ins Reine kommt. Er spricht sogar von einem Kind.«

»Mit dir?«

»Es ist ja immer noch möglich.«

»Entschuldige. Ich wollte nicht aufdringlich sein.«

Ich lächelte ihm zu. »Ist schon in Ordnung.«

»Und du glaubst wirklich, dass er sich so geändert hat?«

Ich nickte. »Audrey sieht das auch so. Er besucht sie und die Kinder öfters. Selbst Rachel findet ihn gar nicht mehr so übel, nachdem sie ihn ein wenig kennen gelernt hat. Ich glaube, sie identifiziert sich ein bisschen mit ihm.«

»Und was ist mit dir? Was für ein Gefühl hast du bei ihm?«

»Ich bin immer noch argwöhnisch. Aber ich muss zugeben, dass ich immer noch etwas für ihn empfinde. Wir waren schließlich lange zusammen.«

»Aber er hat dich doch so schlecht behandelt?«

»Er war nicht gerade der Traumpartner. Ich habe das alles nicht so mitbekommen, weil ich so viel mit meiner Arbeit zu tun hatte und mich ganz auf meine Patienten konzentrierte. Da haben wir irgendwie vergessen, miteinander zu kommunizieren. Es gehören immer zwei dazu, nicht wahr?«

»Ja, das übliche Szenario. Sophie, ich weiß, dass ich nicht das Recht habe, dich das zu fragen, aber liebst du ihn immer noch? Oder bist du einfach nur ob der alten Zeiten willen ein wenig aus dem Häuschen angesichts der Aussicht, eine Familie zu gründen?«

Ich saß eine ganze Weile mit gesenktem Haupt da. Ich vermochte seinem fragenden Blick nicht standzuhalten, während ich in meinem Kopf die Zweifel wälzte.

»Ich weiß nicht. Es ist natürlich nicht ganz spurlos an mir vorübergegangen, dass er sich offenbar so verändert hat, und ich fühlte mich dadurch auch ein wenig geschmeichelt. Er hat inständig versucht, mir all die guten Zeiten, die wir miteinander gehabt haben, ins Gedächtnis zu rufen, und dadurch sind die schlechten Erfahrungen ein bisschen in den Hintergrund getreten.« Ich wackelte mit dem Kopf dramatisch von einer Seite auf die andere. »Und der Gedanke an ein Kind ist natürlich auch verlockend.« Ich setzte mich wieder gerade hin. »Es ist so, als wäre alles, was ich mir je gewünscht habe, zurückgekehrt und würde mir dargeboten. Es könnte meine letzte Chance sein. Wie soll ich es wissen, Nick? Was ist, wenn ich sie verstreichen lasse und es dann für den Rest meines Lebens bereue?«

»Schon, aber *liebst* du ihn denn?«

»Liebe verändert sich auch, nicht wahr? Es ist nicht mehr so wie in der ersten Zeit nach der Hochzeitsnacht. Aber es entstehen Wurzeln, man teilt Erlebnisse miteinander, Familien verweben sich ineinander. Er kannte meine Eltern, ich kannte seine. Er mag meine Schwester sehr. Wir haben eine gemeinsame Vergangenheit. Das ist es vermutlich.«

»Aber reicht das, um eine Zukunft darauf aufzubauen? Ist es genug, um auch den Bedürfnissen eines Kindes gerecht zu werden?«

»Eben das weiß ich ja nicht. Aber wie soll ich es je erfahren, wenn ich es nicht versuche? Doch dann könnte es wieder zu spät sein.«

»Du darfst nichts überstürzen. Es ist ja nicht so, dass du unbedingt nächste Woche ein halbes Dutzend Kinder haben musst. Warum versuchst du nicht, dich zunächst auf deine Gefühle Peter gegenüber zu konzentrieren? Versuch, dich nicht von verführerischen Fantasievorstellungen davontragen zu lassen und von …«

»Du denkst an meine sexuellen Bedürfnisse?« Ich musste lachen. »Die habe ich bisher so weit im Zaum halten können.«

»War er hier?«

»Warum willst du das wissen?«

»Ich versuche gerade, mir vorzustellen … Ich meine, es bedeutet dir doch so viel, deine eigenen vier Wände zu haben. Irgendwie weckt das meine Beschützerinstinkte. Ich möchte nicht, dass er herkommt und hier seine Marke hinterlässt. Als Mann empfindet man eben so.«

»Ja, das kann ich nachvollziehen. Wie ein Revierkampf zwischen zwei Rüden. Nein. Er ist nicht hier gewesen. Das habe ich nicht gewollt.«

Nick legte seine Hand auf die meine. »Und was bedeutet das?«, fragte er leise.

Ich schob mir das Haar aus der Stirn. Ich war müde. Das war alles so kompliziert. Aber Nick hatte recht. Es ging jetzt in erster Linie um meine Gefühle für Peter. Über sie musste ich mir klar werden. Das hätte auch Jill gesagt – nachdem sie mich tüchtig zurechtgestutzt hatte.

»Ich fahre mit ihm übers Wochenende nach London. Ich wohne bei Audrey. Ich muss die Sachen abholen, die sie für mich aufbewahrt hat, und außerdem möchte ich mal testen, wie ich mich jetzt dort fühle. Wahrscheinlich werde ich es unerträglich finden und Hals über Kopf wieder herkommen.«

»Oder du entscheidest dich, dort zu bleiben.«

»Ich muss so oder so wieder hierher zurück, um meine Angelegenheiten zu regeln.« Ich schob meinen Stuhl unter den Tisch. »Jetzt muss ich aber los, Nick, sonst schaffe ich es nie, morgen rechtzeitig zur Arbeit aufzustehen. Aber ich bin froh, dass du wieder da bist.«

Auch Nick erhob sich und legte die Arme um mich. Wir standen beide zusammen in der Mitte seines Zimmers. Es tat mir gut, mich an seine maskuline Brust zu schmiegen, in seinen starken Armen zu liegen. Aber ich entzog mich ihm dennoch. Er behielt die Hände auf meinen Schultern.

»Haben wir noch Zeit für einen Spaziergang, bevor du nach London fährst?«

Ich schüttelte den Kopf. »Peter holt mich morgen nach der Arbeit ab. Aber nächste Woche vielleicht.«

Nick ließ die Hände sinken. Ich beugte mich vor und gab ihm einen Kuss auf seine stoppelige Wange. »Rasier dir nicht wieder das Haar ab, hörst du«, sagte ich zu ihm.

50

NICK ERWACHTE NACH Luft schnappend. Er hatte Mühe, sich zu orientieren. War er immer noch bei Neptun? Er spürte, wie ihm etwas mit einem kehligen Brummen in die Seite stieß. Es war Commie. Er war also in *Fair Wind* in seinem Bett. Er richtete sich auf und schwang die Beine auf den Boden. Sein Herz pochte immer noch. Er hatte vom Ertrinken geträumt. Aber diesmal war es nicht er, der ertrank. Er hatte sich bemüht, jemand anderen zu retten. Er versuchte, sich zu erinnern. War es Keri gewesen, die er zu erreichen versucht hatte? Waren es ihre Finger gewesen, die ihm so quälend nahe gewesen waren, die er aber doch nicht hatte greifen können? Ihr Haar war im Wasser getrieben wie Seegras. Aber es war dunkles, dichtes Haar gewesen, und dann war es abgetrieben. Es war Sophie.

Nick taumelte in die Küche und goss sich ein Glas Wasser ein. Durchs Fenster sah er den blassen Schimmer der Morgendämmerung über das Kliff streichen. Er besann sich wieder auf die Gefühle, die sein Gespräch mit Sophie gestern Abend ausgelöst hatte. Er wollte ihre schlanken Arme berühren, die schmalen Hände, die sie ständig rang. Er wollte ihr sagen, dass sie keinen Rückschritt in ein Leben, das *hätte sein können,* vornehmen durfte. Das hätte keinen Sinn. Man konnte die Vergangenheit doch nicht einfach zurückholen, als wäre nichts geschehen. Sie brachte so manche alten Erinnerungen mit sich, über die man stolpern konnte wie über Kartons auf dem Dachboden.

Und was hatte ihn davon abgehalten, ihr das alles ins Gesicht zu sagen, damit sie auf ihn hörte? Es war der gleiche Grund wie immer: Wie konnte er beurteilen, was für jemand anderen gut und richtig war? Soweit er verstanden hatte, hatte Peter eine Metamorphose hinter sich und er und Sophie konnten den Rest ihres Lebens in Glückseligkeit verbringen. Also hatte er den Mund gehalten. Wieder einmal hatte er beschlossen, nichts zu sagen, sich aus den Angelegenheiten anderer herauszuhalten. Oder war es einfach Feigheit gewesen? Schließlich brauchte Sophie seinen Rat nicht zu beherzigen, auch wenn er noch so ehrlich gemeint war. Er wollte einfach nicht die Verantwortung dafür übernehmen, jemanden beeinflusst, das Leben eines anderen Menschen in andere Bahnen gelenkt zu haben, obwohl er die Macht dazu besäße. Das war egoistisch von ihm. Bei Neptun hatte er sich noch geschworen, mit seiner Meinung und seinen Gefühlen nicht mehr hinter dem Berg zu halten oder unaufrichtig zu jemandem zu sein. Und doch war er schon bei der ersten Gelegenheit von diesem Vorsatz abgewichen. Was war bloß mit ihm los?

Und dann ging ihm auf, dass er einfach nicht wollte, dass Sophie schlecht von ihm dachte. Wäre er seinen Instinkten gefolgt, hätte sie sich möglicherweise von ihm überfahren gefühlt und er hätte damit ihre Freundschaft aufs Spiel gesetzt. Und davor hatte er Angst. Doch wenigstens sah er nun sich selbst und seine Motive in etwas klarerem Licht. Es hatte wohl damit zu tun, dass er seinen Vorhang hinuntergerissen hatte. Im Licht des Tagesanbruchs nahm alles deutliche Konturen an: Er war drauf und dran, sich in Sophie zu verlieben.

Er stand vor dem Fenster und sah dem beginnenden Tag entgegen. Er wurde hier nicht mehr gebraucht. Er konnte seine Sachen packen und nach Neuseeland zurückkehren, um seine Weltreise zu beenden. Es war noch zu früh, sich einer neuen Lebenskrise zu stellen. Ohne seinen Panzer war er noch zu schwach dafür.

»Stell dich der Herausforderung, Nick«, hörte er Keri sagen. »Du kannst nicht für immer davonlaufen.«

51

ICH HATTE DIE Londoner Luft ganz vergessen. Sie erstickte schon an ihrem eigenen Schmutz und hatte erst recht nicht viel zu bieten, wenn sie in eine menschliche Lunge eingesogen wurde. Peter warf mir immerzu Seitenblicke zu, als beobachte er genau, wie ich auf das hektische Getöse in den Straßen reagiere. Er zeigte mir eine neue Buchhandlung, ein neues Weinlokal, das sich bei der Innendekoration einem bestimmten Thema verschrieben hatte, einen Delikatessenladen, aus dem es aromatisch duftete. Ich tat so, als würde mich das alles brennend interessieren. Natürlich konnte nur eine Großstadt eine solche Vielfalt bieten, aber mir entging auch nicht, wie gehetzt die Menschen wirkten, welche Aggressionen der dichte Verkehr auslöste und wie verschwenderisch hier mit den schwindenden fossilen Ressourcen unseres Planeten umgegangen wurde. Ich musste zum Himmel aufblicken, um mich zu vergewissern, dass er jenseits der Dunstglocke über der Stadt noch da war.

Peter setzte mich bei Audrey ab und fuhr in seine Wohnung, um auszupacken. Audrey schien glücklich mich zu sehen und zerrte mich zur Tür hinein, als könne sie mich wie Gulliver mit Nadeln am Fußboden festpinnen, sowie ich ihre Schwelle überschritten hatte.

Peter wurde für später erwartet, um mit uns zu Abend zu essen; der Zutritt zur Küche war mir verwehrt, als fürchte Audrey, ich könne ihr helfen wollen und ihr damit bei ihren Vorbereitungen dazwischenfunken. John war mit Joanna und William seine Mutter besuchen gefahren, so dass ich mich ganz in Ruhe in der Badewanne ausstrecken konnte – *nach dieser langen Reise* –, obwohl ich vor unserem Aufbruch bereits geduscht hatte.

Ich lag in der Wanne, spielte mit den Seifenblasen, ließ sie an meinem Kinn zerplatzen und starrte die endlosen Reihen makelloser, mit Magnolien verzierten Wandfliesen an. Ich schloss die Augen und stellte mir vor, das Brausen des Verkehrs wäre das Rauschen des Windes über dem Meer. Im Geiste ging ich noch einmal durch, was Nick am Vorabend gesagt hatte, und wünschte mir, uns wäre vor meiner Abreise noch Zeit für einen Spaziergang geblieben. Er hatte ein paar interessante Aspekte erwähnt und mir geholfen, klarer in meine Zukunft zu blicken. Ich gab ihm recht darin, dass ich nicht alles auf einmal zu entscheiden brauchte. Mir ging auf, welche Wertschätzung ich seiner Meinung beizumessen begann. Er hatte mir gefehlt, als er bei Neptun war, und zunehmend fehlte mir auch Jill. Ihre Eltern lebten im Süden Londons; falls mir die Zeit blieb, konnte ich sie anrufen, um zu hören, ob Jill dort war, aber Peter hatte für das Wochenende allerhand Unternehmungen mit mir geplant.

»Ist es nicht wundervoll, dass wir alle wieder vereint sind?« Audreys Augenlider flatterten und ihre Mundwinkel zuckten – so aufgeregt wurde sie durch die Flamme der Hoffnung, die jetzt wieder in ihr loderte. Sie warf einen ihrer bedeutungsvollen Blicke in die Runde, so dass jeder am Tisch sich verpflichtet fühlte, ihr Lächeln zu erwidern.

»Kommt Tante Melissa auch, Mami?«, fragte Joanna.

»Joanna! Das weißt du doch ganz genau. Ich habe dir das doch alles erklärt.«

Audreys Wangen liefen rot an. »Entschuldige dich bei deiner Tante Sophia.«

Joanna zog die Stirn kraus; offenbar versuchte sie, zu ergründen, was sie falsch gemacht hatte. »Aber sie wollte mir doch Zöpfe flechten. Sie hat versprochen …«

»Joanna! Möchtest du auf dein Zimmer geschickt werden?«

Audrey zerknüllte ihre weiße Leinenserviette und blickte John flehend an. John, der begriff, dass etwas von ihm erwartet wurde, blickte drein, als überraschte es ihn, sich überhaupt in dieser Runde wiederzufinden.

»Verfolgt jemand die Olympischen Spiele?«, fragte er.

Peter und ich brachen beide in Gelächter aus. Audrey wirkte verstört und sammelte die Vorspeisenteller ein.

Die Konversation wirkte gezwungen, während wir uns durch Audreys vorzügliches Huhn in Sahnesauce hindurchschlemmten. Bestimmt trug dieses Gericht einen exotischen Namen, und Audrey wartete inständig darauf, dass ich mich danach erkundigte, damit sie mich für meine Unwissenheit tadeln konnte. Die Kinder wirkten verschüchtert und hüteten sich, etwas Verkehrtes zu sagen, nachdem Joanna offenbar ein böser Patzer unterlaufen war. John, Peter und William unterhielten sich über Sport. Ich merkte, wie Audrey sich bemühte, das Gespräch wieder auf die wichtigen Themen zu lenken, die ganz oben auf ihrer geistigen Liste standen.

»So«, sagte sie und sonnte sich im Rampenlicht, nachdem wir alle ihre selbstgemachte Schokoladenmousse gepriesen hatten. »Wollt ihr euch nun morgen das Haus ansehen?«

»Was für ein Haus?«, fragte ich. Wer war es nun, die sich in anderer Leute Angelegenheiten einmischte?

Audrey hielt sich die Hand vor den Mund. »Ach, entschuldige – ich dachte, du wüsstest.«

Peter wischte sich den Mund mit der Serviette ab. »Ich wollt's dir noch sagen – ich habe ein Haus entdeckt, ein bisschen so wie unser altes. Es ist geschmackvoll renoviert und der Preis stimmt.«

»Aber ich …«

»Nur interessehalber selbstverständlich. Ich erwäge, wieder ins Immobiliengeschäft einzusteigen, bevor es zu spät ist. Ich dachte, du hättest Lust, mitzukommen und es dir mit mir anzusehen.«

»Ihr könnt jetzt fernsehen, wenn ihr wollt«, sagte Audrey zu den Kindern. Die beiden sahen einander an, als hätte soeben gerade der *Hogwart's Express* unter Dampf vor der Tür gehalten. Dann waren sie schon davongestürmt, eher ihre Mutter es sich anders überlegen konnte.

»Mal sehen«, sagte ich. »Ich muss noch meine Sachen sortieren und einiges umpacken, damit ich alles mitnehmen kann.«

»Aber das hat doch keine Eile«, schaltete sich Audrey ein. »Du kannst alles im Nebenraum lassen, so lange du möchtest, nicht wahr, John?«

»Absolut. Kein Problem.« John sah aus, als wünschte er, er hätte sich mit den Kindern zurückziehen können. »Wie wäre es mit einem Brandy?«

Ich verzichtete. Ich wollte einen klaren Kopf behalten, damit ich nicht in irgendwas einwilligte, was ich am nächsten Tag bereuen könnte. Trotzdem machte mich dieses Haus neugierig. Was hatte Peter vor? Warum hatte er mir gegenüber nichts davon erwähnt?

»Was habt ihr denn sonst noch geplant?«, erkundigte sich Audrey.

»Ich dachte, ich könnte mal Jills Eltern einen Besuch abstatten. Ich habe sie seit Ewigkeiten nicht mehr zu Gesicht bekommen und würde auch gerne erfahren, wann Jill nach Hause kommt – auf die Insel, meine ich.«

Audrey nahm einen winzigen Schluck Brandy und verdrehte die Augen. »Tut's dafür nicht auch ein Anruf?«

»Ich möchte sie schon gerne sehen. Sie sind immer sehr nett zu mir gewesen. Sie waren jedermanns ideale Eltern – weißt du noch, Audrey?«

»Mein Ideal waren sie nicht. Viel zu nachsichtig. Guck dir doch mal an, was aus Jill geworden ist.«

»Ich finde, Jill hat sich großartig gemacht.«

»Wenn du ihre Sperenzchen großartig findest, bitte. Und sie hat dich dauernd zu überreden versucht …«

»Audrey, lass uns bitte nicht wieder damit anfangen. Jill ist meine beste Freundin und immer für mich da gewesen.«

»Möglicherweise ein bisschen zu viel«, fügte Peter hinzu.

Ich sah ihn verblüfft an.

»Irgendwie hat Audrey recht. Jill war nie begeistert von unserer Beziehung, oder?«

»Weil sie genau wusste, was los war.«

»Als ob sie ein Ausbund an Tugend gewesen wäre«, murmelte Audrey.

»Sie wäre die Allererste, die zugibt, dass sie und Ash Fehler gemacht haben, aber sie haben daran gearbeitet«, sagte ich und fühlte mich irgendwie in der Minderzahl.

»Und warum hat sie dann nicht dir nahegelegt, *daran zu arbeiten?«* Audrey war puterrot im Gesicht. John starrte in sein Brandyglas, als hoffe er darin die Zukunft lesen zu können.

»Weil … Ich weiß auch nicht …«

»Weil sie mich nie gemocht hat, deswegen«, sagte Peter. »Sie, die vorgibt, sich mit der menschlichen Psyche so gut auszukennen. Eins sage ich dir, deine Freundin Rachel ist wesentlich verständnisvoller und berechnet auch keine exorbitanten Preise für ihren Rat.«

»Aber das ist doch lächerlich, Peter.«

»Findest du? Nun, ich finde, deine Jill hat allerhand verbockt. Audrey und ich haben uns mal eingehend darüber unterhalten. Sie hat mich in die gleiche Schublade gepackt wie deinen Vater. Daher rühren nämlich unsere ganzen Probleme. Sie hat sich das alles schön zurechtgelegt, damit es auch ja zu ihrer entzückenden psychologischen Theorie passt, dass junge Frauen das Abbild ihres Vaters heiraten, und dich dann überzeugt, dass du genau das getan hast.«

»Also zunächst mal bin ich selbst auf den Trichter gekommen. Jill hat immer gemeint, die eheliche Untreue meines Vaters wäre ein Mythos, dass es ihm in seinem italienischen Blut läge, allen Frauen in den Hintern zu kneifen.« Ich wandte mich

Audrey zu. »Jills Ansicht nach war Dad über beide Ohren in unsere Mutter verliebt und treu wie ein alter Hund. Die beiden haben nur ein Spiel miteinander getrieben. Sie gefiel sich darin, die betrogene Ehefrau zu sein und es sich von ihm wiedergutmachen zu lassen.«

Audrey starrte mich so verständnislos an, als hätte ich soeben ihre Lebenserinnerungen in Fetzen gerissen und sie müsste sie nun vollkommen umschreiben.

John warf ganz unvermittelt den Kopf zurück und brüllte vor Lachen. Ich befürchtete schon, er würde mit seinem Stuhl umkippen und sich den Kopf an der Kommode aufschlagen.

»Was für ein Haufen Bockmist.« Der Wein und der Brandy hatten ihm offenbar die Zunge gelöst. So hatte ich ihn sich noch nie aufführen gesehen. Er machte einen Ruck nach vorn, bei dem der ganze Esstisch wackelte. »Wisst ihr, was ich finde? Ihr alle redet, als ob bei euch der Arsch das Denken übernommen hätte. Und es ist mir scheißegal, ob Freud das auch schon gesagt hat.«

»John!« Audrey bekam einen Hustenanfall und griff nach der Wasserkaraffe. Ich wartete darauf, dass sie sie John über dem Kopf ausschüttete, um ihm den Mund zu stopfen. Ich hoffte, sie würde es nicht tun. Ich fand das gut.

»Ihr müsst kapieren«, fuhr er fort und fuchtelte mit dem Zeigefinger in der Luft herum wie ein betrunkener Eiferer, »dass es für nichts eine Formel gibt. Wir sind keine Roboter. Pack schlägt sich, Pack verträgt sich. Oder man lässt es bleiben. Es bringt überhaupt nichts, die Schuld bei den Eltern oder bei Freundinnen zu suchen. Sie sind im Großen und Ganzen genauso am Arsch wie wir alle.«

»John!«, entsetzte sich Audrey.

Ich konnte mich nicht mehr beherrschen und fing wie verrückt an zu lachen, bis ich mir die Tränen mit der steifen Serviette trocknen musste. Audrey würde morgen größere Mengen Bleichmittel einsetzen müssen. Peter sah mich fassungslos an. Er holte tief Luft, um nicht in mein Lachen mit einzustimmen. Aber dann konnte er nicht mehr an sich halten und lachte so donnernd los, dass Joanna und William angerannt kamen. Audrey lächelte verunsichert, als sagte sie sich, dass es so schlimm ja nicht sein könne, wenn alles sich so köstlich amüsierte.

»Ich … äh … werde dann wohl mal gehen und den Kaffee machen«, entschuldigte sie sich.

»Bitte besuch nicht Jill.« Peter ergriff meinen Arm, als wir nach der Hausbesichtigung zu seinem Wagen zurückgingen. Es war in der Tat ein schönes Objekt; in seiner ganzen früheren viktorianischen Pracht restauriert, ohne Kosten zu scheuen. Möbliert war es nur so spärlich wie ein Musterhaus, aber in den Regalen im Bad lagen flauschige weiche Handtücher, hier und dort fand sich eine exotische Pflanze, aber keinerlei Spur von einem Hund oder einem Kind. Ich hatte den Makler in Verdacht, dass er vor unserem Eintreffen in verborgenen Ecken Vanilleschoten deponiert hatte.

»Genau die richtige Größe für eine Familie«, kommentierte Peter. Der Makler sah uns abschätzend an, als versuche er zu veranschlagen, wie alt unsere Kinder sein mochten. Er beeilte sich, uns auf die besonderen Vorzüge hinzuweisen – ein von einer Mauer umschlossener Garten von angemessener Größe, eine Küche, die gleichzeitig als Esszimmer dienen, und ein Kinderzimmer, das auch als Arbeitsraum herhalten konnte. Er verstand sein Geschäft. Ich begann schon, mir auszumalen, wie überall bunte Spielsachen herumlagen, malte mir kleine Mützen und Mäntel an der Garderobe aus und eine getigerte Katze, die es sich auf der Fensterbank zwischen Blumentöpfen und anderem Zierrat gemütlich machte.

»Wir melden uns«, hörte ich Peter noch zu dem Makler sagen, als wir gingen.

Ich blieb stehen und sah Peter an. Er sah mich flehend an.

»Warum möchtest du nicht, dass ich Jill besuche?«, fragte ich.

»Weil ich mir wünsche, dass du uns eine Chance gibst, ohne zu ihr zu rennen und sie um Rat zu fragen.«

Also rief ich bei Jills Eltern an. Sie erwarteten sie am nächsten Tag; sie wollte ein paar Tage bei ihnen bleiben, bevor sie auf die Isle of Wight zurückfuhr. Ich hätte sie so gerne gesehen. Aber vielleicht hatte Peter recht. Er war es, mit dem ich reden sollte, nicht Jill. Ich vermied es, ihm in die Augen zu sehen; noch zögerte ich, ihm seinen Wunsch zu gewähren. Er hielt mich immer noch am Handgelenk und rieb mit dem Daumen zärtlich über meine Haut.

»Außerdem habe ich einige aufregende Sachen mit uns vor – einschließlich Audrey und John und den Kindern.«

»Was sind das für Sachen?«

»Du kannst es wohl nicht abwarten, was?« Er grinste neckisch. »In London kann man sich gut amüsieren. Weißt du das nicht mehr?«

Ich wusste es durchaus noch. Ich erinnerte mich an allerhand spannende Exkursionen, die wir unternommen hatten, sowie ich mich erst einmal aus den Fängen meiner Familie befreit hatte – und bevor ich mich Hals über Kopf in meine Arbeit versenkte und mich schließlich der Pflege meiner Mutter widmen musste. Und dann war mir London wie ein Gefängnis vorgekommen, in dem ich in die Rolle der eingekerkerten Märtyrerin geschlüpft war. Ich wusste nicht, ob ich London ohne den Schleier der Freudlosigkeit würde sehen können, hinter dem ich es leichten Herzens zurückgelassen hatte.

»Ich weiß nicht, ob ich jemals wieder hier würde leben können«, sagte ich.

»Keiner verlangt das von dir. Ich wollte uns nur ein paar vergnügliche Stunden machen, mehr nicht.«

»Aber«, erwiderte ich mit einer Geste zu dem Haus, »ich dachte, du hättest schon dein Herz daran verloren?«

»Es ist nur ein Haus, Sophie.« Seine Hand fand sich auf meiner Schulter wieder. *»Wir* sind es, um die es hier geht.« Nun strich mir die Hand über die Wange. »Bitte nimm dir diese Zeit mit mir.«

Ich werde Jill ja nächste Woche sehen, sagte ich mir, wenn ich wieder auf meiner Insel bin.

52

NICK ASS IM Wraith Cottage mit Jane und Marguerite zu Mittag. Er fand, dass er Jane eine Erklärung für sein unangekündigtes Fernbleiben von der Arbeit schuldig war, aber sie schien das in keiner Weise gestört zu haben.

»Du hattest dir ein paar Tage Urlaub verdient. Manchmal kann das für die Kreativität sehr nützlich sein.« Sie schob ihm den Glaskrug mit stärkendem Holunderbeerensaft zu. »Marguerite und Neptun haben mir erzählt, du hättest ein bisschen Seelenforschung betrieben. Das braucht jeder mal von Zeit zu Zeit.«

Sie lächelte Nick zu. Wenn sie ihn so ansah, hatte er immer das Gefühl, dass es keine Hürde auf der Welt gab, die letzten Endes nicht doch überwunden werden konnte.

»Brauchst du mich noch bei den Arbeiten am Hotel, oder hat Mark alles im Griff?«, fragte er.

Jane lachte. »Nick, die Arbeit am Hotel wird noch Jahre dauern. Mark und die Kinder arbeiten mit Feuereifer am Fundament – das ganze Grundstück ist mit Zementmixern übersät. Aber du bist derjenige mit der Vision, der, der den Überblick hat. Wir brauchen dich, solange du bleiben kannst – und nimm dir bitte so oft frei, wie du möchtest. Niemand hetzt uns. Chas nennt es mein kleines Steckenpferd.«

Marguerite warf die Hände in die Höhe und schüttelte den Kopf. Ihr silbergraues Haar fiel ihr in Wellen über die Schultern.

»Marguerite meint, dass Chas eine sonderbare Art von Humor hat«, erklärte Jane.

Nick schnitt sich noch eine Scheibe von Janes selbstgebackenem Brot ab. Seit seiner Heimkehr von Neptun verspürte er ständig einen Bärenhunger.

»Ehrlich gesagt hatte ich mich mit dem Gedanken getragen, weiterzuziehen.« Plötzlich dachte er an Sophie. Was sie wohl mit Peter in London machte? Ihm fiel auf, dass seine Gedanken in jüngster Zeit häufiger in diese Richtung wanderten.

»Aber?«, hakte Jane nach.

»Ich habe mich entschlossen, hierzubleiben, mich meinem Leben zu stellen, wie es jetzt ist. Außerdem würde ich euch alle und diesen Ort hier vermissen.«

»Na, da freuen wir uns aber, nicht wahr, Marguerite? Wir hoffen, dass du noch lange hierbleibst.«

Marguerite nickte; dann stand sie plötzlich auf und ging nach draußen, als hätte sie etwas gehört. Nick war sich immer noch nicht sicher, wie viel sie wirklich mitbekam.

»Das ist Neptun«, sagte Jane. »Er fährt heute Nachmittag mit ihr nach Ventnor.«

»Zu dem Therapiezentrum?«

Jane nickte und verzog kaum merklich das Gesicht.

»Du und Neptun, ihr seid nicht glücklich darüber?«

»Neptun ist es nicht. Ich habe mich mehr oder weniger damit abgefunden. Ich bin der Meinung, Marguerite sollte tun und lassen können, was *sie* will. Sie hat weiß Gott nicht viel in ihrem Leben allein entscheiden dürfen. Ich hatte gehofft, ihr würde das Herumreisen gefallen, aber sie wirkt abwesend, wenn wir von hier fort sind, als lausche sie auf etwas, was nur sie allein hören kann.«

»Und du denkst, das hat mit dem Therapiezentrum zu tun?«

»Mit Ash, um es genauer zu sagen.«

»Glaubst du, dass sie in ihn verliebt ist?«

»Ja, das ist meine Befürchtung. Und weil sie eine erwachsene Frau ist, weiß ich nicht, inwieweit ich eingreifen sollte.«

»Aber sie ist eine verletzliche, ganz und gar unerfahrene Erwachsene.«

»Das sagt Neptun auch. Aber …« Sie beugte sich über den Tisch. »Sie ist auch sehr weise, Nick. Sie ist der weiseste Mensch, der mir je begegnet ist.«

»Ja, da gebe ich dir recht.« Nick erinnerte sich daran, wie sie während seiner Stunden der Not bei ihm gesessen hatte, als wüsste sie genau, was sie tat. »Aber es gibt bestimmt Bereiche des Lebens, von denen sie keine Ahnung hat.« Nick dachte dabei an Sex. Marguerite war eine bildschöne Frau, die ihr ganzes bisheriges Leben abgeschottet von jeglichem Kontakt mit Männern verbracht hatte. Wie würde sie reagieren, wenn sie sich plötzlich in jemanden verliebte?

»Nick, was hältst du davon, wenn du mal mit Ash sprichst – von Mann zu Mann, meine ich?«

»Aber ich kenne ihn doch kaum. Ash und Jill sind eigentlich Sophies Freunde. Ich habe mich mit Sophie darüber unterhalten. Sie sagte, Ash käme jetzt mit allem klar – mit irgendeiner neuartigen Therapie, soweit ich verstanden habe.«

»Ja, und ich glaube, es hatte sich eine Weile lang beruhigt. Auf jeden Fall schien Marguerite weniger mit irgendwas beschäftigt. Trotzdem weiß ich nicht so recht. Etwas liegt ihr immer noch auf der Seele – und ich bin mir nicht sicher, ob ich das gutheißen soll.«

»Sophie wird ja bald wieder hier sein. Ich rede noch einmal mit ihr und berichte dir dann. Hast du Marguerite je darauf angesprochen?«

Jane legte den Kopf auf die Seite. »Dies ist das Einzige, was sie scheinbar nicht mit mir zu teilen bereit oder in der Lage ist. Deswegen halte ich mich in dem Punkt zurück. Ich möchte nicht, dass sie denkt, ich wolle in ihrem Privatleben schnüffeln. Und auf ein Privatleben haben wir doch alle ein Recht, oder?«

Nick verbrachte den Nachmittag damit, sich wieder mit der Gartenanlage des Hotels vertraut zu machen. Mit dem Eintreffen der Bauarbeiter war einiges zertrampelt worden, aber so etwas ließ sich wohl nicht vermeiden. Er machte sich eine Liste der Arbeiten, die er anzupacken gedachte. Er wollte diesen Garten so weit als möglich wieder herrichten. Und er hatte Freunde, um die er sich kümmern musste. Andere hatten sich um *ihn* gekümmert, als es nötig war. Er hatte das Gefühl, dass er diesem Ort und den Menschen, die hier lebten, etwas bedeutete. Das wollte er Sophie sagen.

53

RACHEL VERRIEGELTE DIE Tür des Cafés, nachdem sie früher als sonst die Läden heruntergelassen hatte. Ich hatte zum Ausgleich dafür, dass Stevie während meines Wochenendes in London für mich eingesprungen war, den ganzen Tag gearbeitet.

»Das wär's für heute«, sagte sie. »Sollen die doch sehen, wo sie was zu essen kriegen. Nun erzähl mir alles.«

Ich schenkte heißen Tee ein und schnitt für uns beide ein großes Stück Kuchen ab. »Ich habe mich wohlgefühlt – was ich nicht erwartet hatte. Eigentlich wollte ich meine Siebensachen packen und so schnell wie möglich hierher zurückkehren. Aber Peter hat sich solche Mühe gegeben, sich etwas für uns, also auch Audrey und John und die Kinder, einfallen zu lassen.«

»Was denn zum Beispiel?«

»Das Riesenrad an der Themse, den Zoo im Regent's Park – alles, was Spaß macht. Und er hat mit mir ein schickes Haus besichtigt, auf das er ein Auge geworfen hat.«

»Also kommt er zur Sache. Was genau erwartet er jetzt von dir?«

»Er möchte, dass wir es noch einmal miteinander versuchen. Er möchte, dass wir eine Familie gründen, bevor es zu spät ist. Er schwört, er hätte sich geändert.«

»Und du meinst, das stimmt?« Sie schien skeptisch.

»Ja, da bin ich mir sicher. Es gibt keinen Grund für ihn, mir etwas vorzumachen.«

»Hast du mit Jill darüber gesprochen?«

»Sie kommt erst Ende der Woche zurück. Wieso?«

»Nur so. Du hast mal gesagt, dass sie ausgleichend auf dich wirkt, dir die Augen öffnet.«

»Das ist wahr. Ich wollte sie während meines Aufenthalts in London besuchen, aber Peter hat es mir ausgeredet. Er wollte, dass ich ihm eine Chance gebe, ohne gleich zu ihr zu rennen.«

Rachel dachte einen Augenblick lang nach. »Ja, das kann ich verstehen. Ich nehme an, es war Audrey, die ihm in erster Linie den Rücken gestärkt hat?«

»Oh ja. Sie hat versucht, mich wieder in den Kreis der Familie zurückzulocken. Und irgendwie habe ich mich ihnen auch zugehörig gefühlt – sie sind alles, was ich habe.«

»Und nun siehst du die Möglichkeit, diese Familie noch um einen Kopf zu erweitern.«

»Ja, wer weiß? Einfach wird es nicht in meinem Alter.«

»Ich vermute mal, dass körperlich bei dir alles intakt ist. Noch keine Spur von den Wechseljahren?«

»Nichts. Ist es mit fünfundvierzig nicht noch ein bisschen zu früh dafür?«

»Ich hatte mit fünfundvierzig Hitzewallungen. Aber das kann natürlich auch von der Plackerei über dem heißen Herd gekommen sein.« Sie sah mich nachdenklich an. »Und dir ist es ernst damit?«

»Es gibt mir das Gefühl, als rücke alles, was ich mir je gewünscht habe, in greifbare Nähe.«

»Aber ich dachte, du wolltest auf der Insel bleiben?«

»Peter meint, dass wir uns hier ein Feriendomizil leisten könnten. Er verdient zurzeit das große Geld.«

»Er lässt dir aber auch keinen Fluchtweg offen«, sagte Rachel kopfschüttelnd.

»Aber hast du nicht selber gesagt, dass er im Grunde gar nicht so übel ist und dass ich es bereuen könnte, wenn ich endgültig mit ihm breche?«

»Ich weiß. Aber da war ich gerade in etwas sentimentaler

Stimmung wegen meiner eigenen Situation. Ich hatte nicht im Ernst geglaubt, dass du dich tatsächlich von ihm um den kleinen Finger wickeln lässt.«

Ja, da saß ich nun – und drehte meine Gabel zwischen den Fingern. Ich merkte, dass Rachel gerne noch mehr dazu gesagt hätte, sich aber ihrer Sache nicht ganz sicher war. Sie nahm meine Hand.

»Pass auf, dass du dich von dem, was er dir anbietet, nicht verführen lässt. Es kommt nur darauf an, was du ihm gegenüber empfindest.«

»Das weiß ich doch auch, Rachel. Natürlich hast du recht. Aber es fällt mir nicht leicht, das eine vom anderen zu trennen.«

»Musst du dich bis zu einem bestimmten Zeitpunkt entschieden haben?«

»Eigentlich so schnell wie möglich. Er möchte ein Angebot für das Haus abgeben, und für ihn alleine wäre es viel zu groß.«

»Lass dich nicht unter Druck setzen. Warte, bis Jill wieder da ist. Sprich mit ihr. Sprich mit Evie, sprich mit Nick.«

»Mit dem habe ich schon gesprochen.«

»Und?«

»Er sagt das Gleiche wie du – dass ich auf meine innere Stimme hören soll.«

Rachel tat sich noch mehr Schlagsahne auf ihren Kuchen. »Gefällt dir Nick eigentlich mit Haaren?«, fragte sie.

Ich nahm ihr den Sahnetopf aus der Hand. »Zuerst habe ich mich erschrocken, aber ich mag ihn lieber so. Er wirkt dadurch irgendwie weicher.«

»Ich fand ihn kahl besser. Kannst du dir nicht vorstellen, wie dieser wundervoll glatte Kopf zwischen deinen …«

»Aber Rachel!«

»Na ja, war ja nur so ein Gedanke.«

»Aber nicht, während ich Kuchen mit Schlagsahne esse.«

Rachel kicherte. »Dann eben danach.«

»Jedenfalls, um auf das Thema Peter zurückzukommen – er wird in ein paar Tagen hier sein. Ich hoffe, dass Jill vor ihm zurückkehrt.«

Ich ging gemächlichen Schrittes am Steilufer entlang nach Hause. Ich genoss es, wieder ganz für mich alleine zu sein. Ich hielt das Gesicht in den warmen Abendwind und wartete auf das entspannende Gefühl, das der Geruch und die Geräusche des Meeres immer mit sich brachten. Aber diesmal blieb es aus. Ich fragte mich, ob ich mich innerlich doch schon von der Insel verabschiedet hatte und mich bereits wieder auf das Dröhnen des Verkehrs und die Dunstglocke über mir einstellte. Ich wollte mit Leib und Seele auf der Isle of Wight bleiben, aber ich wusste, dass ich mich auch nach etwas anderem sehnte. Vielleicht war mein Aufenthalt hier nur eine kurze Auszeit von dem Weg gewesen, den mein Leben längst eingeschlagen hatte, eine Atempause, die Peter und mir Gelegenheit gab, uns darüber klar zu werden, dass wir uns – beide etwas weiser geworden – wirklich brauchten. Auch wenn alles nicht mehr so wie früher war, bestand doch immer noch ein unaufgelöster Bund zwischen uns, der, gestärkt durch die Tiefe unseres neugewonnenen Verständnisses füreinander, durchaus noch fester werden konnte.

Als ich zur Blue Slipper Bay hinunterkam, sah ich Kyp und Evie vor ihrem Haus sitzen und sich mit Nick unterhalten. Jack und Mila spielten am Strand mit ein paar Kindern von Feriengästen. Es war Ebbe, und in den kleinen Teichen zwischen den Steinen suchten Seemöwen nach Futter. Überall waren Liegestühle verstreut. Evie hatte bunte Laternen an die Markise über den Tischen gehängt. Ich blieb stehen und sah dem Treiben eine Weile zu. Ich würde diesen Ort vermissen. Aber wie würde es im Winter hier sein? Darauf hatte Peter mich auch schon aufmerksam gemacht. Kyp und Evie würden nach Griechenland fliegen. Und wenn Nick nun auch wieder auf Reisen ging? Ich konnte hier nicht ganz alleine wohnen. Wenn nun ein Sturm aufkam und das Kliff rutschte? Würde ich mit den Wellen fertig werden, die *Sea Spray* zu unterspülen drohten? Rachel hatte angeboten, dass ich solange bei ihr wohnte, aber nun bestand die Möglichkeit, dass Mark wieder bei seiner Mutter einzog. Und wovon sollte ich leben? Ich würde in Erwägung ziehen müssen, doch im Therapiezentrum zu arbeiten. Mit einem Male war ich sehr müde. Ich war diese Fragen im Geiste schon so oft durchgegangen, dass sich mein Gehirn dagegen sperrte. Ich winkte den anderen über den Strand hinweg zu, betrat mein kleines Zuhause und schloss die Tür hinter mir. Ich schleppte mich die Treppen hinauf, warf mich auf mein Bett und fiel in einen tiefen Schlaf. Als ich aufwachte, war es bereits dunkel. Ich ging hinunter ins Wohnzimmer und schaute aus dem Fenster. Kyp und Evie hatten hinter ihren Gästen aufgeräumt und machten gerade die Laternen aus. Eigentlich hatte ich ja Nick besuchen wollen, um ihm alles zu berichten. Aber morgen war auch noch ein Tag.

54

NICK WAR ENTTÄUSCHT. Er hatte auf Sophie gewartet und gehofft, dass sie nach der Arbeit nach Hause kam und sich auf einen Drink zu ihm und Kyp und Evie gesellen würde, um von ihrem verlängerten Wochenende in London zu berichten. Aber sie hatte nur gewunken und war in ihrem Cottage verschwunden. Er war sich wie Romeo vorgekommen, als er den ganzen Abend lang zu ihrem Balkon hinübergeschaut hatte. Aber sämtliche Fenster blieben geschlossen, und auch, als es dunkel wurde, war kein Licht angegangen. Sie hatte einen spektakulären Sonnenuntergang versäumt. Gerne hätte er ihn gemeinsam mit ihr betrachtet – rosafarbene und goldene Schattierungen, die das Meer in ein tiefes Violett tauchten.

Wahrscheinlich war sie müde von der Reise und von der Arbeit des Tages. Oder war sie krank? Wütend? Auf jeden Fall schien sie es vorzuziehen, für sich zu bleiben. Er gemahnte sich an seinen Vorsatz, seine Gefühle nicht zu unterdrücken. Dies war nun die Gelegenheit dazu. Er wollte gerne mit Sophie zusammen sein, sie im Augenblick aber nicht mit ihm. Er hockte sich im Schneidersitz auf das Bett und spürte den Knoten der Einsamkeit in seinem Magen. Er atmete tief durch und fühlte die Anspannung im Unterleib. Er brauchte nicht so zu tun, als wäre sie nicht da, und auch nichts dagegen zu unternehmen. Er musste nur ihr Vorhandensein akzeptieren; mehr wurde nicht von ihm verlangt – so hatte er es gelernt. Sein Verstand war es gewohnt, etwas anzupacken, etwas von allen Seiten zu erwägen, sich mit etwas kritisch auseinanderzusetzen, etwas nicht wahrhaben zu wollen. Aber heute Abend ließ er sich einfach gehen, und nach einer Weile merkte er, wie der Knoten in seinem Bauch sich löste und ein Gefühl des Friedens an seine Stelle trat. Es geschah nicht unvermittelt, und es kam auch nicht nach und nach in ihm auf; es war, als wäre es schon immer da gewesen und er hatte es nur nie so recht wahrgenommen. Es war ein ganz normales und doch erhabenes Gefühl, als solle so das Leben sein – jenseits von allen Ängsten vor Verlust und Schmerz. Nick sandte seinem Buddha ein leises Gebet. Vielleicht waren die Lehren, die er empfangen hatte, letzten Endes doch auf fruchtbaren Boden gefallen.

55

PETER RIEF AM folgenden Vormittag im Café an und sagte, dass er im Laufe des Nachmittags käme.

»Ist dies die Stunde der Entscheidung?«, fragte Rachel. Sie lächelte nicht.

Ich nickte nur. Ich hatte die ganze Nacht mit mir gerungen. Ich musste eine Entscheidung treffen, ohne mich noch weiter von jemandem beeinflussen zu lassen. Ich fühlte mich hin- und hergerissen. Auf der einen Seite standen die Geborgenheit in meiner Familie und all die Bindungen, die ich über die Jahre eingegangen war, die vertrauten Menschen, bekannten Orte und mein gewohnter Lebensstil. Ich konnte mich, hoffentlich ein bisschen klüger, reifer und aufgeschlossener geworden, wieder in dieses gemachte Nest setzen. Andererseits hatte ich aber auch gelernt, wie es war, ungebunden zu sein, neue Lebensmöglichkeiten erproben zu können und nicht zu wissen, was die Zukunft für mich bereithielte. Ich würde kinderlos, ohne Partner und von Audrey entfremdet altern. Ich malte mir abwechselnd beide Szenarien aus, bis ich das Gefühl hatte, der Kopf würde mir platzen. Doch am Ende kam ich zu dem Schluss, dass ich die Möglichkeit, ein Kind zu bekommen, nicht verstreichen lassen durfte.

Rachel wartete immer noch auf eine Antwort. »Du kehrst zu ihm zurück, nicht wahr?«, sagte sie schließlich.

»Wenn ich es nicht mit ihm versuche, werde ich es nie erfahren, oder? Ich könnte als kinderlose, verbitterte alte Jungfer enden.« Doch mein Versuch, dem Ganzen eine heiterere Note zu geben, ging kläglich unter wie eine Münze in einem Brunnen. Um die Mittagszeit ging ich nach Hause und schlenderte ziellos um *Sea Spray* herum, betrachtete kummervoll das Meer, als versuchte ich, es loszulassen. Ich duschte, zog mich um und fuhr mit dem Wagen nach Ventnor zurück, damit ich unabhängig war. Ich wollte immer noch nicht, dass Peter in die Blue Slipper Bay kam.

Ich sagte mir, dass ich diesen kleinen Fluchtpunkt in meinem Leben ganz für mich allein bewahren musste – eine ferne Erinnerung an den Versuch, mein Leben in die eigenen Hände zu nehmen.

Ich parkte am östlichen Ende der Promenade und ging langsam auf das Café zu, bahnte mir meinen Weg durch die Feriengäste, die heute in Scharen kamen. Die Schulferien näherten sich dem Ende, und Familien gaben sich der Sonne und dem Meer hin, als wollten sie so viel wie möglich davon in sich aufnehmen, damit es sie über die Wintermonate brachte, bis sie dem Stadtleben wieder entfliehen konnten. Das Wasser war bewegt; Kinder kreischten, als es ihnen um die Beine plätscherte, während Papa und Mama über sie wachten und gerade eben mit den Füßen hineingingen, um Ferienfotos zu schießen. Ich fragte mich, was für eine Sorte Eltern Peter und ich sein würden – falls es dazu kam. Und wenn es nicht dazu kam – würden wir dann diejenigen sein, die in ihren gestreiften Liegestühlen saßen und uns damit zufriedengaben, den Kindern fremder Leute zuzusehen?

Ich blickte die Promenade hinunter und entdeckte Peter. Er war ebenso wie ich früh dran, saß auf einer Bank und beobachtete die Menschen. Ich blieb stehen und beobachtete ihn. Ab und zu reckte er den Hals und schaute hinauf zum Parkplatz. Offenbar erwartete er mich aus der anderen Richtung. Er hielt einen Arm auf der Rückenlehne der Bank ausgestreckt, trug eine dunkelblaue Jeans und ein blau und weiß gestreiftes T-Shirt. Er sah aus, als hätte er soeben seine Yacht im Hafen vertäut. Ja, es wäre schon nett, hier ein Ferienhäuschen zu besitzen und vielleicht sogar ein kleines Boot. Auf diese Weise könnte ich mit Jill und Rachel und meinen neuen Freunden in der Blue Slipper Bay in Verbindung bleiben. Es würde mir nicht leichtfallen, von hier fortzugehen. Schon der Gedanke daran schnürte mir die Brust zu.

Heute war der Tag. Das wusste ich. Ich konnte von Peter nicht verlangen, dass er noch länger auf meine Entscheidung wartete. Ich zögerte, noch näher auf ihn zuzugehen – als wären dies die letzten wenigen Minuten, die nur mir alleine gehörten. Ich stand unbewegt da und beobachtete ihn beim Beobachten. Er drehte den Kopf in meine Richtung. Gleich würde er mich wahrnehmen – aber nein, er schaute einer jungen Frau entgegen, die einen Pudel an der Leine führte. Sie blieb stehen, als ihr Hund am Fuß der Bank schnüffelte, auf der Peter saß. Ich fragte mich, ob sie das beabsichtigt hatte. Sie war schlank und langbeinig, trug knappe, ausgefranste Jeansshorts und ein nicht minder knappes Top mit Spaghettiträgern. Sie bückte sich, um den Hund am Kopf zu kraulen, wobei ihr das dunkle Haar über die Schultern fiel und ihre Brüste wackelten. Sie sagte etwas zu dem Hund und sah dabei Peter an. Er streckte den Arm aus und streichelte ebenfalls den Hund, wobei er strahlend zu ihr aufsah, als wären Pudel das Herrlichste, was je vier Beine geziert hatten. Peter hatte überhaupt nichts mit Hunden im Sinn. Seine Einstellung zu ihnen ähnelte der kleinen Kindern gegenüber. Es war ihm stets ein Rätsel gewesen, wieso Menschen sich an etwas ergötzen konnten, das über ihre Sofas hüpfte und ihre Teppiche schmutzig machte – ganz zu schweigen davon, dass manche Leute mit ihren Hunden redeten, als wären sie verständige Gefährten. Aber dieser Pudel war offensichtlich etwas ganz Besonderes. Peter versenkte beide Hände in seinen Wollpelz und redete auf den Hund ein, während seine Besitzerin sich kichernd in Pose warf. Dann sah ich, wie Peter auf seine Uhr schaute und erneut einen Blick hinauf zum Parkplatz warf. Er lächelte und streckte die Hand aus, als wolle er sich vorstellen. Die Frau warf sich das Haar in den Nacken und setzte sich neben ihn.

Ich wandte mich ab. Ich wollte ihm nicht nachspionieren. Ich hatte das schon oft genug gesehen – diese zwanglose Art, in der er Frauen anquatschte und mit der er auch noch unweigerlich bei ihnen landete. Wahrscheinlich war dieses Techtelmechtel ganz und gar harmlos – er konnte eben nicht aus seiner Haut. Ich aber wusste, dass es mir nicht möglich sein würde, noch einen einzigen weiteren Schritt auf ihn zuzugehen – jedenfalls nicht heute. Ich ging zurück zu meinem Auto und fuhr nach Hause.

Ich saß auf dem Sofa mit Commie, der sich an mein Bein schmiegte. Ich hörte nichts als das Heranrollen und das Ablaufen der Wellen und den gelegentlichen Schrei einer Möwe. Ich dachte ganz in Ruhe über meine jüngsten Zusammentreffen mit Peter nach, über seine Reuebekundungen und seine Versprechungen. Ich dachte an das Haus in London, das ideale Voraussetzungen mitbrachte, die Träume einer jeden Familie zu erfüllen. Ich wartete darauf, dass Wut in einer Flutwelle der Frustration und Enttäuschung in mir hochkochte. Aber sie blieb aus. Wo waren all meine Ängste geblieben? Die Ängste, den Rest meiner Tage in trostloser Einsamkeit zu verbringen?

Ich fing an, in der Vergangenheit zu wühlen. Ich tauchte tief in den Schlamm des Betrogenwerdens und der Erniedrigung ein. Ich erinnerte mich an die Ausflüchte, die offensichtlichen Lügen und Verdrehungen, die Zweifel, ob ich nicht doch diejenige war, die alles falsch sah. So viele Jahre meines Lebens waren bestimmt gewesen von Unsicherheit, die an den Grundfesten meiner eigenen Persönlichkeit nagte.

Ich grübelte und grübelte, bis ich an nichts anderes mehr denken konnte. War das Selbstverleugnung? Wo war meine Wut geblieben? Warum nahm ich nicht eine Seelenreinigung vor wie Nick? Mir fiel ein, dass Peter – wie übrigens auch Rachel – sich fragen würde, warum ich nicht zum Treffpunkt erschienen war. Ich hatte inzwischen gar kein Zeitgefühl mehr. Ich erhob mich steif und trat auf den Balkon hinaus. Der Strand war leer bis auf Nick, der barfüßig im Sand spazierte. Er sah zu mir hoch und winkte. Ich spürte plötzlich eine Wärme in mir, als wäre eine kleine Flamme entfacht worden. Ich winkte ihm, zu mir heraufzukommen.

Er hatte sich rasiert, das Kopfhaar aber gelassen. Es stand ihm in kleinen braunen Büscheln ab, als könne es sich nicht entscheiden, in welche Richtung es wachsen wollte. Nick sah mich fragend an. Ich merkte, wie meine Augen feucht wurden, doch es folgte kein hemmungsloser Tränenausbruch.

»Was ist denn?«, fragte er.

Und dann erzählte ich ihm von meiner Unentschlossenheit und wie dann, nachdem ich mich gerade zu einer Entscheidung durchgerungen hatte, alles wieder zunichtegemacht worden war, und das nur, weil ich gesehen hatte, wie Peter wieder in seine früheren Angewohnheiten verfiel.

»Nur, sagst du … willst du andeuten, dass es dich eigentlich gar nicht berühren sollte, dass es keine Rolle spielt?«

»Nein. Ich merke bloß, dass es mich im Grunde genommen kaltlässt. Das habe ich eigentlich auch nicht anders erwartet. Ich habe nach Entschuldigungen für ihn gesucht, mir einzureden versucht, dass es überhaupt nichts zu bedeuten hatte. Und dann sagte ich mir, dass ich meine eigenen Gefühle verleugne. Ich wollte meinem Zorn freien Lauf lassen, aber …«

»Aber?«

»Es wird mir zunehmend klar, dass es mir egal ist. Mein Aufgewühltsein seit Peters Schwur, er habe das Licht der Erkenntnis gesehen und alles würde gut. Ich merke jetzt, dass ich mich in nostalgischen Erinnerungen und Fantasievorstellungen verrannt habe, dass ich mich von alledem habe verführen lassen.« Ich schüttelte vehement den Kopf, um mich von dem

Tunnelblick zu befreien. »Oh ja, ich bin mir sicher, dass er es nicht böse meint und dass er sich wirklich geändert hat. Aber das habe ich auch. Auch aus mir ist ein anderer Mensch geworden. Ich kann nicht wieder zurück. Das weiß ich jetzt.«

In einem Wonnegefühl der Befreiung musste ich plötzlich laut auflachen. Ich warf Nick die Arme um den Hals. Er wirkte überrascht. »Oh danke, Gott«, rief ich, »danke, Gott, dass diese aufgedonnerte Schnepfe ihn vor mir erreicht hat.«

Ich hätte nie geglaubt, dass ich einmal froh sein würde, diese Worte auszusprechen. Ich fühlte mich immens erleichtert, gestärkt. Ich hielt mich an Nick fest und bewegte mich im Takt. Auch er lachte nun, und wir fingen zu tanzen an. Ich summte einen Walzer von Strauss, in den er mit einstimmte, während wir uns in meinem Wohnzimmer im Kreise drehten. Commie setzte sich neugierig auf. Ich warf übermütig den Kopf in den Nacken, und dann sah ich aus den Augenwinkeln, wie die Tür aufging und Peter eintrat. Ich hielt inne und ließ Nick los, der rücklings aufs Sofa taumelte. Peter stand mit offenem Mund da.

»Ich muss mit dir reden«, stammelte ich.

Peter zeigte mit dem Finger auf Nick. »Ich dachte, du hättest gesagt, er wäre nicht dein Freund?«

»Ist er ja auch nicht …«

»Ich hoffe, du erwartest nicht von mir, dass ich das glaube. Was treibst du für ein Spiel? Willst du mich an der Nase herumführen? Willst du mir etwas heimzahlen? Du könntest wenigstens den Anstand besitzen, offen zu mir zu sein.«

Ich ließ den Kopf hängen, spürte meine Mundwinkel zucken und wartete darauf, dass ich entweder in Tränen oder in hilfloses Lachen ausbrach. Ich wünschte mir, Jill wäre hier – diese Szene wäre ganz nach ihrem Geschmack. Ich schüttelte den Kopf. »Ehrlich, Peter, dies hat nichts mit Nick zu tun. Ich habe stundenlang nachgedacht und bin zu meiner eigenen Entscheidung gekommen. Es tut mir leid. Es hätte nicht geklappt mit uns. Das war mir klargeworden, bevor Nick …«

»Du wirst es bereuen. Du hast uns nie eine Chance gegeben.«

Ehe ich noch etwas sagen konnte, hatte er schon die Tür hinter sich zugeschlagen. Ich hörte ihn die Treppe hinunterrennen, als könne er gar nicht schnell genug fort von hier. Aber dann hörte ich von draußen seine Stimme nach mir rufen. Ich ging auf den Balkon. Er stand vor dem Haus auf dem betonierten Weg.

»Ach, und noch etwas. Du kannst Ash bestellen, er sollte es etwas diskreter tun, wenn er es gerne in seinem Sprechzimmer treibt.«

Ich wollte nichts mehr hören. Ich ging wieder hinein und schloss sämtliche Fenster. Nick erhob sich vom Sofa. An seinem Gesichtsausdruck konnte ich ablesen, dass ihm Peters letzte Bemerkung nicht entgangen war.

56

NICK FRAGTE SICH ernsthaft, was als Nächstes passieren würde. Sophie schien durch ihn hindurchzublicken, als ob die Ereignisse sie völlig aus dem Gleichgewicht gebracht hätten. Vorsichtig nahm er sie bei den Schultern.

»Warum stellst du dich nicht erst einmal unter die Dusche, während ich uns ein Abendessen mache?« Doch sie sah ihn weiterhin ausdruckslos an. Also schob er sie ins Badezimmer, wartete, bis er das Wasser laufen hörte, und ging dann in die Küche, wo er sich gegen die Spüle lehnte. Er merkte, wie rasend sein Herz pochte und wie sich in seinem Kopf die Rädchen drehten. Er holte ein paar Mal tief Luft und sagte sich, dass er sich jetzt zu nichts Unüberlegtem hinreißen lassen durfte. Einerseits war er natürlich erleichtert, dass Sophie sich entschlossen hatte, nicht zu Peter zurückzukehren, und das scheinbar auch aus innerster Überzeugung, als wäre sie nun von sämtlichen Zweifeln befreit. Als sie aus heiterem Himmel mit ihm zu tanzen angefangen hatte, hätte er sie am liebsten an seine Brust gedrückt, sie geküsst und ihr *seine* innersten Gefühle offenbart. Es war, als sei ein Vulkan in ihm ausgebrochen. Mit einem Male war sein ganzer Körper von einem glühenden Verlangen nach ihr erfüllt gewesen. Aber er wusste, wie dumm es gewesen wäre, die Gunst des Augenblicks zu nutzen. Wenn sie darauf eingegangen wäre, hätte er nie gewusst, ob sie es nicht bloß getan hatte, um über die Enttäuschung mit Peter hinwegzukommen.

Er musste hier derjenige sein, der verantwortungsvoll handelte. Er wusste schließlich um die Verwundbarkeit in Krisensituationen. Vielleicht hatte sie ebenso wie er am Rande eines Zusammenbruchs gestanden und ihr leider abgebrochener Tanz war eine Reaktion darauf gewesen. Andererseits schien sie tatsächlich ausgelassener Stimmung gewesen zu sein, erfüllt von einer Leichtigkeit, die er an ihr bisher noch nie beobachtet hatte. Aber dann hatte Peters abschließende Bemerkung ihr wieder einen heftigen Dämpfer versetzt. Diese Sache mit Ash und Marguerite drängte sich immer wieder in ihrer beider Leben.

Er schaute in Sophies Kühlschrank. Darin befanden sich ein paar Tupperdosen mit Rachels köstlichen Nudelgerichten und Salaten. Er suchte Besteck heraus und deckte den Tisch mit blau-weißen Sets und Servietten. Dann füllte er Salate und Nudeln in Sophies Keramikschüsseln und entkorkte eine Flasche Rotwein. Schließlich trat er einen Schritt zurück, um sein Werk zu bewundern. Alles wirkte so einladend. Normalerweise aß er mit einer verbogenen Gabel von einem schlichten weißen gesprungenen Teller. Er sollte sich auch buntes Service kaufen. Die Speisen wirkten viel appetitanregender darauf. Zum Schluss nahm er noch einen Halter mit langen zitronengelben Kerzen vom Kaminsims und stellte ihn in die Mitte des Tisches. Dann zündete er die drei Kerzen an, obwohl es noch nicht dunkel war.

Er hörte, wie das Wasser abgedreht wurde, und erhaschte einen Blick auf Sophie, die nur mit einem Badehandtuch um die Hüften hinauf in ihr Schlafzimmer flitzte. Kleine Pfeile des Wohlgefallens erweckten gewisse Teile seines Körpers zu Aktivität. »Immer ruhig, Mann«, sagte er zu sich selbst. Er ließ sich auf das Sofa sinken, nahm ein Buch zur Hand und tat so, als würde er lesen.

Schließlich kam sie herunter. Sie verbreitete einen exotischen Duft; das feuchte Haar stand ihr noch zu Berge. Sie trug ein honiggelbes Shirt und Bluejeans, aber keine Schuhe an ihren braungebrannten Füßen. Nick hatte das Gefühl, sie noch nie richtig angesehen zu haben. Sie kam an den Tisch und lächelte ihm zu.

»Das ist aber hübsch«, sagte sie. »Danke dir.«

Sie erschien Nick ziemlich gefasst, keineswegs so, als stünde sie am Rande eines Zusammenbruchs. »Tja, ich wünschte, ich könnte behaupten, stundenlang für dich in der Küche gestanden zu haben, aber Rachel hat mir leider schon die ganze Arbeit abgenommen.«

»Seit ich im Café arbeite, habe ich mir so gut wie nie etwas gekocht.«

Sie nahmen beide am Tisch Platz. Nick schenkte Wein ein, und sie füllten sich ihre Teller. Nick war sich gar nicht sicher, ob er überhaupt etwas essen mochte. Er wollte einfach nur, dass sie sich mit ihm unterhielt, damit er dasitzen und sie ansehen konnte. Sie hob ihr Glas.

»Also, auf … ja, auf was denn …«

Nick stieß mit ihr an. »Darauf trinke ich«, sagte er. Ihre Blicke trafen sich. Es kam ihm vor wie ein Augenblick des tiefsten Friedens, als wäre etwas hinabgeflattert gekommen und habe schützend seine Flügel um sie gelegt. Und dann pochte es unten an der Tür.

»Er ist zurückgekommen«, flüsterte Sophie.

»Möchtest du, dass ich runtergehe und ihm sage, er solle verschwinden?«, fragte Nick. Doch schon hörten sie, wie die Tür geöffnet wurde und Schritte die Treppe heraufkamen. Nick stand auf und ging zur Wohnzimmertür. Nach ein paar Sekunden Stille klopfte es zaghaft.

»Sophie? Bist du da?«

»Rachel!« Sophie schob rasch ihren Stuhl zurück, während Nick öffnete. Rachel stand da und wirkte etwas verstört.

»Gott sei Dank, es geht dir gut.« Rachel stürzte auf Sophie zu und umarmte sie. »Ich habe mir solche Sorgen um dich gemacht. Peter kam ins Café gestürmt und hat sich wie ein Wahnsinniger benommen, Jane rennt schon die ganze Zeit herum und sucht überall nach Marguerite, und dann ist auch noch Ash aufgekreuzt und wirkte völlig verwirrt. Was zum Teufel geht hier vor?«

Nick zog noch einen Stuhl für Rachel heran, schenkte ihr ein Glas Wein ein und setzte sich wieder, um Sophie zuzuhören, die Rachel berichtete, was sich zwischen ihr und Peter zugetragen hatte. Rachel schien keinen Zweifel daran zu haben, dass Sophies Entscheidung richtig gewesen war.

»Es war wie eine Offenbarung, Rachel. Mit einem Male konnte ich alles klar vor mir sehen. Es tut mir leid für Peter, aber für mich gibt es nun kein Zurück mehr. Ich habe mich in nostalgische Erinnerungen und Wunschdenken verrannt, weil ich es unbedingt wahrhaben wollte. Ich wollte, dass es mit uns beiden klappt. Aber jetzt weiß ich, dass ich mir etwas vorgemacht habe. Peter gehört in meine Vergangenheit und damit hat es sich. Man kann die alten Gefühle nicht wieder zum Leben erwecken.« Sie machte eine Pause und seufzte tief. »Auch nicht mit der Aussicht auf eine Familie«, fügte sie hinzu. Doch Nick spürte, dass es ihr im Grunde doch das Herz schwer machte.

Rachel streckte die Hand nach Sophie aus und berührte ihren Arm. Nick beneidete die Frauen darum, mit welcher Zwanglosigkeit sie ihre Gefühle füreinander ausdrücken konnten. Vermutlich lag das an dem Fehlen sexueller Botschaften, die zwischen Mann und Frau immer unterschwellig mitschwangen. Oder besaßen Frauen etwas, das Männer nicht erkennen oder sich nicht erlauben konnten? Er ärgerte sich ein klein wenig über Rachel, weil sie hereingeplatzt war, als er gerade derjenige sein wollte, bei dem Sophie ihr Herz ausschüttete. Aber Sophie sprach ihn ebenso oft an wie Rachel, schloss ihn mit ihren Blicken und ihren Gesten mit ein. Albern, auf eine so gute Freundin eifersüchtig zu sein.

»Ich muss dir was sagen«, begann Rachel. »Ich habe mich beinahe von Peter einwickeln lassen. Er ist manchmal ins Café gekommen, wenn du nicht da warst. Es ist schwer, ihn nicht zu mögen – er hat irgendwie was. Als ich merkte, dass du dich von ihm erweichen ließest, habe ich beschlossen, ihn auf die Probe zu stellen. Ich weiß, dass ich ganz schön unartig gewesen bin, aber ich habe angefangen, ein bisschen mit ihm zu flirten, und ahnte schon recht bald, dass ich ihn nur zu fragen brauchte, ob er mit mir ins Schlafzimmer will, und er schnurstracks oben gewesen wäre – vergib mir, wenn ich es so krass ausdrücke.«

Sophie rang sich ein Lächeln ab. »Und da hast du dann deine Meinung über ihn geändert?«

»Oh ja. Ich hatte mich bemüht, dich nicht zu beeinflussen. Aber ich fing an, mir ernsthaft Sorgen zu machen, als ich merkte, dass er drauf und dran war, dich an den Haken zu bekommen. Da habe ich mir schon überlegt, ob ich ihn tatsächlich mit in mein Bett locken müsste, um dann alles auf Video aufzunehmen oder so.«

»Na, ich bin froh, dass du nicht so weit gehen musstest. Und was hat er nun gesagt, als er heute Nachmittag ins Café gepoltert kam?«

»Er war schon einmal da gewesen und hat nach dir gefragt. Er wollte wissen, wo er dich finden könnte, aber ich habe mich geweigert, es ihm zu sagen. Da ist er wütend rausgestürzt. Es muss wohl so sein, dass er auf der Stelle zu Ash gerannt ist. Und als er dann später noch mal wiederkam, hatte er erst recht Schaum vor dem Mund. Er hat mich beschuldigt, die ganze Zeit gewusst zu haben, dass du einen Liebhaber hast.«

»Armer Nick. In falschen Verdacht geraten. Tut mir leid, dass ich euch beide so in alles hineingezogen habe.«

»Du brauchst dich nicht zu entschuldigen«, sagte Nick. »Es macht mir nichts aus, für deinen Liebhaber gehalten zu werden.« Er merkte, dass er rot wurde – hatte er sich verraten?

»Na, jedenfalls ist es heute im Café zugegangen wie in einer Sitcom«, sagte Rachel. »Aber das stört mich nicht, solange du nur die richtige Entscheidung gefällt hast. Habt ihr noch einen

Teller? Das Zeug sieht ja ganz essbar aus, obwohl es von mir ist.«

Auch Nick verspürte nun Hunger. Er machte sich über seine Pasta her und fragte sich, ob Peter nun endgültig verschwunden wäre.

»Also, dann kommt Ash hereingestürzt«, nahm Rachel den Faden des Dramas wieder auf, als schriebe sie tatsächlich eine Episode für eine Seifenoper. »Er sagte, er wäre aus seinem Sprechzimmer gekommen und hätte Peter dabei erwischt, wie er am Empfang im Adressverzeichnis wühlte. Ash war völlig außer sich vor Wut. So habe ich ihn noch nie gesehen. Ich hoffe, Jill kommt bald zurück und nimmt ihn an die Kandare.«

»Jill ist immer noch weg?«, fragte Nick.

Rachel legte ihre Gabel hin. »Habe ich irgendwas nicht mitbekommen?«

Nick sah, dass auch Sophie von ihrem Teller abließ.

»Na los, raus damit«, drängte Rachel. »Ihr könnt mir ruhig alles erzählen, wenn mein Café schon der Ort ist, wo allen die Nerven durchgehen.«

Nick sah, dass Sophie zwischen dem Wunsch, ihre Freunde in alles einzuweihen, und ihrer Pflicht, in manchen Punkten Diskretion zu wahren, hin- und hergerissen war. Das übliche Dilemma. Aber hier ging es doch um das Wohl und Wehe anderer Menschen.

»Sieh mal, Sophie«, schaltete er sich ein, »ich weiß, dass das schwierig für dich ist. Aber wie können wir jemandem helfen, wenn wir nicht alle den Mund aufmachen und endlich etwas tun?«

»Na gut, dann erzählt es mir eben nicht«, sagte Rachel. »Lasst mich raten. Ash war vor Zorn außer sich, als ob Peter seine Nase in mehr gesteckt hätte als in sein Adressverzeichnis. Und da ich die beiden ja nun kenne, muss es etwas mit dem anderen Geschlecht zu tun haben.« Sie sah abwechselnd Nick und Sophie an. »An euren Gesichtern kann ich ablesen, dass ich auf dem richtigen Dampfer bin. Ist jemand beim Knutschen im Sprechzimmer erwischt worden?«

»Ja, du hast recht«, sagte Sophie. »Und es ist jetzt sowieso schon kein Geheimnis mehr. Peter hat's in die ganze Welt hinausgeschrien, bevor er gegangen ist.«

Rachel grinste. »Bist du dir sicher, dass Jill nicht früher zurückgekommen ist und die beiden sich zusammengerauft und ein kleines Tête-à-Tête im Sprechzimmer veranstaltet haben, während die Kinder oben in ihren Zimmern eingeschlossen waren?«

»Möglich ist's«, sagte Nick. »Aber doch eher zweifelhaft. Und du sagtest vorhin doch, dass Jane nach Marguerite gesucht hat.«

Rachel schien den Faden zu verlieren. »Ich weiß nicht, worauf das jetzt hinausläuft …«

»Okay«, sagte Sophie, als wolle sie nun auf den Punkt kommen. »Wir wissen Folgendes: Marguerite ist in Ash verliebt und legt ein beunruhigendes Verhalten an den Tag. Jane hat sich Sorgen gemacht und wollte sie schon den ganzen Sommer von hier fortbringen, aber Marguerite hat es immer wieder zurückgezogen.« Sie warf Nick einen Blick zu, als könne sie sich nicht recht entscheiden, ob sie noch mehr sagen sollte. »Ash hat sich auch sonderbar benommen, und dann bin ich zufällig dazugekommen, als er es mit einer Frau …«

»Nein! Nicht mit Marguerite! Bitte sag mir, dass das nicht wahr ist.« Klappernd fiel Rachels Gabel zu Boden.

»Ich habe nicht gesehen, wer es war. Aber wir wissen nicht, was wir davon halten sollen, nicht wahr, Nick?«

»Hat Jill Verdacht geschöpft?« Rachels Stimme klang bitterernst.

»Sie weiß, dass er sich auf irgendwas eingelassen hat, aber das vermutet sie nicht. Nein.«

»Mein Gott.« Rachel schüttelte ungläubig den Kopf. »Ich

kann mir nicht vorstellen, dass Ash das tun würde. Marguerite ist schön, aber sie ist wie ein großes Kind. Sie kommt doch überhaupt nicht in der Welt klar.«

»Das wissen wir. Aber wir wissen trotzdem nicht, was wir jetzt unternehmen sollen.«

»Man muss Ash damit konfrontieren«, sagte Rachel.

»Stimmt«, pflichtete Nick ihr bei. »Und zwar bevor Jill zurückkommt.«

57

ICH WOLLTE DAS nicht tun. Ich brauchte Zeit, um das Geschehene zu verdauen. Nachdem es mir wie Schuppen von den Augen gefallen war, hatte ich mich wie neugeboren gefühlt. Aber dann hatte ich den armen Nick in meinen Freiheitstaumel mit hineingezogen, ohne an seinen angeschlagenen Zustand zu denken. Er hatte einen Nervenzusammenbruch erlitten. Es dauerte eine Weile, bis man sich von so etwas erholte; jede Aufregung konnte einen Rückfall auslösen. Es war nicht fair von mir gewesen, ihn mit meinen Problemen zu belasten. In dem Augenblick, als wir tanzten, hatte ich mich so frei gefühlt, dass ich glatt mit ihm ins Bett gegangen wäre. Doch ich war froh, dass es nicht dazu gekommen war. Ich wollte nicht für noch mehr Missverständnisse verantwortlich sein.

Und nun wurde ich wieder in die Geschichte mit Ash und Marguerite hineingezogen, als ich gerade geglaubt hatte, nun wäre alles im Lot. Kam ich denn nie davon los? Aber ich musste meinen Beitrag leisten, ob ich es nun wollte oder nicht. Wohin sollte das alles führen? Welche Auswirkungen würde es auf meine Freundschaft mit Jill und Ash haben? Aber nach dem, was Peter in die Welt hinausgeschrien hatte, konnte ich mich wohl kaum heraushalten. Marguerite mochte eine schöne, heilerisch begabte erwachsene Frau sein, aber sie war gleichzeitig auch so unbedarft wie ein Kind. Sollte ich einfach Jill davon erzählen und den Rest ihr überlassen? Aber *was* sollte ich ihr denn erzählen? Ich wusste ja selbst nichts Genaues. Nein, ich musste zunächst mit Ash sprechen. Schließlich war er es gewesen, der mich um eine Unterredung angefleht hatte. Ich hätte sie ihm gewähren sollen. Es war egoistisch und naiv von mir gewesen, zu glauben, dass sich alles von selbst regeln würde. Aber wenn ich mich jetzt nicht einschaltete, würde Ash sich in ernsthafte Schwierigkeiten manövrieren und konnte sogar Gefahr laufen, seine Zulassung als Arzt zu riskieren.

Aber ich wollte es nicht ganz alleine tun. Ich war mir nicht sicher, ob ich mit Ashs Zorn fertig würde, falls ich mich irrte. Jane hätte das Gefühl, Marguerite zu hintergehen, wenn ich sie mit einbezog, und Rachel würde Ash bei diesem Gespräch bestimmt nicht dabeihaben wollen. Neptun würde Ash vermutlich an die Gurgel gehen, wenn er etwas zu gestehen hatte. Also blieb nur Nick. Er kannte Ash nicht so gut wie ich; er konnte alles mit mehr Distanz betrachten. Ich brauchte männliche Unterstützung und ich wusste, dass Nick schweigen konnte.

Am nächsten Abend machten wir uns auf den Weg den Küstenpfad entlang. Wir gingen zu Fuß, um uns noch einmal auf das Treffen vorzubereiten. Gerne hätte ich Nick während unseres Gesprächs bei der Hand genommen, als brauche ich auch physisch und nicht nur psychisch seinen Beistand, doch nachdem ich mich jüngst schon an ihn herangeschmissen hatte, hielt ich mich tunlichst zurück.

»Und wenn nun Jill wieder da ist?«, gab Nick zu bedenken.

»Dann sehen wir ihr Auto in der Einfahrt stehen. Ich werde mich leise hineinschleichen, um festzustellen, ob Ash unten ist. Ist er oben in der Wohnung, müssen wir uns zurückziehen und neu planen.«

Aber es war keine Spur von Jill oder den Kindern zu sehen. Wir betraten das Therapiezentrum. Solveig räumte gerade den Empfangstresen auf; ein paar Studenten saßen herum und schrieben auf ihre Notizblöcke.

»Wir schließen gleich«, sagte Solveig. »Wünschen Sie einen Termin?«

»Wir möchten mit Ash sprechen. Ist er noch da?«

»Sie sind doch die Freundin von Jill, nicht wahr? Er hat einen Patienten. Können Sie morgen wiederkommen?«

»Nein, wir warten«, erklärte Nick und setzte sich.

Solveig rückte ihre Brille zurecht und sah ihn giftig an. »Er hat einen langen, harten Tag hinter sich.«

Ich lächelte und setzte mich neben Nick. »Gegen uns wird er nichts haben. Wir sind Freunde.«

»Ich werde mal sehen, was ich tun kann, sowie er mit der Arbeit fertig ist«, sagte Solveig von oben herab. Dann bezog sie wieder hinter ihrem Empfangstresen Posten. Trotzdem fand ich es gut, dass sie nach dem Durcheinander, von dem Jill mir erzählt hatte, hier für Ordnung sorgte. Die Studenten packten ihre Notizblöcke ein, zogen die weißen Kittel aus und gingen. Aus Ashs Sprechzimmer drangen gedämpfte Geräusche zu uns. Schließlich verließ ein Patient das Zimmer, vereinbarte einen neuen Termin mit Solveig und ging ebenfalls. Solveig verschwand in Ashs Zimmer. Ein paar Minuten später kam er heraus und sah uns fragend an.

»Ach, hallo«, begrüßte er uns. Dann wandte er sich Solveig zu. »Du kannst jetzt gehen. Ich schließe ab.«

Sie ging – widerstrebend, wie ich das Gefühl hatte. Diese Frau wollte unbedingt die Fäden in der Hand behalten. Ash zog seinen Kittel aus und legte ihn in einen Korb für Schmutzwäsche. »Das ist ja eine Überraschung«, sagte er. »Kommt ihr nur so mal vorbei, oder gibt es einen besonderen Grund?«

Ich sah Nick an. Wir hatten uns darauf verständigt, dass ich den Anfang machen sollte. Ich erhob mich. »Leider Letzteres, Ash.«

Er vergewisserte sich, ob auch nirgendwo mehr Studenten zugegen waren. Dann setzte er ein Grinsen auf und zuckte die Schultern. »Schieß los.«

»Na ja, so einfach ist das gar nicht. Du erinnerst dich, dass du mir vor ein paar Wochen von sonderlichen Vorkommnissen hier erzählt hast ...«

Er hielt die Handflächen hoch. »Sprich gar nicht erst weiter. Das war vertraulich, Sophie.«

»Ja, ja, ich weiß. Aber nun sind auch andere davon betroffen und haben mich darauf angesprochen. Jane hat zu Nick gesagt, dass sie sich Sorgen macht. Und Peter ist in der Blue Slipper Bay gewesen – und du kannst mir glauben, er hat kein Blatt vor den Mund genommen. Deswegen sind wir hier. Wir wollen dir helfen.«

»Peter! Dieser Schleimscheißer! Ich hätte ihm die Polizei auf den Hals hetzen sollen. Was hat er denn erzählt?«

Nick stellte sich neben mich. »Die Sache ist die, Ash. So sehr Sophie und ich auch versucht haben, Stillschweigen zu bewahren und so zu tun, als wäre alles in Ordnung – es holt uns immer wieder ein. Jane weiß es, Peter weiß es, und selbst Rachel hat eine Ahnung, dass etwas vorgeht. Wenn du uns sagst, wir sollen verschwinden und uns um unsere eigenen Angelegenheiten kümmern, ist das deine Entscheidung. Aber das bedeutet dann nicht unbedingt, dass wir nichts unternehmen, falls eine Gefahr für jemanden daraus entsteht.«

Ash stand da und starrte uns an. Er wirkte schockiert. Er schleppte sich zu einem Stuhl und ließ sich darauf fallen. »Was redet ihr denn da bloß?«, sagte er leise.

»Ash, du und ich wissen, was ich an jenem Abend hier gesehen habe. Ich hätte auf dich hören sollen, dir deine Bitte um Hilfe nicht abschlagen dürfen. Jane und Neptun sind sehr besorgt, weil Marguerite offenbar wie besessen von dir ist. Peter sagt, du hättest Sex gehabt, als er hier hereinkam. Und Rachel – nun, die bedient sich einfach ihres gesunden Menschenverstandes. Ich weiß, dass Jill glaubt, es hätte alles nur mit dieser Rückführungstherapie zu tun, dass du dich da Hals über Kopf hineingestürzt, inzwischen aber wieder alles im Griff hast. Aber das stimmt doch wohl gar nicht?«

Ein paar Augenblicke lang hielt Ash sein Gesicht in den Händen verborgen. Als er sie wieder herunternahm, zitterten sie. Sein Gesicht wirkte hager; seine Stimme klang harsch. »Ich kann's nicht glauben. Ihr denkt, ich habe Sex mit Marguerite gehabt?«

»Mit irgendwem hast du Sex gehabt. Hier in deinem Sprechzimmer.« Nick wies mit einer Geste auf die Tür. »Marguerite ist sehr verstört, und Jill ist nicht hier.« Er sah mich an. »Nun sind wir da auch mit hineingezogen worden.«

Ash sah Nick wütend an. »Dann könnt ihr euch verdammt noch mal auch gleich wieder da herausziehen.« Er sprang von seinem Stuhl auf; er wirkte bedrohlich. »Raus jetzt! Raus, bevor ich euch hinausschmeiße.«

»Dann gib uns wenigstens eine Erklärung. Die schuldest du uns. Sag uns, dass wir uns irren, und wir gehen auf der Stelle«, sagte Nick, ohne auch nur mit der Wimper zu zucken.

»Ich schulde euch gar nichts«, knurrte Ash.

»Doch«, beharrte ich. »Wir wollten da nicht mit hineingezogen werden. Außerdem bist du es dir selbst schuldig. Und Jill und den Kindern. Du musst jetzt etwas tun, Ash, mit uns, mit deinen Freunden, bevor es zu spät ist.«

»Freunde! Feine Freunde seid ihr. Mir so etwas an den Kopf zu werfen.« Seine Stimme versagte ihm fast. »Wo warst du, als ich dich gebraucht habe, Sophie?«

»Damals war ich nicht in der Lage, damit umzugehen. Das weißt du. Und als es mir wieder besser ging, schien alles in Ordnung. Du hast es mir selbst gesagt.«

Ash sank wieder auf den Stuhl zurück. Die Hände hingen ihm schlaff zwischen den Knien. Er wirkte sehr niedergeschlagen.

»Dann sag uns doch wenigstens, warum Marguerite so verstört und so von dir und diesem Haus besessen ist, damit wir zumindest ihretwegen beruhigt sein können. Dann können wir auch Jane beschwichtigen. Den Rest überlassen wir dir.« Nick hatte ganz leise gesprochen. Schweigen senkte sich über den Raum. Schließlich hob Ash den Kopf.

»Marguerite weiß es«, flüsterte er.

»Weiß was?«, fragte ich.

»Sie weiß, was vorgegangen ist. Ich schwöre euch, ich habe sie nicht angefasst. So etwas würde ich nicht im Traum tun. Ich kann einfach nicht glauben, dass ihr gedacht habt … aber ich kann mir vorstellen, wie es auf euch gewirkt haben muss. Ich weiß, dass Marguerite große Stücke von mir hält und sehr in ihrer Arbeit hier aufgeht. Sie hat versucht, mir zu helfen, und ich würde mir ja auch gerne von ihr helfen lassen, aber … ich kann es einfach nicht.«

»Wieso?« Ich zog einen Stuhl zu ihm heran und setzte mich so hin, dass ich ihm in die Augen schauen konnte.

»Ich stecke zu tief da drin. Und ich möchte auch sie nicht noch mehr darin verstricken, als sie es ohnehin schon ist.« Er sah uns verzweifelt an. »Ich bin erledigt.«

Auch Nick hockte sich jetzt, die Hände auf die Knie gestützt, vor ihn. Wir bildeten ein angespanntes Trio gekrümmter Rücken. »Erzähl uns alles, Ash«, sagte er.

»Es ist diese Geschichte mit der sogenannten *Rückführung.* Ich hatte Jill gesagt, dass ich durch Solveig davon erfahren hätte. Aber das stimmte gar nicht. Wir hatten eine Studentin, die sich in dieser Therapieform versuchte. Solveig kennt sich aus; sie hat davor gewarnt, was dabei herauskommen kann und dass wir uns daran die Finger verbrennen können. Aber besagte Studentin war wie versessen darauf und hat mich überredet, es mit ihr auszuprobieren. Das Ergebnis war umwerfend, aber das hatte ich dir ja schon erzählt, Sophie. Jedenfalls bekam Solveig Wind davon, was vorging, und hat mir schwerste Vorwürfe gemacht.«

»Ja, und?«

»Aber die Studentin, die damit angefangen hatte, bestand darauf, dass wir die Versuche fortführen. Sie behauptete, mich aus einem früheren Leben wiederzuerkennen und dass wir noch eine alte Rechnung zu begleichen hätten. Also ist sie nach Feierabend zu mir gekommen und – da ist es dann passiert.« Er überlegte einen Augenblick lang. »Jill und ich – wir waren uns zu der Zeit gerade nicht so ganz grün … Aber nein! Was tue ich hier? Ich versuche, Jill die Schuld in die Schuhe zu schieben. Nein. *Ich* habe mich auf etwas ganz und gar Unvernünftiges eingelassen. Ich war schwach, ich war ein Idiot. Ich habe für einen begehrenswerten jungen Körper alles aufs Spiel gesetzt.«

»Und es blieb nicht bei dem einen Mal?«, hakte Nick nach.

»Ich habe versucht, die Sache zu beenden. Solveig hatte ihre Augen und Ohren überall und ich nahm mich zusammen. Aber, wie gesagt, ich bin schwach. Als ich der Studentin sagte, es wäre Schluss mit allem, wollte sie das nicht akzeptieren. Sie sagte, wir wären noch nicht an den Grund der Dinge vorgedrungen und es wäre gefährlich, mittendrin aufzuhören.«

»Und du bist darauf hereingefallen?«, sagte Nick.

»Konnte ich es besser wissen? Am Ende konnte sie recht haben. Trotzdem habe ich ihr gesagt, ich hätte genug davon. Sie aber drohte, mich bei der Ärztekammer zu melden, weil ich sie verführt hätte, wenn ich nicht weitermachte.«

»Also läuft das immer noch? Und dabei ist mit einem Male Peter hereingeplatzt?«

»Wie ich schon sagte – das Fleisch ist schwach. Im Umgang mit weiblichen Patienten habe ich mich immer zusammennehmen müssen. Deswegen war ich so dankbar für Marguerites Unterstützung und Solveigs eiserne Disziplin. Ich weiß manchmal nicht, was plötzlich in mich fährt. Ich gerate außer Kontrolle, begehe unverzeihliche Fehler.«

Ash ergriff meine Hand. Ich versuchte nicht, sie ihm zu entziehen. Ich hatte mit meinen eigenen Gefühlen zu kämpfen, dachte an Jill und an Hal und an meine süße Tilly und wie diese Familie das alles möglichst unbeschadet überstehen könnte.

»Diese Studentin«, sagte ich. »Bist du dir ihrer Beweggründe ganz sicher?«

»Wie meinst du das?«

»Diese Theorie von den früheren Leben. Bist du überzeugt davon?«

»Oh, gewiss. Es geschah alles so spontan. Sie war nicht minder überrascht als ich. Sie sagt, so etwas wäre ihr noch nie widerfahren.«

»Man kann sich auch selbst belügen, Ash. Auch ich habe mit solchen Dingen meine Erfahrungen. Manchmal ist es echt, manchmal aber auch eine bewusste Selbsttäuschung.«

»Ich kann dir nicht ganz folgen.«

»Wir alle wissen, dass Studentinnen sich bisweilen in ihre Lehrer verlieben – und umgekehrt. Und Patienten übertragen ihre Gefühle auf den Therapeuten. Der aber muss die Fäden in der Hand behalten. Das weißt du.«

»Aber das war etwas ganz anderes. Es kam mit unheimlicher Macht. Wir hatten das nicht vorhergesehen.«

»Das Unbewusste ist eine verzwickte Angelegenheit. Man weiß nie, was sich unter der Oberfläche tut, wenn man nicht ganz genau hinsieht. Hast du mit dieser Studentin auch selbst Zugang zu einem früheren Leben gefunden?«

»Zuerst nicht, aber …«

»Sie hat es dir eingeredet.«

»Willst du sagen, dass alles nur vorgetäuscht war?«

»Das weiß ich nicht. Aber wie auch immer – es kommt Schlimmes dabei heraus.«

»Denkst du, das wüsste ich nicht? Was zum Teufel sollte ich denn tun?« Er ließ meine Hände los, schob seinen Stuhl zurück und richtete sich auf. Er bot einen bemitleidenswerten Anblick.

Das war's, dachte ich. Ich sah Nick an. Er überließ den Rest mir. Das war mein Gebiet. Und es war mir überlassen, ob ich Ash meine Hilfe anbieten wollte oder nicht. Ich schloss die Augen und wartete darauf, dass sich in mir ein Widerstand bildete, doch umsonst. Der schwere Stein, den ich in mir getragen hatte, war fort. Ich hatte mich endgültig von Peter gelöst und damit neue Energien in mir freigesetzt. »Ash«, sagte ich streng. »Soll ich versuchen, euch beiden zu helfen?«

Er schluckte schwer und nickte. »Ich brauche Hilfe, ich weiß.« Er lief auf und ab. »Ich bitte euch beide, Jill nichts davon zu sagen. Bei Gott, ich hoffe, dass Rachel und Peter ihren Mund halten können. Und ich werde mit Marguerite reden – sie weiß, dass ich ihr aus dem Weg gegangen bin, ihre Hilfe ausgeschlagen habe. Ich habe ihr wehgetan und das hat sie nicht verdient.«

»Wann kommt Jill zurück?«, fragte Nick.

»Sonntag.«

»Also in zwei Tagen. Kannst du deine Studentin für morgen Abend herbestellen?«, fragte ich.

»Sie wird nicht kommen, wenn ich ihr sage, dass jemand sie ausquetschen will.«

»Sag ihr, dass ich mich für Erfahrungen aus früheren Leben interessiere. Sag ihr, ich recherchiere für ein Buch. Wenn sie von alledem wirklich so fasziniert ist, wird sie mit mir reden wollen. Aber schaff sie unbedingt her.«

Bedächtig legten Nick und ich den Heimweg zurück. Wir sprachen nicht viel, ließen uns nur von dem linden Wind und dem Rhythmus der Wellen tief unter uns begleiten. Diesmal war ich es, die nach seiner Hand griff, und er nahm sie und ließ sie auch nicht wieder los.

58

NICK SAH, WIE vor Erleichterung die Anspannung aus Janes Gesicht wich. In jüngster Zeit hatte sie wie eine Frau von fünfzig ausgesehen und nicht wie das Energiebündel unbestimmbaren Alters, als das er sie kannte. »Aber was ich nicht begreife, Nick, ist, wieso Marguerite in all das verstrickt ist. Warum lässt sie Ash und seine Studentin ihre Probleme nicht alleine lösen? Ich habe noch nie erlebt, dass sie moralisch über jemanden geurteilt oder zielgerichtet auf etwas zugearbeitet hätte. Meinst du, es ist Eifersucht? Ist sie in Ash verliebt?«

Nick schüttelte den Kopf. »Die Frage kann ich nicht beantworten. Sophie glaubt, es ist wegen etwas, das Marguerite weiß, Ash aber nicht, und sie versucht es ihm mitzuteilen. Er aber nimmt keine Notiz von ihr, weil er viel zu sehr mit anderen Dingen beschäftigt ist.«

»Aber was meint Sophie denn tun zu können, wenn Ash Marguerites Hilfe ablehnt?«

»Ash weiß nicht mehr ein noch aus. Aber wenigstens hat er jetzt zugegeben, dass er Hilfe braucht.«

»Und die Studentin?«

»Sophie sagt, sie will nur mit ihr reden, um herauszufinden, was sie beabsichtigt.«

»Kann Ash ihr nicht einfach sagen, sie solle sich nicht wieder blicken lassen?«

»Sie hat gedroht, ihn wegen Unzucht mit einer Abhängigen anzuzeigen.«

»Bei wem denn?«

»Bei wem wohl? Bei der Polizei? Bei der Ärztekammer? Auf jeden Fall blüht ihm mächtig Ärger.«

»O mein Gott. Also Erpressung.« Sie wirkte mit einem Male nachdenklich. »Glaubst du an frühere Leben, Nick?«

»Nicht hundertprozentig, obwohl meine buddhistischen Freunde mich ziemlich überzeugt haben. Dem Reinkarnationsgedanken liegt ja auch eine gewisse Logik zugrunde. Und du?«

Jane lachte. Nick hatte sie lange nicht mehr lachen hören. »Nach einem Jahr Zusammenleben mit Marguerite überrascht mich gar nichts mehr. Mein festgefügtes Weltbild hat Risse bekommen. Übrigens hole ich Marguerite nachher vom Therapiezentrum ab. Du könntest mich doch begleiten? Wir könnten während ihrer Unterredung draußen warten und eingreifen, wenn es brenzlig wird.«

»Wie zwei Retter in der Not, was?« Nick grinste. »Ja, ich hatte ohnehin vor, in der Nähe zu sein. Ich mache mir Gedanken wegen Marguerite und Sophie. Ash ist ziemlich instabil, und man weiß nicht, wie diese Studentin reagiert.«

»Darf ich jetzt mal neugierig sein? Du und Sophie … Tut mir leid. Es ist nur die Romanschriftstellerin in mir, die an einem neuen Plot arbeitet.«

»Ich versuche, mich nicht in sie zu verlieben«, lachte Nick. »Aber mit wenig Erfolg.«

»Und warum diese Zurückhaltung?«

»Manchmal fürchte ich um meinen Verstand – die letzten drei Jahre habe ich mich so abgekapselt. Ich möchte mich niemandem aufdrängen – jetzt noch nicht. Und sie hat ja auch gerade eben erst endgültig entschieden, sich von ihrem Ehemann zu trennen. Natürlich bin ich versucht, vor ihr auf die Knie zu fallen und so. Aber …«

»Du hast Angst, sie zu verschrecken?«

»Ja, oder dass sie mich nur nimmt, um sich über ihren Schmerz hinwegzuhelfen.«

»Du bist ein guter Kerl, Nick. Lass sie dir nicht entgleiten.«

59

ICH WAR ÜBERRASCHT, als ich sie sah. Ich hatte jemanden sexuell Aufreizenderes erwartet, ein einfältiges Persönchen, wie man es aus so manchen Liebesbeziehungen zwischen Studentinnen und Dozenten kannte. Aber Yasmin war schlank und anmutig. Sie hatte schwarzes Haar, trug einen Pagenschnitt und betonte ihre dunklen Augen mit langen Lidstrichen. Ich saß in Ashs Sprechzimmer an seinem Schreibtisch, als sie hereinkam, sich vor mich hinstellte und zu mir herabsah.

»Ash meinte, Sie wollen mit mir sprechen?«, sagte sie.

»Bitte nehmen Sie doch Platz«, sagte ich und zog ihr einen Stuhl heran. »Ash hat mir erzählt, Sie und er würden sich mit Rückführungsarbeit beschäftigen. Es würde mich interessieren, inwieweit solche Therapietechniken Kindheits- und noch tiefere Erinnerungen wecken können. Ich wollte Sie fragen, ob Sie bereit wären, mir von Ihren entsprechenden Erfahrungen zu erzählen.«

Ihre Augen waren unstet. »Wer genau sind Sie?«

»Mein Name ist Sophia Lucci.« Es war ungewohnt, mich mit meinem Mädchennamen vorzustellen. »Ich arbeite in der Psychiatrie. Ich habe mit einer Reihe Patienten gearbeitet, die behaupteten, Erinnerungen an frühere Leben zu haben.«

»Und warum wollen Sie dann auch noch meine erfahren?«

»Ich sammele nur Fakten, damit diese Erfahrungen wissenschaftliche Beweiskraft erlangen. Ein bisschen so wie das, was Menschen im Augenblicke ihres Todes empfinden.«

»Und wird das auch vertraulich behandelt? Wird mein Name auch nicht erwähnt?«

»Aber selbstverständlich.«

»Was wollen Sie denn von mir hören?«

»Vielleicht könnten wir damit anfangen, wodurch Ihr Interesse an alledem geweckt worden ist?«

»Durch einen Hypnotherapeuten in London.« Ich hoffte, dass sie nicht alle meine Fragen mit diesem monotonen Minimum an Informationen zu beantworten gedachte.

»Warum haben Sie ihn aufgesucht?«

»Weil ich das Rauchen aufgeben wollte.« Mit mehr schien sie nicht herausrücken zu wollen. Sie saß da und sah mich unverwandt an.

»Und? Hat es was gebracht?«

»Nein. Sowie er mit mir zu arbeiten begonnen hatte, befand ich mich plötzlich in einem anderen Leben. Ich hatte überhaupt keine Ahnung, was da vorging.«

»Und Ihr Therapeut – hat er Sie darin unterstützt?«

Sie schürzte die Lippen, als überlege sie, wie viel sie mir erzählen solle, doch dann schien sie ihre Zurückhaltung aufzugeben. »Er war genauso erstaunt wie ich. Er sagte, so etwas wäre ihm noch nie untergekommen. Wir haben uns dann für weitere Sitzungen getroffen. Es war faszinierend.«

Ich fragte mich, was für *Sitzungen* das gewesen waren. »Wollen Sie mir mehr darüber erzählen?«

»Ich war eine ägyptische Prinzessin. Ich weiß, dass sich das wie ein alter Hut anhört. Aber ich wurde als Priesterin ausgebildet. Ich war fasziniert von dem spirituellen Weg, davon, höhere Weihen zu empfangen. Natürlich habe ich Enthaltsamkeit gelobt. Aber dann bin ich von einem älteren Mann, einem Medicus, verführt und mehrere Lebensalter zurückgeworfen worden.« Sie sprach nicht weiter.

»Nur zu«, ermunterte ich sie.

»Das ist es im Prinzip schon.«

»Und Sie sind danach nicht weiter zu dem Hypnotherapeuten gegangen?«

»Nein. Ich bekam Angst davor. Selbst bei Bewusstsein hatte ich immer wieder *Flashbacks.*«

»Aber Sie haben das dann doch wieder aufgegriffen, als Sie während Ihres Studiums hierherkamen?«

»Das war, als ich Ash getroffen habe. Ich habe ihn auf der Stelle wiedererkannt.« Sie wurde nervös, strich sich mit den Händen über die Oberschenkel und blickte wieder unstet im Raum umher, als suche sie nach ihm. »Was hat er Ihnen darüber erzählt?«

»Ach, nicht viel …«

Mit einem Male sprang sie auf. »Sie lügen. Er hat Ihnen *alles* erzählt, nicht wahr? Sie wollen mich aushorchen, Sie gemeines Biest.«

»Schon gut. Zeit, die Karten auf den Tisch zu legen, Yasmin. Ihr Verhältnis mit Ash bringt Ihre Zukunft, seine Zukunft, seine Familie und das ganze Therapiezentrum in Gefahr. Und ich denke schon, dass da ein paar Fragen gestattet sind, nicht wahr? Bevor sich irgendwelche Behörden einschalten.«

Ehe ich sie aufhalten konnte, war sie schon an der Tür. Sie riss sie mit solcher Heftigkeit auf, dass sie gegen die Wand stieß. »Ash!«, schrie sie. »Hilf mir!«

Durch die geöffnete Tür sah ich Ash mit Marguerite am Empfang sitzen. Er stürzte ins Sprechzimmer. Er war ganz weiß im Gesicht.

»Du hast mich angelogen«, spuckte sie ihm entgegen und wollte sich auf ihn stürzen. Er packte sie bei den Handgelenken. »Warum tust du mir das immer an?«, sagte sie flehentlich. »Immer, wenn wir unmittelbar vor der Lösung stehen, stößt du mich wieder weg.« Sie begann zu weinen. Ihr Körper hing schlaff an ihm. Er legte die Arme um sie und wiegte sie. Ich sah, wie sie zu ihm aufschaute und ihre Blicke miteinander verschmolzen.

Oh nein, dachte ich. Wenn ich nicht hier wäre, würden sie jetzt Sex miteinander haben. Ich musste dafür sorgen, dass Ash sich von ihrem Blick losriss.

»Ash!«, sagte ich scharf. Er zuckte zusammen und sah mich an. Sein Blick war leer. Was ging hier vor? Es war beinahe, als stünden sie beide unter Drogen. »Los, setzt euch jetzt beide hin«, kommandierte ich. Brav wie zwei kleine Kinder gehorchten sie. Ich wusste nicht, was ich als Nächstes tun sollte, und griff auf, was Yasmin zuletzt gesagt hatte.

»Was ist das für eine Lösung, vor der ihr steht?«, fragte ich an Yasmin gewandt.

»Unsere Leidenschaft«, sagte sie leise. »Sie muss verglühen, sonst wird das von Leben zu Leben so weitergehen. Und ich werde nie die Weihe erlangen.«

Diese Geschichte hatte ich schon oft gehört. Die Einweihung der alten Ägypter war ein häufiges Thema. Yasmin sah mich durchdringend an. Auch ich spürte den Bann, der von ihren Augen ausging. Sie schien einen mit diesen Augen unwillkürlich zu hypnotisieren. Das war wohl das Problem. Nur fragte es sich, inwieweit sie sich dieser Macht bewusst war? Benutzte sie sie wissentlich oder war sie ein Opfer ihrer eigenen Gaben und war sich gar nicht darüber im Klaren, welchen Einfluss sie auf andere ausübte? Einerseits war sie noch recht kindlich, in ihren eigenen Fantasievorstellungen gefangen; andererseits stellte sie eine Gefahr dar – sie konnte Leben vernichten. Ich musste in Erfahrung bringen, ob sie ihre Macht unter Kontrolle hatte. Nur mit Mühe gelang es mir, mich ihrem Blick zu entziehen.

Auch Ashs Augen waren auf mich fixiert, als flehe er mich an, etwas zu unternehmen. Yasmin war auf ihrem Stuhl zusammengesunken; sie war wieder das junge Mädchen. Ich empfand Mitleid mit ihr und ihrem Dilemma.

»Yasmin«, sprach ich sie ganz freundlich an. »Ich möchte, dass Sie eine Weile die Augen schließen und sich entspannen.« Sie tat sogleich wie ihr geheißen. Ihre Finger entkrampften sich und sie atmete gleichmäßiger. Sie schien ganz der Gnade ihrer Intuition und den Befehlen anderer ausgesetzt, unfähig eigene Entscheidungen zu treffen. »Sobald Sie sich bereit fühlen, möchte ich, dass Sie mir noch einmal erzählen, wie alles angefangen hat.«

»Das habe ich doch schon gesagt. Ich bin zu einem Hypnotherapeuten gegangen.«

»Und Sie hatten sich vorher mit so etwas nie beschäftigt?« Sie antwortete nicht. »Haben Sie Bücher darüber gelesen?«

»Über Hypnotherapie? Nein.«

»Wie steht's mit Ägyptologie?«

»Ein bisschen.«

»Wo war das?«

»Bei meinem Vater. Es war sein Hobby.«

»Und Sie haben seine Bücher gelesen?«

»Schon als ich klein war, hat er mir daraus vorgelesen.«

»Und diese Geschichte – dass Sie eine Priesterin, eine Eingeweihte werden wollen?«

Sie schwieg. Ich fragte mich, ob ich mich auf der falschen Spur befand. Ich schloss die Augen und versuchte, auf meine innere Stimme zu hören, die Ratio in den Hintergrund treten zu lassen. Ich spürte, wie sich in Yasmin eine zunehmende Abwehrhaltung aufbaute. Ich öffnete die Augen wieder. Sie saß aufrecht vor mir an ihrem Platz und versuchte, meinen Blick einzufangen.

»Mein Vater würde mich nie anlügen.« Sie schien die Worte nur mit Mühe zwischen den zusammengebissenen Zähnen hinauszupressen. »Er hat erkannt, was ich bin. Er hat mir gesagt, was ich tun soll.«

»Yasmin! Mit wie vielen Männern haben Sie dieses Spiel schon gespielt?«

Ihre Augen glühten; ich vermochte nicht, den Blick abzuwenden. Ich hatte das Gefühl, als wolle sie mir die Eingeweide herausreißen und dass ich gleich ohnmächtig würde. Die geradezu hypnotische Kraft dieser jungen Frau übertraf alles, was ich bisher erlebt hatte. Und es war lange her, dass ich mit so etwas konfrontiert gewesen war. Ich hätte mich gründlich vorbereiten sollen, anstatt dem Drängen anderer spontan nachzugeben. Ich war für so etwas einfach nicht bereit. Ich merkte, wie ich zu schwitzen anfing. Und dann brach die Spannung so schnell, wie sie sich aufgebaut hatte, wieder ab. Ich riss den Blick von ihr los und konnte wieder frei atmen. Marguerite stand hinter Yasmins Stuhl und legte ihr die Hände auf den Kopf. Yasmins Augenlider wurden schwer; sie schien einzuschlafen. Marguerite ging um sie herum und vollführte vor ihrem Oberkörper streichende Bewegungen mit den Händen, ohne Yasmin dabei zu berühren. Schließlich gab sie Ash ein Zeichen, dass er ein Glas Wasser holen solle. Yasmin öffnete die Augen, trank ihr Wasser und schaute in die Runde, als wüsste sie nicht, wo sie sich befand.

Marguerite strich ihr das dunkle Haar aus dem Gesicht und lächelte ihr zu. Yasmin erwiderte das Lächeln. Ash und ich saßen dabei und warteten ab.

Yasmin zuckte die Achseln. »Habe ich was Schlimmes gesagt?«, fragte sie.

»Verworrene Dinge«, antwortete ich.

»Ich kann irgendwie nicht damit aufhören.« Wieder traten Tränen in ihre Augen. Ich verspürte den Wunsch, sie in die Arme zu schließen und ihr zu versichern, alles würde gut. Aber ich wusste, dass sie einer ausgedehnteren Behandlung bedurfte.

»Sie haben enorme psychische Kräfte«, sagte ich. »Aber im Moment wissen Sie sie nicht zu kontrollieren und können andere, die schwächer sind als Sie, damit leicht beeinflussen.« Ich warf Ash einen Blick zu, um zu sehen, ob das auch bei ihm angekommen war. »Sie können lernen, diese Kräfte zu kontrollieren, Yasmin. Aber dazu benötigen Sie professionelle Hilfe.«

Sie schüttelte den Kopf. »Niemand versteht mich«, flüsterte sie. Ich spürte, wie einsam sie war.

»Sie haben recht. Es gibt nicht viele, die so etwas begreifen. Aber Sie brauchen auch nur ein paar Menschen, denen Sie vertrauen können. Wenn Sie möchten, werde ich Ihnen helfen.« Ich schaute Marguerite an; sie nickte und nahm Yasmins Hand. »Und auch Marguerite wird für Sie da sein.«

Yasmin weinte eine Weile leise vor sich hin. Dann sagte sie leise zu Ash: »Ich hätte dich nie angezeigt.«

»Yasmin, bitte«, sagte Ash. »Ich bin hier derjenige, der sich Vorwürfe machen muss. Ich hätte stark sein und verantwortungsvoll damit umgehen müssen – und ich habe versagt.« Er hielt ihr die Hand hin.

»Ash!«, ermahnte ich ihn. Ich stand auf und schob seinen Arm beiseite. Dann kniete ich mich neben Yasmin hin. »Wo wohnen Sie?«

»Ich habe bei Solveig ein Zimmer gemietet.«

»Ash«, sagte ich. »Geh und ruf Solveig an. Erklär ihr alles, so gut es geht, und sag ihr, sie soll Yasmin abholen.«

Ash warf Yasmin einen kummervollen Blick zu. Ich schob ihn sanft aus dem Zimmer. »Und dann gehst du nach oben, nimmst eine Dusche und bleibst, wo du bist.«

»Ich weiß nicht, was ich sagen soll …«

»Komm einfach nicht mehr in ihre Nähe und lass auch sie nicht auf eine Meile an dieses Haus heran. Ich gehe morgen mit Marguerite zu ihr.«

Er nickte. Ich hoffte, er wolle sich jetzt nicht bei mir ausheulen. Für ihn hatte ich weniger Mitgefühl übrig als für Yasmin.

»Jill wird bald zurück sein«, murmelte Ash.

»Ja, das wird sie.«

»Ich werde ihr alles beichten, Sophie.«

»Dir wird wohl nichts anderes übrig bleiben.«

Marguerite und ich sahen Solveig und Yasmin nach, als sie davonfuhren. Im Stillen dankte ich meinem fernen Gott. Ich wusste nicht, was ich ohne Solveig getan hätte. Ich hätte Yasmin mit zu mir nach Hause nehmen müssen, um eine Distanz zwischen diesen beiden Systemen außer Rand und Band geratener Hormone zu schaffen. Marguerite und ich taten einen tiefen Seufzer und lächelten uns an.

»Können wir das zusammen schaffen?«, fragte ich sie.

Sie nickte nachdrücklich.

»Es könnte eine Weile dauern; sie ist eine sehr verstörte junge Frau.«

Marguerite blickte aufs Meer hinaus und bewegte dabei die Lippen. Dann schüttelte sie den Kopf.

»Ich habe das Gefühl, dass deine verblüffenden Heilmethoden die Sache sehr beschleunigen werden.«

Sie nickte und lachte lautlos.

Jane fuhr uns nach Hause. Während der Fahrt tätschelte sie ständig Marguerites Bein, als sei sie froh, sie unversehrt zurückbekommen zu haben. Nick und ich saßen auf dem Rücksitz. Es war schon fast dunkel, als wir an der Blue Slipper Bay ankamen, und wir mussten uns den steilen Pfad hinuntertasten. Aber ich fühlte mich nach dem glimpflichen Ausgang dieses Abends und angesichts meiner bevorstehenden Zusammenarbeit mit Marguerite stark.

»Möchtest du noch auf einen Drink mit zu mir kommen?«, fragte ich Nick. »Dann erzähle ich dir alles – jedenfalls so gut ich kann.«

»Ich kann's kaum erwarten«, sagte er.

Als wir unten am Strand ankamen, blieb ich abrupt stehen. In meinem Zimmer brannte Licht.

»Vielleicht hast du es angelassen, als du losgegangen bist«, flüsterte Nick.

»Ganz bestimmt nicht. Es war heller Tag.«

»Hast du die Tür vielleicht nicht abgeschlossen?«

»Muss wohl so sein. Meistens vergesse ich es.«

»Ein Einbrecher?«

»Bei mir ist doch nichts zu holen.«

»Peter?«

»Da wäre mir ein Einbrecher lieber.«

Wir gingen zur Eingangstür. Sie stand sperrangelweit offen. Nick schlich die Treppe hoch. Ich folgte dicht hinter ihm. An der Tür zum Wohnzimmer blieben wir stehen und lauschten, aber es war nichts zu hören. Dann stieß Nick die Tür auf. Auf dem Sofa lag Jill. Sie war offensichtlich eingenickt und fuhr erschrocken hoch.

»Mein Gott«, sagte sie. »Habt ihr mir einen Schrecken eingejagt!«

»Das musst du gerade sagen!« Ich lief zu ihr hin und nahm sie in die Arme. »Was um alles in der Welt tust du denn hier?«

Sie schob mich weg und stand auf. Ich war fast überzeugt, dass sie getrunken hatte, aber nirgendwo war ein Glas zu sehen.

»Ich bin früher zurückgekommen. Die Kinder habe ich bei meinen Eltern gelassen. Ich musste mit Ash reden, aber er hatte noch Patienten, also bin ich hergekommen. Ich wollte auch mit dir sprechen.« Sie machte ein ernstes Gesicht, wirkte aber ansonsten sehr gefasst. Sie sah Nick an. »Könntest du …«

»Aber sicher.« Er wandte sich zum Gehen. »Wir sehen uns morgen, Sophie.«

Jill setzte sich auf die Sofakante. Ich nahm neben ihr Platz.

»Was ist denn los?«, fragte ich.

»Peter ist gestern bei mir gewesen.«

»Peter?!«

»Ja. Aufmerksam von ihm, nicht wahr? Er war gerade von hier zurückgekommen und hat es nicht erwarten können, mir brühwarm zu erzählen, dass er Ash beim Sex mit jemandem erwischt hatte.«

Ich stützte den Kopf in die Hände und stöhnte.

»Ich nehme an, für dich ist das keine Neuigkeit?«, sagte sie kühl.

Ich schüttelte den Kopf.

»Es ist Marguerite, nicht wahr? Ich habe es die ganze Zeit

gewusst. Ich hätte diese dämlichen Geschichten von ihren Heilerfolgen nie glauben sollen. Na, wenigstens bin ich jetzt im Bilde. Ich hätte diese Ungewissheit auch nicht länger ertragen können. Deswegen bin ich verreist. Danach, dachte ich, liegt meine Ehe entweder in Scherben oder es wird alles wieder gut. Nun stehe ich vor dem Scherbenhaufen.«

»Jill … Es ist nicht Marguerite.«

»Das nehme ich dir nicht ab.«

»Ich schwör's dir. Ich weiß, wer es ist, aber es ist nicht Marguerite. Ich verstehe ja, warum du sie in Verdacht hast. Wir haben es doch alle geglaubt. Ash war vollkommen schockiert, als er von unserer Mutmaßung erfuhr.«

»Wir? Wer sind denn diese ganzen Leute?«

»Jane, Nick und Rachel.«

»Na großartig. Und dass ich es vielleicht auch gerne erfahren hätte, ist wohl keinem von euch in den Sinn gekommen?«

»So ist es nicht, Jill.«

»Wie ist es dann?«

Plötzlich kochte Wut in mir hoch. Ich sprang vom Sofa auf. »Jetzt habe ich aber genug davon! Ash kann dir das verdammt noch mal auch selbst erklären! Komm jetzt mit. Ich bringe dich nach Hause und möchte dich nicht wiedersehen, bevor ihr euch nicht offen und ehrlich ausgesprochen habt.«

»Aber ich wollte heute Nacht hierbleiben!« Jills Stimme klang mit einem Male panisch.

»Ich bin nicht bereit, die ganze Nacht wach zu bleiben und mir von dir vorhalten zu lassen, ich hätte deine Ehe sabotiert. Du hast mir einmal gesagt, ich solle nicht in die Opferrolle schlüpfen. Jetzt steh auf und tritt der einzigen Person gegenüber, die dir die Wahrheit sagen kann.«

Jill sah mich mit offenem Mund an. »Peter hat mir auch erzählt, dass du und er wieder zusammenziehen wolltet, aber dann hätte er dich beim Herumscharwenzeln mit Nick erwischt.«

»Und auf Peter hört man ja immer gerne, nicht wahr?«, sagte ich schnippisch.

Sie erhob sich langsam und nahm ihre Tasche. Ich griff mir die Taschenlampe und meine Wagenschlüssel und hastete vor ihr her. Sollte sie doch selbst sehen, wie sie den steinigen Pfad hinauf zum Parkplatz schaffte.

Wir fuhren mit Höchstgeschwindigkeit nach Ventnor. Ich verweigerte Jill die Antwort auf ihre sämtlichen Fragen, setzte sie vor der im tiefen Dunkel liegenden Villa ab und sah zu, dass ich wieder nach Hause kam.

60

NICK LAG WACH und machte sich Sorgen um Sophie. Er hatte sie mit Jill vorbeieilen sehen und war davon ausgegangen, dass sie Jill nach Hause fuhr. Aber der Wind hatte stark aufgefrischt, die Flut kam herein und er hatte sie noch nicht zurückkommen gehört. Ob sie sich fürchtete, in dem stürmischen Wetter ganz alleine den Pfad in die Bucht herunterzusteigen? Zumindest spendete der Mond sein helles Licht. Er hoffte, dass sie nicht wieder in die Krisenstimmung im Therapiezentrum mit hineingezogen würde, denn es sah so aus, als stünde heute Nacht noch eine Auseinandersetzung bevor.

Er schubste Commie von seiner Brust herunter und stieg aus dem Bett. Dann saß er im Dunkeln da und beobachtete, wie die vom Mond beschienenen Brecher über den Sand spülten, an den Felsen hochspritzten und die vom Sturm verwehten Schaumstreifen einen silbrigen Gischtschleier bildeten. Wie kam es, dass immer jemand dazwischenplatzte, wenn er sich gerade auf etwas Zeit allein mit Sophie freute? Zuerst Peter, dann Rachel und dann erschien heute Abend plötzlich Jill auf der Bildfläche, als er sich von Sophie gerade über das Gespräch im Therapiezentrum berichten lassen wollte.

Die arme Sophie. Sie wünschte sich nur ein ruhiges, normales Leben, in dem sie nicht ständig in die Probleme anderer verwickelt wurde. Aber irgendwie schien sie sich dem nie entziehen zu können. Die Menschen sahen in ihr jemanden, mit dem sie reden, auf den sie sich verlassen konnten. Selbst wenn sie nur wenig sprach, vermittelte sie mit jedem Blick und jeder Geste ihre Anteilnahme. Er konnte sich vorstellen, dass sie als

Krankenschwester und später als Beraterin sehr beliebt gewesen war. Auch er hätte sich gerne von ihr über die fiebrige Stirn streichen lassen. Aber auf der Rückfahrt vorhin schien sie guter Stimmung gewesen zu sein, als wäre heute Abend alles prächtig verlaufen.

Er musste sehen, dass er etwas Schlaf bekam. Morgen wollte er mit Mark und den anderen Arbeitern die Dachbalken in der Remise setzen, und es war schon nach Mitternacht. Er gähnte und rieb sich die Augen. Dann sah er draußen einen Schatten vorbeiflitzen. Es war Sophie. Sie blieb nicht einmal stehen, um kurz zu seinem Fenster hinaufzuschauen. Aber das störte ihn nicht, solange sie nur gut zu Hause angekommen war.

61

»RACHEL, ICH BRAUCHE ein paar freie Stunden. Ich muss da eine schwierige Sache regeln.« Ich verstärkte meine Bitte, indem ich wie ein Kind bettelnd die Handflächen gegeneinanderschlug. »Und ich muss herausfinden, wo Solveigs Haus ist.«

»Das ist einfach. Ich weiß, wo sie wohnt.« Rachel trocknete sich gerade das Haar. Ich war so zeitig im Café erschienen, dass ich sie noch bei der Morgentoilette antraf. »Natürlich kannst du dir ein paar Stunden freinehmen, solange du dafür sorgst, dass Stevie aus dem Bett findet – das ist die Bedingung. Ich würde einen Becher schwarzen Kaffee vorschlagen, und wenn das nichts bringt, einen Eimer kaltes Wasser.«

Ich berichtete ihr in knappen Sätzen vom Vorabend, wobei ich tunlichst darauf achtete, keine Vertraulichkeiten auszuplaudern. Gestern Abend hatte ich die Therapeutin gespielt, und nun steckte ich wieder in der alten Zwickmühle. Aber Rachel hatte ein Anrecht darauf, gewisse Dinge zu erfahren.

»Ich weiß, dass du mir nicht alles erzählen darfst«, sagte sie. »Aber ich bin froh, dass Marguerite in keiner Weise zu Schaden gekommen ist. Vielleicht findet Jane jetzt endlich wieder Muße zum Schreiben? Sie schreibt gut – du solltest ihren neuesten Roman lesen.«

»Würde ich je gerne, wenn ich die Zeit dazu hätte.« Ich füllte Pulverkaffee in den größten Becher, den ich finden konnte, und brachte ihn Stevie. In seinem Zimmer roch es, als hätte er die Nacht nicht alleine verbracht. Er hob den zerzausten Kopf vom Kissen und rieb sich die Augen. »Ein Notfall«, sagte ich ihm.

Unter der Bettdecke kam eine schlanke Hand mit roten Fingernägeln hervor und legte sich auf sein Haar. »Deine Mutter braucht dich«, beeilte ich mich noch hinzuzufügen und zog mich dann rasch zurück.

Solveigs zweistöckige viktorianische Villa befand sich in einer Seitenstraße oben im Ort. Ich hoffte, sie noch anzutreffen, bevor sie zur Arbeit musste.

»Ich bin froh, dass du gekommen bist«, sagte sie und führte mich in die Küche. »Yasmin schläft noch und ich habe schon mit Ash gesprochen. Er und Jill fahren ein paar Tage weg, bevor sie die Kinder abholen. Nächste Woche fängt die Schule wieder an.« Sie schaltete den Wasserkocher ein. »Ich habe eine Vertretung für Ash besorgt, bis er wieder so weit ist, dass er arbeiten kann.«

»Meine Güte, Solveig, bist du die ganze Nacht auf gewesen?«

Sie lächelte, wobei sich ihre strengen Gesichtszüge entspannten und sich Grübchen in ihren Wangen bildeten. »Ich bin gut im Organisieren«, sagte sie. »Und mir ist auch wichtig, dass im Therapiezentrum alles seinen geregelten Gang geht. Ich weiß, dass Ash sich töricht verhalten hat, aber ich habe auch gesehen, was für wundervolle Arbeit er mit den Patienten leistet. Er hat auch mir sehr geholfen. Mein Orthopäde hat mir gesagt, dass ich, wenn es mit rechten Dingen zugehen würde, inzwischen im Rollstuhl sitzen müsste. Und man sehe sich doch nur an, wie er Marguerite aufgebaut hat. Er ist ein geduldiger Lehrer; die Studenten, die bei ihm waren, schließen alle glänzend ab. Ich denke, er hat eine Chance verdient.«

Ich fühlte mich ernüchtert. Meine Sorge hatte Yasmin und Jill und Hal und Tilly gegolten. »Ich hoffe nur …«, setzte ich an, sprach aber nicht weiter, weil ich nicht wusste, inwieweit sie eingeweiht war.

»Ich weiß«, sagte sie und schenkte Tee ein. »Wir alle hoffen.«

Die Tür ging auf und Yasmin kam hereingeschlurft. Sie trug einen langen, weißen, fleckigen und viel zu großen Bademantel. Ihr Haar war zerzaust und sie war ungeschminkt. Sie wirkte fahl und lethargisch. Ich fragte mich, ob sie Drogen nahm.

»Wie geht's?«, fragte ich.

Sie sah mich kurz an und griff dann mit zitternden Händen nach einem Becher Tee. »Ist Marguerite hier?«, fragte sie.

»Nein, aber sie kommt später«, sagte ich.

»Ich möchte nicht ins Therapiezentrum«, sagte sie an Solveig gewandt. »Ich möchte ihn nie wiedersehen. Ich verschwinde von hier, und zwar heute noch.«

»Nein, das kannst du dir aus dem Kopf schlagen«, sagte Solveig. »Nicht, bevor es dir besser geht und wir entschieden haben, was wir mit dir machen.«

»Ich bin kein Kind. Und du bist nicht meine Mutter«, setzte Yasmin sich zaghaft zur Wehr.

»Nein, Gott sei Dank nicht. Wenn du es wärst, würde ich dich übers Knie legen.«

Yasmin zog einen Schmollmund und brütete über ihrem Teebecher wie ein launisches Gör. Ich hatte das Gefühl, dass die beiden sich schon häufiger so gekabbelt hatten und dass Yasmin sich in der Rolle des gescholtenen Teenagers sicher fühlte.

»Ich finde es schon wichtig, dass du nicht hierbleibst«, sagte ich zu Yasmin, nachdem Solveig uns Eier auf Toast serviert hatte. »Marguerite und ich werden in den nächsten Tagen ein paar Sitzungen mit dir abhalten, wenn du möchtest, und bevor Ash wiederkommt, bringen wir dich woanders unter.«

»Wo?«, verlangte Yasmin zu wissen.

»Ich kenne ein Heilzentrum in Dorset, wo man mit solchen Phänomenen umzugehen weiß«, sagte Solveig. »Davon gibt es nicht viele. Wenn du so weitermachst, landest du nämlich noch in der richtigen Psychiatrie.«

Na, sie nimmt ja kein Blatt vor den Mund, dachte ich. Aber sie hatte recht. Und ich hatte selbst schon mit dem Heilzentrum in Dorset zu tun gehabt. Es war eine der wenigen stationären Kliniken, in denen Psychotherapeuten und Geistheiler zusammenarbeiteten. Es wäre ideal für Yasmin – aber auch sehr kostspielig.

»Das Finanzielle regelt Ash«, stellte Solveig ungerührt fest.

»Aber er schuldet mir nichts«, sagte Yasmin.

»Oh doch, meine Liebe, das tut er. Er kann froh sein, dass er mit einem blauen Auge davonkommt, und du hast gar keine andere Wahl.«

Solveig duldete keinen Widerspruch und packte die Dinge an. Darin erinnerte sie mich an Rachel. Vielleicht sollten die beiden sich zusammentun, was Yasmin betraf. Ich kam mir hier überflüssig vor.

»So, nun geh unter die Dusche, bevor Marguerite kommt«, sagte Solveig. Yasmin verließ gehorsam das Zimmer. Solveig setzte sich an den Tisch. »Weißt du, sie ist von ihrem Vater übel missbraucht worden und ihre Mutter hat keinen Finger gerührt. Die übliche Geschichte.«

»Hat sie dir das erzählt?«

»Ja, aber nicht die Einzelheiten … das überlasse ich dir. Mir hat's auch so schon gereicht. Sie ist ein kluges Mädchen – guter Schulabschluss, hoher IQ. Manchmal benimmt sie sich wie eine Erwachsene, dann wieder – na, du siehst es ja selber.«

Ich sah, wie Solveigs Augen sich mit Tränen füllten. Gab es etwas in ihrem Leben, das sie dazu brachte, sich so mütterlich um ihre Studentinnen zu kümmern? Sie rieb sich mit den Händen das Gesicht. »Ich kenne Jill nicht sehr gut«, sagte sie. »Sie hält sich vom Rest des Teams fern, kommt zu ihren Sprechstunden und verschwindet dann wieder. Ich fände es besser, wenn sie sich häufiger blicken ließe. Das wäre auch Ash sehr recht.«

»Nun, sie hat viel zu tun – und die Kinder …«

»Aber das ist doch nicht der Grund?«

Ich schüttelte den Kopf. Ich mochte nicht gern hinter ihrem Rücken über Jill reden, aber ich vertraute Solveig. Sie schien sich ernsthaft Gedanken zu machen. »Sie hat ihre Schwierigkeiten mit gewissen Aspekten …«

»Marguerite?«

Ich nickte. »Aber das könnte sich jetzt von selbst regeln.«

»Das hoffe ich auch. Marguerite ist ein echter Aktivposten.« Sie seufzte. »Ich schätze, alles hängt davon ab, ob Jill und Ash ihre Beziehung in den Griff kriegen.« Sie begann, das Frühstücksgeschirr abzuräumen. »Ich kann ihnen helfen, indem ich das mit Yasmin kläre und sie von hier fortschaffe.«

»Sie liegt dir wirklich am Herzen, stimmt's?«

»Ebenso wie das, was hier passiert. Wenn Yasmin nicht die richtige Hilfe bekommt, könnte sie wieder hier auftauchen und gewaltigen Schaden anrichten.«

Mit diesen Worten im Ohr verbrachte ich die nächsten zwei Stunden in Klausur mit Marguerite. Langsam fing ich an ihre Kommunikationsmethoden zu begreifen, während sie mir in groben Zügen skizzierte, wie Yasmins Energiebahnen durch eine Traumaerfahrung blockiert würden. Ich verstand einiges von dem, was sie mir aufzeigen wollte; nach und nach fanden wir zu einer gemeinsamen Ebene. Aber der Großteil war mir zu kompliziert. Dennoch war meine Neugier geweckt. Es war, als füge Marguerite fehlende Teile eines Puzzles ein, während mir die Erfahrung und die Kommunikationsmittel zur Verfügung standen, um ihre diagnostischen Erkenntnisse bei Yasmin anzuwenden. Seit Jahren war ich nicht mehr mit solchem Feuereifer bei der Arbeit gewesen, und ich wollte unbedingt dazulernen.

Endlich waren wir so weit, dass wir loslegen konnten. Wir zogen uns in Solveigs Wohnzimmer zurück. Yasmin war wieder wie eine Ägypterin geschminkt – mit den verlängerten Augenbrauen. Sie hatte ihr glattes, schwarzes Haar gebürstet und es glänzte. Ich wählte einen Angang nach dem therapeutischen Lehrbuch, dem sie zunächst Widerstand entgegensetzte, bis ich sie dazu brachte, sich ganz tief zu entspannen, was ohne Probleme klappte. Danach sprach sie ungehemmt über ihre Gefühle. Man brauchte sie gar nicht besonders aufzufordern, über ihren Vater zu sprechen; es war, als hätte sie sich in die Zeit ihrer frühen Jugend zurückversetzt. Er hatte sie benutzt, um seine eigenen Obsessionen auszuleben. Man merkte, wie leicht sie dazu neigte, ihre eigene verstörende Kindheit mit vermeintlichen früheren Leben durcheinanderzubringen. Schließlich verfiel sie in eine Trance, und Marguerite übernahm mit ihren heilenden Berührungen. Es war ein anheimelnder Anblick – fast wie ein Tanz. Ich spürte, wie auch meine eigene Energie auf den Rhythmus ihrer Bewegungen ansprach. Als Yasmin aus ihrer Trance erwachte, wirkte sie erholt, und der starre Blick war aus ihren Augen gewichen. Das war ein guter Anfang.

»Morgen um dieselbe Zeit?«, fragte ich. Yasmin lächelte.

Ich rief Jane an, um ihr zu sagen, dass ich Marguerite nach Hause brächte. Ich wollte mich gar nicht in die Nähe von Jills und Ashs Haus begeben, solange ich nicht genau wusste, dass die beiden fort waren. Als ich in der Blue Slipper Bay ankam, war auch ich ruhig und entspannt. Kyp und Evie saßen händchenhaltend in ihren Liegestühlen und sahen zu, wie die Kinder im flachen Wasser mit einem aufgeblasenen Ball spielten. Ohne lange zu überlegen, ging ich zum Strand hinunter, streifte meine Jeans und mein Shirt ab und watete in die Wellen. Zum ersten Mal wagte ich es, unterzutauchen. Und ich bekam dabei nicht einmal Angst wie sonst. Ich genoss die Kühle und hatte das Gefühl, vom Wasser getragen zu werden. Schließlich unternahm ich sogar ein paar zaghafte Schwimmzüge. Meine Füße plantschten hinter mir im Wasser. Mit einem Male war ich von Gelächter umgeben; Jack und Mila tauchten neben mir auf. Es machte so viel Spaß – warum hatte ich das nicht schon längst gewagt? Ich fragte mich, ob Marguerites Heilkräfte immer noch bei mir nachwirkten.

Ich sah mich zum Strand um. Da stand Nick in seiner Arbeitskleidung. Tja, nun musste ich ihm in Büstenhalter und Slip gegenübertreten. Na und? Wo war der große Unterschied zu einem Bikini? Er winkte mir zu und zog sich ebenfalls aus. Dann kam er auch schon in Unterhosen angehüpft. Jack warf ihm den Ball zu. So ist es also, wenn man eine Familie hat, dachte ich.

62

NICK KÄMPFTE SICH mit je einem Wasserbaby unter dem Arm an Land. Er ließ die kreischenden Kinder zu Kyps und Evies Füßen in den Sand fallen und eilte los, um Handtücher zu holen. Und um seinem Körper im Schutz seiner eigenen vier Wände Zeit zu geben, sich von dem Anblick Sophies in Unterwäsche zu entspannen.

»Runter mit dir, Junge«, sagte er und wickelte sich ein Handtuch um die Hüften. Er war so erstaunt gewesen, als er Sophie bei seiner Rückkehr von der Arbeit im Wasser schwimmen sah, dass er der Versuchung nicht hatte widerstehen können, sich ihr anzuschließen. Natürlich hatte er so getan, als wolle er nur mit den Kindern spielen – der lustige Onkel Nick. Um Zeit zu schinden und sich abzulenken, schüttete er Orangensaft in seinen neuen grünen Glaskrug, leerte den Eiswürfelbehälter darin aus, stellte den Krug mit den dazu passenden Gläsern auf ein grelllilafarbenes Plastiktablett und trug alles hinaus.

Sophie saß auf dem Sand und unterhielt sich mit Kyp und Evie. Sie war in ein großes, weiß und orange gestreiftes Badelaken eingewickelt. Na schön, dachte er und versuchte, nicht enttäuscht zu sein. Dann verteilte er die Erfrischungen.

»Hübsche Gläser, Nick«, lobte Evie.

»Ich hatte die Schnauze voll von Styroporbechern«, sagte er.

»Wurde auch Zeit. Gutes Essen und Trinken hat etwas Besseres verdient«, kommentierte Kyp unter seiner Schirmmütze.

»Ach übrigens, Sophie, Jill war heute Vormittag hier und hat nach dir gefragt«, sagte Evie. »Sie meinte, du wärest nicht im Café gewesen.«

»Nein, ich hatte was anderes zu tun.«

»Ich soll dir ausrichten, sie würde noch einmal verreisen und vorbeikommen, sowie sie zurück ist. Ich muss sagen, sie hat ziemlich elend ausgesehen.«

Nick sah, wie das Strahlen auf Sophies Gesicht verlosch. Verdammt, dachte er. Nun ist es schon wieder passiert.

»Sie hat im Moment allerhand Probleme«, sagte Sophie.

»Wer sonst keine hat, macht sich welche«, kommentierte Kyp.

»Sei nicht so gemein, Kyp.« Evie blickte besorgt drein. »Wir haben mitbekommen, was dein Ex neulich über den Strand gerufen hat, Sophie. Ist das wahr?«

»Peter war wütend und hat versucht, sich abzureagieren, indem er jemand anderen dessen bezichtigte, worin er es zur Meisterschaft gebracht hat. Er hat sich noch nie zu benehmen gewusst.«

»Wie kindisch. Was für ein Glück, dass du dich nicht wieder mit ihm eingelassen hast.« Evie schüttelte sich.

»Du brauchst einen gestandenen Mann wie mich«, meldete sich Kyp zu Wort und richtete sich in seinem Liegestuhl auf, um sich auf den Bauch zu klatschen. »Gut abgerundet und doch mit einer Ladung Pfeffer im Hintern.«

»Ja, aber du gehörst schon mir«, kicherte Evie.

»Da wäre ich mir nicht so sicher, Weib.« Kyp wackelte mit den Hüften. »Ich werde heute etwas Delikates, aphrodisisch Gewürztes kochen, also seht euch vor.« Er zwinkerte Nick und Sophie zu. »Wenn ihr Lust habt, euch mit uns einen netten Abend zu machen – beim Essen, meine ich –, seid ihr uns höchst willkommen.«

Nick sah Sophie an. Sie lächelte. »Das wäre schön«, sagte er.

Sophie nickte. »Abgemacht.«

63

ICH VERBRACHTE DEN Rest der Woche damit, dass ich ein paar Stunden im Café half und dann zu Solveigs Haus eilte, um mit Yasmin und Marguerite zu arbeiten. Rachel hatte mir gesagt, dass ich mir wegen ihr kein schlechtes Gewissen zu machen brauchte. Das Mädchen mit den rot lackierten Fingernägeln war quasi an Stevies Hüfte angewachsen und konnte genauso behände servieren und die Tische abräumen wie er. Dass ich mich nun um mein Essen selbst kümmern musste, brachte mich ein wenig auf den Boden der Tatsachen zurück, und das tat mir auch ganz gut. An den Vormittagen genoss ich Rachels gesunden Menschenverstand als Ausgleich dafür, was mich an den Nachmittagen erwartete. Wir arbeiteten sehr intensiv mit Yasmin – an normalen Verhältnissen gemessen war es die reinste Crashtherapie, aber es musste sein, damit wir sie in die Welt hinausschicken konnten, bevor Jill und Ash zurückkamen.

Yasmin war eine willige Patientin. Marguerite zerstreute meine Bedenken, dass wir zu schnell vorgingen. Ich merkte schnell, dass hier ganz andere Regeln herrschten als in den üblichen Therapiegesprächen; ich musste mich einfach darauf verlassen, dass Marguerite eine tiefere Einsicht als ich besaß und wusste, was sie tat. Solveig war es gelungen, in dem Heilzentrum in Dorset einen Platz für Yasmin zu bekommen, und ich hatte bereits mit der Therapeutin telefoniert, die für sie zuständig sein würde, und einen detaillierten Bericht über ihre bisherige Behandlung niedergeschrieben. Solveig wollte Yasmin persönlich nach Dorset fahren, um sich zu vergewissern, dass sie dort aufgenommen wurde. Als wir ihnen am Sonntagmorgen nachwinkten, war uns eine schwere Bürde von den Schultern genommen.

»Mich verfolgt die scheußliche Vorstellung, dass sie unterwegs Jill und Ash begegnen, beide Autos mit kreischenden Bremsen auf dem Standstreifen zum Stehen kommen und Yasmin und Ash es mitten auf der Autobahn miteinander treiben«, sagte ich zu Marguerite. Inzwischen kannte ich ihre Art von Humor. Sie lachte ihr tonloses Lachen. Zu gerne hätte ich ihre Stimme gehört. Ich stellte sie mir so silbrig vor wie ihr Haar. Aber diese Frau war immer für eine Überraschung gut – ihre Stimme konnte durchaus auch rau und heiser sein. Mittels ihrer ganz eigenen Zeichensprache erzählte sie mir, dass sie einen Verehrer hätte – einen der Gärtner, die für Ash arbeiteten. Wenn sie im Therapiezentrum war, aßen sie um die Mittagszeit gemeinsam Sandwiches. Und bisweilen unternahmen sie einen Spaziergang. Sie hatten vor, zusammen ein paar der Gärten auf der Insel zu besuchen.

Wenn das doch auch Jane wüsste, dachte ich – und vor allem Jill. Aber Jill musste sich ja erst einmal mit Ashs Beichte auseinandersetzen. Ich hätte gerne gewusst, wie es den beiden während ihrer Tage zu zweit ergangen war. Konnte es sein, dass Jill gar nicht mehr zurückkam, dass sie Ash den Laufpass gegeben hatte und bei ihren Eltern blieb, bis sie über alles hinweg war? Aber zumindest kannte sie inzwischen hoffentlich die Wahrheit. Sie hatte immer betont, dass sie von ihren Freunden schonungslose Offenheit erwartete. Aber konnte sie diese auch von ihrem eigenen Mann verkraften?

Ich brachte Marguerite nach Hause und fuhr in die Blue Slipper Bay, um mich ein wenig zu erholen. Den Rest des Tages hatte ich ganz für mich allein. Nach einer Dusche setzte ich mich mit Janes Roman auf den Balkon. Aber ich konnte nicht lesen; mein Blick wanderte immer wieder aufs Meer hinaus und zu den Menschen an dem kleinen Strand. Nächste Woche, wenn die Ferien zu Ende waren, würde es hier ruhiger werden. Dann würden all diese kleinen lebhaften Gestalten wieder in Schuluniformen stecken und auf Holzstühlen hocken, und ihre kleinen Gehirne würden sich mit den Mysterien der Algebra und der Konjugation abquälen.

Der September war so plötzlich gekommen. Bald würde ich meine Entscheidung treffen müssen, wie es weitergehen sollte. Noch ein Monat, und Rachel würde ihre Rollläden nur noch an sonnigen Tagen hochziehen und dann bald über den Winter schließen. Ob das Angebot, im Therapiezentrum zu arbeiten, noch bestand? Vorausgesetzt natürlich, dass Jill und Ash sich vertragen hatten. Aber es wäre auch kein Vollzeitjob. Ich würde wohl mit Marguerite an den schwierigen Fällen arbeiten, aber davon gab es nicht genug. Auf dieser Ferieninsel waren Jobs im Winter rar. Ich gähnte, streckte mich und legte die Beine auf das Balkongeländer. Ich würde mal mit Nick reden. Mir entging nicht, dass er zunehmend zu einem bedeutenden Teil meines Lebens wurde. Ich wollte ihn fragen, was er für Pläne hätte und ob er diesen Winter eine Reise plante. Es schmerzte mich, daran zu denken, dass er fortgehen könnte. Aber er hatte wiederholt davon gesprochen, nach Neuseeland zurückzukehren, um Keris Familie zu besuchen und den Lake Tekapo wiederzusehen.

Ich fragte mich, inwieweit er über ihren Tod hinweggekommen war. Eine Frau und ein Kind durch einen Mord zu verlieren, musste eine der furchtbarsten Erfahrungen sein, die man nur machen konnte. Er hatte mir noch ein wenig mehr über die Umstände von Keris Tod erzählt, und dabei fiel mir wieder ein, dass ich in der Zeitung davon gelesen hatte. Wir hatten damals sogar im Krankenhaus darüber gesprochen, dass unsere Situation eigentlich mit der der Sozialarbeiter vergleichbar sei. Auch wir Krankenschwestern befanden uns ständig auf einer Gratwanderung, die uns zuweilen vor lebenswichtige Entscheidungen stellte. Nick hatte mir erzählt, wie er versucht hatte, über Keris Tod hinwegzukommen, indem er an seiner Vision von einem Leben als Mönch festhielt. Und ich ahnte, dass er zu gegebener Zeit – falls uns diese Zeit vergönnt war – noch ausführlicher darüber sprechen würde. Nach seinem Aufenthalt bei Neptun war er wie verwandelt. Im Geiste verglich ich Neptun mit Marguerite. Es war geradezu unheimlich, wie sie die Heilung eines Kranken vorantreiben konnte. Wenn sie aller Welt ihr Geheimnis verriet, könnte die Menschheit aufatmen.

Ich klappte das Buch zu und legte es auf den Tisch. Ich wollte nicht, dass Nick fortging. Ich war der festen Überzeugung, dass er von seinem Leid genesen war – so wie ich. Es tat mir gut, mir das vor Augen zu führen und die Erkenntnis in mir reifen zu lassen, dass ich dabei war, mich in ihn zu verlieben. Und das hatte auch gar nichts damit zu tun, dass ich mir nach Peter gleich einen anderen Mann suchen wollte. Ich hatte mich ja nie wirklich von ihm getrennt, ich war einfach nie zu ihm zurückgekehrt – nicht aus innerster Überzeugung jedenfalls. Ich hatte nur das begehrt, was er mir in Aussicht gestellt hatte.

Aber was sollte ich tun? Ich konnte nicht einfach zu Nick hinüberlaufen und ihm meine Gefühle gestehen. Er arbeitete das ganze Wochenende an der Vollendung der Remise, bevor das Wetter umschlug und die Studenten nach und nach wieder an ihre Universitäten zurückkehrten. Immer ruhig, Sophie, dachte ich. Dies konnte das Ende einer schönen Freundschaft bedeuten. Ich habe immer gewusst, dass Nick ein Weltenbummler war und jeden Augenblick wieder aufbrechen konnte. Wir verstanden uns gut und genossen es, gemeinsam Wanderungen zu unternehmen. Von Liebe war nie die Rede gewesen, und er hatte auch nie einen Vorstoß in diese Richtung unternommen. Ich war es gewesen, die sich bei verschiedenen Gelegenheiten in seine Arme geworfen hatte. Der arme Kerl kam sich bestimmt wie mein Rettungsanker vor.

Ich musste sehr behutsam vorgehen. Ich wollte ihn nicht

verlieren; dessen war ich mir sicher. Ich musste mich wie eine reife, sensible Frau verhalten und mehr Zeit darauf verwenden, ihn näher kennen zu lernen. O Gott. Warum war die Liebe so kompliziert? Ich brauchte Jill, aber sie brauchte *mich* im Moment nicht. Aber Rachel, mit der konnte ich reden. Sie wusste immer einen klugen Rat. Morgen würde ich sie fragen, ob sie Lust hatte, nach der Arbeit etwas mit mir trinken zu gehen.

Ich verspürte eine innere Unruhe. Ich stand auf und wanderte durchs Haus, nahm Gegenstände in die Hand und stellte sie wieder an ihren Platz zurück. Schließlich schnappte ich mir mein Handy und ging hinauf zur Straße, wo ich hoffentlich ein Netz bekommen würde. Ich hatte schon seit Ewigkeiten nicht mehr mit Audrey telefoniert. Ich würde einiges zu hören kriegen.

»Wie schön, von dir zu hören, Sophia.«

»Tut mir leid, dass es so lange gedauert hat, Audrey. Ich war schrecklich beschäftigt.«

»Aber das macht doch nichts. Ich kann mir schon vorstellen, dass die Arbeit im Café dich tüchtig in Trab hält.«

Ich fragte mich, ob das ironisch gemeint war. »Schulferien«, sagte ich.

»Genau«, pflichtete sie mir bei. Hatte ich etwa die falsche Nummer gewählt und das war gar nicht Audrey?

»Sophia?« Ihre Stimme klang dünn.

»Hast du etwas auf dem Herzen?«

»Ich bin dir noch eine Abbitte schuldig.«

»Wofür, um alles in der Welt?«

»Weil ich so sehr versucht habe, dich und Peter wieder zusammenzubringen.«

»Mach dir keine Gedanken, Audrey. Das haben wir hinter uns. Es hat nicht sollen sein. Tut mir leid.«

»Nein, du hattest ja recht. Er ist schon wieder mit einer anderen zusammen. Eine von der üblichen Sorte. Ich wusste nicht recht, ob ich dir davon erzählen sollte, aber ich dachte mir, das würde die Sache zu einem Abschluss bringen.«

Ich musste lachen. »Das hat sich schon von selbst erledigt.«

»John sagt, Peter wäre ein Scheißkerl.«

Ich traute meinen Ohren nicht. »Audrey, ich hätte nie geglaubt, dich einmal ein solches Wort in den Mund nehmen zu hören.«

»Ja, aber das trifft doch den Nagel auf den Kopf, nicht?«

»Das tut es in der Tat.«

»Hast du dich schon entschieden, was du jetzt machen wirst?«

»Zunächst bleibe ich noch eine Weile hier.«

»Kann ich dir nicht verdenken. Was solltest du auch hier in London? Und Joanna und William finden es gut, eine Tante zu haben, die am Meer lebt. Sie wollen dich bald wieder besuchen.«

»Ach, Audrey. Ihr könnt jederzeit kommen, das weißt du doch.«

»Ja. Aber eines Tages besuche ich dich ganz allein, und dann machen wir einen drauf.«

War das wirklich meine Schwester? »Das wäre wundervoll«, sagte ich.

»Tut mir leid, dass ich manchmal so griesgrämig bin. Ich liebe dich, Sophia.«

»Ich liebe dich auch. Du bist schließlich die einzige Schwester, die ich habe.«

Ich ging langsam den Undercliff Drive entlang und sinnierte über die Menschen um mich herum und die vielfältigen Formen der Liebe unter uns. Was war die wahrste, ehrlichste Form der Liebe? Ich sagte mir, dass nur vollkommene Menschen vollkommene Liebe geben konnten, ohne etwas im Gegenzug zu verlangen. So empfanden vielleicht Eltern für ihr Kind, bis das Kind sich seiner Selbständigkeit bewusst wurde und unmäßige Ansprüche stellte. Vielleicht reichte es auch, einfach nur ein guter Liebhaber oder eine gute Liebhaberin zu sein – so, wie man mit sich zufrieden sein konnte, wenn man eine gute Mutter oder ein guter Vater war. Man nimmt die Dinge, wie sie kommen. Und die meisten kommen damit irgendwie ganz gut über die Runden. Selbst Menschen wie Yasmin gingen nicht unter.

Und Nick. Was für eine Art Liebe empfand ich für ihn? Ich genoss seine Gegenwart. Seine Lebensphilosophie interessierte mich. Ich wollte mit ihm zusammen sein, mehr über ihn erfahren, mit ihm teilen. Ich wollte ihm etwas geben. Ich wollte, dass er sich von seinem Schmerz erholte und die Erinnerung an seine Frau und sein Kind nicht mehr von Schuldgefühlen belastet war. Ich wollte mit ihm lachen, mit ihm schwimmen und die Insel mit ihm erwandern. Und ich wollte mit ihm schlafen und am Morgen neben ihm aufwachen. Bei diesem Gedanken überkam mich ein plötzliches Lustgefühl. Ich musste aufhören, daran zu denken. Mir schwirrte schon der Kopf. Ich lehnte mich auf eine Steinmauer, hinter der sich eine hügelige Weide bis zur Kliffkante erstreckte. *Und was ist mit deinem anderen Bedürfnis, Sophie?,* dachte ich. Mit dem Wunsch nach einem Kind? Früher oder später, besser früher als später, würde ich mich mit aller Ernsthaftigkeit dieser Frage stellen müssen.

64

NICK HATTE SEINE Angelschnur vollkommen vergessen. Er war von den roten und blauen Schattierungen der Morgendämmerung wie geblendet. Der Himmel schien wie eine gigantische Decke über ihm zu hängen. Er kam sich vor wie ein winziger Punkt im Meer, aber wenn er mit seinen Gedanken innehielt und damit aufhörte, sich noch mehr solcher unangemessenen Adjektive einfallen zu lassen, würde er vor lauter Ehrfurcht vielleicht zu ungeahnter Größe erwachsen.

»Ich glaube, bei dir hat einer angebissen«, bemerkte Neptun. Nick wandte seine Aufmerksamkeit wieder seiner straff gespannten Angelschnur zu und begann, sie einzuholen. Doch bevor sein Fang an die Wasseroberfläche kam, konnte er schon sehen, dass wieder nur der übliche Klumpen Tang am Haken hing. Neptun hatte ihm viel beigebracht, aber die Fische waren immer noch nicht erpicht darauf, bei ihm anzubeißen. Er fragte sich, ob es daran lag, dass sie spürten, dass er eigentlich gar nicht gerne angelte. Es kostete ihn immer noch Überwindung, die Haken aus den weichen, weißen Mäulern zu lösen. Wenn man Fisch essen will, muss man auch bereit sein, ihn zu töten, gemahnte er sich immer wieder. Er entfernte das Seegras und warf die Angel wieder aus.

»Fühlst du dich jetzt wohler wegen Marguerite?«, fragte er Neptun.

»Jo, aber ich wünschte mir immer noch, sie würde nicht mehr in diesem Zentrum arbeiten. Wenn sie da nicht mehr hingeht, wird sie wohl endlich zur Ruhe kommen.« Er schob sich die Mütze in den Nacken und blickte zum Himmel hinauf. Der Sonnenaufgang färbte sein Gesicht rot. Nick sah, dass er grinste.

»Was ist so lustig?«

»Ich glaube, sie hat einen Freund.«

»Im Ernst?«

»Netter Bursche. Verwitwet mit einem erwachsenen Sohn, der taub ist. Arbeitet im Garten.«

»Bist du ihm schon begegnet? Hat sie ihn schon mit nach Hause gebracht, damit Jane und du ihn begutachten können?«

Neptun schüttelte, immer noch grinsend, den Kopf. »Nein, ich habe ihn mit Marguerite gesehen. Manchmal sitzen sie draußen auf der Bank und essen zusammen zu Mittag. Er kann Zeichensprache. Die beiden fuchteln die ganze Zeit mit den Händen. Ich hab mich ein bisschen, na, wie sagt man, umgehört.«

»Ihm nachspioniert, willst du sagen.«

»Musste aber sein.« Er hockte sich hin und inspizierte die wenigen Fische, die sie bisher gefangen hatten. »Und wie läuft's bei dir und deiner Verehrtesten?«

»Ach? Mich beschattest du auch?«

»Da kannst du einen drauf lassen. Sie ist 'n nettes Mädel.«

»Allerdings«, seufzte Nick.

»Aha – die große Liebe?«

»Ich glaube schon. Ich will sie fragen, ob sie mal mit mir ausgeht.«

»Das tut ihr doch schon die ganze Zeit.«

»Nein, ich meine so richtig.«

»So, dass du ihr den Hof machen kannst?«

»Ja, so. Ich bin etwas aus der Übung, und ich kenne sie doch schon eine ganze Weile, aber ich weiß nicht, wie – wie ich den Anfang machen soll.«

Neptun schürzte die Lippen wie immer, wenn er angestrengt nachdachte. »Fühlst du dich denn schon stark genug dafür?«

Nick fiel ein, was er letzte Nacht geträumt hatte. Keri hatte sich über ihn gebeugt und sich von ihm verabschiedet. Er war unter Tränen erwacht, hatte aber gewusst, dass der Zeitpunkt irgendwann hatte kommen müssen. »Ich fühle mich wohl.«

»Bist du sicher, dass du es nicht erst mit ein paar losen Liebschaften versuchen willst, bevor du dich ernsthaft mit jemandem einlässt?«

»Ich glaube nicht, dass ich der Typ für lockere Liebschaften bin. Das ist nicht mein Stil. Außerdem bin ich zu alt für so etwas.«

»Ja, du bist mehr wie ich – alles oder nichts. Viel zu sensibel.«

»Also was schlägst du vor? Blumen? Ein festliches Abendessen?«

»Nix. So hätte es ihr Playboy gemacht. Was mag sie denn gerne?«

»Sie geht gerne spazieren, unterhält sich gerne, isst eine Kleinigkeit im Pub. Solche Sachen.«

»Ja, da hast du es doch schon.«

»Aber das machen wir doch sowieso schon dauernd.«

»Dir wird schon etwas anderes einfallen, wenn der Zeitpunkt gekommen ist.« Er stand auf, um einen Fisch ins Boot zu ziehen. Nicks Leine hing schlaff im Wasser. »So, das reicht«, sagte Neptun. »Fahren wir zurück und essen die hier zum Frühstück.«

Nachdem er das ganze Wochenende gearbeitet hatte, durfte Nick sich zwei freie Tage gönnen. Im Moment gab es ohnehin nicht viel, was er tun konnte. Heute wurden das Dach gedeckt und die Gräben für die Abflussleitungen rund um das Hotel ausgeschachtet.

Er trocknete sich nach dem Duschbad ab. Sein Bizeps wurde fester, seine Energie kehrte zurück. Er betrachtete die kleine Reihe von Utensilien auf der Ablage unter dem Spiegel. Er verfügte jetzt über Duschgel, Shampoo, Aftershavelotion und einen Deostift. Das machte das Leben entscheidend komplizierter als früher, als er nur ein Stück Seife und nichts anderes benutzt hatte. Seine buddhistischen Freunde würden ihn auslachen. Na, wenigstens kann ich noch über mich selbst lachen, dachte er und rieb sich etwas Aftershave ums Kinn. Er wollte nicht nach Fisch riechen.

Er zog sich seine Jeans an und ging ins Wohnzimmer, um die beiden blauen Liegesofas und den regenbogenfarbenen Läufer zu begutachten, die er sich gekauft hatte, warf einen Blick auf die Tonschale mit Obst und die Bücher, die er sich von Jane geborgt hatte und die jetzt hinter bunten Steinen und Muscheln im Regal aufgereiht standen. An der Wand waren die Kinderzeichnungen befestigt, die Geburtstagsgeschenke von Jack und Mila. Er fand, dass alles fröhlich wirkte. Er trat an den Kamin und nahm das gerahmte Foto von Keri und sich am Lake Tekapo in die Hand. Er lächelte ihr zu und stellte das Bild wieder neben den Buddha.

Er setzte sich an den Tisch und schrieb eine Nachricht für Sophie, in der er sie fragte, ob sie Lust hätte, nach Feierabend einen Spaziergang mit ihm zu unternehmen und im Pub etwas zu essen. Dann lief er die Treppe hinunter und schob den Zettel unter ihrer Tür durch.

65

ICH ARBEITETE DEN ganzen Tag im Café, damit Stevie Schlaf und Sex nachholen konnte.

»Meine Güte«, sagte Rachel. »Man muss oben sämtliche Fenster öffnen, weil sonst die Scheiben beschlagen.«

Ich lachte. »Ich hätte mir das in meinem Elternhaus nicht erlauben dürfen. Selbst als Peter und ich schon längst verheiratet waren, hatte ich immer das Gefühl, dass wir eigentlich in getrennten Betten schlafen müssten, wenn wir bei meinen Eltern zu Besuch waren.«

Rachel band ihre Schürze los. »So, jetzt nichts wie raus hier, sonst versäumen wir noch den wichtigsten Teil des Tages.«

Wir gingen ins *Spyglass,* damit wir während des Essens den Wellen zuschauen konnten.

»Irgendwelche Lebenszeichen von Jill und Ash?«, fragte Rachel.

»Dasselbe wollte ich dich gerade fragen.«

»Also, gestern Abend brannte im oberen Stock ihres Hauses jedenfalls kein Licht.«

»Sie müssten bald wieder hier sein. In zwei Tagen fängt die Schule an. Es sei denn, dass Jill mit den Kindern bei ihren Eltern bleibt.«

Rachel schenkte uns Wein nach. »Meinst du, das tut sie?«

»Ich habe keine Ahnung. Ich hoffe nur, dass wir Freundinnen bleiben.«

»Warum sollte sie dir etwas nachtragen?«

»Weil sie mich so verzweifelt gebeten hat, mit Ash zu sprechen. Und es wird garantiert herauskommen, dass ich ihr dies und das verschwiegen habe.«

»Du stehst doch hier nicht als Zeugin vor Gericht. Sie muss doch einsehen, dass dir keine andere Wahl blieb.«

Ich zuckte die Achseln. »Die Menschen tun die sonderbarsten Dinge, wenn sie unter Druck stehen. Sie wehren dann alles von sich ab und treten nach jedem, der irgendwas damit zu tun hat, anstatt sich der Wahrheit zu stellen.«

»Himmel noch mal, sie ist doch Psychotherapeutin!«

»Das macht es vielleicht noch umso schwieriger für sie. Man erwartet von Psychologen immer, dass sie alles viel besser verstehen können. Man hat dann das Gefühl, doppelt versagt zu haben. So ist es mir jedenfalls mit Peter ergangen.« Ich schmierte Butter auf ein Brötchen, obwohl mir eigentlich der Hunger vergangen war. »Ich kann mir ein Leben ohne Jill gar nicht vorstellen. Es wäre doch verrückt, wenn sie wegzieht und ich hierbleibe.«

»Willst du denn hierbleiben?«

»Schon gerne. Ich weiß nur noch nicht, wie ich meinen Lebensunterhalt verdienen soll und ob ich im Winter in der Blue Slipper Bay klarkomme.«

»Nun, zu Punkt eins: Ich habe dir ein kleines Geschäft vorzuschlagen. Der Chefkoch von einem der Hotels ist mit der Frage an mich herangetreten, ob man mein Café in den Abendstunden nicht als italienisches Restaurant nutzen könnte. Er würde den Laden leiten, mir Miete zahlen und mich sogar am Umsatz beteiligen. Wenn das Restaurant einschlägt – und das halte ich gar nicht für unwahrscheinlich, denn Ventnor macht sich langsam –, würde es das ganze Jahr über geöffnet bleiben.«

»He, das klingt ja spannend. Wirst du das machen?«

»Ich bin nicht abgeneigt. Aber dann müsste die Küche modernisiert werden uns ich müsste italienisch aussehende Tische und Stühle kaufen und mich um eine Lizenz zum Ausschank von Alkohol bemühen.«

»Die neue Küche und die Einrichtung kann er doch bezahlen.«

»Das kann er sich nicht leisten. Außerdem will ich die alleinige Eigentümerin bleiben. Also suche ich nach jemand, der bei dieser Geschäftsidee mein Partner wird. Ich habe dabei an dich gedacht.«

»An mich? Ich habe doch keine Ahnung von italienischer Küche.«

»Das musst du ja auch nicht. Du bräuchtest nur etwas zu investieren und hättest dann deinen Anteil am Gewinn – auch am Tagesgeschäft.«

»Wird es denn genügend abwerfen?«

»Wir lassen uns von Chas, Janes Mann, gerade eine Kalkulation machen. Er wäre auch daran interessiert. Aber ich habe gesagt, dass ich erst von dir eine Absage hören möchte.«

Ich war baff. »Mensch, Rachel, da fühle ich mich aber geehrt. Natürlich wäre ich gerne dabei. Ich habe Geld aus dem Verkauf meines Hauses; damit können wir ohne weiteres die neue Einrichtung finanzieren.«

»Rühr das Geld von deinem Haus nicht an. Es wäre sogar eine gute Idee, dir ein Haus zu kaufen. Setz dich doch mal mit Chas in Verbindung. Er ist der ideale Ansprechpartner in solchen Dingen.«

»Das könnte die Lösung sein«, sagte ich. »Ich könnte mehrere Teilzeitjobs haben – gelegentliche Sprechstunden im Therapiezentrum abhalten, hier arbeiten, wenn du mich brauchst, und ab und zu bei Jane in die Hände spucken. Das hält mich dann auch davon ab, mich zu sehr auf eine Sache zu versteifen.«

Rachel grinste. »Wir wollen nicht, dass du dich versteifst, Mädchen. Also wegen Peter bereust du nichts?«

»Absolut nichts. Ich sehe völlig klar. Mein Urteilsvermögen war von dem Wunsch getrübt, ein Kind zu haben.«

»Hat er es in London geschafft, dich ins Bett zu locken?«

»Nein. Obwohl ich zugebe, versucht gewesen zu sein. Aber ich habe meinen Weinkonsum im Auge und meinen Keuschheitsgürtel umgeschnallt behalten.«

»Kompliment! Ich glaube nicht, dass ich es so lange ohne einen Mann aushalten könnte. Oder hast du noch einen anderen?«

»Ich nehme an, du sprichst von Nick?«

»Du kannst es mir ruhig sagen.«

»Da gibt es nichts zu sagen. Aber ich will nicht verhehlen, dass ich manchmal ziemlich … Na, du weißt schon.«

»Fickerig? Scharf? Verzweifelt?«

»Rachel! Ja. Alles drei. Aber vor allem habe ich das Gefühl, mich in ihn zu verlieben.«

»So romantisch?«

»Ja. Ich kann nicht aufhören, an ihn zu denken. Ich träume von ihm, esse immer weniger …«

»Beim letzten Punkt habe ich nicht den Eindruck. Und? Weiß er's?«

»Nein. Ich kriege ihn ja kaum zu sehen. Wir arbeiten beide rund um die Uhr.«

»Dann wird's aber Zeit. Du kannst dir morgen freinehmen. Schnapp ihn dir und hol ihn zu dir ins Bett, ehe er auch nur weiß, wie ihm geschieht.«

»Rachel! Nun ist aber Schluss. So einfach geht das auch nicht. Zum einen weiß ich ja gar nicht, wie er für mich empfindet. Und außerdem wollen die Männer lieber jüngere Frauen. Er ist doch gerade erst …«

»Ja, ja. Das kenne ich doch alles. Aber ich habe beobachtet, wie er dich ansieht. Ich warte schon ewig und drei Tage darauf, dass endlich mal einer von euch den ersten Schritt tut, und habe zwischendurch beinahe die Hoffnung aufgegeben – vor allem, als dein Ex versucht hat, sich dazwischenzudrängen.«

»Ja, aber es stellt sich auch die Frage, ob er Verantwortung übernehmen will. Ich habe zwar mit Peter Schluss gemacht, aber der Gedanke, ein Kind zu bekommen, spukt mir immer noch im Kopf herum.«

»Nun überstürze mal nicht gleich alles. Probier doch erst einmal aus, wie es mit euch läuft, bevor du Einladungen zur Taufe verschickst.«

»Verstehst du, ich möchte keine dauerhafte Beziehung eingehen, ohne mir absolut im Klaren zu sein, was ich will – und was er will. Nicht in meinem Alter.«

»Dann musst du mal mit ihm darüber reden.«

»Das ist ja das Problem. Wie kann ich Nick – oder überhaupt einem Mann – mit dem Wunsch nach einem Kind kommen, bevor wir auch nur ein Paar sind?«

»Tja, da musst du dich entscheiden. Entweder stellst du gleich von Anfang an fest, wie die Aussichten stehen, oder du machst es auf die Tour der großen Liebe und hoffst, dass dabei etwas herauskommt.«

»Und eines Tages ist es dann dafür zu spät.«

»Das ist das Risiko. Oder ihr liebt euch einfach so bis ans Ende eurer Tage. Das ist doch auch was wert.«

»Ja, selbstverständlich.«

»Oder du stellst deinen Kinderwunsch an die erste Stelle und machst es alleine. Das hieße ja nicht, dass du nie einen Mann bekommst.«

»Es alleine machen?«

»Klar. Eine Menge Frauen tun das heutzutage. Künstliche Befruchtung, Samenbanken, Samenspender und so weiter.«

»Du meinst als alleinerziehende Mutter? Jill hat auch schon mal so eine Andeutung gemacht. Aber meinst du, das wäre gut für das Kind?«

»Mich lobst du doch immer dafür, wie gut ich alles hingekriegt habe. Obwohl, wenn ich mir meine beiden Sexprotze ansehe …«

»Ich weiß nicht viel darüber. Ich wüsste gar nicht, wohin ich mich wenden sollte.«

»Vermutlich übers Internet. Ich könnte Mark bitten, dir ein paar Websites herauszusuchen. Du kannst dich ja wenigstens mal informieren. Du bräuchtest Nick nicht gleich aufzugeben, hältst dir aber alle Möglichkeiten offen, falls es mit ihm nicht klappt.«

Ich hatte größte Vorbehalte. Aber irgendwo hatte Rachel auch wieder recht. Es konnte nicht schaden, sich schlauzumachen. Davon, dass ich mir Informationen herunterlud, würde ich ja nicht gleich schwanger.

Wir gingen zurück zu Rachels Wohnung. Wir waren ganz schön abgefüllt und ich sollte in Marks Zimmer schlafen. Er übernachtete in einem der Wohnwagen in Wraith Cove. »Weiß Gott, was er da alles anstellt«, sagte Rachel. »Und du hältst dir lieber ein Kissen über die Ohren, wenn Stevie angewalzt kommt.« Rachel und ich blieben stehen, um uns den funkelnden Nachthimmel anzuschauen, an dem eine Million Sterne leuchteten. Ich stellte mir vor, dass Nick, der bis zum Einbruch der Dunkelheit am Dach von Janes Remise gearbeitet hatte, in dieser Nacht in der Blue Slipper Bay schlief und sich wunderte, wo ich steckte.

Rachel gab mir einen Knuff in die Rippen. »Ich weiß, an wen du denkst«, neckte sie mich. »Wollen wir noch eine Runde um den Hafen machen?« Sie schob ihren Arm unter meinen. Wir gingen bis zum Ende der Mole und sahen Ventnor vor uns. Die kleine Stadt war so romantisch erleuchtet wie ein Schloss im Märchenwald, und die etwas schäbigeren Ecken bedeckte die Dunkelheit mit Wohlgefallen.

»Guck mal.« Rachel zeigte auf die Anhöhe hinter ihrem Café. »Da oben. In Villa *Cormorants* brennen die Lichter.«

66

NICK WÜNSCHTE SICH, er könne den Zettel wieder unter Sophies Tür hervorziehen. Aber sie hatten sich darauf verständigt, für den Fall, dass Peter noch einmal auftauchte, immer die Außentüren abzuschließen, wenn sie das Haus verließen. Sophie war nicht nach Hause gekommen. Offensichtlich war sie die ganze Nacht fort gewesen. Nick war fast ein wenig gekränkt, aber er bemühte sich, nicht ständig wachsame Blicke auf ihr Cottage zu werfen. Er wollte ihr nicht nachspionieren.

Er hatte versucht, sich mit seinen Gefühlen auseinanderzusetzen, ihnen freien Lauf zu lassen und sich zu sagen: »So ist das Leben, Kamerad« – wie Keri es getan hätte. Er hatte die Zeit damit verbracht, für Jack und Mila am Strand ein Kricketspiel mit den Kindern der Feriengäste zu organisieren. Auch ein paar Väter, die sich beweisen wollten, hatten sich daran beteiligt, und es war ein ziemlich hitziges Match dabei herausgekommen. Später hatten Kyp und Evie gegrillt, und alle hatten den Abend außerordentlich genossen – bis auf ihn, der ständig mit einem Auge nach Sophies Haustür schielte. Ja, so ist es wohl, wenn man verliebt ist, dachte er und erinnerte sich an seinen Zustand der freudigen Erregung, nachdem er Keri kennen gelernt hatte.

Aber wegen seines Briefes war ihm mulmig zumute. Er bekam den genauen Wortlaut nicht mehr zusammen. Konnte es so geklungen haben, als dränge er sich ihr auf? Bestimmt nicht. Sie hatten schon früher Wanderungen unternommen und waren in Pubs eingekehrt. Aber jetzt war alles anders geworden.

Jetzt war er verliebt. Den ganzen nächsten Vormittag hatte er zu Hause herumgehangen und auf ihr Eintreffen gewartet, aber sie musste über Nacht bei Rachel geblieben und von dort gleich zur Arbeit gegangen sein. Er beschloss, einen Spaziergang nach Ventnor zu unternehmen. Es würde schön sein, durch die Botanischen Gärten und die Promenade entlangzuschlendern. Vielleicht sollte er bei Rachel zum Mittagessen einkehren.

Das Café war gerammelt voll. Als gerade jemand ging, gelang es ihm, einen kleinen Tisch in der Ecke zu ergattern. Er konnte Sophie und Rachel im Küchenbereich sehen. Sie waren damit beschäftigt, Teller zu füllen, während Stevie im Café herumeilte und Bestellungen aufnahm. Ein gruftiemäßig aussehendes Mädchen erledigte derweil den Abwasch. Stevie kam, um seine Bestellung aufzunehmen, und dann kam auch Sophie ins Café. Sie warf ihm einen Blick zu, als würde sie ihn gar nicht erkennen und lediglich registrieren, dass ein neuer Gast eingetroffen war. Doch dann schien es ihr wie Schuppen von den Augen zu fallen und sie lief rot an.

»Nick!«, entfuhr es ihr. »Was führt dich denn her?«

»Ich hoffe, etwas zu essen zu bekommen.« Er lächelte ihr zu.

»Ich meine … arbeitest du denn heute gar nicht?«

Er schüttelte den Kopf. »Ein Tag Pause.«

»Du Glücklicher. Ich muss wieder ran.«

Sie trug zwei Teller mit Pasta, die sie bedenklich schräg hielt. »Schon gut, ich weiß, dass du zu tun hast«, sagte er, ehe sie den Tellerinhalt noch über ihn schüttete. Er versuchte, ihr nicht bei der Arbeit zuzuschauen. Sie schien ein wenig nervös zu sein, schob sich ständig eine Haarsträhne hinters Ohr und zupfte ihre gestreifte Schürze zurecht. Rachel kam, um ihn zu begrüßen.

»Heute ist der reinste Albtraum«, sagte sie. »Ich musste Stevie an den Haaren aus dem Bett ziehen.« Sie blickte sich um, als durch die offen stehende Tür noch mehr Gäste hereinkamen.

»Warum müssen die Leute bloß die ganze Zeit essen? Ich bin froh, wenn die Ferien zu Ende sind.«

»So magst du's doch«, sagte Nick. »Arbeitet Sophie heute den ganzen Tag?«

»Wenn der Ansturm nicht bald nachlässt, wird's wohl nicht anders gehen, und wenn ich sie am Abwaschbecken festketten muss. Willst du solange mit mir vorliebnehmen? Du brauchst die Frage nicht zu beantworten.«

Nick lachte verlegen. »Ich dachte bloß, sie hätte vielleicht Lust auf einen Spaziergang.«

»Wenn sie hier fertig ist, hat sie keine Füße mehr. Ich muss weitermachen.«

Nick verzehrte seinen Krabbensalat so langsam wie möglich. Als er an den Tresen kam, um zu bezahlen, traf sich sein Blick mit dem von Sophie.

»Wollen wir nachher ein bisschen spazieren gehen?«, murmelte er.

Ihr Gesicht war immer noch gerötet – aber nun vor Hitze und Hektik. »Ich melde mich, wenn ich zu Hause bin«, sagte sie und verschwand in einer Wolke von Dampf.

67

ICH KONNTE ES kaum erwarten, aus dem Café zu kommen und nach Hause zu gehen. Die letzten beiden Gäste schienen jeweils eine Minute verstreichen zu lassen, bevor sie wieder an ihrem Getränk nippten. Rachel rollte die Markise ein. Ich entfernte die Tafel mit dem Menü und stapelte draußen die Stühle aufeinander. Und sie saßen immer noch da und starrten ins Leere. Schließlich verriegelte Rachel die Tür und drehte das Schild um. Die beiden sahen einander an und zogen widerwillig von dannen.

»Geschafft!«, sagte Rachel und warf die Arme in die Höhe.

Ich schwang mir meinen Rucksack über die Schultern und schloss mir auf. Es war kühler geworden. Ich machte die Augen zu und genoss die frische Brise auf meinen glühenden Wangen. Als Nick erschien, war mein Blut in Wallung geraten und wollte sich nicht wieder beruhigen – auch nicht, nachdem er schon wieder gegangen war. Was musste er bloß von mir gedacht haben? Mit krebsrotem Gesicht und fettigen Haaren stieß ich gegen Tischecken und ließ Bestecke auf den Boden fallen. Er hatte mich völlig aus der Fassung gebracht, aber er selbst wirkte vollkommen ruhig, wie er dasaß und seinen Salat verspeiste. Warum hatte er nicht kommen können, wenn es im Café etwas ruhiger zuging und ich ganz gelassen und professionell zwischen den Tischen umherschwebte?

»Sophie?«

Ich klappte die Augen wieder auf. Ich glaubte, mich verhört zu haben. Aber da stand Jill vor mir.

»Hallo«, sagte sie. »Wollen wir was trinken?«

»Ach, ich …«, stammelte ich und wies mit einer hilflosen Geste in die Richtung der Klippen. Nein. Bloß nicht. Das war mir jetzt zu viel. Ich war todmüde. Ich wollte nichts wie nach Hause, mich duschen und Nick sehen.

»Bitte«, sagte sie. »Ich verspreche, dich auch nicht zu beißen.« Sie versuchte zu lächeln, aber ihr Mund zitterte und ihre Augen waren feucht. Sie sah ziemlich verzweifelt aus. Ihr Haar war ungekämmt und sie trug weder Make-up noch Schmuck. Ich konnte mich nicht erinnern, sie je ohne ein auffälliges Paar Ohrringe gesehen zu haben. Auch ihre Kleidung war zerknittert, als hätte sie darin geschlafen. Das war nicht meine Jill. Ich brachte es nicht übers Herz, ihr ihren Wunsch abzuschlagen.

»Komm mit«, sagte ich, nahm sie beim Arm und führte sie zum *Spyglass*. Dort hieß ich sie an einem der Tische draußen Platz nehmen und bestellte uns einen Orangensaft und eine Limonade. Ich wollte, dass wir beide einen klaren Kopf behielten.

»Ash ist los, um Hal und Tilly abzuholen«, sagte sie. »Meine Mutter fährt sie dann nach Portsmouth.«

Ich wusste nicht, was ich dazu sagen sollte. Also legte ich meine Hand auf ihre und wartete. Sie nahm einen Schluck und sah mich mit ausdruckslosen Augen an.

»Er hat mir alles erzählt.«

Ich nickte, um sie zu ermuntern, fortzufahren.

»Ich bin froh, dass er es getan hat. Ich habe es gewollt.« Tränen liefen ihr aus den Augen. »Wenigstens weiß ich jetzt Bescheid.« Sie suchte in ihrer Tasche nach einem Papiertuch. »Aber es tut verdammt weh.« Sie putzte sich die Nase. Sie sah gerötet aus. Sie dürfte viel geweint haben.

»Wo bist du mit Ash gewesen?«

»Wir sind einfach losgefahren und haben drüben auf dem Festland beim ersten Hotel angehalten, das ein wenig abseits lag. Da hat er's mir dann erzählt. Zunächst war ich erleichtert, dass es nicht Marguerite gewesen ist, aber dann drang mir ins

Bewusstsein, dass er es mit einer Studentin getrieben hat. Eine seiner Studentinnen! Kannst du dir das vorstellen, Sophie?« Sie schaute hinaus aufs Meer. Ihr Blick entschwand in der Ferne.

»Sie war eine Studentin mit ungewöhnlichen Gaben«, sagte ich nach langem Schweigen.

»Versuch bitte nicht, Entschuldigungen für ihn zu finden«, knurrte Jill.

»Nein, nein, das war nicht als Entschuldigung gemeint. Ich wollte dir nur sagen, dass es alles andere als eine gewöhnliche Studentin war. Sie hat mit ihren fast hypnotischen Fähigkeiten sogar mich beinahe behext, und wie du weißt, habe ich mit so etwas ja Erfahrung. Wenn Marguerite nicht eingegriffen hätte, würde sie mich eingewickelt haben – psychisch gesehen.«

»Trotzdem hätte er Schluss mit ihr machen müssen, bevor sie ihn so in ihren Bann ziehen konnte.«

»Ja, das hätte er«, pflichtete ich ihr bei. Aber das sagte sich so einfach – konnte ein Nagel einem Magneten entkommen?

»Ich will dich nicht aushorchen, Sophie. Aber eines möchte ich doch gerne wissen. Du hast mich mal gefragt, ob Ash eine Affäre hätte. Du hattest ihn dabei ertappt, nicht wahr?«

»Ich … ich war mir nicht sicher. Ich hatte nur ein paar sonderbare Geräusche gehört. Du weißt doch, wie die Patienten stöhnen, wenn Ash ihnen das Rückgrat massiert? Das konnte es gewesen sein.«

»Nein, lüg mich bitte nicht an. Ich fühle mich schon so betrogen genug. Ash hat mir gesagt, du wärest hereingekommen und er hätte dich um Hilfe angefleht.«

»O Gott, es tut mir so leid, Jill. Er hat mich auch inständig gebeten, dir nichts davon zu sagen. Und *gesehen* habe ich sowieso nichts oder niemanden. Ich hatte nur den Verdacht, es könne Marguerite gewesen sein, weil ich sie am gleichen Abend nach Mitternacht vor eurem Haus stehen und zum ersten Stock hinaufstarren sah. Aber ich wusste nicht einmal, wer sie war, bis ich sie im Café getroffen habe.«

»Die arme Marguerite hat verzweifelt versucht, ihm zu helfen. Das weiß ich jetzt.«

»Deswegen wollte ich nicht bei euch wohnen bleiben. Ash hat mich in eine unmögliche Lage gebracht. Ich konnte mich drehen und wenden, wie ich wollte – immer missbrauchte ich jemandes Vertrauen.«

»Es wäre schön gewesen, wenn du in erster Linie zu mir gehalten hättest.«

»Ash hat mir gesagt, es wäre vorbei – was auch immer es gewesen sein mag. Und du hast mir gesagt, es wäre alles im Lot.« Die Kehle zog sich mir zusammen; ich versuchte, nicht allzu sehr die Stimme zu erheben. »Hättest du wirklich gewollt, dass ich an diesem Punkt alles aufs Spiel setze, indem ich dir stecke, Ash hätte Sex mit jemandem gehabt? Sag mir, was du an meiner Stelle getan hättest.«

»Das habe ich mich auch schon dauernd gefragt. Um ehrlich zu sein – ich hätte mich genauso verhalten wie du. Ich habe mir etwas vorgemacht, als ich mir sagte, unsere Freundschaft wäre deshalb so gut und dauerhaft, weil wir immer ehrlich miteinander gewesen sind. Aber ich weiß gar nicht, ob das überhaupt zwischen zwei Menschen möglich ist.«

»Jill – *bis jetzt* sind wir immer aufrichtig zueinander gewesen, nicht wahr?«

»Nein. Da dies der Augenblick für Bekenntnisse zu sein scheint, habe ich auch dir etwas zu gestehen.«

»Schieß los.«

»Ich habe mal mit Peter geschlafen.«

»Wie bitte?« Das hatte sie nur erfunden, um es mir heimzuzahlen. Sie hatte Peter nie gemocht. Der Mann mit dem Goldkettchen um die Brust – so hatte sie ihn genannt, als Peter und ich anfingen, miteinander auszugehen.

»Das war vor eurer Heirat. Wir waren alle auf einer Party im Hause meiner Eltern. Erinnerst du dich noch? Es war ein heißer Sommertag, alles tummelte sich im Swimmingpool, und ab und zu verschwanden mal welche im angrenzenden Wäldchen.«

»Und du – das glaube ich nicht.«

»Du weißt, dass ich immer für eine schnelle Nummer zu haben gewesen bin – in mancher Hinsicht bin ich Peter gar nicht so unähnlich.«

Ich sah sie fassungslos an. »Aber du hast ihn doch geradezu gehasst?«

»Das tue ich immer noch. Ich wollte einfach nur Sex. Ich erzähle dir das, weil er gesagt hat, er würde es tun. Er ist reichlich verbittert, weil du nun doch nicht zu ihm zurückgekehrt bist, und aus lauter Boshaftigkeit scheint er fest entschlossen, auch möglichst jede andere Ehe kaputtzumachen. Ich glaube, Audrey ist die Einzige, der er nichts anhängen kann.«

»Warum hast du mir das verschwiegen? Dann hätte ich ihn vielleicht gar nicht erst geheiratet.«

Wir saßen beide eine Weile mit halb offenem Mund da und starrten einander an. Und dann spürte ich, wie meine Mundwinkel zu zucken anfingen. Ich sah, wie Jill sich auf die Lippe biss, und schon fingen wir beide zu kichern und zu gackern an. Wir lachten so sehr, dass ich mir den Bauch halten musste. Die Leute an den anderen Tischen sahen uns erstaunt an. Wir mussten beide nach Papiertaschentüchern wühlen.

»Jetzt brauche ich aber ein Glas Wein«, schniefte Jill.

Ich stand vom Tisch auf und ging hinein, um unsere Drinks zu bestellen. Ich war froh, ein paar Minuten für mich zu haben, damit ich mich wieder fassen konnte. Waren wir jetzt quitt? Konnten wir wie Phönix aus der Asche aufsteigen und so weiterleben wie bisher? Der Unterschied bestand darin, dass Peter für mich ein für alle Mal erledigt war. Ihre Beichte hatte mich ganz und gar unvorbereitet getroffen, aber gekränkt war ich nicht. Sie hatte ja noch nicht erzählt, wie die Dinge zwischen ihr und Ash standen.

»Also«, sagte ich und setzte mich wieder.

»Also. Ich weiß noch nicht, ob ich Ash das verzeihen kann. Eine schnelle Nummer vor der Ehe ist die eine Sache – und auch ein kleiner Seitensprung, wenn man verheiratet ist. Aber was er gemacht hat, ist eine viel ernstere Angelegenheit. Er hat seine Familie, seine berufliche Reputation, das Therapiezentrum und damit unseren Lebensunterhalt aufs Spiel gesetzt. Er war schwach und hat sich völlig verantwortungslos verhalten. Er hat ein verdammtes Glück gehabt, dass die Sache nicht an die große Glocke gehängt worden ist – obwohl ihm das nur recht geschehen wäre. Woher sollen wir wissen, ob diese Yasmin es sich nicht doch noch anders überlegt und ihn meldet? Bei solchen Spinnerinnen weiß man doch nie, woran man ist.«

Ja, auch die Psychotherapie stößt mal an ihre Grenzen, dachte ich. »Ich gebe dir recht – es ist ein ganz schöner Schlamassel. Aber Marguerite und ich haben mit Yasmin intensiv gearbeitet.«

»Ihr beide?«

»Ja, und Yasmin ist sehr darauf eingegangen. Sie schien den aufrichtigen Wunsch zu haben, über diese Obsession hinwegzukommen. Das heißt noch nicht, dass sie es auch wirklich schafft, aber sie ist jetzt in guten Händen – in den besten.«

Jill musterte mich. Sie schien wieder Hoffnung zu schöpfen, und die Farbe kehrte in ihr Gesicht zurück. »Oh, Sophie, das habe ich ja nicht gewusst. Und bei Marguerite muss ich mich wohl entschuldigen.«

»Solveig war wunderbar. Wie eine gute Mutter. Ich habe wirklich das Gefühl, dass Yasmin es packt.«

»Wenn sie sich noch einmal hier blicken lässt, bringe ich sie um, und wenn es mich meinen Kopf kostet«, sagte Jill.

»Ja, damit wären dann wohl einige Probleme gelöst«, sagte ich. »So, und wie geht's nun weiter? Was ist mit dir und Ash?«

»Wenn Hal und Tilly nicht wären, würde ich ihn auf der Stelle verlassen. Ich habe das Gefühl, als wäre unsere Beziehung zerbrochen wie ein in der Mitte durchgesägtes Stück Holz. Wir können zwar versuchen, es wieder zusammenzukitten, aber die Maserung wird nicht mehr so zusammenwachsen wie früher. Aber wir sind uns darüber einig, dass wir es unseren Kindern schuldig sind, wenigstens eine Fassade aufrechtzuerhalten. Im Augenblick kann ich Ashs körperliche Berührung nicht ertragen. Und woher soll ich wissen, dass er sich nicht irgendeine schreckliche Krankheit geholt hat? Daran hat er wohl nicht gedacht, als er seine Spielchen mit ihr getrieben hat. Er muss einen Aidstest machen. Allerdings kann ich mir sowieso nicht vorstellen, noch einmal mit ihm ins Bett zu gehen.«

»Die Zeit heilt viele Wunden.«

»Falls er auf die Idee kommt, dass ich mich wie eine ägyptische Göttin zurechtmache, ist er jedenfalls schief gewickelt.«

Darüber musste ich schon wieder kichern. Wir nahmen beide den letzten Schluck Wein.

»Wollen wir was zu essen bestellen?«, schlug Jill vor. »Nach so langer Abstinenz kann ich auf leeren Magen nichts vertragen.«

Innerlich verabschiedete ich mich von dem entspannten Abend, den ich mir vorgenommen hatte, meinem Spaziergang mit Nick. Dafür würde es noch andere Gelegenheiten geben. Ich konnte Jill jetzt nicht alleine lassen. »Aber ich muss los, bevor es dunkel wird. Und du wirst bestimmt nicht in der Lage sein, mich nach Hause zu fahren.«

»Ich bestelle dir ein Taxi. Oder du bleibst bei uns.«

Ich schüttelte den Kopf. »Wenn Ash und die Kinder ankommen, kannst du mich da bestimmt nicht gebrauchen.«

Da gab sie mir recht. »Danke dir, Sophie, für alles, was du getan hast. Wir werden immer Freundinnen bleiben, nicht wahr?«

»Immer«, sagte ich.

68

NICK FRAGTE SICH, ob Sophie ihm aus dem Wege ging oder ob sie einfach viel anderes um die Ohren hatte. Im Café war sie ihm beinahe abweisend erschienen und dann war sie abends wieder nicht nach Hause gekommen – oder vielmehr erst sehr, sehr spät. Vielleicht hatte sie jemanden kennen gelernt? Bei den vielen Männern, die im Café ein und aus gingen, war das ja auch recht naheliegend. Da bot es sich ja fast an, ein paar nette Worte zu wechseln und sich dann zu verabreden. Konnte es sein, dass gerade seine Bemühungen, sich ihr nicht aufzudrängen, sein Fehler gewesen waren? Er merkte, wie ihn der Mut verließ. Aber vielleicht lag es auch gar nicht daran. Vielleicht hatte sie gespürt, dass er sich für sie interessierte, und wollte nicht, dass er auf dumme Gedanken kam.

Er legte die Heckenschere ab. Den ganzen Vormittag hatte er versucht, so etwas wie eine Form in die Kletterrosen, die ihren Wildwuchs nach eigenem Gusto trieben, zu bringen. Jane wollte die Rosen unbedingt erhalten. Nicks Arme waren zerkratzt und blutig. Er betrat den Universalcontainer, in dem die Arbeiter ihre Pausenmahlzeiten einnahmen, und hielt die Arme unter kaltes Wasser. Es brannte höllisch. In dem kleinen Waschraum war es warm und muffig. Im größeren Zimmer saßen die Studenten an den Tischen und spielten laute Musik. Er konnte in dem Stimmengewirr genau Mark heraushören; seine Stimme ähnelte sehr der von Stevie. An der Lautstärke des Gelächters gemessen schien es um etwas ausgesprochen Lustiges zu gehen. Normalerweise amüsierte Nick ihre jugendliche Unbekümmertheit, aber heute war ihm nur nach Ruhe und

Frieden zumute. Er wollte gerade mit seinem Sandwich vor die Tür treten, als er wieder Marks Stimme vernahm.

»Guck dir das mal an«, sagte Mark. »Man muss echt aufpassen, was man in die Suchmaschine eingibt. Ehe man sich's versieht, wird man mit Pornoscheiße zugeschüttet.« Brüllendes Gelächter antwortete ihm. Nick steckte den Kopf durch die Tür; die Studenten verteilten Papierbogen.

»Man muss da vorsichtig sein«, sagte jemand. »Man kann Ärger kriegen, wenn man so was runterlädt. Nach was hast du eigentlich gesucht?«

»Ach, nach 'ner Info für jemanden über Samenbanken und wie man ohne einen Mann schwanger wird.«

»Ist ja verrückt. Wer braucht denn so was?«

»Lesben. Sie bezahlen irgendeinen armen Arsch dafür, dass er in ein Marmeladenglas wichst, und lassen sich das Zeug dann injizieren«, sagte eine Mädchenstimme.

»Nein, nein«, widersprach Mark. »Das läuft vollkommen offiziell ab. Es gibt richtige Spenderkarteien. Studenten machen das – für Knete.«

»Mir müssten sie ein paar Tausender dafür bezahlen, dass ich meinen goldenen Samen für sie hergebe«, protzte jemand. »Und was soll das Ganze? Was für armselige Kühe haben das denn nötig? Sag ihr, dass sie von mir einen umsonst kriegt. Mir ist's egal, wie sie aussieht. Sie kann sich ja einen Beutel über den Kopf stülpen.«

»Es handelt sich um eine Freundin meiner Mutter. Sie hat Schluss mit ihrem Alten gemacht und von Männern die Schnauze voll, wie's scheint. Sie sieht gar nicht übel aus. Bisschen zu alt vielleicht, aber ich würde sie nicht von der Bettkante stoßen.«

Nick war wie erstarrt. Er betrat den Raum. Mark blickte auf.

»Oh. Hallo, Nick.« Er raffte ein paar Zettel zusammen. »Mom hat mich gebeten, das hier deiner Nachbarin zu geben.«

»Hat sie dich auch gebeten, das erst all deinen Kameraden zu zeigen?«

»Nein, das waren andere Sachen. Auf die sind wir bei der Suche ganz zufällig gestoßen.«

»Aber es könnte doch vertraulich sein. Du hättest es wenigstens in einen Umschlag tun können.«

Mark tat erstaunt. »Davon hat Mom nichts gesagt.«

»Na, dann gib's mir mal lieber schnell. Ich werde dafür sorgen, dass sie's bekommt.«

Dies löste allseitige Heiterkeit aus. »Ja, dass sie bekommt, was sie braucht«, tönte einer.

Nick nahm seinen Stapel Zettel mit nach draußen und setzte sich auf den Rasen, um sein Pausenbrot zu essen. Wie konnten diese jungen Kerle es wagen, sich so unverfroren über jemandes Privatangelegenheiten zu verbreiten? Und was hatte sich Rachel dabei gedacht, die Sache so einfach Mark anzuvertrauen, ohne ihm einzuschärfen, ein bisschen diskret damit umzugehen? Er wollte gar nicht wissen, was Mark da heruntergeladen hatte. Aber war das der Grund, aus dem Sophie ihn mied? Hatte sie sich entschieden, das Kind über alles andere zu stellen und es im Alleingang durchzuziehen? Also wollte sie gar keinen Partner. Sie hatte gar kein Interesse an ihm.

Was für ein Trottel er doch gewesen war! Er hatte tatsächlich geglaubt, sie wolle, nachdem sie den Fängen dieses oberflächlichen Peter entgangen war, eine neue Partnerschaft eingehen. Er vergrub das Gesicht in den Händen. Zum Glück waren ihm die Augen geöffnet worden, ehe er sich endgültig zum Clown machte. Er musste jetzt einen Gang zurückschalten und sich darauf besinnen, was es ihm bedeutete, Sophie als Freundin zu haben.

69

ENDLICH EIN TAG ganz für mich alleine! Ich war psychisch und physisch erschöpft. Ich war schon früh wach geworden, lag im Bett und lauschte den Geräuschen des Meeres und Kyp, der den Motor seines Bootes anwarf. Ich glaubte auch, Nick zur Arbeit aufbrechen gehört zu haben, aber sicher war ich mir nicht, denn der Wind rüttelte an den Häuschen am Strand.

Ich versank immer wieder in einen Dämmerzustand und ließ sämtliche Ereignisse an mir vorüberziehen. Heute würde es an mir sein, Nick einen Zettel unter der Tür hindurchzuschieben, auf dem ich ihn zu einem Spaziergang und einem gemeinsamen Essen nach der Arbeit einlud. Gestern Abend hatte ich ihm noch erzählen wollen, dass Jill mich abgefangen hatte, aber er war nicht zu Hause gewesen. Ich konnte es gar nicht erwarten, ihn wiederzusehen. Es kam mir vor, als wären seit unserem letzten Gespräch Ewigkeiten vergangen. Ich fragte mich, ob heute der Abend wäre, an dem wir uns näher kämen und vielleicht bei den Händen halten, einen Kuss austauschen würden. Und dann … noch etwas, wonach sich mein Körper sehnte. Aber ich würde mich zurückhalten müssen; ich wollte ihn nicht verschrecken. Mein Gott, Sophie, dachte ich. Du benimmst dich wie ein Schulmädchen. Aber so kam ich mir auch vor. Ich hätte am liebsten Stunden darauf verwendet, mich schön zu machen, mir die Beine zu rasieren, mein Haar zu frisieren, alles an mir weich und duftig werden zu lassen. Ich wollte gedämpftes Licht und verführerische Musik und dazu ein leckeres Abendessen bei gutem Wein.

Ich hörte Jack und Mila plappern. Heute fing für sie die Schule wieder an. Es würde ruhiger am Strand werden – nur ältere Ehepaare, die in ihren Liegestühlen lasen oder vor sich hindösten. Ich hörte, wie Evie die Kinder zur Eile mahnte. Jeder war dabei, seinen Tag zu beginnen, und ich lag hier im Bett und schwelgte in Gedanken an Nick. Nachdem Jill mir bis ins kleinste Detail ihre Gefühle für Ash dargelegt hatte, hatte ich ihr gegenüber zaghaft angedeutet, was ich für Nick empfand. Es schien sie nicht zu überraschen.

»Als Peter mir sagte, dass er dich mit Nick erwischt hätte, habe ich gedacht, super, endlich kommt sie mal zur Sache. Ich kann dir sagen, Sophie, wenn ich zugegen gewesen wäre, als Peter versucht hat, dich zu ihm zurückzulocken, hätte er einiges von mir zu hören gekriegt.«

»Das kann ich mir vorstellen. Und du hast mir in der Zeit auch sehr gefehlt. Aber zumindest habe ich dadurch meine eigene Entscheidung fällen können. Und Nick und ich sind bei nichts erwischt worden – wir haben bloß getanzt, mehr nicht.«

Jill zog eine Augenbraue in die Höhe. »Nick ist ein tiefes Wasser. Das gefällt mir. Vor allem, da ich selbst ein bisschen die Tiefen meiner Seele erforscht habe, während ich fort war. Ich würde mich auch gerne mal eingehender mit ihm unterhalten.«

»Du lässt schön die Finger von ihm«, lachte ich.

»Rein platonisch. Für kein Geld auf der Welt würde ich mich noch einmal mit dem Freund einer Freundin einlassen. Und was gibt's Neues an der Babyfront?«

Ich erzählte ihr von Rachels Anregung, mich nach einem Samenspender umzusehen.

»Über das Internet ist heutzutage alles möglich«, sagte sie. »Es lohnt sich bestimmt, sich da mal umzutun.«

Ich stand auf und verbrachte den Vormittag damit, mein Häuschen sauberzumachen. Nicht, dass es bei mir irgendwie schmutzig wäre; ich war in letzter Zeit ja auch kaum zu Hause gewesen. Aber ich musste mich mit etwas beschäftigen, sonst lief ich Gefahr, mich in Tagträumen von Nick zu verlieren. Ich kehrte den Sand auf der Treppe zusammen und öffnete dann die Vordertür, um ihn auf den Strand zu werfen. Auf der Fußmatte lag ein großer brauner Umschlag, auf dem aber kein Name stand. Ich ging damit nach oben und öffnete ihn. Es war ein ganzer Packen Informationen über Samenspender und Samenbanken. Rachel musste Mark gebeten haben, ihn Nick zu geben, damit er ihn mir überbrachte. Zum Glück war er ordentlich zugeklebt gewesen. Ich hätte nicht gewollt, dass Nick den Inhalt sah. Ich schob die Zettel zurück in den Umschlag. Ich war noch nicht so weit, mich mit alledem zu beschäftigen – ich wusste auch gar nicht, ob ich es wirklich wollte. Dies war nicht der richtige Zeitpunkt. Falls ich irgendwann sämtliche Leinen kappte … dann würde ich das vielleicht lesen.

Ich machte mir eine Kleinigkeit zu essen und wollte dann eine Wanderung unternehmen, damit der Nachmittag schneller verging. Im Vorbeigehen ließ ich unter Nicks Tür einen Brief zurück, in dem ich ihn zu einem Spaziergang und zu einem Abendessen einlud und meine Abwesenheit erklärte. Ich schlenderte durch den Botanischen Garten, verbrachte Zeit auf verschiedenen Parkbänken und beobachtete, wie die Menschen die Pflanzen oder einander inspizierten. Immer wieder warf ich einen Blick auf die Uhr; der Tag schien sich endlos hinzuziehen. Ich beschloss, zurückzugehen und mit meinen Vorbereitungen für den Abend zu beginnen. Wenn Nick heute schon etwas anderes vorhatte, war es eben mein Pech.

Als ich nach Hause kam, traf auch Evie gerade mit den Kindern ein. Ich gesellte mich auf eine Tasse Tee zu ihr.

»Hab dich in letzter Zeit nicht viel gesehen«, sagte sie.

»Viel zu tun auf der Arbeit.«

»Diese Zeit des Jahres stimmt mich immer ein wenig traurig – wenn die Ferien vorbei sind und alles einen ruhigeren Gang annimmt.«

»Ich kann mir dich überhaupt nicht traurig vorstellen, Evie.«

»Ich mag die Sonne. Deswegen verziehen Kyp und ich uns auch eine Weile nach Griechenland, damit wir noch ein bisschen mehr davon abbekommen. Und wir finden es wichtig, dass die Kinder mit der anderen Hälfte ihrer Wurzeln in Verbindung bleiben.«

»Ich kann mir gar nicht vorstellen, wie es ohne euch hier sein wird. Ich schätze mal, es geht hier im Winter sehr ruhig zu.«

»Abgesehen vom Meer, ja. Aber du willst hier doch wohl nicht ganz alleine ausharren, oder?«

»Nick ist ja auch noch da.«

»Kommt darauf an, wann er wegfährt.«

»Wegfährt?«

»Hat er dir nichts davon gesagt? Er hat sich entschlossen, wieder nach Neuseeland zu gehen.«

Das Herz sank mir wie ein Stein. »Ich glaubte, er würde hierbleiben. Er hat gesagt …«

»Ja, dachten wir auch. Ich weiß nicht, wieso er es sich anders überlegt hat.«

»Wann hat er euch davon erzählt?«

»Gestern Abend.«

»Gestern Abend? Ich dachte, er wäre gar nicht hier gewesen.«

»Doch, er war bei uns und hat sich am Computer der Kinder nach Flügen erkundigt. Er wirkte irgendwie niedergeschlagen. Kyp und ich haben ihn gar nicht wiedererkannt. Er war in letzter Zeit immer so guter Laune – seit der Zeit mit Neptun.« Sie lächelte. »Wir haben gedacht, dass du und er ein Paar würdet. Kyp ist der geborene Kuppler. Ich habe ihm gesagt, dass es viel zu früh dafür wäre. Du weißt ja, dass Nick eine Menge durchgemacht hat.«

Ich nickte geistesabwesend, aber in Wahrheit suchte ich verzweifelt nach Gründen, warum Nick sich für Flugverbindungen nach Neuseeland interessieren sollte, wenn er nicht wirklich vorhatte, von hier fortzugehen. Vielleicht hatte er sich für jemand anderen schlaugemacht, jemanden, mit dem er zusammenarbeitete. Vielleicht wollte seine Schwiegermutter *ihn* besuchen.

»Außerdem habe ich Kyp gesagt«, fuhr Evie fort, »dass du nach dem Debakel mit Peter wohl kaum auf der Suche nach einem anderen Mann sein dürftest.«

Jack und Mila kamen vom Strand gerannt und hatten Hunger. Evie erhob sich. »Tut mir leid, ich muss jetzt die Gören füttern. Lass es mich wissen, wenn du Näheres erfährst. Ich mache mir Gedanken wegen Nick.«

Ich taumelte zurück zu meinem Strandhäuschen. Ich war wie benommen. Warum? Warum wollte er gerade jetzt zurück nach Neuseeland? Mir hatte er gesagt, dass er hierbleiben wolle, dass die Blue Slipper Bay für ihn wie sein Zuhause war. Und dass er hier seine Arbeit und seine Freunde hätte. Das hatte ich auf mich bezogen! Wie dumm war ich nur gewesen. Ich hatte mir in meinem Hirn eine Beziehung zu ihm zusammenfantasiert, und dabei wollte er bloß meine Kameradschaft. So ähnlich hatte er das ausgedrückt. Jemanden, mit dem er reden und Spaziergänge unternehmen konnte. Ich gemahnte mich daran, dass er nie eine Andeutung gemacht hatte, dass mehr dahintersteckte. *Ich* war es immer gewesen, die sich ihm wie hysterisch an den Hals geschmissen hatte. Er sah in mir vermutlich eine leicht durchgeknallte Frau, die über die Trennung von ihrem Ehemann nicht hinwegkam. Wie peinlich! Ich merkte, wie ich rot wurde, und wünschte mir, ich hätte ihm nicht diesen Zettel unter der Tür hindurchgeschoben. Ich wusste nicht, wie ich ihm nachher unter die Augen treten und mich einigermaßen normal verhalten sollte.

70

NICK NAHM DEN Brief auf, den jemand unter seiner Tür hindurchgeschoben hatte. Aha, ein Spaziergang und ein Abendessen mit Sophie. Vor wenigen Tagen noch wäre er außer sich vor Freude gewesen. Nun aber konnte er nichts in den Brief hineindeuten, das dort nicht geschrieben stand. Ein Drink und ein Essen mit einer Freundin. Würde sie mit ihm über ihre Pläne reden wollen, von einem Wildfremden ein Kind zu bekommen? Heute früh hatte er ihr die notwendigen Unterlagen zukommen lassen – doch nicht, ohne sie zuvor in einem Umschlag zu versiegeln, den er sich von Jane geholt hatte. Er wollte nicht, dass Sophie erfuhr, dass er über den Inhalt im Bilde war. Aber wie konnte er ihr gegenübersitzen und ihr zuhören, ohne sich zu verraten?

Er hatte gestern den ganzen Tag darüber nachgedacht. Würde er imstande sein, zuzusehen, wie Sophie einen immer dickeren Bauch bekam, ihr vielleicht gar zu helfen, in ein Häuschen in Ventnor umzuziehen, ihr auf der Promenade zu begegnen, wie sie ihre Kinderkarre vor sich herschob? Gestern Abend hatte er sie zu Hause ankommen gehört, aber keine Lust verspürt, ihr zu begegnen. Vielleicht war dies doch nicht der Ort, an dem er sich zu Hause fühlen konnte. Er war zu Kyp und Evie gegangen und hatte sich im Internet über Flugpreise und Abflugzeiten nach Neuseeland informiert. Er wusste, dass er unüberlegt handelte. Er wollte nicht wirklich nach Neuseeland, aber er wollte auch nicht unbedingt hierbleiben. Danach hatte er im Bett gelegen, sich von einer Seite auf die andere gewälzt und darüber nachgedacht, ob er sich Sophie als Vater für ihr Kind anbieten sollte. Aber auch das wollte er nicht wirklich. Er wollte sich nicht als Samenspender andienen; er wollte Sophie lieben, ein Ehemann und vielleicht sogar ein richtiger Vater werden – aber so weit mochte er jetzt noch nicht denken.

Er las noch einmal Sophies Nachricht. Es war unvermeidlich, ihr zu begegnen. Er duschte, zog sich an, stellte sich draußen hin und stählte sich innerlich für das Unvermeidliche.

»Nick!« Er blickte nach oben. Sie lehnte über ihr Balkongeländer. Sein Herz tat einen Sprung. »Kommst du rauf?«

Er ging die Stufen hinauf. Sie stand am Fenster und wirkte ungewöhnlich förmlich. Aber dann lächelte sie ihm zu. »Ich dachte schon, ich bekäme dich nie wieder zu sehen.«

Nick war verwirrt; er wusste nicht, worauf sie anspielte. »Bitte?«

»Du weißt doch – Schiffe, die sich in der Nacht begegnen.«

»Ach so, ja. Ja, wir hatten beide viel um die Ohren.«

»Möchtest du dich mit mir unterhalten, oder bist du nach deinem langen Tag zu müde?«

»Ehrlich gesagt schon.«

Da stand sie nun und sah ihn an, als warte sie darauf, dass er noch etwas hinzufügte. »Dann setz dich wenigstens kurz hin«, sagte sie. »Ich hole uns was zu trinken.«

Nick setzte sich, wünschte sich aber augenblicklich, er hätte in den Spaziergang eingewilligt. Ihm fiel nichts ein, was er sagen konnte. Sophie kam mit einem Tablett mit Wein und Salzgebäck zurück und stellte alles auf den Tisch. Dann füllte sie zwei Gläser und reichte ihm eines.

»Vielen Dank für den Umschlag«, sagte sie. »Ich nehme an, dass du das gewesen bist.«

»Mark hat mich darum gebeten.« Nun kam die Stunde der Wahrheit. Wollte sie mit ihm darüber sprechen?

»Wie geht's auf der Baustelle voran? Ich habe gehört, dass es ziemlich hektisch zugeht.«

»Ja, überall Stiefel, die alles zertrampeln. Ich werde mit dem

Garten wohl noch einmal von vorne anfangen müssen – wenn die anderen weg sind.«

»Weg sind?«

»Na ja, ein paar werden in einigen Wochen an ihre Universitäten zurückkehren. Mark bleibt allerdings. Er kniet sich in die Restaurierung des Hotels richtig hinein. Jane ist froh, ihn zu haben.«

»So froh wie über dich?«

Er nickte. Sophie sah ihn mit ernstem Gesicht an. Sollte er ihr sagen, dass er sich mit dem Gedanken trug, von hier fortzugehen? Aber er hielt sich wohlweislich zurück. Zunächst war sie an der Reihe, fand er; dann konnte auch er mit seinem Geheimnis herausrücken, falls ihm danach war. Beide wurden zunehmend verlegener; was war aus ihrem Vorsatz geworden, immer offen und ehrlich miteinander zu sein?

»Wie geht's Jill?«, hörte er sich sagen, als wolle er krampfhaft von zu persönlichen Themen ablenken.

»Sie ringt mit sich. Sie versuchen, die Ehe um der Kinder willen zu erhalten.«

»Meinst du, dass sie das schaffen?«

»Möglich ist es. Die Kinder bedeuten ihnen viel. Beide sind fest davon überzeugt, dass Kinder Mutter *und* Vater brauchen. Jill sagt immer, sie hätte sich gewünscht, dass es in der Ehe ihrer Eltern nicht so locker zugegangen wäre – obwohl mir ihre Eltern immer vollkommen glücklich vorgekommen sind. Ash macht das genaue Gegenteil zu schaffen – sein Elternhaus war eher viktorianisch geprägt.«

»Was meinst du?«

»Worüber?«

»Brauchen Kinder eine Mutter *und* einen Vater?«

Sophie seufzte; ein sorgenvoller Schatten huschte über ihr Gesicht.

»Das ist von Fall zu Fall unterschiedlich, nicht wahr? Aber vermutlich ist es die beste Lösung. Zwei treusorgende Eltern zu haben, ist doch wohl für jedes Kind gut. Aber in der Realität sieht das heute oft anders aus. Vielleicht ist es auch schon immer nur ein Idealzustand gewesen.« Sie erhob sich. »Ich setze mal die Spaghetti auf.«

»Sophie.« Nick hielt das nicht mehr länger aus. Er konnte nicht gemütlich mit ihr zu Abend essen, seine Empfindungen unterdrücken und ihr etwas vorspielen. »Bist du böse, wenn ich aufs Abendessen verzichte? Ich bin absolut erledigt. Ich glaube, ich gehe heute früh zu Bett.«

Sie sah sich nach ihm um. Sie sah aus, als würde sie gleich anfangen zu weinen. Wie gerne wäre er jetzt die paar Schritte auf sie zugegangen, hätte sie in den Arm genommen und ihr gesagt, wie sehr er sie liebte. Er wollte, dass sie verhinderte, dass er einen Rückzieher machte.

»Okay«, sagte sie. »Wenn dir das lieber ist.«

»Ein anderes Mal«, sagte er. Er konnte den ratlosen, enttäuschten Blick in ihrem Gesicht kaum ertragen.

Sie nickte nur. Er wandte sich ab und ging.

71

AM NÄCHSTEN TAG hatte ich auf meinem Weg zur Arbeit weder einen Blick für das Meer übrig noch für irgendwelche Schiffe, die unterwegs waren. Ich merkte nicht, ob die Sonne schien oder ob der Wind mich durchpustete. Mir war weder kalt noch warm. Mir war einfach nur elend zumute. Nick hatte nichts für mich übrig. Er verschwand auf die andere Seite der Welt – so weit fort von mir wie nur möglich. Er liebte mich nicht einmal genug, um mir zu sagen, warum er sich dazu entschlossen hatte. Nicht einmal von Freund zu Freund.

Vielleicht fühlte er sich frei, nachdem er sein Herz ausgeschüttet hatte. Vielleicht wollte er seine Schwingen ausbreiten und einem so beengten Ort wie der Blue Slipper Bay und dieser kleinen Insel entfliehen. Wahrscheinlich lockte ihn wieder das Abenteuer in der Ferne – ihn, einen Mann ohne feste Bindungen. Die ganze Welt stand ihm offen.

Erst als ich am Café ankam, fiel mir ein, dass ich Rachel versprochen hatte, früher zu kommen, damit sie mit Chas über ihre finanziellen Angelegenheiten reden konnte. Stevie war wieder einmal aus dem Bett gezerrt worden und schlurfte verkatert umher. »Tut mir leid«, murmelte ich und band mir meine Schürze um.

Stevie gähnte. »Kann ich wieder ins Bett?«

»Ab mit dir«, sagte ich.

»Du bist heute Morgen mein rettender Engel. Aber Mom ist stinksauer auf dich.«

»Tatsächlich? Wieso?«

»Na, weil du zu spät gekommen bist. Sie wollte dir etwas Wichtiges sagen.«

»Was denn?«

»Keine Ahnung. Gute Nacht.«

Es begann zu nieseln. Ein paar Gäste kamen, um Kaffee zu trinken und ihre Zeitungen zu lesen. Ich ging ziellos herum und fuhr mit meinem Wischlappen über alles in Reichweite. Ich fragte mich, wann Nick abreisen wollte. Würde er noch bleiben, bis es kühler wurde, damit er von einem Sommer in den anderen wechseln konnte? Oder würde er mir nichts, dir nichts verschwinden? Würde ich eines Tages nach Hause kommen und feststellen, dass er nicht mehr da war? Ich kämpfte vergeblich mit den Tränen und trocknete mir die Augen mit dem Putzlappen ab. Audrey hätte mich für meinen Mangel an Hygiene gescholten. Ich legte das Tuch ins Spülbecken und ließ heißes Wasser darüberlaufen. Vielleicht sollte ich doch nach London zurückkehren. Mich zog nichts dorthin, aber was hielt mich noch hier? Nein, ich durfte mir von meiner Liebe zu Nick nicht alles verderben lassen. Mir gefiel es hier; ich hatte immer noch Jill und Rachel und die Blue Slipper Bay und freute mich an den Kindern anderer Leute. Vielleicht war es nur gut so, dass Nick ging. Dann konnte ich entscheiden, ob ich die Idee, alleinerziehende Mutter zu werden, weiterverfolgen wollte. Aber es half alles nichts. Es gelang mir einfach nicht, mir den Kummer, den ich empfand, auszureden.

Rachel traf später am Vormittag ein.

»Tut mir leid, dass ich mich verspätet habe.«

»Ich wollte mit dir sprechen. Komm, wir bedienen die paar Leute und verziehen uns dann nach hinten.«

Sie wirkte sehr ernst; sie warf mir immer wieder Blicke zu, während wir vor den Gästen eine freundliche Miene aufsetzten.

»Okay.« Sie winkte mich hinter den Kühlschrank, wo man uns von den meisten Tischen aus nicht sehen konnte. »Sieh zu, dass du nie Söhne bekommst. Die machen dich fertig.«

»Stevie? Was hat er denn getan?« Mein erster Gedanke war, dass er Fräulein Nagelrot geschwängert haben könnte.

»Nein, Mark. Ich bin stocksauer auf ihn. Du weißt doch, dass ich ihn gebeten hatte, für dich etwas im Internet zu recherchieren?«

»Ja, das habe ich bekommen. Nick hat es gebracht. Aber ich habe es noch nicht gelesen.«

»Nun, der Idiot hat Wagenladungen von Pornos heruntergeladen. Er sagte, das hätte sich einfach so ergeben. Er hat alles ausgedruckt und es mit auf die Arbeit genommen, um es seinen Kumpeln zu zeigen. Sie haben sich alle köstlich verlustiert, als Nick hereinkam. Mark hat ihm gesagt, das wäre für Nicks Nachbarin und dass ich ihm gesagt hätte, er solle es Nick geben, damit der es mitnahm.«

Ich verstand kein Wort. »Ich habe nichts Pornografisches entdecken können. Und es steckte alles in einem zugeklebten Umschlag.«

»Mark sagt, er hätte das Zeug ausgesondert. Aber Nick war offensichtlich verärgert, weil Mark sich dir gegenüber so unsensibel verhalten hat. Es sind einige Zoten gerissen worden. Mark sagt, er hätte nicht gewusst, dass du mit Nick befreundet bist.«

»Also hat Nick die für mich bestimmten Informationen sortiert und für mich in den Umschlag getan? Ist es das, was du sagen willst?«

»Muss er ja wohl gemacht haben. Mark schämt sich. Er macht sich Sorgen, welche Folgen es für dich haben kann, wenn das die Runde macht. Er möchte sich bei dir entschuldigen. Und das soll der Hohlkopf gefälligst auch tun.«

Ich stand wie erstarrt da und überlegte, was das bedeutete. Nick wusste also, was sich in dem Umschlag befand, den er vor meiner Tür abgelegt hatte. Selbst wenn er den Inhalt nicht gelesen hatte, musste er doch gehört haben, was Mark sagte, und zumindest geahnt haben, was er da so sorgfältig versiegelte. Ich war das Opfer eines billigen Studentenulks geworden und Nick musste denken … Ja, was musste er denken? Dass ich vorhatte, mir von einem Samenspender ein Kind machen zu lassen, dass ich nach dem Reinfall mit Peter an einem Mann in meinem Leben und einer neuen Beziehung gar nicht interessiert war und beschlossen hatte, die Sache alleine in die Hand zu nehmen. War das der Grund, aus dem er gestern Abend so distanziert wirkte? Hatte er darauf gewartet, dass ich es ihm sage? Oder spielte das überhaupt keine Rolle? Vielleicht war es ihm auch einfach schnuppe.

»Es tut mir so leid wegen alledem«, sagte Rachel. »Ich könnte Mark erwürgen. Sonst ist er immer so verantwortungsbewusst. Du machst dir wahrscheinlich Sorgen, was Nick davon halten wird.«

»Es ist nicht so schlimm, Rachel. Nick kehrt sowieso nach Neuseeland zurück.«

»Das ist unmöglich.«

»Leider nicht. Ich habe es von Evie erfahren.«

»Weiß er, wie du für ihn empfindest? Hast du es ihm gesagt?«

»Nein. Ich habe es einfach nicht über mich gebracht. Und ich glaube auch nicht, dass es auf Gegenseitigkeit beruht.«

»Natürlich tut es das. Du musst es doch fühlen. Ich jedenfalls brauche mir nur anzusehen, was für Blicke er dir zuwirft.«

»Aber …«

»Sag's ihm, Sophie. Jetzt hast du nichts mehr zu verlieren.« Sie griff um mich herum und löste den Knoten meiner Schürze. »Geh nach Hause. Geh und sag es ihm.«

»Er ist jetzt auf der Arbeit«, sagte ich.

»Dann fahr nach Wraith Cove.«

»Nein«, sagte ich schnippisch und nahm meine Schürze wieder an mich. »Ich bin ohne Auto hier.« Ich eilte nach vorne, um ein paar neue Gäste zu begrüßen, und schubste sie förmlich auf die Stühle. »Was darf ich Ihnen bringen?«, fragte ich dämlich grinsend und drückte ihnen die Speisekarten in die Hände.

Es gelang mir, außer Reichweite von Rachel zu bleiben, indem ich um die Tische kreiste. Ich wollte jetzt nichts diskutieren. Wenn ich mir vorstellte, dass Nick eine Gruppe Jugendlicher belauscht hatte, die dreckige Witze über mich machten, war mir zum Heulen zumute. Ich konnte mir genau vorstellen, wie sie sich die Mäuler zerrissen. Nick würde wissen, dass ich nichts mit den Pornoseiten zu tun hatte, aber ansonsten war er über alles im Bilde. Zumindest war er so diskret gewesen, einen Umschlag zu besorgen.

Die Tür flog auf und Jill marschierte herein.

»So«, sagte sie. »Schnapp dir deinen Mantel. Wir gehen.« Sie wechselte ein paar Worte mit Rachel, dann nahm sie meine Tasche, hakte mich unter und zerrte mich zur Tür hinaus und zu ihrem Wagen.

»Was geht hier vor?«, verlangte ich zu wissen.

»Rachel hat mich angerufen, dass ich dich abholen kommen soll. Sie sagte, du wüsstest nicht recht, was du tust, und jemand sollte dir mal tüchtig den Kopf waschen.«

»Ich bin kein kleines Kind mehr, Jill.« Meine nörgelnde Stimme klang allerdings ziemlich kindisch.

»Das ist mir klar. Aber in einem gebe ich Rachel recht. Du musst endlich mit Nick reden.« Sie sah mich eindringlich an. »Die Sache ist die, Sophie. Man hat dir wehgetan, und nun hast du Angst, es könnte noch einmal passieren oder du könntest jemanden verletzen. Sehe ich das richtig?«

Ich nickte unter Tränen.

»Ihr beide steckt in einer Sackgasse, in die ihr euch durch lauter Missverständnisse hineinmanövriert habt. Wenn ihr da nicht schnellstens rausfindet, werdet ihr es beide bereuen.«

»Aber was soll ich denn zu ihm sagen, was ihn nicht in Verlegenheit bringt? Er hat mir keinerlei Grund zu der Annahme gegeben, dass er auch für mich etwas empfindet.«

»Dann ist es eben weibliche Intuition.«

»*Wessen* weibliche Intuition?«

Jill grinste. »Meine, die von Rachel, Evie und Jane – ganz zu schweigen von einiger nonverbaler Kommunikation seitens Marguerite.«

Ich ließ mich auf meinem Beifahrersitz zurücksinken. Das nahm ja langsam lächerliche Formen an. Redete denn jeder hinter meinem Rücken über meine Belange?

»Es ist eben eine kleine Insel«, sagte Jill.

Sie setzte mich an der Einfahrt zum Gelände des Hotels ab. Der Boden war von Reifenspuren zerfurcht, aber es schien niemand zugegen zu sein. Ich ging hinüber zu der Baubude. Die Tür stand offen. Zigarettengeruch schlug mir entgegen. Ich konnte mir nicht vorstellen, dass Nick sich in so einem Container aufhalten mochte, also ging ich weiter zu der Remise, die mit ihrem neuen Ziegeldach einen ansehnlichen Eindruck machte. Ich hörte jemanden hämmern und begab mich auf die Rückseite des Gebäudes. Ein Mann blickte auf und schob sich die Mütze aus der Stirn.

»Suchen Sie jemanden?«, fragte er.

»Finde ich Nick hier irgendwo?«

»Nick? Nö. Der ist weg.«

»Wo ist er denn hin?«

Der Mann zuckte die Achseln. »Ist weg. Vor ein paar Stunden schon.«

72

NICK BLICKTE AUF die See hinaus. Ein Sturm zog auf. Bevor er näher kam, wollte er noch eine Runde schwimmen. Er hatte schon früh Feierabend gemacht, weil er wusste, dass er heute nicht mehr viel zuwege bringen würde. Er wollte auch mit niemandem reden. Nur wenn er sich beim Schwimmen kräftig ins Zeug legte, würde die Anspannung aus ihm weichen und er einen klaren Kopf bekommen. Die Flut bedeckte bereits zur Hälfte den menschenleeren Strand. Am westlichen Horizont ballten sich dunkle Wolken zusammen. Er konnte bereits den Regen ahnen, den der zunehmende Wind mit sich brachte. Er zog seinen Neoprenanzug an; er wollte keine Erkältung riskieren.

Er lief zum Meer und klatschte sich Wasser ins Gesicht und über den Kopf. Es war kalt; er stöhnte. Mit seinem feuchten Haar würde er frieren; er beschloss, es sich nachher wieder abzurasieren. Dann tat er die ersten Züge, konzentrierte sich auf seinen Körper, das Spiel seiner Muskeln.

Bald hatte er das Gefühl, zu seiner früheren Form zurückgefunden zu haben. Es tat ihm gut, sich ganz auf sich allein gestellt den Wellen entgegenzustemmen. Sein Denken beherrschte nichts mehr außer dem Urtrieb, sich vorwärtszubewegen. Er holte tief Luft und tauchte unter; das Geräusch der Wellen und des Windes verstummte. Er stieß Luftblasen aus, die ihm um den Kopf schwirrten. Er blieb unter Wasser, bis seine Lunge zu platzen drohte. Mit einem Male musste er an den Tag denken, als er versucht hatte, sich zu ertränken, und Neptun und Marguerite ihn gerettet hatten. Aber das war einmal gewesen. Nun wollte er nicht mehr sterben. Er wusste, dass er auch mit dem Schmerz in seiner Seele leben und überleben konnte.

Keuchend kam er wieder an die Oberfläche. Er ließ sich auf dem Rücken treiben. Alles erschien ihm jetzt irgendwie klarer. Er sollte mit Sophie über seine Gefühle sprechen, ehrlich zu ihr sein, anstatt davonzulaufen. Das hatte sie als seine Freundin verdient. Dann würde sie alles wissen, und das gäbe ihr die Freiheit, auch ihm von ihren Plänen mit dem Kind zu erzählen. Er wusste nicht, ob ihre Freundschaft Bestand haben würde, wenn er ihr seine Liebe gestand. Es würde sich einiges dadurch ändern. Und seine nächste Entscheidung müsste dann sein, ob er hierbleiben oder von hier fortgehen wollte. Er musste es auf sich zukommen lassen, sonst würde er nie erfahren, welches der richtige Weg für ihn war.

Er blickte sich zur Küste um. Er war ein ganzes Stück hinausgeschwommen. Er konnte die Wellen gegen den leicht erhöht angelegten betonierten Weg klatschen sehen. Die dunklen Wolken hingen tiefer, der Wind heulte. Seine Arme und Beine schmerzten, aber er hatte beinahe das Gefühl, das Wasser würde ihn tragen. Er legte den Kopf in den Nacken; der Strand kam langsam näher. Er konnte die drei Häuser am Strand schon recht klar erkennen. Die Liebe zur Blue Slipper Bay erwärmte sein Herz. Dies war sein Refugium gewesen. Wenn er je von hier fortging, würde er doch von Zeit zu Zeit wieder herkommen wollen.

Jemand stand auf dem Weg. Derjenige sollte sich besser vorsehen; bei diesem Seegang konnten die Wellen jäh darüber hinwegschlagen. Er wischte sich die Augen und schaute angestrengt zum Strand. Die unbekannte Person winkte. Vielleicht war es ein übervorsichtiger Tourist, der ihm zu bedeuten versuchte, lieber aus dem Wasser zu kommen. Doch dann erkannte er Sophie. Sein Herz schlug rascher. Was wollte sie denn?

»Pass auf!«, schrie er, aber er wusste, dass der peitschende Wind seine Worte ungehört verhallen lassen würde. Er versuchte, schneller zu schwimmen; sie sollte sich dort wirklich nicht aufhalten. Er gab ihr Zeichen, zum Haus zu gehen, aber sie winkte nur zurück. Und dann sah er, wie sie die Sliprampe hinunterkam. Eine Woge spülte über seinen Kopf, und er musste sich noch einmal die Augen wischen. Sophie war nicht mehr zu sehen. Mein Gott! War sie ins Meer gerissen worden? Er wusste ja, dass sie eine schlechte Schwimmerin war. Er kraulte los, als ginge es um eine Goldmedaille. Seine Kehle und seine Lunge brannten. Seine Füße streiften schon die Steine am Boden. Er blickte nach allen Seiten. Wo zum Teufel steckte sie? Dann sah er, dass sie sich an einen der Pfosten auf beiden Seiten der Sliprampe klammerte. »Halt dich fest!«, rief er. Seine Arme vollführten immer noch Schwimmbewegungen, als er bereits Boden unter den Füßen hatte und auf sie zuwatete. Das Haar klebte ihr im Gesicht; sie konnte es nicht beiseitestreichen, weil sie sich mit beiden Armen festhielt. Er packte sie und wischte ihr das Haar aus dem Gesicht. »Was treibst du denn hier?«, fuhr er sie mit vor Angst zitternder Stimme an.

»Ich wollte dich retten kommen.«

Eine Welle schlug Nick in den Rücken. Er löste Sophies Finger von dem Pfosten und hielt sie fest an sich gedrückt. So gelang es ihm, sie beide wieder auf den festen Untergrund der Rampe zu bringen.

»*Was* wolltest du?«, rief er über den Wind hinweg.

»Ich glaubte, du würdest ertrinken.«

»Ich? Ertrinken?« Das Wasser lief ihr übers Gesicht. Nick konnte nicht erkennen, ob sie weinte. Er musste sie fast zu ihrem Haus tragen, stieß die Tür auf und half ihr die Stufen hoch. Ihre Beine zitterten und gaben bei jedem Schritt nach. Er setzte sie auf dem Treppenabsatz ab und stürzte ins Bad, um Handtücher zu holen. Dann wickelte er sie in ein Badelaken ein. Sie bebte am ganzen Körper; ihre Zähne klapperten. Sie blickte auf ihre zitternden Hände hinunter.

»Du brauchst eine heiße Dusche«, sagte er.

73

ICH GLAUBTE, ER würde ertrinken. Ich dachte überhaupt nicht darüber nach, was ich tat. Wenn ich nur nahe genug an ihn herankäme, konnte ich ihm helfen.

Als der Bauarbeiter in Wraith Cove mir sagte, Nick wäre weggegangen, bekam ich es mit der Angst zu tun. Ich dachte, er wäre *wirklich* fortgegangen, befände sich schon auf dem Weg zur Fähre oder zum Flugplatz. Ich hätte Jill im Auto auf mich warten lassen sollen. Sie hatte es mir angeboten, aber ich hatte gesagt, ich würde mit Nick zu Fuß nach Hause gehen. Also bin ich den ganzen Weg zurück zur Blue Slipper Bay gerannt, hatte überall nach ihm gesucht und dann seine Sandalen vor seinem Haus entdeckt.

Ich musste husten; meine Kehle war rau vom Schreien und vom Salzwasser. Ich hockte immer noch eingemummelt vor meiner Wohnzimmertür. Nick stellte die Dusche an. Er half mir auf die Füße und führte mich ins Bad. Das hatte er binnen kurzer Zeit nun schon zum zweiten Mal tun müssen. Ich musste ihm wie ein hilfloses Kind vorkommen.

»Stell dich unter das heiße Wasser. Ich gehe mich nebenan umziehen.«

Ich streifte mir die Kleider vom Leibe. Sie waren voller Sand und Seetang. Ich warf sie auf einen Haufen und betrat die Duschkabine. Der Strahl brannte mir auf der Haut, aber es war ein herrliches Gefühl. Ich konnte an nichts anderes denken als daran, dass Nick in Sicherheit war. Mir war es jetzt auch egal, dass er mich nicht wollte. Ich war einfach nur über alle Maßen erleichtert, dass er noch lebte. Ich trocknete mich ab und zog meinen Bademantel an. Nick hatte Feuerholz geholt und kniete vor dem Kamin. Er musterte mich besorgt.

»Wie geht's dir?«

»Ganz gut. Ein bisschen wackelig auf den Beinen, aber sonst …«

»Versprich mir, dass du nie wieder etwas so Dummes tust«, sagte er streng. »Das Meer ist heute viel zu aufgewühlt, um darin zu plantschen.«

»Ich wollte gar nicht plantschen, ich …«

»Ja, ich weiß. Aber du bist keine geübte Schwimmerin, Sophie. Du hättest leicht aufs Meer hinausgetrieben werden können.«

»Aber du …«

»Ich kenne die See. Und ich gehe auch kein Risiko ein.« Er wies zum Fenster. »Hör dir den Wind an. Jetzt würde ich auch nicht mehr hinausschwimmen.«

Er hörte mir nicht zu. Er behandelte mich, als hätte ich mich einfach nur töricht verhalten. Er wollte nicht begreifen, dass ich geglaubt hatte, er würde ertrinken. Er kniete weiterhin vor dem Kamin und sah mich tadelnd an. Der Schock und die Angst saßen mir immer noch in den Knochen. Ich begann zu zittern. Die Tränen strömten mir nur so über die Wangen; mein ganzer Körper wurde von Weinkrämpfen geschüttelt.

»Aber ich dachte doch, du würdest sterben«, wimmerte ich. »Ich dachte, ich könnte ein Stück weit hinauswaten und dich greifen, sowie die Wellen dich ans Ufer spülten.«

»Ach, Sophie. Ich war doch nicht …«

»Woher sollte ich das denn wissen?«, schrie ich ihn an. »Du hast mir gesagt, dass du schon einmal um ein Haar ertrunken wärst, wenn Neptun und Marguerite dich nicht gerettet hätten.«

»Ja, aber das war doch eine ganz andere …«

»Und ich wollte nicht, dass du stirbst, bevor ich dir gesagt habe, dass ich dich liebe«, entfuhr es mir unter Tränen. »Ich liebe dich«, flüsterte ich. »Ich liebe dich.«

Es wurde ganz still im Raum. Man hörte nur noch die Holzscheite im Feuer knistern. Kleine Rauchfähnchen schwebten zur Decke. So, nun ist es raus, dachte ich. Jetzt wird er denken, dass ich nur auf seinen Samen scharf bin. Während er da vor dem Kamin hockt, plant er wahrscheinlich schon seine Flucht nach Neuseeland.

Er erhob sich langsam und setzte sich zu mir auf das Sofa. Dann nahm er meine Hände. Er versucht, es mir schonend beizubringen, dachte ich. »Wann reist du ab?«, fragte ich ihn und sah auf seine Hände hinunter. Sie waren vom Wasser saubergescheuert.

»Abreisen? Wohin soll ich abreisen?«

»Nach Neuseeland.« Ich vermochte ihm nicht in die Augen zu sehen. Ich wollte nicht das Mitleid darin erblicken. »Falls ich das vorhätte – würdest du mit mir kommen?«, fragte er.

»Mitkommen?« Nun sah ich ihn doch verblüfft an. Sein Blick hatte etwas Eindringliches. Kleine Flammenzünglein aus dem Kamin spiegelten sich in seinen Pupillen.

»Sophie – hast du ernst gemeint, was du eben gerade gesagt hast? Ist es nicht nur, weil du …«

Ich schüttelte den Kopf. »Ich habe es schon längere Zeit gewusst. Schon seit ich mit mir über Peter ins Reine gekommen bin. Aber ich habe Angst gehabt, es dir zu sagen, weil ich dich als Freund nicht verlieren wollte. Möglicherweise habe ich eben gerade alles verpatzt.«

»Genau davor habe ich mich auch gefürchtet.«

»Mich als Freundin zu verlieren?« Ich versuchte, zu lächeln. »Aber da brauchst du dir doch keine …«

»Nein, ich meine, dass ich dir sagen wollte, dass ich dich liebe. Aber ich hatte eine Heidenangst davor, dich zu verschrecken.«

Ich fragte mich, ob ich vorhin nicht vielleicht doch ertrunken war und all dies in einem Leben nach dem Tode stattfand. Ich streckte die Hand aus, um sein Gesicht zu berühren. Nein, er war in Fleisch und Blut vorhanden. Er schloss die Augen und führte meine Hand an seine Lippen.

»O Gott, Sophie«, flüsterte er. »Du weißt nicht, wie sehr ich dich liebe.« Er nahm mich ganz fest in die Arme. Ich spürte das Pochen seines Herzens und roch das Salz aus dem Meer in seinem Haar.

»Also habe ich dich mit meiner Lektüre über Samenspenden und so nicht vor den Kopf gestoßen?«, fragte ich und legte meinerseits die Arme um ihn. »Es war Rachels Idee – bloß, um mal Informationen einzuholen.« Seine Lippen wanderten an meinem Hals entlang, und ich fühlte etwas in mir dahinschmelzen.

»Ich habe es so gedeutet, dass du es ganz alleine durchziehen willst – und nicht mit mir.«

»Und ich dachte, du wolltest zurück nach Neuseeland, weil du *mich* nicht willst.« Alles in mir war ganz weich geworden. Wir ließen uns, nach wie vor aneinandergeklammert, auf den Teppich vor dem Kamin gleiten und gingen ganz und gar ineinander auf. »Ich glaube, wir haben uns einfach viel zu viele Gedanken gemacht«, sagte ich leise.

»Aber nicht ohne guten Grund.« Seine Lippen strichen über die meinen.

»Ja, aber nun sollten wir alle Vorsichtsmaßnahmen in den Wind schießen lassen«, flüsterte ich.

74

NICK STÜTZTE SICH auf einen Ellenbogen und sah Sophie an, um sich zu vergewissern, dass er nicht bloß geträumt hatte. Sie schlief. Nach ihrem Erlebnis am Strand und den Stunden, die sie damit zugebracht hatten, einander von Kopf bis Fuß zu erforschen, musste sie ja müde sein. Es war schon beinahe dunkel; er hatte jegliches Zeitgefühl verloren. Das Kaminfeuer erhellte den Raum gerade genug, um ihre ganze Schönheit zur Geltung zu bringen. Behutsam strich er ihr das Haar aus dem Gesicht. Zwischen ihren Locken glänzte ein bernsteinfarbener Ohranhänger. Wie gut es tat, sie endlich so berühren zu können. Eine geradezu wilde Entschlossenheit wallte in ihm auf. Er wollte immer für sie da sein, sie vor allem Kummer und allem Leid bewahren – und damit auch sich selbst. Doch gleichzeitig ahnte er, dass er sich diesem Vorsatz nicht vorbehaltlos würde verschreiben können – die Erfahrung seines Lebens hatte ihn gelehrt, dass man sich diesem Leben und auch seiner Vergänglichkeit und allen Unwägbarkeiten stellen musste. Er konnte mit seiner neu gefundenen Liebe nur so gut und so ehrlich umgehen, wie er es nach besten Kräften vermochte. Und vielleicht war ja die Liebe an sich ein Teil von etwas Größerem, Beständigem, wovon er gar nichts ahnte.

Sophie öffnete die Augen; er sah ihr zu, wie sie sich scheinbar erst einmal in ihrer neuen Gefühlswelt zurechtzufinden versuchte. Dann lächelte sie ihn an, und er fühlte, wie etwas in seinem Inneren einen Freudensprung tat und ein warmes Glücksgefühl hinterließ.

»Hallo«, flüsterte er.